Astrid Korten
Die Akte Rosenrot

Astrid Korten

Die Akte Rosenrot

Thriller

PIPER

Mehr über unsere Autoren und Bücher:
www.piper.de

ISBN 978-3-492-50220-7
© 2019 Piper Verlag GmbH, München
Litho: Lorenz & Zeller, Inning am Ammersee
Redaktion: LektorenDuo Carola und Walter Koch
Covergestaltung: zero-media.net, München
Covermotiv: FinePic®, München
Printed in Germany

Vorwort

*von Susanne Barlang, Dana Dohmeyer, Annette Lunau,
Patrica Nossol und Romy Onischke*

Sie ist für ihre tiefgründigen Thriller und Psychothriller bekannt, folgt der Spur der Verbrechen, stellt kritische Fragen, gräbt Storys aus, die oft im Verborgenen bleiben. Ihr Schreibstil ist intelligent und mitreißend, ihre Feder kann gnadenlos böse sein. Sie versteht es meisterhaft, ihre Leser spannend zu unterhalten, sie in Angst und Schrecken zu versetzen, sie komplett zu verwirren, und sie stets mit einem fulminanten Ende zu verblüffen.

Die Rede ist von der Autorin Astrid Korten, die uns die Ehre zuteil werden ließ, das Vorwort zu ihrem hochbrisanten und spannenden Thriller *Die Akte Rosenrot* zu verfassen.

In ihren Werken geht es oft um wahre Begebenheiten, um brandaktuelle, kritische Themen oder um Geschehnisse, die weit in der Vergangenheit zurückliegen, aber immer noch großen Einfluss auf die Gegenwart haben. Dass die Autorin keine Berührungsängste hat, sich mit hochbrisanten Themen auseinanderzusetzen, beweist sie mit *Die Akte Rosenrot* aufs Neue.

Diesmal begibt sie sich nach Russland und überzeugt einmal wieder mit hervorragender Recherchearbeit. Herausgekommen ist eine spannende, komplexe Geschichte: Mordfälle in Moskau und Berlin weisen Parallelen auf und deuten auf denselben Täter hin. Es duftet nach Myrrhe, eine mystisch-düstere Stimmung breitet sich aus.

Astrid Korten wagt sich in *Die Akte Rosenrot* an ein Thema heran, das nicht nur erschreckend realistisch dargestellt wird, sondern zugleich brandaktuell, aufklärend und an Spannung und Brisanz kaum zu übertreffen ist. »Die Akte Rosenrot« ist eine schockierende Hypothese, die durchaus aber die mögliche Wahrheit birgt. Sie zeigt, wie Manipulation funktioniert, wie Menschen ihre Empathie verlieren und wie sie zu willenlosen Individuen werden. Der Thriller ist ein packendes Leseerlebnis: verstörende Bilder, ein außergewöhnlicher Protagonist, packende Szenen, erzählt mit einer Intensität, dass die Leser die Seiten nur so aufsaugen werden.

Wir haben diesen Thriller mit großer Freude gelesen. Die Autorin zählt zweifelsohne zu den hochtalentierten Stimmen dieses Genres.

Lassen Sie sich von dem extrem spannenden Thriller *Die Akte Rosenrot* mitreißen und begleiten Sie den Profiler Ibsen und die Bloggerin Leonela in eine Welt voller Gewissenlosigkeit, Wahn, Lügen, Korruption und Entsetzen.

Wir wünschen Ihnen spannende Stunden.

»Gibt es ein Ohr so fein, daß es die Seufzer der welkenden Rose zu hören vermöchte.«

Arthur Schnitzler

Prolog

August 1988
Berlin-Alt-Hohenschönhausen

Johannes Hoffmann lächelt vor seinem Rosenbusch. Er hat allen Grund, glücklich zu sein. In zwei Tagen feiert er seinen fünfzigsten Geburtstag. Seine Tochter Patricia würde endlich wieder einen Fuß in sein Haus am Orankesee setzen und ihren Eltern die kleine Lucie vorstellen.

Er hat seit über drei Jahren auf diesen Moment gewartet. Und das Beste: Nicht einmal der Anwesenheit seines Schwiegersohns muss er sich stellen, weil der dann auf Geschäftsreise in Köln ist. An diesem Sommertag ist also alles perfekt: vom Geruch des frisch gemähten Grases bis zum Duft des würzigen Bratens, der dem geöffneten Küchenfenster entweicht.

Johannes denkt nicht mehr an die Arthritis, die ihn so oft quält, oder an die Briefe voller Erinnerungen, die er gerade in seinem Büro geschreddert hat. Sein Blick schweift zu seiner Frau, die im Garten die Wäsche zusammenfaltet. Sie tauschen ein Lächeln aus, wie unter Komplizen. *Ja,* denkt er, *was für ein herrlicher Sommertag!*

Johannes schüttelt die eingeschlafene Hand, bis er sie wieder spürt. Dann greift er nach der Gartenschere, die in der Erde steckt. Er stellt sich den lockigen Kopf seiner Enkelin vor, während er eine Rose schneidet. Der Gedanke macht ihn glücklich. Das sich nähernde ›*Rosenrot*‹ bemerkt er nicht.

Timo Bender will in seinen brandneuen Trabant einsteigen, als seine Frau Sabine die Haustür öffnet.

»Bender!«, ruft sie und wirft zwei schwarze Müllbeutel vor den Eingang, von denen einer noch offen ist und aus dem der Deckel einer Tiefkühlpizza lugt.

Er verzieht das Gesicht und fasst sich an die Stirn. Immer wieder vergisst er, den Müll rauszubringen. Und jetzt hält ihm diese Megäre bereits die vierte Predigt des Tages. Zuerst hat er die Milch nicht zurück in den Kühlschrank gestellt, dann die Reihenfolge der Schuhe an der Garderobe verändert und die Hosentaschen vor dem Waschgang nicht ausgeleert.

Aber was macht das schon? Soll sie doch in der Hölle schmoren, dieses Miststück! Wenn sie später vom Einkaufen zurückkommt, ist er schon auf dem Weg in den siebten Himmel. Sobald ihr massiger Körper in die Couch sinkt und sie sich becherweise mit Eiscreme vollstopft, den Kopf voller Lockenwickler, den Blick auf den Fernseher gerichtet, wird er im Paradies sein. In einem Hotelzimmer im *Interhotel*. Die Predigten der Bitch werden vergessen sein, wenn er tief in der jungen Praktikantin ist, die er seit einer Woche begehrt.

Also ist der geordnete Rückzug ihm ein gezwungenes Lächeln und eine harmlose Höflichkeit – und sogar einen Kuss auf die Stirn seiner Frau wert. Er bückt sich, nimmt die schwarzen Müllbeutel und sagt Sabine, dass es heute Abend spät werde. Dabei denkt er an den Arsch im Minirock und die vollen Lippen, die im Hotelzimmer auf ihn warten.

Als er zum Auto zurückkehrt, hat ›*Rosenrot*‹ bereits den Eingang zu seiner Garage passiert.

Anton Klein leert am Morgen sein sechstes Bier und wirft die leere Flasche in den Metalleimer neben dem Schaukelstuhl. Die Sonne ist ihm zu grell und für einen Augustmorgen ist ihm zu heiß. Egal. Sein Bruder kämpft in der Charité um sein Leben, und das ist seine Schuld.

Wenn er nicht mit Christa gescherzt und ihr zum zehnten

Mal an diesem Tag seine blöden Witze über Juden und Araber erzählt hätte, hätte er Frank warnen können, als der Gabelstapler ins Schleudern geriet. Vielleicht hätte er dann verhindern können, dass eine Tonne Zement den Bauch seines Bruders zerquetschte.

Anton nimmt ein zweites Pack Budweiser, stellt es auf seinen Schoß, zieht eine Flasche heraus und entfernt den Kronkorken mit den Zähnen. Er denkt an die Grillpartys mit seinem Bruder. »Auf dich, Frank!« Er leert die Flasche in einem Zug, wirft sie weg – verpasst den Metalleimer.

Anton bricht in Tränen aus und legt den Kopf in seine Hände. Deshalb sieht er ›Rosenrot‹ nicht.

Tanja Fischer hat sich gerade über die Beifahrerseite gelehnt, um ihren Ohrring vom Boden aufzuheben. In dem Moment, als sie den Kopf wieder anhebt, fliegt etwas an der Windschutzscheibe vorbei. Der Schock und der Schlag lassen sie glauben, dass ihr Fahrzeug ein Tier oder ein Stück Holz auf der Fahrbahn gestreift hat.

Doch ... nein! Es ist weder ein Tier noch ein Stück Holz. Es ist ein kleines Kinderrad, ein rotes Kinderrad. Auf dem Rahmen eine Aufschrift: *Rosenrot*.

Sie hält an, lässt den Motor laufen, öffnet die Tür, steigt aus ... und schreit. Sie schreit wie noch nie in ihrem Leben – nicht einmal an dem Tag, an dem ihre Freundin Jenny eine echte Vogelspinne auf ihren Arm gelegt hat, um sie zu erschrecken.

Tanja krallt die Nägel in ihre Wangen und richtet den Blick aus weit aufgerissenen Augen auf die Bühne des Dramas.

Johannes Hoffmann legt die Gartenschere beiseite und rennt auf die Straße.

Timo Bender zieht den Zündschlüssel wieder ab und steigt aus seinem Wagen.

Anton Klein hebt den Kopf, trocknet die Augen mit dem Ärmel seines Hemdes und läuft zu der Stelle, von der die Schreie kommen.

Die Nachbarn, die Tanjas Schreie hören und auf die Straße eilen, starren auf das kleine rote Kinderrad mit der Aufschrift *Rosenrot*, auf die Blutlache ... den kleinen nackten Jungen auf dem Asphalt.

Johannes hört auf zu lächeln und denkt nicht mehr an die kleine Lucie, die in zwei Tagen kommt.

Timo Bender ist nicht mehr darauf erpicht, seine Hände auf den wohlgeformten Hintern im Minirock zu legen.

Anton Klein vergisst, dass Frank nur dank einer Maschine noch atmet.

Nein. Sie wissen, in ihrem Viertel wird es nie wieder so sein, wie es war. Die Dämonen sind erwacht.

Kapitel 1

Ende Oktober 2018
Berlin

Venus und Feigling

Meine Augen sind auf den Computerbildschirm vor mir gerichtet, aber meine Gedanken sind weit jenseits des hellen Screens.

Der Monitor zeigt die Ermittlungsakte eines gewissen Granda, aber ich nehme sie nicht wahr. Ich sehe weder die Worte noch die Buchstaben, sondern nur große schwarze Kleckse auf weißem Hintergrund, mein Blick hinter einem unsichtbaren Schleier, in dem mein Verstand sich als Gefangener wiederfindet.

Ich atme ein, aber mein Zwerchfell blockiert. Ich schließe die Augen und konzentriere mich auf meine Umgebung, zwinge mich, aus dem Nebel hervorzutreten, der parasitäre Gedanken in meinen Geist gewebt hat. Als Erstes nehme ich ein hektisches Stakkato wahr: Mein Kollege Hannes sitzt mir gegenüber und hämmert in die Tastatur. Dann ist da das leise Surren des Computers zu meinen Füßen. Schließlich dringt der Duft des Kaffees in meine Nase, der auf dem Schreibtisch nebenan steht.

Ausatmen. Den Gedankennebel vertreiben. Ich öffne die Augen. Es hat funktioniert. Die schwarzen Kleckse auf dem Bildschirm haben die Form von Buchstaben angenommen.

Ich werfe einen kurzen Blick auf die Uhr und ziehe eine Grimasse. Meine Vorgesetzte benötigt die Akte bis zwölf. Ich drehe die Tastatur um, schüttle sie, um sie von den letzten Brotkrümeln zu befreien, die während meiner Frühstückspause zwischen die

Tasten geraten sind. Mit etwas Glück werde ich die Sträflingsarbeit rechtzeitig beenden, vorausgesetzt, dass ich mich nicht wieder verliere. Aber ich bin zuversichtlich, die Krise scheint vorbei und wenn ich die Migräne, das Zittern und die schlaflosen Nächte ausschließe, ist alles in Ordnung.

Notiere das Wort!

Ich greife nach dem Notizbuch auf meinem Schreibtisch und kritzle *Wiederherstellung* unter die Liste mit Wörtern, die die Seiten bereits schwarz verfärben, nehme meine Arbeit wieder auf und beginne zu tippen.

Name: *Granda.*

Vorname: *Rodriges.*

Tatbestand: *Mitglied der linksgerichteten Guerillabewegung FARC, der Fuerzas Armadas Revolucionarias de Colombia.*

Ich bin gerade dabei, die Fakten des Terroristen zu erfassen, da durchzuckt es mich. *Kate*... Sie kommt aus dem Büro der *Medusa*. Unsere Blicke kreuzen sich, die große rothaarige Schottin lächelt mich an und kommt auf mich zu.

Ich senke den Blick, klicke mit der Maus und wippe mit dem Fuß. Mein Herz rast, Kate Nash hat diese Wirkung auf mich... unter anderem.

Ich schlucke, als sie neben mir Platz nimmt. »Hallo Kate.« Fast geseufzt, dazu mein blasses Lächeln. *Bravo, Ibsen!*

Kate legt ihre Hand auf meine Schulter, lächelt und schaut auf den Bildschirm, »Du solltest dich mehr anstrengen, Ibsen Bach. Frau Schumacher beobachtet dich, und sie ist der Boss.«

Kates Haar duftet nach Apfelshampoo, ich will es berühren, meine Hand in den Wuschelkopf tauchen. »Hm... Ich soll mich also noch mehr anstrengen?«

»Ja, ich glaube schon. Die Chefin hat dich im Visier. Wenn du das hier vergeigst, wird es schwierig, einen neuen Job zu finden, Ibsen.«

Ich schenke Kate ein nervöses Lachen. »Die Abteilungsleiterin mag mich nicht. Wenn es sich herumspricht..., dass ich ihr den Spitznamen *Medusa* gegeben habe, wird sie mich hassen.«

Kate schüttelt ihre Locken. »Nein, sie hasst dich nicht, Ibsen, aber du bist leider zu langsam. Du schreibst einen Bericht, während andere Kollegen in der gleichen Zeit fünf Akten bearbeiten.«

Die heisere Stimme von Hannes meldet sich: »Ich habe ein neues Wort für dich, Ibsen! Feigling!«

Trifft Hannes' Wortwahl zu? Ja, ich habe Angst, mich Kate zu nähern. Ich bin ein Krüppel, der sein Gedächtnis verloren hat, sie ist wunderschön.

Mein Notizbuch lechzt nach einem neuen Wort. Ich notiere *Feigling*.

»Wieder eines deiner komplexen Worte?«, erkundigt sich Kate.

»Komplex oder selten, aber ja, das ist Teil meiner Therapie. Dr. Lemke, meine Psychiaterin, hat mich dazu ermutigt. Ich muss zugeben, dass es mir hilft, Worte aufzuschreiben. Es ist, als würde ich mein Gehirn katalogisieren.«

»Und die Schmerzen in deinen Beinen? Besser?«

Ich zeige Kate die Packung *Capros 10*, die neben dem Monitor liegt, schüttle sie und grinse, auch wenn mir nicht danach zumute ist. »Ich fühle mich wie Dr. House. Schon halb leer, und wir haben noch nicht mal Halloween.«

Kate lächelt mich an. In ihrem Gesichtsausdruck liegt echte Zärtlichkeit. Nicht das übliche gespielte Mitgefühl oder die peinlich berührten Blicke, die mir oft zugeworfen werden.

Sie spricht mit mir über meine aktuelle Akte, die Probleme und bringt meinen Mangel an Anerkennung im Innenministerium Berlin zur Sprache. Aber ich habe mich längst geistig ausgeklinkt, einen unsichtbaren Punkt gesetzt.

Irgendwann komme ich wieder aus meiner Blase. Ich senke den Blick und frage mich, wie Kates Brustwarzen wohl sein mögen.

»Ibsen? Hörst du mir überhaupt zu?«

»Entschuldige, – *habe deine Brust angestarrt* – ich habe den Faden verloren.« Ich schüttle erneut die Medikamentenschachtel. »Die Nebenwirkungen …«

»Verstehe. Kein Problem. Ich muss auch an die Arbeit.« Sie lächelt mich an und tippt mit dem Zeigefinger auf den Stapel

Akten auf meinem Schreibtisch. »Und du auch, würde ich sagen. Bis später.«

Die schottische Schönheit entfernt sich und mein Blick haftet an ihrem schönen Rücken. Erst als sie aus meinem Sichtfeld ist, nehme ich mit zitternder Hand das Notizbuch und füge meinen Kritzeleien ein neues Wort hinzu: *Venus.*

Ich seufze. Der *Andere,* der *alte* Ibsen, der ich vor meinem Unfall vor fünf Jahren war, hätte als Single keine Sekunde gezögert, er hätte mit der dreißigjährigen Schönheit gelacht, ihr seinen Humor gezeigt, die Lebendigkeit seines Intellekts, seinen Sinn für Schlagworte. Sie hätten in einer Bar etwas getrunken, anschließend im Restaurant gegessen. Er hätte sie umworben und sie hätten miteinander gelacht. Danach wäre der Abend mit einer heißen Nacht in seiner Wohnung zu Ende gegangen.

Aber nichts davon gilt für den jetzigen Ibsen, diesen Mann *danach.* Nur ein paar gestohlene Blicke und Träume, die an den Schutzwällen meiner neuen Realität zerbrechen. Dennoch hofft ein Teil von mir, dass eines Tages alles wieder wie vor dem Unfall sein wird. Bevor ich meine Frau Lara verloren habe.

Die Bürotür der *Medusa* schlägt zu. Ich blicke auf, meine Vorgesetzte kommt mit entschlossenem Schritt auf mich zu. Ihr runder Kopf, der mit einer dicken Make-up-Schicht und Rot überladen ist, wackelt im Rhythmus ihrer Schritte. Sie legt einen solchen Eifer in ihren Gang, dass ich mich wundere, dass die High Heels den Teppich nicht zerstören. Wolken eines berauschenden Parfüms gehen ihrem Eintreffen voraus – als ob sie ihrem Körper eine ganze Flasche *Chanel Nr. 5* spendiert hätte.

»Herr Bach. Wir schreiben das Jahr 2018 und Sie haben immer noch kein Handy?«

»Es ist geplant, Frau Schumacher, aber warum die Frage?«

Ihre großen Lippen verziehen sich zu einem angewiderten Grinsen. Die aus ihren breiten blonden Locken plötzlich hervorkommenden Schlangen vervollkommnen vor meinem inneren Auge das Bild der Medusa, die jeden, den ihr ungnädiger Blick trifft, in eine steinerne Statue verwandelt.

Ich lächle.

»Ein gewisser Andreas Neumann möchte mit Ihnen sprechen. Er wartet im Erdgeschoss auf Sie. Das ist das letzte Mal! Schaffen Sie sich ein Handy an! Ich bin nicht Ihre persönliche Nachrichtenbotin!«

Andy? Wenn Andreas Neumann vom Bundeskriminalamt mich sprechen möchte, kann das nur bedeuten, dass etwas vorgefallen ist. Dass ich vielleicht in den aktiven Dienst zurückkehren darf. Dass meine besonderen Fähigkeiten gebraucht werden.

Ich stehe auf, stütze mich auf meinen Stock, stecke Notizbuch und Schmerztabletten in die Innentasche meiner Jacke und verlasse das Büro. Blicke nicht zurück. Ich würde liebend gern *Medusa* ihrem Schicksal überlassen, und fühle mich bereit, einem anderen Monster das Leben schwer zu machen. Oder wird das Gegenteil der Fall sein?

Der Gedanke ist wie ein Schlag in den Magen.

Kapitel 2

Oktober 2018
Moskau

Schneeadler

Andreas rast durch einen finsteren Kiefernwald am Stadtrand von Moskau, wo der Oktoberhimmel sich in einer Mischung aus schmutzigem Grau und fleckigem Blau zeigt.
 Die Scheibenwischer kämpfen gegen den auf die Windschutzscheibe krachenden Regenvorhang. Andreas reibt seinen Dreitagebart und dreht die Lautstärke des Radios höher. Es sind Nick Cave und Kylie Minogue; bei *Where The Wild Roses Grow* übertönt die dröhnende Stimme des Sängers das Prasseln des Regens. Der Song löst in mir ein ungutes Gefühl aus. Vielleicht weil er von einer schönen rothaarigen Frau handelt, einer Rose wie Kate, die gebrochen wird.
 Ich drücke meine Wange an das eisige Fensterglas, um mich für einen Augenblick in den grauen, von Tropfen gepeitschten Windungen zu verlieren und Kylie Minogue zuzuhören. ›*They call me the wild rose. But my name was Elisa Day. Why they call me that I do not know*…‹
 Andreas beißt in den kalten Hamburger, den er am Moskauer Flughafen gekauft hat, und schlingt den Bissen, ohne ihn zu kauen, hinunter. »Sorry, ich habe noch nicht gefrühstückt. Bist du das erste Mal in Moskau?«
 »Nein.«
 Ich habe nicht viel gesprochen, seit Andreas mich im Innen-

ministerium abgeholt und in meine Wohnung im Stadtteil Kollwitzkiez geschleppt hat, wo ich in Windeseile den Koffer für die Dienstreise nach Moskau gepackt habe. Während des Fluges und auch danach habe ich meinem ehemaligen Kollegen nur zugehört, als er von seinem Leben erzählt hat, von der von seiner Frau verlangten Vasektomie ... »zwei Monate nach der Operation hat sie mich verlassen« ... vom letzten Weihnachtsfest, das Andreas mit seinem Vater verbracht hat, der trotz seines Luftröhrenschnittes rauchen wollte.

Vielleicht hat Andreas noch mehr erzählt, aber ich habe nur mit einem Ohr zugehört. Mit meinen Gedanken war ich ganz woanders, bei Kate. Auch jetzt denke ich an ihr langes kupferfarbenes Haar, in das ich gern mein Gesicht drücken würde. Und dass ich für mein Leben gern mehr für sie wäre als nur ein Freund. Auch bin ich neugierig zu erfahren, warum die OMON, die Sonderkommission der russischen Kriminalpolizei, das BKA um Amtshilfe gebeten hat Und warum mich?

Kylie Minogue singt: ›*On the last day I took her where the wild roses grow ...*‹

Der Song löst an dieser Stelle ein kleines Vorbeben in meinem Kopf aus. ›*Am letzten Tag brachte ich sie zu den Wildrosen ...*‹ Ich höre nicht mehr zu. Ich kenne den Text, in dem der Mörder das rothaarige Mädchen tötet und ihm danach eine Rose in den Mund steckt. Ich schlucke. In Berlin und auf dem Flug nach Moskau war da nichts, das mich gewarnt hätte. Jetzt bin ich beunruhigt.

Andreas reibt sich mit einem Taschentuch den Schweiß von der Stirn. »Das ist deine Chance für einen neuen Start, Ibsen. Die Kollegen vom BKA freuen sich auf dich und auf deine äh ... Visionen. Sie sind in Ordnung«, sagt er. »Aber wenn du meine Meinung hören willst, dieser Dimitri Kamorow von der OMON ist anders gepolt. Ich habe ihn mal vor einigen Jahren während einer Ermittlung in Berlin kennengelernt. Er schätzt es überhaupt nicht, wenn jemand auf seinen Blumenbeeten herumtrampelt und ihm in die Quere kommt. Der Befehl, uns hinzuzuziehen, kam aus dem

Kreml. Wir würden das auch nicht lustig finden. Und dass ich einen der besten Bullen der Kripo mitbringe, wird ihm auch nicht schmecken ... Übrigens spricht er hervorragend deutsch, überlass das Reden lieber mir. Okay?«

Ich nicke. Es soll mir recht sein. Bis zu meinem Unfall war ich ein sehr guter Profiler und habe für das Bundeskriminalamt in Wiesbaden und Berlin gearbeitet. Im Moment bin ich aber nur bemüht, das Zittern meiner rechten Hand unter Kontrolle zu bringen. Hoffentlich versagt mein Hirn nicht wieder in einem kritischen Moment. Es ist immerhin fünf Jahre her, seit ich einen Tatort betreten habe.

Andreas lächelt selig. »Verdammt, ich schäme mich fast, es zu sagen, aber ich bin aufgeregt. Du und ich, Andreas und Ibsen, die Supercops, wie in den guten alten Zeiten!«

Ich habe gemischte Gefühle. Ich bin ein Wrack, das in einer unbedeutenden Abteilung des Innenministeriums mit anderen ›Im-Dienst-Geschädigten‹ die Daten von Hochkriminellen einpflegt. Eine Arbeit, die das BKA uns wegen Überlastung aufs Auge gedrückt hat. Ein Teil von mir spürt, wie die Flamme für meinen einstigen Job gerade wieder entfacht, aber der andere Teil ist voller Zweifel. Der lebt isoliert in einer großen Wohnung voller Requisiten aus einem früheren Leben, an das ich mich nicht erinnere. Ich bin krank, ja. Aber fünf Jahre nach dem Unfall ist das Leben erträglicher geworden, ich baue mich wieder auf. Alles ist geregelt. Ich kann mich im Strom treiben lassen, der mich, manchmal gewaltig, dann wieder sanft mit sich zieht.

Wir biegen in einen Waldweg ein. Plötzlich taucht, wie aus dem Nichts, vor uns ein Maisfeld auf. Der Regen verbindet jetzt Himmel und Erde in grauen Bindfäden.

Während sich das Fahrzeug dem Feld nähert, beugt Andreas sich nach vorn, um mit einer Hand über die beschlagene Windschutzscheibe zu wischen. Mein Blick verweilt auf den schwarzen Nagelrändern, auf den von Tabak gelb verfärbten Fingern, auf den Flecken am Kragen des zerknitterten Hemdes.

Ich sehe einen Mann, allein, gebrochen – sehe ich mich selbst? Ich frage mich, wie viel Zeit Andreas wohl in diesem Leben noch bleibt. Das aufgedunsene Gesicht ist von Couperose gezeichnet, Schweiß steht ihm auf der Stirn und dunkle Ränder umranden seine Augen.

Das Herz oder die Nieren? Vielleicht beides. Zu viel Salz, dazu Stress und das Cholesterin. *Deine Arterien rächen sich, Andy.* Meine Augen streifen die leere McDonald's-Schachtel auf dem Boden. Wie konnte er sich nur so gehen lassen? Der Andreas von früher war immer in Topform, ein durchtrainierter Sportler.

»Wir sind gleich da«, höre ich Andreas sagen. »Ich frage mich, was uns dort erwartet, wenn Kamorow die gesamte OMON-Kavallerie auffahren lässt.«

Mich beschäftigt etwas anderes. »Ich finde es seltsam, dass unsere Namen am Tatort gefunden wurden.«

Andreas kichert. »Man könnte glauben, dass unser letzter gemeinsamer Fall uns zu Superstars gemacht hat!«

Er hat aus mir ein Wrack gemacht ... und einen Witwer.

»Sie haben ihr Ziel erreicht«, sagt die weibliche GPS-Stimme und bringt das Radio zum Schweigen.

Gut.

Andreas zeigt auf die Kollegen der russischen Kriminalpolizei. Er nutzt die rotierenden Blaulichter der Einsatzfahrzeuge, um sich im sintflutartigen Regen zu orientieren, und parkt hinter einem Fahrzeug der Spurensicherung.

Eine große, von einem Regenschirm geschützte Gestalt in einem auffällig blau-weiß-grau gemusterten Kampfanzug und einem schwarzen Barett eilt uns entgegen. Andreas öffnet das Fenster der Fahrertür. Die Gestalt beugt sich nach unten. »Andreas Neumann und Ibsen Bach?«

Andreas zeigt seine Polizeimarke. »Korrekt.«

»Dimitri Kamorow, OMON Moskau. Beeilen Sie sich. Ein scheußliches Verbrechen. Folgen Sie mir!« Er zeigt auf einen schlammigen Feldweg.

Andreas knurrt etwas Unverständliches. Wir steigen aus. In

dieser Einöde kann man den Winter in der Luft bereits riechen – winzige Partikel von erstem Frost und verwesenden Blättern.

Ich greife nach meinem Stock und verziehe das Gesicht. Der Regen hat breite Furchen in die Erde gegraben, in denen jetzt trübes Wasser steht. Der schwammige Boden verschlingt unsere Schritte. Andreas und Kamorow versuchen, die Pfützen zu umgehen, in der vergeblichen Hoffnung, ihre Hosen zu schützen.

Da mir die Beweglichkeit meiner Kollegen fehlt, laufe ich geradeaus. Ich schaffe es kaum, mit den beiden Schritt zu halten, versuche aber, mir die übergroße Anstrengung nicht anmerken zu lassen. *Noch nicht mal vierzig und schon ein alter Mann.*

Kamorow bleibt vor dem Maisfeld stehen und zieht eine Dose Tic Tac aus der Jackentasche. Er hält sie Andreas hin, der zwei Mintpastillen nimmt, dann mir. Ich lehne mit einer höflichen Geste ab.

»Ich weiß nicht, wie es Ihnen gleich geht, aber ich … ich habe so etwas noch nie in meinem Leben gesehen!«, sagt Kamorow. »Ein paar der Jungs haben sich vorhin übergeben müssen.«

Ich starre auf den großen Regentropfen, der an der Spitze der kräftigen Adlernase des Polizisten hängt. Meine Finger möchten ihn liebend gern entfernen.

»Wo ist die Leiche?«, fragt Andreas, der im Stehen joggt, um gegen die feuchte Kälte anzukämpfen.

»Leichen! Nicht eine, wir haben zwei Tote. Kein schöner Anblick. Der Mörder hat sie mit einer Plane abgedeckt, so als wären die beiden Opfer eine Jahrmarktattraktion. Verfickte Bestie!«

Ich mustere Kamorow. Sein von der Nase und den kräftigen Brauen dominiertes Gesicht ist leicht gelblich. *Leberprobleme?* Er ist um die fünfzig, aber sein Haar ist schneeweiß. Mein Notizbuch lechzt nach einem neuen Begriff und ich nehme es aus meiner Jackentasche, schütze es mit einer Hand vor dem Regen und kritzle mit der anderen *Schneeadler*.

»Was macht Ihr Kollege da?«, fragt Kamorow.

Andreas zuckt mit den Schultern. »Er hat einige Ticks, aber er ist der beste Profiler, den ich kenne.«

Kamorow zieht eine Grimasse, bevor er die nächste Mintpastille krachend zwischen seinen Backenzähnen zerkaut. »Na... das werden wir ja dann sehen. Folgen Sie mir!«

»Konnte der Bauer diesen verdammten Mais nicht in einem Gewächshaus züchten, wie alles andere auch?«, knurrt Andreas.

Als Kamorow das Maisfeld betritt, überfällt mich eine heftige Migräne. Ich presse die Hände an meinen Kopf, taumele und krümme mich vor Schmerzen.

Nein... Bitte nicht... Nicht jetzt, ich bitte dich...

Die Stimme in meinem Kopf hallt wie ein fernes Echo. Ich nehme die Gerüche von Benzin, verbranntem Plastik und gebratenem Schwein wahr. Ich schluchze laut, zwinge mich, meinen Atem zu beruhigen, und unterdrücke meine Übelkeit. Schlagartig bin ich wieder ganz ruhig und richte mich auf, brauche ein paar Sekunden, um mich von dem Schock zu erholen. Die Stimmen, die Migräne und die Gerüche sind verschwunden, der Anfall ist vorüber.

»Ist Ihr Kollege krank?«, fragt Kamorow.

»Nicht wirklich. Es ist eine Nebenwirkung der Arzneimittel, die er einnehmen muss«, antwortet Andreas.

Kamorow nickt, in seinen Augen funkelt Spott. Wie er seine vermeintliche Überlegenheit zur Schau trägt, macht Andreas rasend, aber an mir prallt es ab. Auch wenn mir sein Lächeln wie ein geöffnetes Klappmesser vorkommt.

Wir durchqueren das Maisfeld und erreichen eine schmale Waldlichtung, die von Absperrbändern weitläufig eingegrenzt ist. Ein großes Zelt schützt den Tatort gegen den Regen.

Ich folge Kamorow und Andreas ins Innere. Polizisten stehen neben Kriminaltechnikern, die Beweismittel eintüten und das Material kennzeichnen.

Andreas geht einige Schritte in Richtung der Leichen und presst seine Hand gegen die Lippen. »O mein Gott.«

Kapitel 3

Moskau

Erniedrigung

Meine Augen weiten sich, mein Körper fühlt sich taub an. Ich sitze in der Falle. Erbreche mich, lege eine Hand auf den Mund und starre weiter wie hypnotisiert die Szene vor mir an. Um mich herum winden und dehnen sich die Geräusche wie eine Aufnahme auf einem alten Magnetband, das sich verklemmt hat. Das pulsierende Summen verstärkt sich und bringt einen Tinnitus hervor, der wie die Flöte einer Teekanne in meinen Ohren pfeift. Meine Mundwinkel zucken. Ich lasse meinen Unterkiefer spielen, um die Geräusche zu bändigen, die in meinen Schädel dringen. Vergeblich.

Tränen treten mir in die Augen vor Anstrengung. Ich greife nach einem Taschentuch und wische die Galle in den Mundwinkeln weg. Danach hebe ich langsam den Kopf und stütze mich auf meinen Stock, suche festen Stand.

Kamorow steht vor mir, hebt gespielt übertrieben seine weißen Brauen. Seine grau-blauen Augen sind wie Scheinwerfer in dem vergilbten Gesicht. Seine Adlernase und sein weißes Haar erinnern mich mehr und mehr an einen Greifadler in der Nacht.

Kamorows Lippen bewegen sich, aber ich höre nur Kauderwelsch, durchsetzt mit einzelnen Silben.

»*G... Ihn... gu... Ma...an?*« Plötzlich lockert sich der Magnetstreifen in meinem Gehirn wieder ein wenig, das Summen lässt nach.

Kamorow hat einen Ausdruck im Gesicht, den ich nicht einordnen kann. »Geht es Ihnen nicht gut, Herr Bach?«, fragt er ruhig und distanziert.

Der Tinnitus wird leiser und verabschiedet sich nach einigen Minuten ganz. Ich juble innerlich, bin in letzter Sekunde wieder aus dem Abgrund aufgetaucht.

»Es geht wieder. Danke.« Meine Erleichterung lasse ich mir nicht anmerken.

Kamorows Gesichtszüge sind jetzt hart, anklagend. Wir stehen einander gegenüber wie Duellanten. Das falsche Lächeln ist verschwunden. »Ja ... das werden wir dann sehen.«

In der Nähe der Plane machen zwei Mitarbeiter von der Spurensicherung Fotos. Sie tragen weiße Schutzanzüge. Ich habe eine Vorstellung davon, was mich erwartet. Der sintflutartige Regen hat den Geruch von Benzin, Plastik und verbranntem Fleisch nicht vertreiben können.

Eine feste Hand landet auf meiner Schulter. Wieder ist es Dimitri Kamorow. »Bevor Sie den Tatort unter die Lupe nehmen, erinnere ich Sie daran, dass es sich um eine Ermittlung der OMON handelt. Unsere Techniker haben bereits die Hinweise durchforstet, der Leichenbeschauer hat seinen vorläufigen Bericht erstellt. Die Leichen müssen nur noch für ihre Fahrt in die Rechtsmedizin eingetütet werden.«

Eintüten? Wie respektlos.

Ich frage mich noch einmal, warum die OMON, eine mobile Sondereinheit der russischen Polizei, die direkt dem russischen Innenministerium untersteht, einen Mordfall bearbeitet. Die Einheit wird nur zu kritischen Einsätzen herangezogen, welche die Staatspolizei allein überfordern. Warum also hier?

»Ich gebe Ihnen zehn Minuten, keine Sekunde länger. Ach ja, diese Postkarte mit Ihrem, dem Namen Ihres Kollegen und denen der mutmaßlichen Opfer, ist für Sie bestimmt, meine Herren. Sie werden sie mir nach Ihrer Sichtung zurückgeben. Alles klar?«

Ich nehme die Karte, die in einer durchsichtigen Plastiktüte versiegelt ist, und wische mit dem Ärmel meiner Jacke über die

Regentropfen. Es ist eine Ansicht des Kurhauses Scheveningen, ein denkmalgeschütztes Gebäude aus dem 18. Jahrhundert im Seebad Scheveningen, einem Stadtteil von Den Haag, heute das *Grand Hotel Amrâth,* in dem der architektonische Kontrast zwischen Vergangenheit und Gegenwart lebendig wird. Beim Anblick des Kartenmotivs spüre ich den frischen Wind, das Rauschen der Wellen und rieche den salzigen Duft des Meeres. Ich drehe die Karte um. Das Gekritzel auf der Rückseite ist schwer zu entziffern: *Mein Geschenk für Ibsen Bach und Andreas Neumann: Franz Teubel und seine Tochter Marie.*

Trotz der Versiegelung verströmt die Karte einen schwachen Duft, der mir sofort bekannt vorkommt. Ich halte die Tüte an meine Nase, schnuppere. *Myrrhe.*

In meinem Unterbewusstsein regt sich etwas. Ich schaudere. Ein von mir entlarvter Mörder hatte immer Myrrhe in der Nähe seiner Opfer zurückgelassen. Aber ... der Mann ist vor fünf Jahren gestorben.

Copykill? Nein. Das Detail ›Myrrhe‹ war der Öffentlichkeit nicht bekannt gewesen.

Denk nach, Ibsen! Funktioniere!

Ich stecke die Karte in meine Jackentasche, ziehe mein Notizbuch wieder heraus. Als ich die Plane zur Seite schlage, eröffnet sich mir keine Tatortszene, sondern ein Kunstwerk: Eines der Opfer – Franz Teubel – ist nackt und kopfüber mit Stacheldraht an ein Andreaskreuz gefesselt. Die Übereinstimmung mit meinem alten Fall ist beeindruckend. Es ist eine Anmaßung, eine Entweihung.

Ich kritzle *Erniedrigung* in mein Notizbuch.

Vor der Leiche des Mannes kniet eine kleine Gestalt wie in einer Gebetspose; um den Hals ein halb geschmolzener Autoreifen, der Kopf ist nicht mehr als ein verkohlter Schädel.

Ich mache Fortschritte, mein Kopf ist klar, ich muss mehr sehen. Die Wahrheit liegt im Detail. Das ist das Credo des Mannes, der ich einmal war. Ich gehe an meinem Kollegen vorbei, der mit dem Gerichtsmediziner spricht. Andreas' rechte Hand ruht noch immer auf seinem Schnurrbart. Er ist ein Polizist in der Welt der Lebenden: effektiv darin, das Übelste im Menschen aufzuspüren, Widersprüche und Lügen zu entdecken, aber unfähig, dem Tod in die Augen zu sehen.

Etwas verschiebt sich in mir, etwas trudelt an die Oberfläche, etwas Böses. Ich richte meine Aufmerksamkeit auf den Gekreuzigten und betrete eine Gedankenblase, in die nur die Worte des Rechtsmediziners dringen: »… Die Gesichtshaut ist mithilfe eines scharfen Gegenstandes akribisch abgelöst. Der Schnitt ist glattrandig, aber in Höhe des Tränenkanals ist der Verlauf unsauber. Vermutlich kommt als Werkzeug ein Skalpell oder ein Cuttermesser infrage …«

Warum hast du ihm nur ein Auge herausgeschält? Damit er weiter Zeuge deiner Tat ist, damit er zusehen kann? Lass ihn den Rest sehen: seine Tochter Marie, deren Kopf gerade in Flammen aufgeht.

»… die Spurensicherung hat Spritzen, Lidocain-Ampullen sichergestellt und mehrere Nadeleinstiche auf seinem Körper entdeckt, was die Vermutung bestätigt, dass das Opfer an mehreren Stellen lokal betäubt wurde …«

Es geht dir nicht um körperlichen Schmerz, nein, den wolltest du dem Opfer nicht zufügen.

»… der Penis wurde abgetrennt …«

Du hast dem Opfer seine Taten gezeigt. Kein Schmerz, nein. Aber ein durch die Verstümmelung induziertes Entsetzen. Dasselbe Vorgehen wie das des damaligen Mörders.

»… er hat die Knochen mit einer Säge durchtrennt. Elle, Speiche. Das Muskelgewebe ist herausgerissen. Die Hände sind nicht mehr mit dem Streckmuskel verbunden …«

Warum hast du die Hände der Tochter mit Stacheldraht an seine Arme gebunden?

»… die Haut an den Flanken wurde abgelöst.«

Und mit industriellen Klammern an den Brettern befestigt, wie ich sehe. Welche Bedeutung steckt dahinter? Was willst du uns sagen?

Ich knirsche mit den Zähnen. Der *andere* Ibsen hatte bereits eine Erklärung gefunden, er hätte jedes Detail analysiert, ein

Szenario in Gedanken nachgestellt. Er hätte den Mörder gesehen, hätte ihn denken hören, hätte ihn verstanden! *Konzentriere dich, Ibsen!*

Als ich nach dem Notizbuch greife, zittern meine Hände wieder und mein Puls beschleunigt sich. Mein Verstand ist wie trübe Flüssigkeit, dann wieder wie ein klares Gewässer. Jeder Gedanke ist wie ein ins Wasser fallender Tropfen, der die Oberfläche wellt. Zu viele Fragen, zu viele Gedanken, zu viele Kreise im Wasser.

Fünf Jahre. Der Weg hierher war lang. Doch jetzt bin ich wieder an einem Tatort und kann den Dingen auf den Grund gehen. Ich höre den Rechtsmediziner nicht mehr und sehe nur am Rand, wie Andreas' Couperose einer zunehmenden Blässe Platz macht. Dimitri Kamorow beobachtet mich weiter, als wäre ich eine Anomalie. Er weiß nicht, dass ich meine Fähigkeiten nicht verloren habe – trotz des schweren Autounfalls und der darauffolgenden Amnesie.

Mein Kopf füllt sich mit Nebel. Stimmen erheben sich darin. Ich höre die Toten.

»Nein ... Tu das nicht ... Nicht sie, ich flehe dich an.«
»Papa!«
Schreie.
»Bitte, nicht sie. Nicht Marie!«

Ich rieche den Geruch von verbrannter Haut, spüre die Hitze auf meiner Haut. Höre die Stimme eines Kindes, wie ein Flüstern in meinem Ohr: *»Es ist ein Geheimnis. Das ist unser Geheimnis.«*

Ich reiße die Augen auf, mein Körper wird leicht, ich kämpfe gegen die Ohnmacht, bleibe bei Bewusstsein, gerade so.

Und plötzlich fügt sich das Puzzle zu einem klaren Gedanken in den kühlen Windungen meines Geistes. Ich halte inne, horche, schlucke und öffne meine Augen. Die Blase platzt.

Andreas kommt mit fragendem Blick auf mich zu. Ich lese darin die Hoffnung, dass meine Fähigkeiten nicht verloren sind. Er wartet auf die Analyse des *Anderen*. »Also Ibsen, was denkst du? Hast du etwas gesehen?«

Ich blicke auf die Toten, nicke. »Rosenrot.«

Kapitel 4

November 2018
Moskau, Distrikt Danilovsky

Leonela Sorokin, die von allen – mit Ausnahme ihres Vaters – nur Leo genannt wurde, wachte schweißgebadet auf, öffnete die Augen und betrachtete das Spiel des Morgenlichts, das durch die Vorhänge in ihr Schlafzimmer drang.

Eine kurze Nacht lag hinter ihr, in der sie wieder einmal von Maksim Rybakow geträumt hatte. Ihr Schmerzgedächtnis meldete sich, die Synapsen spielten verrückt. Sie glaubte, das Anschwellen ihrer Wange nach der Ohrfeige zu spüren, die Rötung in ihrem Gesicht, die eisige Stille danach. Die Tränen, die unweigerlich mit dieser Erinnerung kamen. Im Traum hielt sie Maksim ein Messer an die Kehle, blickte ihm dabei direkt in die Augen, hörte sein atemloses Flüstern und … stach zu. Wurde zur Mörderin. Maksim sank zu Boden, sein Blut drohte sie zu überfluten wie ein Szenario aus einem billigen Horrorstreifen.

Cut! Aufwachen!

Gütiger Himmel, Leonela. Das muss aufhören! Maksim war bereits seit Monaten Geschichte.

Lenin war hungrig und fauchte den dünnen Vorhang an. Sie musste sich mit dem Kater gedulden. Sein Verhalten entsprach ihren Albträumen: ein neurotisches Überbleibsel aus ihrer Zeit mit dem Ex. Der Kater hatte die Gegenwart von nahendem Unheil schon immer gespürt. Seit der Trennung von Maksim sprang er wieder jeden Morgen auf ihr Bett. Mit halb geschlossenen Augen beobachtete Leonela den schnurrenden Kater und wartete darauf, dass er mit seiner rauen Zunge an ihrem Ohrläppchen zu lecken begann.

Sie rührte sich nicht. Wollte liegen bleiben, die Nacht ein wenig verlängern. Nur noch einen Moment das Spiel des Katers genießen. Aber wenn Lenin nicht bald sein Frühstück bekam, würde dieser renitente Bolschewik als Nächstes seine Krallen an der Tapete schärfen.

Steh auf, Leonela! Der zweite Aufschrei ihrer inneren Stimme.

Leo kämpfte eine Weile mit sich, bis sie die Bettdecke zur Seite warf und sich auf die Beine schwang. Von draußen drangen vertraute Geräusche durch die geöffnete Balkontür. Rasch zog sie den Bademantel an und betrat die überdachte Terrasse. Unten bauten die ersten Händler trotz des strömenden Regens ihre Marktstände vor dem *Danilovsky*-Gebäude auf.

Der Danilovsky-Markt war einer der beliebtesten überdachten Märkte Moskaus und berühmt für die außergewöhnlichen und exotischen Delikatessen, die dort zum Verkauf angeboten werden. Tagtäglich bekamen Einkaufswillige alles, was ihr Herz begehrte. Ihr Blick schweifte fast träumerisch für einen kurzen Augenblick über das emsige Treiben vor dem Ufo-ähnlichen Gebäude. Über den Markt schlenderten Moskauer, Regierungsmitglieder des Kremls, Angestellte der Ministerien. Diplomaten. Touristen. Künstler. Leonela hegte schon immer den Wunsch, sich inmitten dieser quirligen Lebendigkeit eine kleine Wohnung in der *Samarinskaya* zu nehmen und vor einem halben Jahr hatte sie sich diesen Traum erfüllt. Hier hatte sie nach der Trennung von Maksim wieder zu sich gefunden und sich auf das besonnen, was sie immer sein wollte: eine gute Jurastudentin und investigative Bloggerin.

Moskau war nicht nur die Hauptstadt der Russischen Föderation, sondern auch kulturelle Vielfalt, Eleganz und voller Tradition. Das spiegelte der Danilovsky Markt wieder. Sie traf dort auf Menschen aller Welt und plauderte mit ihnen, fühlte sich wohl. Dennoch gab es immer wieder Momente, in denen sie spürte, dass sie die Schatten der Vergangenheit und ihre Ängste noch nicht endgültig hinter sich gelassen hatte.

Der Gedanke, ihre Wohnung vielleicht eines Tages verlassen zu müssen, schreckte sie. Die Ankündigung einer Mietzinshöhung gestern im Briefkasten hatte diese Katastrophe näherrücken lassen und sie in Panikstimmung versetzt. Die neue Miete konnte sie sich partout nicht leisten. Entweder musste sie ihren Vater um finanzielle Unterstützung bitten oder ihre Tätigkeit als investigative Bloggerin aufgeben und sich um einen Studentenjob bei einer Anwaltskanzlei bewerben. Beide Optionen waren ihr zuwider. Aber bevor sie durch ihren verdammten Stolz die geliebte Wohnung verlor, musste sie in den sauren Apfel beißen und mit ihrem Vater reden. Vielleicht gingen ihr seine Kritik und die Predigten auch nicht mehr so nahe. *Sei selbstbewusst, sei überzeugend.* »*Stand your ground!*« Ihre Mutter hätte sie um Hilfe gebeten, sie hatte immer ein offenes Ohr für ihre Ideen gehabt, aber leider war sie vor einigen Jahren gestorben. Die Arbeit in der Kanzlei war keine echte Option. Sie musste weiter das machen, von dem sie überzeugt war, auch wenn ihr Vater sie nicht verstand.

Jetzt eine heiße Dusche, Leo! Vielleicht konnte sie unter der sprudelnden Nässe die Dämonen der Nacht vertreiben und eine Lösung finden. Unter einem warmen Wasserstrahl kamen ihr immer die besten Einfälle.

Zehn Minuten später waren die Dämonen abgetaucht. »Dein Problem ›finanzieller Engpass‹ leider nicht, Leonela Sorokin«, murrte sie vor dem Badezimmerspiegel. »Und du musst abnehmen!«

Der Verzehr von Schokolade und die sitzende Tätigkeit vor dem Laptop hatten erste Spuren hinterlassen. Sie schob eine lange schwarze Strähne aus dem Gesicht und betrachtete sich eingehend. Braune Augen, Stupsnase, Grübchen, volle Lippen, ein Meter siebzig groß, fünfundsiebzig Kilo. »Hm …«

»*Was wirst du gegen die überflüssigen Pfunde unternehmen, Leonela?*«

Nichts, Papa!

»Ich bin keine Frau, die sich jeden Tag von einer Karotte ernährt und meint, sie wäre so glücklich.« Sie warf sich im Spiegel einen konsternierten Blick zu. So schlimm stand es also um sie, dass sie Selbstgespräche führte.

In der Küche bekam der Kater sein Futter und stürzte sich sofort darauf. Die Kaffeemaschine wartete ebenfalls auf ihren Einsatz und die Playlist des iPods auf das *On-* und *Play-me*-Signal. Ihre Lieblingsmusik in voller Lautstärke war ein Muss, das sie sich gönnte, bevor sie sich an den Computer setzte. Der Zufallsgenerator wählte *It's Raining Again* von Supertramp. Der perfekte Song für einen regnerischen Herbstmorgen.

Zwei Marmelade-Toasts später saß sie mit einer dampfenden Tasse Kaffee am Schreibtisch und starrte auf das Familienfoto: Der gesamte Sorokin-Clan, selbst ihre Schwester Yasmin rückte neben Maksim ihren blonden Pferdeschwanz zurecht und zog eine Grimasse. *Vermutlich hatten die beiden schon damals eine Affäre*, dachte Leonela. Der Verrat, die Wut, der Schmerz. Sie war einfach gegangen. Während Maksim bei Gericht war, hatte sie ihre Sachen gepackt und sein Haus verlassen.

Elf Uhr. Eine Menge Arbeit wartete auf sie. Keine Zeit, noch länger zu trödeln und über die Vergangenheit zu grübeln. »Das Leben wartet auf dich und deine Verschwörungstheorien, Leo«, würde ihre Freundin Willa jetzt sagen. Sie öffnete den Laptop und sortierte ihre E-Mails. Auf Jurijs Nachricht freute sie sich am meisten.

Ihre ehrenamtliche Arbeit im *Mussorgski*-Theater in Sankt Petersburg war spannend, inspirierend und kreativ gewesen, sie hatte ihre Liebe zur Bühne mit einer großen Gruppe von Laiendarstellern teilen können. Aber als sich dann Brad Pitts Double der Theatergruppe anschloss und sie anlächelte, stieg die Verzauberung auf ein neues Level. Jurij Leps war nicht nur gut aussehend, er war auch ein kluger, nachdenklicher Mann mit einem unbeschwerten Humor. Sie konnte das nächste Treffen kaum erwarten.

Jurijs E-Mail war die zwanzigste auf der Liste, aber die erste, die Leonela öffnete. Wie immer mit ein wenig Herzklopfen und einer Dosis innerer Unruhe. Mittlerweile waren sechs Wochen seit dem letzten Treffen vergangen und sie befürchtete, dass das Sprichwort *Aus den Augen, aus dem Sinn* sie zum nächsten Opfer machen würde.

Erleichterung! Aufatmen, als Leonela seine Nachricht las. Kein Aus für die Liebe wegen der Entfernung, sondern ein kurzes *Ich liebe dich, mein Engel* und ein Foto. Sie klickte auf die *Guten-Morgen-Liebling*-Fotodatei und auf das Selfie eines Mannes mit nacktem Oberkörper. Sein attraktives Grinsen war lustig und romantisch zugleich.

Beim Betrachten der Aufnahme fragte sich Leonela, wie sie es nur zwei Jahre mit dem zynischen und egoistischen Intellektuellen, Maksim Rybakow, ausgehalten hatte. Bei dem Gedanken zitterte sie vor Abscheu. Mit dieser Beziehung verband sie Tränen, Schmerz, Enttäuschung, Wut, Misstrauen, und Verachtung – und die Kälte der Einsamkeit.

In den letzten Monaten ihrer Beziehung hatte Maksim ihr sein wahres Gesicht gezeigt. Oder war er schon immer so besitzergreifend und misstrauisch gewesen, und sie nur blind? Nachdem sie seinen Verrat entdeckt hatte, wollte sie ihr aus den Fugen geratenes Leben selbst in die Hand nehmen. Sie hatte sich niemandem anvertraut, nicht einmal ihrem Freund und Kommilitonen Boris, auch nicht, als Maksim ihr das erste Mal mit der flachen Hand ins Gesicht schlug, weil sie sich in seinen Augen für ein Interview zu hübsch angezogen hatte. Sie seufzte. Anderen ihr Herz ausschütten, das konnte sie selbst heute noch nicht gut.

Jedem Streit mit Maksim war tagelanges Schweigen gefolgt. Innerhalb weniger Monate wurde sie eine verwahrloste Seele, verletzbar, traurig und einsam, voller Sehnsucht nach Zärtlichkeit und Liebe. Maksim hatte ihre Schwäche – die Sehnsucht nach Anerkennung – von Anfang an durchschaut, während sie bei ihm völlig im Dunkeln tappte.

»Äußere deine Meinung laut und stark, Leonela, fliehe vor den Heuchlern und ignoriere, was die Leute sagen«, hatte ihr Vater immer gepredigt. Und genau das hatte sie stets getan. Von

Maksim erntete sie dafür zwei Ohrfeigen und eisige Kälte. In seinen Augen war sie eine miserable Jurastudentin und als Bloggerin eine Null, doch vor allem ein vorlautes, bockiges Papakind.

Leo konnte auf eine strenge, aber behütete Kindheit und Jugend zurückblicken, die sie widerstandsfähig und stark gemacht hatte. Nur deshalb war sie in der Lage, sich so schnell aus dieser Beziehung zu befreien. Keine Kämpfe, keine Versöhnung, kein verzweifeltes Strampeln. Nur das Abtauchen in eine andere, friedvollere Stille.

Maksim war Vergangenheit, eine alte Geschichte, die Albträume kamen nur noch selten.

Was gab es Schöneres, als einen Tag mit den Worten der Liebe zu beginnen und sich begehrt zu fühlen … auch wenn diese Liebe im siebenhundertfünfzehn Kilometer entfernten Sankt Petersburg weilte?

Sie überprüfte die anderen E-Mails – es waren hauptsächlich Nachrichten von den Lesern ihres Blogs, die sich für ihre geheimnisumwobenen Geschichten und Verschwörungstheorien interessierten. Was als studentische Arbeit während eines Workshops für investigativen Journalismus an der Universität Moskau begonnen hatte, entwickelte sich zu einem beliebten Blog. Sie führte ein öffentliches Tagebuch, in dem sie über das Leben in ihrer Stadt berichtete. Sie befragte Menschen auf den Straßen Moskaus, wollte wissen, was die Russen stolz machte und was sie beschämte. Ihre Follower liebten die Berichte über die Heimholung der Krim oder die Behauptung der Russen im All. Leos Recherchen führten sie auch zu den verborgenen Wahrheiten der russischen Hauptstadt, in die Armutsviertel, wo zum Teil katastrophale Zustände herrschten. Eine beschämende Armut, für Russland unwürdig, wie sie fand. Sie kommentierte demzufolge das politische Geschehen klar und deutlich. Ihr engagiertes öffentliches Auftreten sorgte immer wieder für Konflikte zwischen ihr und ihrem Vater. Kein Wunder, der Oligarch Bogdanowitsch Sorokin wohnte im Rubljowka, dem Mekka der reichen Russen. Und obwohl er längst im Ruhestand war, hielt der Kreml stets seine Hand über ihn.

Inzwischen – zwei Jahre später – war es feste Gewohnheit für Leonela, jeden Tag auf die Mails von ihren Followern, Fans oder auch von Trollen, zu reagieren

Der erste Kommentar stammte von einem Tristan Selowski. *Ich liebe, was du tust, Leonela. Du bist wirklich die Beste, ich bin dein größter Fan. Ich lebe in Korliki. Wenn du mich mal sehen möchtest… oder was auch immer, hinterlasse mir eine Nachricht. Küsse, Tristan.*

Korliki? Sie verschob die E-Mail in den Ordner *potenzieller Psychopath*. Der Satz *Ich bin dein größter Fan* erinnerte Leo an die Verrückte in Stephen Kings Roman *Misery*, den sie mit zwölf Jahren gelesen hatte.

Die zweite E-Mail war von WhitePenis94. *Hey Miststück, ich bin mir sicher, dass es dir Spaß macht, eine ganze Horde schwarzer Schwänze mit den Füßen zu treten! Das ist elegant, raffiniert, und hat Klasse!* Ab in den Ordner *Rassist*.

Boris machte sich stets über ihre Angewohnheit lustig, alle E-Mails zu speichern. Er hielt das für eine digitale Erweiterung ihrer Leidenschaft fürs Theater – kein Abschied von den Requisiten, alles konnte noch anderweitig verarbeitet werden.

Der nächsten E-Mail war ein Anhang beigefügt. Eine anonymisierte Datei.

Wenn Sie mehr über Stefan Bennet erfahren möchten, folgen Sie meinen Anweisungen in der angehängten Datei. Aber zuerst bitte den Tor-Browser herunterladen.

Stefan Bennet! Leonela hatte den Fall des deutschen Journalisten mit afrikanischen Wurzeln, der in den Siebzigerjahren spurlos verschwand, immer mal wieder recherchiert. Bennet fiel als Kriegsreporter in Vietnam durch seinen Aktivismus gegen die Giftgasanschläge auf die Vietnamesen auf. Der anonyme Absender der E-Mail war vermutlich den Recherche-Artikeln auf ihrem Blog gefolgt. Von Stefan Bennet gab es seit 1979 kein Lebenszeichen mehr, aber niemand hatte sich wirklich für sein Verschwinden oder Ableben interessiert. Eine recht merkwürdige Geschichte.

Leo zögerte, sie wusste um den Ruf des Darknets. Aber sie war nun mal eine investigative Bloggerin und die Neugier trieb sie dazu, den Tor-Browser zu installieren.

Sie klickte auf den Anhang.

Kapitel 5

Moskau, Distrikt Danilovsky

Leonela fieberte schon jetzt der ominösen Datei entgegen, ihr Herz schlug widerwillig und unregelmäßig. Sie knabberte wie immer an der Unterlippe, während sie auf das *kleine Geschenkpaket* starrte, wie sie diese Hinweise nannte. Sich in das Darknet zu begeben, bedeutete, einen finsteren Ort zu betreten, eine Piratenhöhle des digitalen Zeitalters und der Anti-Globalisierungs-Rebellen wie Cyberfreaks, Cryptoanarchisten. Aber auch Waffenhändler, Drogendealer, rechtsextreme Gruppen und pädophile Netzwerke tummelten sich dort.

»Du solltest vorsichtiger und weniger naiv sein, Leonela«, meldete sich ihr Gewissen – dieses Mal mit der mahnenden Stimme ihres Vaters.

Plötzlich kamen Leo Zweifel. Was, wenn es nur eine Falle war, um ihre Bankdaten zu stehlen? Oder den Inhalt ihrer Festplatte zu hacken, um ein Lösegeld zu erpressen? Ihr Vater war ein sehr vermögender Mann. Aber dennoch konnte sie nicht anders. Wenn die Neugierde ins Spiel kam, handelte Leo oft gegen alle Bedenken.

Zu spät für einen Rückzug, Papa.

Der Tor-Browser brauchte länger, um sich zu installieren, die Sanduhr lief bereits seit zwei Minuten. Leo geriet in Panik, zählte ihre Atemzüge. Die Angst, einem Hacker zum Opfer gefallen zu sein, wuchs mehr und mehr. Sie wollte den Laptop ausschalten, dem Hacker ausweichen und sich schützen. Doch plötzlich öffnete sich die Seite und sie atmete erleichtert auf und staunte. Die

Seite war völlig leer, bis auf eine alte Uhr in der Mitte des Screens. Unten rechts war ein Zähler im Countdown-Modus. 5.39 … 5.38
Okay. Du musst dich also in Geduld üben.
Das plötzliche Türläuten ließ Leo hochfahren. Lenin sprang aus dem Bett und verzog sich in die Küche. Sie klappte eilig ihr Notebook zu, fast schon überstürzt, als ob das Surfen im Darknet und der Blick auf diese fragliche Seite sie kompromittieren würde.

Wer konnte das sein? Misstrauisch beäugte sie ihren Laptop. *Und wenn du … Nein, lächerlich.* Sie konnte die Verbindung mit einem Klick unterbrechen! *Deine Fantasie spielt dir einen Streich, Leo!* Vermutlich waren das die Nachwehen des Horrorstreifens, den sie sich gestern Nacht Fingernägel kauend angesehen hatte.

Sie schob den Bürostuhl zur Seite, stand auf und ging unentschlossen auf die Wohnungstür zu. Spähte durch das Guckloch. Niemand zu sehen. Ein Schauer lief ihr über den Rücken. Ihr Herz raste, obwohl es gar keine Verbindung zwischen ihrem Einloggen im Darknet, der Datei und dem Läuten geben konnte.

Plötzlich war ein Auge im Türspion zu sehen. Sie schreckte zurück. Schrie.

»Mensch, Leo, beruhige dich, wir sind es doch nur.« Eine vertraute Stimme klang durch die Tür.

Boris!

Was bist du doch für eine Närrin, du dummes Ding! Der Stein, der ihr vom Herzen fiel, wog Tonnen. In Windeseile entriegelte sie drei Schlösser, entfernte die Kette und öffnete die Tür.

»Überraschung!« Zwei Stimmen im Einklang.

Willa und Boris standen lächelnd vor ihr. Ihr bester Freund trug eine Plastiktüte, aus der ein Geruch entwich, der ihren Magen in Panik versetzte. Rindfleisch, Speck … Igitt. Willa reichte ihr einen Weidenkorb mit Kräutertee und diversen Nahrungsergänzungsmitteln in bunten Tütchen und Pillendosen. »Herzlichen Glückwunsch zum Geburtstag, Leo!«

Sie trat überrascht zurück. »Aber der ist doch erst im April!«

»Wir feiern Jahrestag deiner Emanzipation«, sagte Boris. »Es ist zwei Jahre her, seit du unsere großartige Wohngemeinschaft verlassen hast. Nun, wir waren damals nicht besonders originell. Aber ...« Er reichte ihr eine Karte.

Leo, die wir vermissen, signiert mit *B & W*, las sie still. »Boris und Willa. Sie lächelte. »B & W. Klingt wie eine Scotch-Werbung.«

»No way, honey«, widersprach Boris. »Eher wie die Anwaltskanzlei *B & W – Black and White*, ein Wortspiel – dunkelhäutiger Anwalt mit weißer Assistentin. Sehr sexy.«

Leo zwinkerte Willa zu. »Ich bin mir nicht sicher, ob ein Informatiker und eine Schauspielerin die besten Anwälte abgeben würden, aber sexy ist nur Willa. Aber du, Boris, du bist klein, dick, hässlich und schwul!«

»Siehst du, Willa«, protestierte Boris, »genau wegen Leos Vorurteilen habe ich Probleme mit den Journalisten. Ich soll dich übrigens von Frau Xu-Lim grüßen, Leo. Sie vermisst dich sehr.«

»Ernsthaft? Diese alte Hexe konnte mich nicht ausstehen. Und ich hatte sie auch nicht gerade ins Herz geschlossen. Sie hat ihre Nachbarn immerzu ausspioniert. Pfui! Die Briefkästen zu leeren, um die Post anderer zu lesen ...«

Willa stand auf der Türschwelle, schaute auf ihre Uhr. »Ich muss mich leider von euch verabschieden, sonst komme ich zu spät zu meinem Vorsprechen. Boris, sehen wir uns noch, bevor ich zur Vorstellung muss?«

Aus dem Augenwinkel fiel Leo auf, wie Boris zwei Finger in den Mund steckte, als müsse er sich übergeben. »Natürlich, Schätzchen! Gutes Vorsprechen.«

»Eine Umarmung zum Abschied brauch ich jetzt aber noch, Willa, und kümmere dich nicht um das Gelaber dieses Homos.« Willa lächelte, umarmte sie herzlich und stürmte die Treppe herunter.

Leo schloss die Tür. »Boris Berkowitsch, du bist nicht nett zu Willa!«

Boris holte seinen Burger aus der Tüte und hielt ihn ihr vor die Nase. »Theater ist nicht so mein Ding. Check dieses Wunderwerk, ein gegrilltes Muss aus Fleisch und Speck und ... voller guter

Wachstumshormone!« Er setzte seine schneeweißen Zähne in den Burger und mimte den wollüstigen Haifisch.

»Hey, ich belästige dich auch nicht mit meinem Gemüseburger. Ich bin keine militante Veganerin, aber ich mag nun mal kein Fleisch. Also, verpiss dich mit deinem Gemetzel, du elendiger Tiermörder!«

Er starrte eine Weile auf ihr Lieblings-T-Shirt mit dem Aufdruck *Kein Fleisch, keine Milch, kein Scherz*. Jetzt kaute er mit offenem Mund und sah sie dabei herausfordernd an.

»Und da heißt es, Schwule seien differenzierter ...«, brummte Leo und hob ihren Mittelfinger.

»Oh ... dieses alte Klischee ... Vielleicht solltest du dir selbst eine E-Mail schreiben und deine Nachricht in deinen Ordner *artfeindlich und homophob* verschieben.«

Ein Lächeln grub sich in ihr Gesicht. »Hab dich auch lieb, Boris. Stell den Korb bitte auf die Couch, ich muss dir etwas zeigen!« Sie setzte sich wieder an den Schreibtisch und öffnete den Laptop. Der Zähler hatte sich in einen Button verwandelt. *Weiter*.

»Wow, warte, warte, Leo! Träume ich oder ist das ein Tor-Browser?«

»Ja, lange Geschichte.«

»Nun, das ist gut, ich habe Zeit, Süße. Fang an!«

Boris unterbrach sie nicht, als sie ihm die Hintergründe zu Stefan Bennet erklärte.

»Wenn ich dich richtig verstanden habe, schickt dir dieser Typ, der einen Artikel über das Verschwinden eines gewissen Stefan Bennet in deinem Blog gelesen hat, anonym eine *.onion*-Datei?«

»Richtig. Ich habe vor einiger Zeit über Bennet recherchiert. Einige Tage vor seinem Verschwinden fuhr er nach Moskau und kehrte kurz darauf wieder nach Berlin zurück. Ab da verliert sich seine Spur.«

»Wow. Also, entweder ist dieser Link ein Scherz oder dich erwartet hinter diesem Button Schockierendes wie ein Ultra-Gore-Mord oder ekelhafte Zoophilie. Oder du bist tatsächlich einer ziemlich großen Sache auf der Spur.«

»Das vermute ich. Warum hätte er sonst das *Deep Web* gewählt?«

Boris runzelte die Stirn. »Okay, aber verwechsle bitte jetzt nicht das *Darknet* mit dem *Deep Web*, Leo. Das Deep Web besteht aus allem, was du mit einer klassischen Suchmaschine nicht finden kannst, während das Darknet ein privates virtuelles Netzwerk ist, in dem Dateien von jedermann hochgeladen werden können, oft von Leuten, denen du auf der Straße nicht begegnen möchtest. Verstehst du, was ich meine, Leo?«

Sie knabberte an ihrer Unterlippe, »Also, klicken oder es bleiben lassen?«

Boris grinste und zeigte ihr seine weißen Zähne. »Keine Sorge, ich bin ja bei dir!«

Schon stand der Cursor auf dem roten Button.

Leo konzentrierte sich auf ihren Atem.

Schließ die Augen. Ganz ruhig. Gut so. Nun öffne sie wieder.

Ein altes Foto erschien in der Mitte des Bildschirms.

Boris wies auf einen Zähler in der oberen linken Ecke. »Was zum Teufel ist das denn?«

Das Foto darunter zeigte einen dunkelhäutigen Mann in einer beigefarbenen Lederjacke. Mit einem Mikrofon in der einen und einem Tonbandgerät in der anderen Hand, posierte er im Garten eines imposanten viktorianischen Herrenhauses, das Leo im verwaschenen Hintergrund vermutete.

»Das ist er! Das ist Bennet! Die Siebziger und Achtziger waren schon immer meine Lieblingsjahre in Sachen Recherche.« Leo hatte endgültig angebissen.

Boris nickte. »Es sieht aus, als ob er mitten in einer Geschichte steckt und jemand ihn mit einer Kamera filmt. Man erkennt nicht viel, das Foto ist nicht besonders gut. Er ist nicht alleine. Und wenn der Typ, der dir diesen Link geschickt hat, der Typ ist, der die Aufnahme gemacht hat? Verdammt, ich wünschte fast, es wäre ein Schwindel. Ich habe ein ungutes Gefühl bei der Sache, Leo.«

Feiger Boris.

Der Zähler erreichte die Null. Das Foto löste sich sofort in nichts auf. Ein *Download*-Button erschien, ebenso wie die Frage: *Sind Sie bereit, mir zu helfen, die Wahrheit zu entdecken?*

Leo jubelte. Sie war auf etwas Großes gestoßen, sie spürte es. *Siehst du, Papa, ich glaube, du wirst endlich stolz auf deine Tochter sein, nachdem du all die Jahre meine Entscheidungen kritisiert hast.*

Noch ahnte Leo nicht, wie sehr der Klick auf den Button ihr Leben verändern würde.

Kapitel 6

November 2018
Berlin-Kollwitzkiez

Staub und Asche

Ich bleibe einen Moment vor der Eingangstür stehen und möchte nicht in meine Wohnung zurückkehren, aus Angst vor einer weiteren schlaflosen Nacht, die mich hinter dieser Tür erwartet, aus Angst vor dem Weckerklingeln am nächsten Morgen, das mein Leben wieder in die alten, starren Bahnen lenken wird: als einfacher Mitarbeiter in der Abteilung Datenverarbeitung des Innenministeriums.

Ich habe in Moskau versagt.

Zur Hölle mit dir, Ibsen Bach.

Am Tatort hatte die Spurensicherung Narkosekapseln und Spritzen sichergestellt, die einzigen konkreten Informationen, die ich mit dem Tatort verbinde. Als Schlussfolgerung hatte mein Gehirn nur diffuse Empfindungen signalisiert, nichts Greifbares. Außer dieses eine Wort: *Rosenrot*.

Das hätte ich wohl besser für mich behalten sollen.

Ich habe immer noch Andreas' Gesichtszüge vor meinem inneren Auge: Aus Nichtbegreifen wurde Verlegenheit, aus Verlegenheit Mitleid. Mein Kollege und Freund glaubt jetzt bestimmt, ich sei verrückt. Nein, schlimmer noch, er glaubt, ich sei immer noch krank, und er hat recht. Und Pitbull Kamorow hat mich angesehen, als sei ich der Letzte unter den Idioten.

»Ja ... das werden wir dann sehen«, höre ich ihn wieder sagen, eine Mintpastille in seinem Mund zerkauend.

Es ist aus. Wer würde nach dem Desaster noch einmal einen irren Krüppel an einem Tatort sehen wollen? So lautet das Fazit: zuerst meine Hoffnung, danach null Chance auf eine Rückkehr in den aktiven Dienst beim BKA Berlin als Profiler.

Aber zumindest ist da noch Kate, ein kleiner Schimmer im Dunkeln, ein Leuchtturm in meiner Nebelwelt.

»*Home sweet home*«, flüstere ich und stelle den Koffer auf den Fliesenboden im Flur und den Stock in den Regenschirmständer. Ich bin allein mit der Leere meiner Wohnung. Das Essen vom Vortag steht noch auf dem Tisch, ein halbes Steak und ein Rest von Püree auf einem Teller. Ein Glas, noch zu drei Viertel gefüllt, berührt die fast leere Flasche eines italienischen Rotweines. Der Kühlschrank macht noch immer das Geräusch eines Flugzeuges beim Abheben. Wenige Möbelstücke und leere Kartons vermitteln hier und da meine Einsamkeit.

»*Der Spinner ist doch keiner von uns*«, haben die russischen Kollegen hinter meinem Rücken getuschelt. Sie wussten nicht, dass ich ihre Sprache verstehe. »*Er ist überhaupt nicht mehr von dieser Welt.*«

Als ob es nur eine Welt gäbe.

Das war's also? Du gibst auf? Du glaubst, der ›andere‹ Ibsen hätte die Sache auf sich beruhen lassen? – Scheiß auf den anderen! Dieser Ibsen existiert nicht mehr.

Ich liege in der Dunkelheit des Schlafzimmers, starre mit trockenen Augen in das Schweigen des Raumes und versuche, mich zu erinnern. Ein Erinnerungsfetzen ist wie eine heftige, fast greifbare Spannung, die in der Luft hängt, schmerzhaft wie stechende Dornen. Nichts darf meine Gedanken jetzt stören, denn so verliere ich das Bild, das sich mir in diesem Moment offenbart: Das Lächeln meiner Frau, die mich liebevoll umarmt, mich küsst: Lara.

Andreas hat mir auf der Fahrt nach Moskau von den glücklichen Zeiten in seiner Ehe erzählt, in denen er verliebt war, wirklich verliebt. Vermutlich ist das der Grund dafür, dass meine Erinnerung versucht, lebendig zu werden.

Ich bin immer noch auf der Suche nach Momenten unserer Liebe. Lara, Ehefrau eines fürsorglichen Polizisten, – *bin ich fürsorglich gewesen?* – Freundin und Geliebte. Jedenfalls eine Frau, die ein gutes und erfülltes Leben hatte, sagten die Menschen an ihrem Grab. Menschen, die es wissen müssen, die sie liebten. Aber ich erinnere mich nicht an dieses Leben, das ich vor fünf Jahren geführt habe, an das Leben des *anderen* Ibsen. Zu einem guten Leben gehören Freude, Schamlosigkeit, Unbekümmertheit, Gerüche, Stille, berauschende Augenblicke. Mir fehlen die Bilder dieses Lebens, die Farben und die Geräusche: Lara, der Klang ihrer vertrauten Stimme, ihre Anwesenheit und ihr Lächeln, das Lachen und die Tränen. Lara, das Glück und die Ausgelassenheit, das Bedürfnis nach Liebe, nach Sex mit meiner Frau.

Wir sind viel und weit gereist, das zeigen mir die Reisejournale und Bildbände im Bücherregal und die DVD-Sammlung: Asien, Afrika, Nordamerika, Südamerika und Australien. Nur ein paar Schritte vom Schreibtisch entfernt, steht der Rekorder. Unzählige Male habe ich mir die Filme angesehen, während mein Herz hoffnungsvoll gegen den Brustkorb hämmerte, aber die Bilder haben mich nie erreicht. In Wahrheit habe ich alles vergessen, und mein Gedächtnis ist nicht bereit, diese Erinnerungen wiederzufinden. Was sich nach dem Unfall und Laras Tod in meiner Wohnung und meinem Leben ausgebreitet hat wie ein Tsunami, ist die Stille.

Meine Fäuste graben sich in die Bettdecke. Jetzt, in diesem Augenblick, will ich nur an Lara denken, suche wieder die Erinnerung. Aber sie ist fort. Stattdessen träume ich in letzter Zeit oft von Kate.

Das Einzige, was mir die Stille der Nacht gibt, ist eine Beklommenheit, die meine Brust aushöhlt. Ich habe heute am Tatort nicht alles gegeben. Mein Verstand war nicht in der Lage, die Details am Tatort genau zu bestimmen, aber das bedeutet nicht, dass die Hinweise nicht für mich da waren. Vor fünf Jahren hatte ein anderer Killer mit mir gespielt, mir Nachrichten hinterlassen und mit mir über seine *Werke* gesprochen. Und so unwahrscheinlich es auch sein mag, der Täter in Moskau hatte die gleiche Vorgehensweise. Deshalb hätte der Tatort in mir etwas auslösen müssen. Es *muss* etwas gefehlt haben, aber was?

Vielleicht ist es an der Zeit, zu den alten Akten zurückzukehren.

Ich schaue auf meine große flache, digitale Küchenuhr, die ich nie aufgehängt habe, und die immer auf dem Boden liegt: 23:50 Uhr. Die perfekte Zeit, um meine Schlaflosigkeit zu nutzen.

Grüble nicht über Lara, denke nicht an Kates Körper! Sichte die alten Mordfälle, die Notizen, die Fotos! Fang von vorne an!

Dieses Mal werde ich es herausfinden, warum der damalige Täter mich einbeziehen wollte. Denn der *andere* Ibsen und ich sind eins.

Ich bringe den Karton mit den alten Akten in mein Zimmer, lege ihn aufs Bett und halte unwillkürlich die Luft an, um meinen Atem zu beruhigen. Dann öffne ich den Deckel und nehme den Ordner mit der Aufschrift *Klaus Bohlen,* heraus. Er war das einzige Opfer, das allein am Tatort gefunden wurde.

Der Schmerz findet immer Antworten.

Warum dieser Gedanke? Noch einmal gehe ich meine Notizen durch. Bohlen wurde entmannt, seine Finger einer nach dem anderen abgetrennt. Laut dem Bericht des Rechtsmediziners hatte der Mörder Klaus Bohlen gezwungen, alles zu sich zu nehmen, was er von seinem Körper abgetrennt hatte. Es gab keine Hinweise auf ein religiöses Ritual. Keine Entweihung, keine Myrrhe. Nur eine Notiz in der Nähe der Leiche: *Möge deine Seele in der Hölle verrotten.*

Der Inhalt von Bohlens Akte war mager. Das Opfer war ein Autohändler ohne sichtliche Feinde, außer vielleicht seiner Frau, die vor zehn Jahren die Scheidung beantragt hatte. Aus seinem Strafregister ging hervor, dass er wegen Kokainbesitzes in einem Motel verhaftet worden war, wo er die Nacht mit zwei Prostituierten verbracht hatte.

Den Tatort habe ich damals nicht analysiert. Es gab keinen Hinweis, dass der Mörder wieder zuschlagen würde. Der Fall wurde von der Kripo Berlin als klassischer Mordfall behandelt:

die Geschichte einer besonders gewalttätigen Rache. Die Spur, die der für den Fall verantwortliche Ermittler bevorzugte, war die eines Verbrechens aus Leidenschaft. Es gab auch keine *besondere* Nachricht, die Psychopathen gern am Tatort hinterlassen, um die Behörden in die Irre zu führen. Erst beim zweiten Opfer – als ich die Bühne betrat – begann der Mörder, sich an mich zu wenden.

Ich lege die Akte beiseite. Zweifelsohne ist es wichtiger, sich anzusehen, wann er begonnen hat, mich hineinzuziehen. Ich durchsuche den Karton und werde fündig: die Akte Patricia und Lucie Förster. Als ich sie in die Hand nehme, wird mir schwindlig. Etwas stimmt nicht. Woher kommt der plötzliche Geruch von Myrrhe?

Verfickte Pillen, verdammtes krankes Gehirn! Kannst du mich nicht in Ruhe lassen?

Ich blättere die Seiten durch, erstarre. Auf die Innenseite des Aktendeckels ist ein Umschlag geklebt. Auch wenn ich Konzentrationsstörungen, Bewusstseinsverlust und überdies Sprachschwierigkeiten habe, so sehe ich diesen Umschlag zum ersten Mal.

Ich löse ihn vorsichtig von der Pappe und drehe ihn um. Meine Augen weiten sich. Ich reibe sie mit der freien Hand, als hätte ich mir das soeben Gelesene eingebildet. Aber nein, ich habe nicht halluziniert. Mein Name steht in deutlichen Buchstaben auf dem Umschlag, das Datum vom Vortag sowie ein einfaches Wort: *Asche*.

Ich halte den Umschlag an meine Nase: Myrrhe. Erst jetzt wird mir bewusst, dass der Mörder hier gewesen ist, in meinem Zuhause. *Er* hat den Brief in diese Akte gelegt. Wie konnte er wissen, dass ich sie öffnen würde? Und vor allem, wie ist er hereingekommen?

Ist er jetzt auch da und beobachtet mich? Mein Herz pocht wild, meine Atmung beschleunigt sich, mein Blut pulsiert in den Adern und meine Gedanken überschlagen sich. Ich bin erschöpft. Nicht nur, weil ich seit Tagen unruhig geschlafen habe, sondern vor allem, weil ich unter ständiger Anspannung stehe. Kein Organ verbraucht so viel Energie wie das Gehirn. Es ist anstrengend, permanent zu hundert Prozent konzentriert und hellwach zu sein. Es zehrt an den Kräften.

Ich nehme den Brief, verlasse humpelnd und mit einem Schluckauf das Zimmer. Gehe zum Küchenfenster. Öffne die Vorhänge. Alle Lichter in der gegenüberliegenden Häuserfront sind ausgeschaltet. Auf der Straße ist nichts zu sehen, außer einem streunenden Hund, der unter dem Licht einer Laterne läuft.

Da! Das Haus gegenüber. Das linke Fenster im zweiten Stock, mit Eisengittern geschützt, dahinter ist ein schwaches Licht, das ein- und ausgeschaltet wird. Irgendetwas geht in diesem Haus vor.

Und da sehe ich es. Ein Kind, ein kleiner Junge, steht am Fenster und schaut mich an, lächelt, winkt mir zu. Alles harmlos. Nur ein kleiner Junge, der nicht schlafen kann.

Nein. Er ist nicht mehr hier. Er ist gegangen.

Ich bin verwirrt, in Aufruhr, spüre die Wellen meiner Gedankengänge. Die Kreise stören die Oberfläche. Es ist nicht der richtige Zeitpunkt für eine Krise.

Ich reiße den Umschlag auf, ziehe eine Karte und einen Brief heraus. Die Karte zeigt ein Gebäude, *Warsonofjewskij*-Gasse 11, Moskau. Ich kenne das Gebäude: Es ist der Standort des *Laboratorium Nr. 12* der Sowjets, wo der russische Militärgeheimdienst Menschenversuche durchgeführt hat und wo heute noch mit Giften experimentiert wird. Ein übler Ort, wenn man den Zeitungsberichten Glauben schenken darf. Ich lege die Karte beiseite. Der Brief ist maschinengeschrieben. Eine alte Schreibmaschine, kein Textverarbeitungsprogramm. Ich greife nach meinem zweiten Notizbuch, das mir als Gedächtnisstütze dient, und schreibe: *Wichtig! Analysiere die Art des Papiers, das Modell der Maschine. Das Farbmaterial. Vermutlich ein Carbonband.*

Ich lege beide Notizbücher wieder auf den Küchentisch, setze mich auf einen Stuhl und lese den Brief.

Kapitel 7

Berlin-Kollwitzkiez

Schwäche

Ich zittere, als meine Augen auf die ersten Zeilen des Briefes treffen.

Guten Abend, Ibsen,
ich gebe zu, ich weiß nicht, wo ich anfangen soll. Ein einziges falsches Wort genügt, um alle Bemühungen in diesem Brief zu zerstören. Ich weiß, wie wichtig Worte in deinem Leben sind, und wie gebrochen und verloren du dich fühlst. Aber ich bin jetzt für dich da. Meine und deine Vergangenheit verrotten im selben Grab. Aber wenn du versuchst, es zu öffnen, wundere dich nicht über den Staub, den das aufwirbeln wird. Habe ich dir je von meinen Pflegeeltern erzählt? Ach nein, wann hätte ich das tun sollen? Außerdem ist es noch nicht so lange her, seit ich mich wieder klar und deutlich ausdrücken kann. Ja, genau wie du.

Ich lege den Brief auf meinen Schoß, nehme das Glas Wein und leere es in einem Zug. Dann fahre ich fort.

Die Frau (nennen wir sie Christine), zu der sie mich als Kind brachten, war eine schwache Frau. Auch wenn sie nach außen hin nichts zu erschüttern schien, so wusste ich, wie Christine in Wirklichkeit war: eine Frau ohne Selbstvertrauen, die

ihre Traurigkeit und Verzweiflung mit gespielter Fröhlichkeit verschleierte. Unter dieser Schale, unter der rissigen Schicht aus Make-up und Mascara, war alles in ihr voller Risse und bereit zum Einsturz. Alles, was es dazu brauchte, um sie zu brechen, war ein Mann: Gregor mit seinem berauschenden tschechischen Akzent.
Ich für meinen Teil fühlte sofort, als er einzog, eine Abneigung gegen ihn. Sein beige-weißes Outfit des perfekten Sonntagssportlers, sein breites Lächeln, diese offene Art eines First-class-Looks – nichts davon konnte seine Dunkelheit verbergen. Für mich war Gregor eine fleischfressende Pflanze und Christine die kleine Fliege.
Die ersten Tage mit diesem lachenden Tschechen waren fast glücklich, weil Gregor sich wie ein Gentleman benehmen konnte. Aber nach einem Monat umhüllte uns der Schatten des Übels, den ich von Anfang an erkannt hatte.
Er verschwand jeden Abend und kehrte erst in der Nacht zurück. Ständig bemitleidete er sich selbst und beklagte sich über den Geldmangel. Er hatte einen Plan, um uns aus unserem ›erbärmlichen Dasein‹ zu befreien. Christine musste wieder arbeiten gehen, Gregor brauchte das Geld, um es in sein ›Projekt‹ zu investieren.
Gregor war ein Parasit, vom Pech angezogen wie die Motte vom Licht. Sein Projekt war einfach: Alles, was er tun musste, war das Spiel zu gewinnen: Poker, Black Jack, was weiß ich. Zwischen Freude und Leid lebte und atmete Christine im Rhythmus der Stimmungen dieses brutalen Spielers und Alkoholikers. Euphorisch im Extremfall, wenn er gewonnen hatte, gewalttätig an seinen schlechten Abenden. Dann verbrachten sie ihre Zeit damit, sich wie wilde Bestien anzuschreien oder zu kopulieren. Ich konnte nicht mehr zwischen Schmerzensschreien und Ekstaselauten unterscheiden. Christine war süchtig nach ihm, er ging ihr unter die Haut. Sie hat ihn gefüttert, wie ein blutgetränkter Kopf eine Laus füttert. Sie schuftete sich für ihn halb zu Tode. Und meine Rolle in all

dem? Ein unsichtbarer Junge für Christine, ein unbedeutender Schatten für Gregor. Ich war damals fünf, als ihr Kopf in der Badewanne untertauchte. Ich weinte nicht. Weder als sie starb noch als das Jugendamt kam, um mich zu holen.
Du bist die erste Person, der ich mich je anvertraut habe. Ich werde dir weitere Briefe schreiben. In der Zwischenzeit gebe ich dir einen Rat: Hüte dich vor der Wahrnehmung, Ibsen! Sie ist irreführend. Hier ein Beispiel: Ist dies wirklich meine Geschichte?
PS: Weitere Geschenke werden auf dich warten, Ibsen. Ich werde nicht zulassen, dass sie dich von dem Fall abziehen. Vertrau mir, mein Freund! Sie werden dich brauchen.

Ich lege den Brief mit zitternder Hand auf meinen Schoß.
Ist dies meine Geschichte?
Ist es eine Episode aus meiner Kindheit?
Er muss Zugang zu meinen Krankenakten haben.
Er weiß um die Amnesie, die mich davon abhält, mich an meine Kindheit zu erinnern. Hat er irgendwelche Fakten entdeckt, die ich nicht kenne?
Ibsen, er versucht, dich zu verwirren. Er ist ein manipulativer Narzisst. Denke wie der ›Andere‹! Entknote das Rätsel! Denk nach, Ibsen!... Du warst so brillant.

»Das bin ich immer noch!« Ich schreie die Worte in die leere Wohnung hinein. Tränen trüben meine Augen. »Ich bin es immer noch«, wiederhole ich leise. Oder bin ich bereits im Netz dieses Psychopathen gefangen?

Ich nehme mein zweites Notizbuch und einen Stift. *Der Mörder hat den Brief in die dritte Akte geklebt. Gibt es eine Verbindung zwischen diesem Gregor und den Opfern Patricia und Lucie Förster?*

»Kaum vorstellbar, dass ein Spieler und Alkoholiker wie dieser Gregor, nie auffällig geworden ist. Vielleicht in anderen Bundesländern?«, überlege ich laut und lächle. Endlich spüre ich die Schwingungen. Der *andere* Ibsen, der Aufspürer, kehrt zurück.

Ich notiere: *Pflegefamilie. Trinker, tschechischer Akzent. Spiel-*

schulden. Selbstmord. »*Sozialfürsorge*«. Warum setze ich Sozialfürsorge in Anführungszeichen?

Ein messerstichartiger Schmerz schießt durch mein Trommelfell ins Mittelohr. Gefolgt von einem pulsierenden Schmerz, der mich zwingt, mich hinzusetzen. Ich klammere mich an die Tischkante, falle nicht hin. Mein Blick ist verschwommen, punktförmige Sterne tanzen mir vor den Augen.

Zu viele Fragen. Zu viele Kreise auf dem Wasser.

Der Schmerz lässt nach, aber nicht das Hämmern, das in meinem Schädel stärker wird …

»Ibsen?« Ein Flüstern, irgendwo in der Dunkelheit.

Mein Blut gefriert. Diese Stimme, so vertraut.

Ich erhebe mich. Eine Gestalt steht in der Tür der Küche.

Ich reibe mir die Augen.

Unmöglich.

»Lara?«, frage ich leise.

Ich blinzle. Die Silhouette ist fort.

Der Tinnitus wird lauter. Keuchend gehe ich in die Küche. Da ist niemand. Meine Medikamente spielen mir Streiche, ich halluziniere.

»*Alles wird gut, Ibsen.*«

Diese Stimme …

Meine Frau ist neben mir. Ihr Gesicht – ein paar Zentimeter von meinem entfernt. Schön. Blass. Tot.

Ich lasse das Notizbuch fallen, will schreien, mein Kiefer ist angespannt. »La…« Die Worte weigern sich zu kommen.

Plötzlich ein Gedanke: *Ich habe einen Schlaganfall.*

Das Telefon. *Beeil dich!* Mit letzter Kraft wähle ich den Notruf.

Ich versuche aufzustehen, aber meine Beine knicken ein und ich falle auf den Bauch. Der Stock schlägt laut auf dem Boden auf. *Der Telefonhörer!* Meine verkrampfte Hand hält noch das Telefon.

»Wie lange … dauert es, bis ich … Hilfe bekomme?« Ein Stammeln.

Meine Frau lehnt sich an mein Ohr. Es riecht nach Kälte und Leere. Nach Tod.
 »*Alles wird gut, Ibsen*«, sagt sie leise.
 Ein Flüstern aus dem Jenseits.

Kapitel 8

Moskau, Distrikt Danilovsky

Leo lehnte sich nach vorn zum Bildschirm, wie jedes Mal, wenn sie aufgeregt war. Bald würde ihr Vater sie besser verstehen. Er hätte sie gern als Top-Juristin an seiner Seite in seinem Düngemittelunternehmen. Warum sonst ein Jurastudium finanzieren an der O. E. *Kutafin Universität Moskau,* einer der führenden Universitäten Russlands im Bereich der Rechtswissenschaften? Wohl kaum für ein investigatives Bloggerdasein wie das ihre: eine Hobby-Influencerin, auf der Suche nach verborgenen Wahrheiten. Zu wenig für ihren Vater. Der Oligarch war in diesem Punkt fast so zynisch wie ihr Ex-Freund Maksim.

No way, Papa! Sie hatte schon immer die Neigung, nur wenige der Ratschläge zu befolgen, die er ihr mitzugeben versuchte.

»Hey, bitte, ich sehe da nichts«, beendete Boris ihren gedanklichen Ausflug.

Wie hypnotisiert starrte Leo auf den Bildschirm. »Was meinst du, Boris? Könnte es vielleicht doch ein Virus sein? Und warum dauert das so verdammt lange?«

Boris zuckte mit den Schultern. »Ich vermute, dass eine Verschlüsselung dahintersteckt. Das alles scheint mir ziemlich aufwendig und geheimnisvoll zu sein. Warum diese enorm clevere Absicherung?«

»Vielleicht, weil dieser Journalist verschwunden ist, ohne Spuren zu hinterlassen? Ohne das geringste Aufsehen der Medien auf sich zu ziehen? Hallo! Keine einzige Meldung über sein Verschwinden. Bennet hat damals wöchentlich für unterschiedliche

Zeitungen Artikel geschrieben und plötzlich veröffentlicht dieser preisgekrönte Journalist nichts mehr. Ich habe mich damals in diversen Redaktionen nach ihm erkundigt, aber niemand wollte mir eine Auskunft geben. Da wurde ich hellhörig. Keine Artikel, keine Meldung, keine Auskunft. Das stinkt doch zum Himmel!«

»Ja, das ist komisch ... das könnte aber vielleicht auch gefährlich werden.«

Leo drehte sich um, hob ihre Hände in die Höhe. »Scheiß einen Bauklotz. Ich kann es nicht glauben. Du redest schon wie mein Vater!«

Boris schenkte ihr ein spöttisches Lächeln. »Ein weiser Mann, ohne Zweifel. Du musst mich ihm vorstellen.«

»Stimmt, und ein charmanter Typ, der dich gewiss sehr gern als Schwiegersohn hätte ... Ich meine, wenn du weniger schwarz und nicht so verdammt schwul wärst.«

Boris lachte laut auf, doch plötzlich wurde seine Miene ernst. »Nein, warte, du wirst mir doch nicht allen Ernstes sagen, dass dein Vater ...«

Leo hob den Zeigefinger. »Stopp! Ich möchte lieber nicht darüber reden, okay?«

Boris streckte seine Beine aus und seufzte. »Rassistisch, homophob ... aber immerhin ein Fleischfresser. Nicht alles aus dem Haus deines Vaters ist zum Wegwerfen.«

»Okay, wie wäre es, wenn wir uns wieder der Datei widmen? Schau mal, da, sie ist verfügbar. Wir können sie öffnen.«

Die Browser-Seite hatte sich geändert. *Jenny1975* erschien in der Mitte neben einem neuen Zähler.

»Schreib das auf, Leo. Ein Typ, der dir einen Entschlüsselungscode gibt, löscht nach Ablauf der Zeit ganz sicher die Seite.«

Sie tippte sich mit dem Finger an die Stirn. »Ich muss nichts aufschreiben, ich habe in meiner Oberstube immer noch genügend Speicherkapazität, um mich an dieses Ding zu erinnern«, antwortete Leo schnippisch.

»Leonela, ich bin nicht dein Ex. Los Mädchen, öffne die Datei!«

Klick.

Ein Passwort war erforderlich.
»Siehst du, ich hab's dir gesagt«, prahlte Boris. »Ein Passwort!«
Leo gab *Jenny1975* ein. Ihre Lippen zitterten vor Aufregung.
»Sesam, Sesam …«
Sekunden später wurde sie enttäuscht. Statt eine spektakuläre Akte, zeigte der Bildschirm eine einfache Word-Datei mit dem lakonischen Namen: Stefan Bennet. Mit einem Mausklick öffnete Leo sie und las den Inhalt laut vor.
»Hallo Leo. Sie müssen herausfinden, was mit Stefan Bennet passiert ist. Ich habe Ihren Blog gelesen und daraus entnehme ich, dass Sie Ihre Recherchen sehr ernst nehmen. Vielleicht sind Sie sogar die einzige Person, die sich dem Verschwinden von Stefan Bennet annehmen kann. Das Foto, das ich Ihnen geschickt habe, ist die einzige physische Spur, die ich besitze. Alles andere, das mit Bennet in Verbindung gebracht werden könnte, wurde gelöscht oder zerstört. Abgesehen davon, dass Bennet verschwunden ist, wurde auch sein Haus geplündert. Sie sollten wissen, dass ich Ihnen meine Identität zum jetzigen Zeitpunkt nicht offenbaren kann. Zu Ihrem eigenen Besten, wie auch zu meinem. Außerdem sollten Sie sich nicht an die Presse oder die Polizei wenden. Und erzählen Sie bitte niemandem sonst davon.

Wenn ich riskiere, Sie um Hilfe zu bitten, dann auch nur, weil *die* Sie noch nicht im Visier haben. Und wenn Sie vorsichtig bleiben, werden Sie deren Aufmerksamkeit auch nicht auf sich ziehen. Ich weiß nicht, wer sie sind, aber sie sind gefährlich. Wenn Sie eine Gefahr spüren, Leo, stoppen Sie das Ganze sofort. Darauf muss ich bestehen. Ich werde nun Informationen preisgeben, die ich in meiner jetzigen Position leider nicht nutzen kann. Stefan Bennet stellte für einen gewissen Sergeij Sarski, verwandt mit dem berüchtigten Vladimir Sarski, einem Mitglied der russischen Bruderschaft *Bratwa*, Nachforschungen über eine gewisse Maja Maranow an. Nachdem Bennet seinen Job als Journalist aufgegeben hatte, arbeitete er als Privatermittler und spezialisierte sich auf die Suche nach vermissten Personen. Sergeij Sarski wollte diese Frau unbedingt finden und ich glaube, dass Bennet deswegen gestorben ist. Das Problem war, dass Sergeij Sarski selbst nicht gefunden werden wollte. Vielleicht stand er unter dem Schutz der Regierung. Wenn Sie diesen Mann finden, können Sie vielleicht den Weg zu Stefan Bennet zurückverfolgen und die Wahrheit über sein Verschwinden aufdecken. Ich fühle mich, als würde ich eine Flaschenpost ins Meer werfen, wenn ich Ihnen all das schreibe.«

Leo holte tief Luft und lehnte sich wieder im Stuhl zurück.

»Puh, ist ja wie eine Tüte panierte Hähnchennuggets.«

Boris schüttelte verständnislos den Kopf. »Deep Web, Darknet ... Das sind keine Hähnchennuggets. Da steckt jemand seinen Kopf in deinen Arsch, Mädchen. Was kommt da wohl als Nächstes? Eine Illuminaten-Verschwörung?«

Leo antwortete nicht und fixierte stattdessen einen Punkt an der Wand. Sie fragte sich, ob es womöglich ein Scherz sein könnte. Nein, dann hätte der Absender sich nicht die Mühe gemacht, seine Informationen zu verschlüsseln und mit einem Passwort zu sichern. Da steckte mehr dahinter. Das war ein Knaller. Besser noch, eine Bombe, die jederzeit explodieren konnte. Und ihre Recherchen könnten den Zünder aktivieren.

Boris legte die Hände um ein imaginäres Mikrofon und sah sie einen Augenblick lang durchdringend an. »Boris an Leo ... Boris an Leo ... Dein bester Freund spricht mit dir, ich wiederhole, dein bester Freund spricht mit dir ...«

»Entschuldige, ich habe gerade nachgedacht. Verfickte Scheiße, was zum Teufel soll ich jetzt tun?«

»Sag nicht immer solche hässlichen Wörter«, sagte er mit breitem Grinsen. »Du wirst diese .onion-Datei in meine Mailbox übertragen. Ansonsten hoffe ich, dass du das vorhin nicht ernst gemeint hast. Du vergisst, was du da gelesen hast!«

Leo hob genervt die Augenbrauen und schloss den Browser mit einem Klick.

»Wow! Warte, wer ist denn die Kanone da im Hintergrund?«, rief Boris plötzlich.

»Hm ... Das ist Jurij.«

»Wer zum Teufel ist dieser Adonis? Das ist wirklich nicht fair.«

»Er ist Veganer«, fuhr sie fort und schmunzelte. »Okay, ich habe dir die Datei gemailt. Und jetzt muss ich nur noch einen heiklen Anruf machen.« Sie stand auf und schob ihren Bürostuhl beiseite.

»Wie heikel?«

»Maksim! Er ist neben der Spur. Aber ich glaube, er könnte mir behilflich sein. Er hat gute Beziehungen.«

Boris rümpfte die Nase. »Du wirst doch keine Dummheiten machen, Baby? Er war nicht gut für dich! Hab dich immer gewarnt vor diesem Hetero!«

Lenin sprang auf Boris' Schoß und schnurrte.

»Du bist übrigens der Einzige, bei dem dieser renitente Bolschewik das macht.«, sagte Leo zärtlich.

»Logisch. Wir beide sind einmalig, schwul und terrorisierende Fleischfresser«, konterte Boris und kraulte den Kater.

Leo seufzte. »Ein Treffen mit meinem Ex kostet mich jedenfalls eine Stunde mit einem Allesfresser, dem ich womöglich dabei zusehen muss, wie er ein ganzes Steak verschlingt. Aber ich habe keine andere Wahl. Ich muss mit ihm reden.«

Sie unterhielten sich noch eine Weile. Dann küsste Boris ihre Hand formvollendet. »Dein Staatsanwalt wird es überstehen.« Er warf dem Bildschirm einen virtuellen Kuss zu. »Und du da... dein Arsch wird eines Tages mir gehören, Jurij« Er zeigte auf Jurijs Foto und erntete einen Tritt gegen sein Schienbein.

»Träum weiter, Boris!«

»Sperr mich fünf Tage im Dunkeln ein, dann mag ich dich auch, du Psychopatin!« Er zeigte mit zwei Fingern auf ihre Augen. »Du wirst nicht auf mich hören, stimmt's?« Dann schielte er zum Kater. »O nein, Lenin, diese Närrin wird weitermachen. Okay, Leo, Baby. Wollen wir später in der Kneipe *Why not* was trinken gehen?«

»Sehe ich aus, als hätte ich einen Penis?«

Boris hob die Hand zum Abschied. »Verstehe. Dann mache ich mich mal vom Acker, weil deine Recherche dich ab sofort so sehr beanspruchen wird, dass für andere Dinge keine Zeit mehr bleibt! Sei bitte vorsichtig, Leo. Ich habe ein mulmiges Gefühl in der Magengegend.« Er sah sich ein letztes Mal um. »Deine Bude braucht ein wenig Grün. Bei meinem nächsten Besuch bringe ich dir einen Kaktus mit!«

»Wieso?«

»Er braucht nur drei Mal im Jahr Wasser.«

Während Boris die Wohnung verließ, drifteten ihre Gedanken zu Maksim Rybakow. Sie nahm ihr Smartphone vom Schreibtisch, scrollte seinen Namen und schauderte, als sie seine Stimme hörte.

Kapitel 9

Moskau, Distrikt Danilovsky

Leo konnte sich nicht konzentrieren. Sie saß regungslos vor dem Bildschirm, las die Blogeinträge, ohne mit ihrer Arbeit voranzukommen. Auch hinkte sie mit ihrem aktuellen Artikel über eine Kakerlakenplage im nördlichen Stadtteil Moskaus hinterher. Egal, unerheblich. Sie war ohnehin in dieser Sache zu schluderig vorgegangen, hatte sich nicht einmal die Mühe gemacht, in das Nordviertel zu fahren, um dort die Bewohner zu befragen. *Was für eine Schlamperei!* Auch verzichtete sie momentan auf die langweiligen Vorlesungen zum Strafrecht. Der investigative Journalismus lag ihr mehr.

Maksim soll jetzt nur nicht zu spät kommen. Sie hatte erst gezögert, ihn zu sich nach Hause einzuladen. Aber bei dem regnerischen Wetter die Wohnung verlassen zu müssen, war kein verlockender Gedanke. Maksim hatte sofort Ja gesagt, ohne ein Sekundenzögern, ohne den Hauch eines Protestes. Er wusste, dass sie sich nicht mehr vor ihm fürchtete. Überraschend war, dass er geradezu glücklich über ihren Anruf gewesen schien, obwohl das zufällige Aufeinandertreffen auf einer Party vor einigen Wochen nicht besonders gut gelaufen war.

Sie kam nicht gut voran, tüftelte seit einer Stunde am selben Satz. Ihre Gedanken kreisten nur noch um den Fall Bennet und um die Frage, wie sie Maksim als Staatsanwalt überzeugen konnte, ihr bei der Sache behilflich zu sein. Sie würde ihn wohl anlügen müssen. Schon bald würde der Bastard aus ihren Albträumen an ihrer Tür klingeln, und sie würde ihm öffnen. Der Gedanke ängstigte sie zwar, aber sie blieb ruhig, bis das Läuten der Türklingel sie aufschreckte. *Maksim.*

Sie war wie elektrisiert. Stand auf, öffnete die Tür.

Einmal tief einatmen, Leo!

Einen kurzen Moment lebte eine Szene aus ihrer Vergangenheit auf: Maksim, sein gebräuntes Gesicht, die blauen Augen, das Lächeln, elegant in einem perfekt sitzenden Anzug. Mit dem Abendessen in der Hand. Eine gute Erinnerung.

»*Vorsicht Leonela!*« Dieses Mal war es die mahnende Stimme ihres Vaters, die in ihren Gedanken auftauchte.

»Hallo Maksim. Komm herein. Danke, dass du gekommen bist.«

Wie von selbst wandte sie ihren Blick von ihm ab. Ihre Knie zitterten nicht, ihr Herz raste nicht. Sie blieb ruhig. Seine Augen waren eine Falle, in die sie mehr als einmal gestolpert war. Diese durchdringende, autoritäre, maskuline Ausstrahlung.

Maksim hob die Tragetaschen hoch.

Sie erkannte das Logo *Ugol* von ihrem Lieblingsrestaurant für vegane Küche. Sie liebte *Ugols* Veggie-Burger und Süßkartoffelpommes. Maksim wusste das. Hoffentlich hatte sie keinen Fehler gemacht, ihn zu sich in die Wohnung einzuladen. *Nein!* Maksim hatte immerhin einen Umweg in Kauf genommen, um sie mit einem Essen von *Ugol* zu überraschen. Ihre Freude darüber zeigte Leo ihm allerdings nicht.

»Danke, das war aber nicht nötig. Sehr nett von dir«, sagte sie nur und blickte auf seine teuren, polierten schwarzen Schuhe.

»Ich dachte mir, dass du vielleicht hungrig bist, Leo.« Er streifte mit den Lippen ihre Wange. »Es ist immerhin sieben. Und du hast mich doch eingeladen?«

Leo staunte über seinen lockeren Tonfall. »Ja, natürlich.«

»Es riecht nach Speck. Hast du deine Ernährung umgestellt?«, fragte Maksim.

»Nein, Boris hat mich heute Nachmittag besucht.«

Stille. Die beiden Männer waren nie Freunde geworden.

Maksim stellte die Tüten auf den Tisch und legte sein Jackett auf das Sofa. Sein Blick fiel auf den Korb, den Willa mitgebracht hat. »Du hast ein Geschenk bekommen …?« Er nahm die Karte in die Hand. »B & W?«

Leo grinste. »Boris und Willa oder Black & White.«

Sie musste klare Worte finden und den Vorfall der Party sofort ansprechen, bevor sie sich setzten und sie Maksim um jene Hilfe bat, die einen Staatsanwalt wie ihn vielleicht in eine heikle Situation bringen könnte. »Es tut mir leid, Maksim. Das, was auf der Party passiert ist.«

»Schau, du warst nicht bereit, das kann ich verstehen. Ich wollte dich so sehr, es war meine Schuld, dass die Situation eskaliert ist.« Maksim schenkte ihr ein bitteres Lächeln und setzte sich an den Tisch. »Nun, lassen wir das Thema. Ich schlage vor, wir reden über diese ›dringende Angelegenheit, die nicht warten kann‹. Wir besprechen sie beim Essen, okay?«

Leo nickte, sie war hungrig. Während der letzten Stunden hatte sie abgesehen von einer Tasse Tee nichts zu sich genommen. Rasch deckte sie den Tisch und überspielte die beklemmende Stille zwischen ihnen. Es war auch das Schweigen, das sie veranlasst hatte, einen Schlussstrich zu ziehen. »Bist du jetzt auch unter die Veganer gegangen?«, fragte sie und setzte sich zu ihm.

»Ich wollte es mal versuchen, ich esse eben alles«, antwortete er. »Nun, womit kann ich dir behilflich sein? Ich schätze, es hängt mit deinem … *Blog* zusammen.«

Leo schluckte. Spürte den Stich. Es genügte ihm nicht, dass ihr Treffen friedlich verlief. Er hatte Blog mit dieser Spitze der Herablassung ausgesprochen, dass sie ihn in der Luft zerreißen könnte. Der *echte* Maksim war also gar nicht so weit entfernt.

»Ich recherchiere derzeit über alte ungelöste Verbrechen und muss ein Interview mit einem Mann führen, der in den 70er Jahren aktiv war. Erinnerst du dich an eine Maja Maranow?«

Maksim nahm einen Schluck Weißwein. »Warte, sprichst du von der Informantin Maranow, die getötet wurde?«

Leo biss genüsslich in ihren Burger und nickte.

»Das ist eine alte Geschichte, Leo, und wir reden über einen

Fall, der den russischen Inlandsgeheimdienst FSB und nicht die Staatsanwaltschaft Moskau betrifft. Was willst du denn genau wissen?«

Leo überlegte. Aus einem Bauchgefühl heraus wollte sie Maksim auf keinen Fall sagen, dass es in Wahrheit um den Journalisten Bennet ging.

»Der damalige Pate, Vladimir Sarski, wurde ermordet, weil diese Maja Maranow eine Informantin des Geheimdienstes war und in die Familie eingeschleust wurde. Meinen Quellen zufolge hatte Vladimir einen Bruder namens Sergeij Sarski, der aber unauffindbar zu sein scheint. Vielleicht steht er unter staatlichem Schutz oder wurde in ein Zeugenschutzprogramm aufgenommen, weil die russische Bratwa-Mafia wegen dieser Frau alle Sarski-Mitglieder umbringen lassen wollte. Ich würde den Bruder gern mal interviewen, denn Maja und Vladimir sind beide tot.« Leo hielt einen Moment inne und nippte an ihrem Wein. »Ich *muss* mit diesem Sergeij Sarski sprechen. Es ist die Geschichte meines Lebens, Maksim, ein Cold Case, *die* Gelegenheit, mir die Türen als investigative Bloggerin zu öffnen.«

Maksim verschlang den letzten Bissen und tupfte seine Lippen mit einer Serviette ab. »Das habe ich jetzt nicht erwartet.«

»Kannst du mir dabei behilflich sein oder nicht?«

»Ernsthaft, ist dir bewusst, was du mich da fragst?« Er hob seine Stimme. »Ich bin der leitende Staatsanwalt, nicht David Copperfield!«

Ein weiterer Seitenhieb, dachte Leo.

»Hör zu, ich bitte dich nur, etwas für mich herauszufinden; du kennst wichtige Leute, ich weiß das. Ich möchte wenigstens wissen, ob der Mann noch lebt.«

Maksim seufzte. »Das kann ich jetzt sofort herausfinden. Darf ich mal an deinen Computer, Leo?«

»Ja klar, bitte.«

Maksim setzte sich an ihren Schreibtisch, öffnete den Laptop und starrte einen Moment regungslos auf den Bildschirm. »Wer ist der blonde Typ am unteren Bildschirmrand?«

Eine peinliche Stille entstand.

»Das ist Jurij«, antwortete Leo. »Er arbeitet als Journalist und betreibt ebenfalls einen Blog.« Eine Notlüge. Er musste nicht wissen, dass Jurij und sie befreundet waren. Dennoch schämte sich ein wenig, ihren Ex abermals belogen zu haben.

Maksim fütterte wortlos den Laptop mit Daten. »Okay, da haben wir es. Sergeij Sarski ist putzmunter und lebt in einem Altersheim in Selenograd. Das ist ein Vorort von Moskau. Ich muss allerdings ein paar Anrufe tätigen und mir das bestätigen lassen. Besitzt du einen Presseausweis?«

»Ja.«

»Darf ich dir eine Frage stellen, Leo?«

»Ja, natürlich.«

»Bist du mit diesem Jurij zusammen?«

Okay. Das war zu erwarten.

»Ja, wir sind zusammen.«

Maksim verzog das Gesicht.

»Wirst du mir jetzt immer noch helfen, Maksim?«

Seine blauen Augen sahen sie traurig an. »Du weißt doch, Leo, im Gegensatz zu dir stehe ich zu meinem Wort.«

Kapitel 10

November 2018
Berlin-Mitte

2 Wochen später

Ich nehme mein neues Smartphone von einer Hand in die andere. Dieses Handy, das ich immer abgelehnt habe, könnte mir bei der nächsten Krise das Leben retten. Kate hat auf dem Kauf bestanden. Wie hätte ich da Nein sagen können?
»Was ist mit deinen Beinen los?«, höre ich eine helle Kinderstimme sagen.
Ich hebe den Kopf. Vor mir steht ein kleines Mädchen und sieht mich mit großen Augen an. Ich antworte nicht sofort, sondern mustere die Kleine neugierig. Sie hält ein Stofftier unter ihrem rechten Arm und wickelt eine Strähne ihres weizenblonden Haares um den Zeigefinger der linken Hand. *Nein*, das Mädchen ist gewiss nicht diejenige, die zur Therapie in diese psychiatrische Praxis kommt.
Mein Blick fällt auf die Frau, die neben ihm sitzt. Die Mutter des Kindes, zweifelsohne. Sie ist schlank, fast mager, ihre knochigen Hände kann sie nicht stillhalten, manchmal spielt sie mit den Fingern, als wäre ihr Rock eine Trommel, manchmal kratzt sie sich am Ohrläppchen oder nimmt ihre Nasenspitze zwischen Daumen und Zeigefinger. Sie ist diejenige, die zur Behandlung kommt.
Ich zeige auf den Stock neben meinem Stuhl. »Siehst du das?«, antworte ich. »Das ist ein Zauberstab, mit ihm spüre ich keinen

Schmerz.« Aber am Ende verdanke ich meine Schmerzfreiheit vor allem den Medikamenten, die ich tagsüber einnehme, auch wenn ich infolgedessen Leber und Nieren ruiniere, aber dieses *Detail* erspare ich dem Kind.

Das Mädchen nickt und lächelt mich an. Während unserer Unterhaltung hat die Mutter nicht ein einziges Mal reagiert, ihr Blick ist starr auf die Wand fixiert.

»Sie ist ein süßes Kind, nicht wahr?«, seufzt Kate neben mir.

Ich sehe meine Freundin an. Kate ist das einzige positive Fazit der Schlaganfall-Episode. Sie hat mich bereits am ersten Tag nach meiner Einlieferung im Krankenhaus besucht. Seitdem ist mir mehr als klar geworden, dass es sich bei Kate nicht nur um eine bloße Bürobekanntschaft handelt. Sie sorgt sich um mich. Im Notizbuch nenne ich sie *Befreiung*.

In der Klinik hat sie mich bereits zum Neurologen begleitet, wie heute zu meiner Psychiaterin. Nach dem Termin werden wir gemeinsam in der Trattoria *Delia* zu Abend essen, ich habe einen Tisch in der Nähe des Kamins reserviert. Ich möchte heute Abend die Zartheit des Filetto di manzo kosten, und nicht nur das.

Manches scheint sich neuerdings positiv für mich zu entwickeln. Dennoch schwebt eine seltsame Frage wie eine graue Wolke in meinem Kopf. Ein Gedanke trügt dieses fast idyllische Bild: *Würde Lara dem zustimmen?*

»Herr Bach?« Ich werde aufgerufen und greife nach meinem Stock.

Kate tätschelt meinen Arm. »Ich mache mir keine Sorgen. Du wirst sehen, alles wird gut, Ibsen«, versichert sie mir.

»Hundertprozentig! Nichts kann schlimmer sein als eine Sitzung beim Psychiater«, antworte ich und betrete das große Sprechzimmer.

Dr. Alexandra Lemke wartet in aufrechter Haltung und eilt wie immer mit ausgestreckter Hand auf mich zu, ein Lächeln, das perfekte weiße Zähne enthüllt. Zu schade, dass so eine wunderschöne Frau aus ihrem Gesicht eine Botox-Hochburg macht.

»Hallo Ibsen, schön Sie zu sehen.«

»Hallo, Alexandra.« Wir haben uns darauf verständigt, uns mit dem Vornamen anzusprechen. Es gefällt mir.

»Ich habe von Ihrem Schlaganfall gehört. Tut mir leid, Ibsen. Wenn Sie während dieser Sitzung darüber sprechen möchten, zögern Sie bitte nicht.«

Ich bleibe gelassen. »Ich hatte Glück, es gab keine Nachwirkungen. Es ist alles in Ordnung.« Mal abgesehen von dem kleinen Tumor, den die Computertomografie aufgedeckt hat, den ich aber lieber nicht erwähne.

Die Psychiaterin lädt mich ein, auf ihrer Couch Platz zu nehmen, während sie sich auf den Stuhl gegenüber setzt. Sie nimmt ihr Notizbuch und schlägt die hübschen Beine übereinander.

Bevor ich mich hinlege, werfe ich einen Blick durch das Fenster. Drei Kinder spielen in dem gegenüberliegenden Park zwischen den Bäumen mit dem heruntergefallen Herbstlaub. Die Natur bäumt sich noch einmal auf, mit all ihrer Kraft, mit all ihren Farben. Der Herbst neigt sich dem Ende zu und der Winter wird lang werden, denke ich nur.

Sobald ich entspannt bin, beginne ich meinen gewohnten Monolog: die Jagd nach einem Mörder, Laras Gefangennahme, die Verfolgungsjagd im Auto, die Schüsse. Während jeder Sitzung frage ich mich, ob sich Dr. Lemke von der ständigen Wiederholung der bekannten Fakten eine Wiederbelebung meiner Erinnerungen verspricht. Ist dies de facto der beste Weg, um posttraumatischen Stress zu behandeln?

»Ein Teil ihrer Geschichte handelt von Schicksal, Tod, Schuld, Loslassen, Selbstannahme, Ibsen.« Etwa zehn Minuten ist es Alexandra, die Psychologin, die da spricht. Alexandra, die Psychiaterin, wird mir am Ende der Sitzung ein Rezept für die kleinen bunten Pillen ausstellen. Genug, um meine Schmerzen zu eliminieren und meine Ängste zu lindern. Immerhin verlange ich nicht nach mehr.

Ich höre nur Bruchstücke ihrer Ausführungen. Meine Augen wandern zu ihrem Dekolleté, sie verweilen auf den breiten, opulenten Brüsten unter der weißen Bluse. *Falsche Brüste, mit Silikon aufgepolstert.* Ich frage mich, ob da Narben zu sehen sind. Dann streift mein Blick die beeindruckende Bibliothek, die die gesamte Wandfläche hinter dem Schreibtisch einnimmt, schweift über die Keramikvase mit den fünf üppigen Rosen, bis zu dem Bilderrahmen neben dem Computerbildschirm. Trotz des Winkels und der weißen Leuchtlinie, die einen Teil der Fotografie verbirgt, erkenne ich die Ärztin mit ihrem Ehemann.

Ein Räuspern bringt mich zurück in die Realität. Die Wangen der Psychiaterin sind gerötet. Hat sie meinen eindeutigen Blick auf ihre Brüste gespürt?

»Mir ist aufgefallen, Ibsen, dass es Ihnen heute leichter gefallen ist, über Lara zu sprechen, als in unseren vorherigen Sitzungen. Das ist ein großer Fortschritt.«

Ich nicke. »Glauben Sie an das Übernatürliche, Alexandra?«

Das routinemäßige Lächeln der Psychiaterin weicht einem vorsichtigen Blick. »Ich fürchte, ich verstehe Sie nicht, Ibsen.«

Ich zögere, aber ich muss mich ihr anvertrauen. Nicht wegen Kate, dafür ist es noch zu früh.

»Ich habe … meine Frau gesehen, kurz vor dem Schlaganfall. Es war so real. Ich hatte Lara so vor Augen, wie ich Sie jetzt sehe.«

Die Zahnräder in Alexandra Lemkes Kopf rattern, ich sehe, wie ihre Fähigkeit zur Analyse zum Leben erwacht. Und ich erwarte bereits ihre rationale Antwort.

»Nun, es wäre nicht verwunderlich, wenn eine Reaktion auf großen Stress eine solche Vision hervorriefe. In diesem speziellen Kontext könnte die Erscheinung eine Befreiung im Freud'schen Sinne sein. Diese Manifestation, diese Vision Ihrer Frau, ist ein Signal Ihrer Psyche, geboren aus dem durchlebten Trauma, das Laras brutaler Tod verursacht hat. Diese äh … Vision, hat sie mit Ihnen geredet?«

Alles wird gut, Ibsen, hat sie gesagt, Dr. Lemke.

»Nein«, lüge ich. »Es war nur eine Vision und Sie haben mir gerade den Grund dafür genannt.«

Alexandra nickt, erfreut über meine Reaktion, froh, dass eine rationale Antwort auf meine Frage mich zufriedenstellt.

»Nun, ich glaube, unsere Sitzung neigt sich dem Ende zu. Wir sehen uns in drei Wochen, Ibsen.«

Ich bereite mich darauf vor, mich aus der Geborgenheit der Couch zu befreien, erstarre aber in der Bewegung. Dann sehe ich der Psychiaterin direkt in die Augen. »Er wird seine Erkrankung überstehen«, sage ich leise.

Sie hebt verständnislos die Augenbrauen. »Ich bitte um Entschuldigung?«

»Ihr Ehemann, Alexandra. Sie haben mir beim letzten Termin von seiner Krebserkrankung erzählt.«

»Habe ich das?«

Ich nicke. »Er wird ihn besiegen. Machen Sie sich keine Sorgen, er wird seinen Krebs überleben.«

Ich stehe auf, nehme meinen Stock und sehe, wie das Gesicht der Psychiaterin von Verständnislosigkeit in Verblüffung übergeht, sehe, wie sich ihre Augen mit Tränen füllen.

»Einen schönen Tag, Alexandra.«

Draußen erhalte ich einen Anruf. Ich lächle, denn ich muss mir nicht einmal den Namen auf dem Display ansehen. »Hallo Andy, ich schätze, du holst mich ab?«

Kapitel 11

Moskau, Distrikt Kljasma

Vernichtung

Aus den Trümmern hervorgeklettert habe ich mich Stück für Stück wieder zusammengesetzt, mich nach dem Schlaganfall wieder hochgerappelt. Es geht mir gut, besonders seit Andreas mich zu einem zweiten Einsatz nach Moskau gebracht hat. Die OMON hat uns wieder angefordert, oder vielmehr der leitende Ermittler, Dimitri Kamorow.

Der Wagen erreicht den Kljasma-Distrikt und hält auf dem Seitenstreifen der *Neberezhnaya* Straße in der Nähe des nautischen Zentrums *Neptun* am Moskau-Wolga-Kanal. Andreas zieht die Handbremse und greift nach dem Becher Coffee-to-go, nimmt einen Schluck und schüttelt grimmig den Kopf. »Verdammt, der ist ja wie dieses Land – von sibirischer Kälte!« Er trinkt mit angewidertem Gesicht aus, wirft den leeren Becher auf den Rücksitz und reibt seine von Müdigkeit gereizten Augen. Ich betrachte ihn aufmerksam: Dunkle Ränder sind unter den Augen, die Lider geschwollen; das Stigma einer durchzechten Nacht. »Verdammt, da sind wir jetzt schon zum zweiten Mal in Moskau. Ich hoffe, du hast einen unempfindlichen Magen. Laut Kamorow muss es ein ziemlich übler Anblick sein.«

Als ob die anderen Tatorte das nicht wären.

Ich fürchte mich nicht vor den Toten. Die Lebenden sind in meinen Augen viel angsteinflößender. Ich besitze die Fähigkeit, die Emotionen in ihren Gesichtern zu lesen und ihre Gesten zu entschlüsseln, aber meine Wahrnehmung wagt sich nie über diese Oberfläche hinaus, ich tauche selten in die finstersten Ecken ihrer Seelen, wo die Monster lauern und auf ihre Geburt warten.

Wir steigen aus. Andreas reibt sich die Hände und bläst seinen Atem hinein. »Ich hasse den November am Wolga-Kanal. Meine Urlaube werde ich sicher nicht in einem russischen Kühlschrank oder einer Gefriertruhe verbringen«, nörgelt er. »Verdammt! Ich hätte Handschuhe mitnehmen sollen.«

Sein zweites Verdammt! Ich antworte nicht, lehne mich auf meinen Stock und gehe zu den drei Polizeifahrzeugen, die quer auf dem Parkplatz des Neptun-Jachtklubs geparkt stehen. Die rot-weißen Absperrbänder der russischen Staatspolizei sichern den Zugang zu den Wassersportzentren »*Neptun* und *Remake Sailing*«. Das weiße Klubhaus, das sich im Sommer gegen das Blau des Himmels mit seinen klaren Formen abhebt, schwebt elegant und zeitlos mit seiner riesigen Terrasse und dem weit ausladenden Flachdach über dem kleinen Sandstrand, als berühre es fast die Wasserfläche. Luxuriöse Jachten sind an den Schwimmbrücken vertäut und einige Kajaks liegen auf dem feuchten Waldboden am Ufer. Polizeibeamte und Kriminaltechniker haben sich unter dem überdachten Eingang des Klubhauses versammelt.

An diesem Abend wirkt der Jachthafen bedrohlich: ein undurchdringliches Grün um uns herum. Der Himmel ist tiefgrau verhangen, kündet von dem sich nahenden Winter. Hier und da dringt das Licht der Abenddämmerung durch die Wolkendecke, gleitet durch die Nadelbäume und das Herbstlaub der Ahorne und Buchen hindurch und tanzt auf der silbrigen Wasseroberfläche des Hafenkanals in rosa und goldenen Jaspisfarben. Ein dünner Nebelstreifen gleitet über den nahen Wolga-Kanal wie ein sichtbar gewordener Atemzug.

Ich knirsche mit den Zähnen, als ich Kamorows längliche Silhouette auf mich zukommen sehe. Im Gegenlicht wirkt seine Kontur bedrohlich. Der Leiter der OMON macht einen mürrischen Eindruck. Seine Augen unter den hohen und imposanten weißen Augenbrauen fixieren uns.

»Danke, dass Sie gekommen sind, meine Herren, aber Sie haben sich verdammt noch mal wieder verspätet! Mein Team wird ungeduldig. Folgen Sie mir!« Sein Tonfall duldet keinen Widerspruch.

Andreas öffnet den Mund, will sagen, dass unser Flugzeug Verspätung hatte, ändert aber dann sein Vorhaben. Ich kenne ihn gut genug, um zu wissen, dass er wie eine Rakete in die Luft gehen kann. Die nächste Bemerkung des Russen könnte daneben gehen.

Kamorow schiebt die Fliegengittertür zum Klubhaus auf. Wir gehen durch einen Vorraum, eine Art Garderobe, weiter an Umkleide- und Sanitärräumen vorbei und betreten den großen Clubraum: einen attraktiven Aufenthalts- und Gastronomieraum mit einem atemberaubenden Blick auf das Wasser. Die Terrassentüren stehen offen und der Geruch, der uns entgegenströmt, lässt Grausames ahnen.

»Dieses Mal sind es drei Leichen, leicht zu identifizieren. Der Mörder hat ihre Kleidung und Habseligkeiten gut sichtbar zur Schau gestellt. Ein Glück für uns. Sie werden schnell verstehen, warum.«

Draußen bleiben wir einen Moment stehen.

»So funktioniert er«, bemerke ich. »Sie werden keine zufälligen Hinweise finden. Der Täter lässt Sie nur sehen, was er Ihnen zeigen will. Er *will*, dass Sie die Identität der Opfer kennen, es ist ihm wichtig.«

»Ja, ja ... das werden wir dann sehen«, antwortet er. Seine Augen sprühen Funken voller Abneigung.

»Ibsen liegt nicht falsch«, verteidigt mich Andreas. »Der erste Mörder ist genauso vorgegangen. Keine Spuren, keine DNA. Psychopathen sind äußerst gerissen. Begabte Menschen ... auf ihrem Gebiet.«

Kamorow zuckt mit den Schultern. Kalte Entschlossenheit liegt in dem feindseligen Blick, mit dem er Andreas mustert. »Jedes Rätsel kann gelöst werden, Herr Neumann. Und Rätsel zu lösen, ist für mich nicht nur ein Job, sondern Leidenschaft.«

Andreas rollt mit den Augen. »Das ist uns bekannt. Mich würde aus dem Grund mal *Ihre* Meinung interessieren? Was haben denn Ihre Analysen am ersten Tatort ergeben? Haben Sie eine Verbindung zu den alten Fällen gefunden?«

»Wir werden später darüber reden, Kollege Neumann«, antwortet Kamorow. »Fürs Erste und wie vereinbart, ist es geplant, dass Sie und Kollege Bach den Tatort unter die Lupe nehmen. Wir treffen uns danach zum Austausch unserer Informationen im Präsidium. Und dieses Mal hätte ich gerne etwas Konkreteres als ein ›Rosenrot‹.«

Den Wunsch hege ich auch, zumal ich mich sicherer fühle als beim letzten Mal. Seit dem Schlaganfall hat auch das Zittern nachgelassen.

Wir steigen die Holztreppe hinunter. Das Getuschel der Kriminaltechniker führt uns unter die Terrasse, wo der bestialische Gestank uns fast den Atem raubt.

Kamorow zeigt auf den Tatort. »Vualja, meine Herren.«

Mir stockt der Atem. Der Wahn offenbart sich uns in seiner abscheulichsten Weise.

Andreas legt seine Hand auf meine Schulter. »Zeig es diesem aufgeblasenen OMON-Arsch, tu es für mich, Ibsen«, flüstert er mir ins Ohr.

»Laut der Einschätzung des Rechtsmediziners ist der Tod letzte Nacht eingetreten«, erläutert Kamorow, während wir uns auf die Bühne zubewegen. »Die drei Opfer wurden sediert und zum Wasserkanal gebracht. Dort hat der Täter sie dann aufgeweckt, um sein Werk zu vollenden.«

»Sie wurden erst jetzt entdeckt?«, hake ich nach. »Der Hafen ist kein ruhiges Plätzchen.«

»Der Mörder hat die Körper unter Plastikplanen versteckt. Wir verdanken es der Neugierde eines Teenagers, der nachgesehen hat, was sich wohl darunter verbirgt. Das arme Kind ist reif für eine Psychotherapie …« Er greift in seine Jackentasche. »Bevor ich es vergesse. Der Mörder hat herzerschütternde Worte hinterlassen.

Nur für Ibsen. Sieht so aus, als würde dieser Scheißkerl Sie wahrhaft lieben, Herr Bach.«

Kamorow reicht mir einen Brief in einer Plastikhülle. »Sie können ihn lesen, aber ohne ihn aus der Hülle zu nehmen. Ich habe keine Lust, mich wiederholt rechtfertigen zu müssen, weil die Spurensicherung Ihre Fingerabdrücke auf einem Beweismittel identifiziert hat!«

Ich wische wenige Sandkörner von der Hülle und lese die an mich gerichteten Worte.

Ich hoffe, du fühlst dich besser, Ibsen. Es ist wichtig, dass du gesund bleibst. Ohne dich würde die ganze Sache keinen Sinn ergeben. Ich brauche deine volle Aufmerksamkeit und zähle darauf, dass du zwischen den Zeilen liest. Du bist dazu fähig. Bis bald.

In gewisser Weise bestätigt dieser Brief meine Vermutung: Der Mörder hat mir nach meinem Schlaganfall das Leben gerettet. Folglich muss er mich in dieser Nacht beobachtet haben. Ich gebe Kamorow den Brief zurück.

»Während unserer Besprechung werden Sie mir mehr von Ihrem brieflichen Austausch berichten.« Der Sarkasmus in Kamorows Stimme ist kaum zu überbieten. »Der Täter verspottet Sie nicht nur, Herr Bach, es besteht überdies eine starke Verbindung zwischen Ihnen.«

Ich bin empört und schüttle den Kopf. »Das beruht keineswegs auf einem Austausch, denn ich habe ihm keine Briefe geschrieben, Kollege Kamorow. Und bevor ich zur Tatortanalyse übergehe, könnte ich da vielleicht mal die Namen der Opfer und ihr Alter erfahren?«

»Igor Romanow, zweiundsiebzig, sein Sohn Michail, siebenundvierzig, und sein Enkel Denis Romanow siebzehn.«

»Igor hatte keine weiteren Kinder?«, fragt Andreas.

»Wir müssen die Personalien noch gründlich überprüfen, aber die erste Ermittlung ergab, dass Michail sein einziges Kind war.

Denis hat eine fünfzehnjährige Schwester, Raissa, die seit der Vater ausgezogen ist, weiter mit der Mutter im Haus des Großvaters lebt.«

Den Beruf von Igor Romanow zu wissen, wäre interessant. Darum kann ich mich noch später kümmern. Es ist an der Zeit, sich dem Rätsel des Mörders zu stellen.

Während Andreas und Kamorow noch diskutieren, löse ich mich von der Gruppe und gehe zum Tatort. Als meine Augen auf den Toten ruhen, nehme ich mein Notizbuch in die Hand. Seit meiner Ausbildung zum Profiler weiß ich, dass eine Krankheit existiert, eine satyriastische Manie, die sich auf die boshafteste und zügelloseste Weise darstellt: entweder auf die Vernichtung des eigenen Ichs gerichtet oder auf das des anderen: *Vesanie*. Ich kritzle in das Notizbuch: *Vernichtung*.

Kapitel 12

Moskau, Distrikt Kljasma

Anmaßung

Wahn ist der erste Eindruck, den der Tatort vermittelt und den auch ich verspüre. Er ist fast greifbar und klebt wie eine dünne Pechschicht auf meiner Haut. Entsetzen ist auch in den Augen der Polizisten und Kriminaltechniker zu sehen. Das Grauen dringt durch Mark und Bein.

Mit der rechten Hand drehe ich den Knauf meines Stocks. Ich gestehe, es gibt für mich dieses Mal keinen Raum für Fehler. Es geht nicht darum, Dimitri Kamorows Zweifel an meinen Fähigkeiten auszuräumen, noch darum, die Bewunderung in Andreas' Augen wiederzubeleben. Nein, ich muss es dem alten Ibsen, diesem *Anderen* beweisen, dass ich der Aufgabe gewachsen bin, dass ich ohne ihn weitermachen kann.

Alles wird gut, Ibsen.

Ich schließe die Augen, atme tief ein und aus, öffne die Lider sofort wieder. Um mir einen besseren Überblick vom Tatort zu verschaffen, umgehe ich eine Gruppe von drei Polizisten. Dann nehme ich die Nasenspitze zwischen Daumen und Zeigefinger und blockiere meine Atmung; das stimuliert meine Konzentration.

Zuerst sehe ich die verstreuten Rosen, dann die Striemen von Dornen auf der Haut der beiden knienden Opfer. Ihre Körper sind nackt, die Köpfe zum Himmel gerichtet, so dass die Hälse einen rechten Winkel mit der Achse ihres Rumpfes bilden. Die Arme sind nach hinten gezogen, die Schultern verdreht, ihre Handgelenke an den Knöcheln festgebunden.

Der Bauch des jüngeren, es könnte der Enkel Denis Romanow sein, ist wie ein aufgeblasener Luftballon, bereit zu explodieren. Dem anderen fehlt ein Teil des Schädels; Hirnmasse liegt auf dem Boden.

Ich stoße die in meiner Lunge angesammelte Luft aus und blicke auf das dritte Opfer. Der Körper ist an einem Drahtgeflecht an der Hauswand unter der Terrasse befestigt. Die Haut wurde vom Rücken gelöst, wie Flügel auf beiden Seiten des Rumpfes ausgebreitet und am Drahtgeflecht befestigt. Auf die Haut sind Pfauenfedern geklebt. Wo das Gesicht sein soll, ist ein Pferdekopf, mit Industrieklammern auf Hals und Brustbein getackert. Die Füße des Opfers sind vom Knöchel getrennt, an den Enden der Wadenbeine hat der Täter stattdessen Hühnerfüße befestigt. Reste von Myrrhe-Harz liegen in einer kleinen Messingschale. Anhand der Beschaffenheit der Haut schließe ich, dass es sich um den Ältesten der drei Opfer handelt: Igor Romanow, der Großvater.

Um diese Apokalypse zu verstehen, um das Rätsel zu lösen, muss ich in den Abgrund tauchen. Mein Blick muss über das Augenscheinliche hinausgehen, um den Schatten des Mörders in dem blutigen Mosaik zu erkennen. Der *Andere* hatte die Tatorte stets als nur für ihn hörbare Symphonien betrachtet, den Rhythmus, das Tempo und die Noten wahrgenommen. Der *andere* Ibsen konnte die Wut des Täters durch die Art der Wunden erahnen, seine Eitelkeit in der Akribie oder der Anordnung der Schnitte. Ich hingegen sehe die Partitur nicht mehr, aber vielleicht kann ich immer noch die Musik hören.

Ich nähere mich den knienden Körpern. Der Geruch von Schlamm dringt in meine Nase. Mit einer kleinen Taschenlampe aus meiner Jackentasche beleuchte ich das Gesicht des jüngsten Opfers, das des Enkels Denis. Wasser füllt seinen Mund bis zu den Zähnen. Die Augäpfel wurden entfernt.

Ich richte den Strahl auf das Gesicht der zweiten Leiche, die des Sohnes Michail, sehe die gebrochenen Schneidezähne, Zahnsplitter und schwarze Flecken im Mund. Im Oberkiefer ist eine Öffnung bis zum Schädel und darüber hinaus. Der Mörder muss dem Opfer eine Waffe in den Mund gesteckt und geschossen haben.

Schweißperlen stehen auf meiner Stirn. Ich knirsche mit den Zähnen. Mein Herzschlag stolpert, ich muss mich auf den Stock stützen, um nicht zu stürzen. Mit dem Ärmel wische ich mir den Schweiß von der Stirn.

Die Schlüsselfigur ist der Großvater, das gewählte Szenario der Schlüssel zum Puzzle. Ich glaube, eine biblische Figur in der Darbietung zu erkennen. Könnte es ein Dämon sein? Wenn ja, welcher? Dann der Enkel, neben dem Vater. Beide knien dem Großvater gegenüber. Die Posen sind nicht bedeutungslos.

Ich nehme mein Notizbuch und schreibe: *Dämon, Pfau, Pferdekopf, Hühnerbeine. Publikum, gleich Jünger? Vor dem Prediger platziert?*

Nein, der Mörder hat mich vor voreiligen Schlüssen gewarnt. Ich solle zwischen den Zeilen lesen. Ich umrande das Wort *Dämon*.

Als ich den Notizblock in die Tasche stecke, strömt ein schriller Tinnitus in mein rechtes Ohr. »Nein, nicht jetzt«, murmle ich.

»Bist du in Ordnung, Ibsen?« Andreas' Stimme nähert sich mir von hinten. Verzerrt. Bizarr. Fremd.

Die Lautstärke der Pfeiftöne in meinem Kopf nimmt zu. Ich höre nur noch meine eigene Atmung und das Rauschen meiner Blutzirkulation. Der Rest ist nichts anderes als ein zischendes, grauenvolles Ohrensausen. Ich lockere den Kragen des Hemdes, der sich wie ein Knebel um meinen Hals gelegt hat.

Alles wird gut, Ibsen.

Ich atme zweimal durch den Bauch, im Gleichklang mit dem Rhythmus meines Herzschlags. Sobald dieser sich beruhigt hat, schließe ich die Augen. Hinter den Lidern schießt eine Kaskade von Bildern und Tönen blitzartig durch meinen Kopf.

Ich verziehe das Gesicht, als ich den Metalltrichter in Denis' Mund vor meinem inneren Auge habe, durch den das Wasser in den Bauch des Jungen fließt. Ich balle eine Faust, als ich die Schreie höre, während der Gewehrlauf sich zwischen Michails

Zähnen bewegt. Mein Herz zieht sich zusammen, als ich Igor »O mein Gott, Nein« sagen höre, bevor seine Stimme durch einen Würgegriff abflaut.

Meine Magensäure erreicht einen Höchstpegel, als ich die Qual eines Vaters nachempfinde, der eine entsetzliche Entscheidung treffen muss: zu bestimmen, ob sein Sohn oder sein Enkel das Recht auf einen schnellen Tod hat. Dann fliegen die Bilder urplötzlich wie ein Vogelschwarm davon, der Tinnitus wird leiser und verebbt letztlich ganz. Ich atme die frische Luft ein, als käme ich soeben aus einer langen sauerstoffarmen Phase.

Eine Hand berührt meine Schulter. Ich drehe mich um und blinzle. Verschwommen nehme ich Andreas' besorgtes Gesicht wahr.

»Erzähl mir jetzt nicht, dass du wieder *Rosenrot* gesehen hast, Kumpel. Oder womöglich Schneewittchen oder Schneeweißchen oder wie diese Schlampe auch heißen mag?«

Ich habe mehr als das! Dieser Mörder ist anders. Ich habe die Wut gespürt, die seinen Wahn nährt. Kein Stolz, kein Hochmut, wie bei seinem mörderischen Vorgänger. Nur eine unberechenbare Wut. Und Durst nach Gerechtigkeit? Nein! Durst nach Rache.

Dimitri Kamorow beobachtet mich, wie ein Falke ein Nagetier.

»War Igor Romanow als Richter oder Staatsanwalt tätig?«, frage ich ihn.

»Weder noch«, antwortet Kamorow. »Er war im Immobiliengeschäft.«

Ich schüttle den Kopf. »Was hat der davor gemacht? Ich glaube auch, dass er kein Russe war.«

Kamorow wirft sich ein Tic Tac ein. Die Geringschätzung ist ihm deutlich anzusehen. »Was sagt man *dazu*? Wie kommen Sie denn darauf, Herr Bach? Haben die Toten mit Ihnen geredet?« Ironie liegt in seiner Stimme.

Ja, und in deutscher Sprache, Schneeadler!

Ich ignoriere sein beleidigendes Verhalten. Zucke mit den Schultern. »Ich weiß es eben, wie ich auch weiß, dass Sie uns angelogen haben. Vielleicht ist es an der Zeit, uns zu sagen, dass es hiervor noch einen Mord gab, meinen Sie nicht, Herr Kamorow?«

Kapitel 13

Moskau, Polizeipräsidium OMON

Respekt

Ich öffne den letzten Knopf meiner Jacke. In dem beengten Dachgeschoss des Moskauer Polizeipräsidiums ist es stickig, die Temperatur zu hoch. Und dann ist da noch der scheußliche Geruch eines schmutzigen Aufnehmers, der mich anwidert. Wahrscheinlich ist dies der letzte Raum, den die Putzfrau heute gereinigt hat, denke ich und stelle mir die trübe Brühe des Wischwassers vor.

Andreas sitzt auf dem Stuhl, nickt immer wieder ein. Er wirkt auf mich, als stehe er kurz vor einem Zusammenbruch. Er hat bereits zwei Tassen Kaffee getrunken, ein dritter dampfender Becher steht vor ihm, aber seine Augenlider fallen ihm immer wieder zu.

Ich gebe Andreas noch fünf Minuten, bis sich sein Kopf nach hinten neigt, der Mund sich öffnet und er anfängt zu schnarchen.

Kamorow steht am Ende des ovalen Besprechungstisches. Er wartet, dass der Techniker den an der Wand montierten Flachbildschirm mit dem Laptop verbindet, den er in den Besprechungsraum mitgebracht hat. Sein Gesichtsausdruck ist indifferent. Auch meidet er seit meiner Bemerkung den Blickkontakt.

Ich schmunzle innerlich. Dieser Kamorow ist eitel, er überschätzt sich selbst. Seine Karriere geht ihm über alles und er will sämtliche Lorbeeren ernten.

Und was ist mit dir, Ibsen? Ist es nicht dein Stolz, der dich an-

treibt? Geht es dir nicht darum, den Respekt oder vielmehr die Bewunderung zurückzugewinnen?

Mit einem Gähnen bringe ich meine Gedanken zum Schweigen und richte meine Aufmerksamkeit auf zwei andere Personen im Raum. Den Gerichtsmediziner Pyotr Alba habe ich schon im Maisfeld bei der Tatortsichtung gesehen. Im Neonlicht ist sein mondartiges, flaches Gesicht deutlich zu sehen, ebenso die gerade Nase – perfekte Verlängerung seiner Stirn. Seit er den Raum betreten hat, kneift er sich immer wieder in die Ohrläppchen und rückt die Brille zurecht. *Analytisch, berechenbar; eine Maschine*, sage ich mir.

Und dann ist da noch diese Fremde. Eine merkwürdige junge Frau, die mich nicht aus den Augen lässt. In ihrem übergroßen Metallica-T-Shirt und der grünen Wollmütze, die ihr braunes Haar bis auf den Pony vollständig verdeckt, ähnelt sie eher einem Mädchen als einer jungen Frau. Sie ist dünn, extrem dünn. *Mukoviszidose?* Vielleicht, oder sie ist magersüchtig. Auf dem Tisch hat sie Büroklammern vor sich aufgereiht und ihre Hände sind damit beschäftigt, Gummibänder zwischen ihren knochigen Fingern zu spannen. Ich frage mich, wer sie wohl sein könnte. Wie alt mag diese Kindfrau sein? Vielleicht Mitte zwanzig? Kamorow hat sich bis jetzt bedeckt gehalten und noch keine Erklärung für ihre Anwesenheit abgegeben. Er unterbricht die Stille, als der Windows-Desktop auf dem großen Flachbildschirm angezeigt wird. »Okay, wir können anfangen.«

Andreas' Mund ist geöffnet, er ist kurz davor, einzuschlafen. Ich schubse ihn an. Er schreckt sofort auf und nimmt eine kerzengerade Position auf dem Stuhl ein. Das Mädchen macht eine Kaugummiblase, greift sich eine Büroklammer und biegt sie auseinander. Ich kritzle den Begriff *Kindfrau* in mein Notizbuch.

Kamorow räuspert sich und zeigt das erste Bild seiner Aufnahmen. »Unser erster Tatort. Wie aus dieser PowerPoint-Datei hervorgeht, hatte ich sehr wohl die Absicht, Ihnen von diesem ersten Mord zu erzählen.«

Kamorow meidet meine Augen. Warum?

»Ich hatte unseren ersten Fall aus einem guten Grund noch nicht erwähnt. Für unsere Kollegen Neumann und Bach: Der Mord geschah vor zwei Monaten. Am Tatort gab es nur ein Opfer, einen Mann, fünfundsechzig Jahre: Adrian Schwarz, ein deutschrussischer Versicherungsmakler. Im Übrigen wird unser Rechtsmediziner, Pyotr Alba, ausführlicher darüber berichten.«

Alba steht auf und zeigt auf den Bildschirm. »Wie Sie sehen können, wurden Adrian Schwarz die Finger abgetrennt. Der Täter hat das Opfer gezwungen, die Fingerkuppen herunterzuschlucken. Ich fand sie in seinem Magen. Die faserige Haut der Schnittstellen war zerrissen. Ich bin mir deshalb ziemlich sicher, dass eine Holzsäge für die Amputation verwendet wurde. Diese Hypothese wird durch die nächste Aufnahme bestätigt.« Alba wendet sich an Kamorow. »Dimitri, zeig mal das nächste Bild.«

Andreas und ich sehen uns an, haben denselben Gedanken: Es ist der gleiche Modus operandi wie bei dem Mord an Klaus Bohlen vor fünf Jahren.

Als die nächste Aufnahme auf dem Bildschirm erscheint, fährt Alba fort: »Hier sehen wir es noch deutlicher: Der Penis und die Hoden, eine unsaubere Entmannung, erkennbar an den groben Schnitträndern.«

Ich beobachte die Kindfrau, die auf dem Tisch ein Pferd aus den Büroklammern gebastelt hat. Sie hat seit Beginn der Präsentation keinen Blick auf den Bildschirm geworfen.

Andreas unterdrückt ein Gähnen, schüttelt den Kopf und hebt die Hand. »Also dachten Sie zunächst, es gäbe bei dem darauffolgenden Verbrechen keine Verbindung zu diesem, Kollege Kamorow?«

»Sie werden mir doch zustimmen, Herr Neumann, dass es beim ersten Mord keinen Grund gab, die deutschen Behörden zu kontaktieren. Andererseits haben wir bei der Entdeckung der Leichen im Maisfeld die Verbindung schnell hergestellt.«

»Und wieso das?« Andreas sieht Kamorow mürrisch an.

»Myrrhe! Die gab es auch am ersten Tatort, dafür aber keine Rosen. Außerdem hat der Mörder zwar auch dort eine Notiz hinterlassen: *Möge deine Seele in der Hölle verrotten*, aber die Worte waren nicht explizit an Ibsen Bach gerichtet.«

Warum man uns diese Information bei den Morden im Maisfeld vorenthalten hat, erschließt sich mir nicht.

Myrrhe beim ersten Mord in Moskau. Kamorows Worte erschüttern meine Gedanken, Worte, die wie Steine viele Kreise auf einer Wasseroberfläche entstehen lassen. Ich fühle mich in ihrem Strudel verloren und frage mich, ob es schon immer zwei Täter gewesen sind. Wie sonst konnte der Mörder genau die Umstände des Verbrechens rekonstruieren: Fingerknochen, Entmannung, die geschriebene Botschaft?

Auf der anderen Seite gab es im Fall Bohlen keine Myrrhe und keine Rosen. Warum nicht? Die Hypothese eines zweiten Mörders wurde vor fünf Jahren nie in Erwägung gezogen. Welche andere Erklärung gibt es dann? Einen Zeitungsartikel? Eine Zeugenaussage? Einen Nachahmer?

Kamorows Blick ist nun auf die junge Frau gerichtet. »Meine Nichte Pola Kamorow, wird Sie nun mit ihren Erkenntnissen und Schlussfolgerungen vertraut machen. Sie ist unsere Profilerin.« Die Kindfrau steht auf und schiebt auf dem Tisch die Büroklammern zur Seite. »Guten Abend, meine Herren. Für mich besteht kein Zweifel daran, dass sich dieses Verbrechen von dem dann folgenden unterscheidet. Ich konnte den Autopsiebericht bereits im Detail durchgehen. Das erste wichtige Detail: Der Mörder hat keine Betäubungsmittel verwendet. Das Ziel war, das Opfer leiden zu lassen. Ich glaube, er wollte Adrian Schwarz zum Reden bringen.«

»Und was hätte der Täter Ihrer Meinung nach erfahren können?«, hakt Andreas nach.

»Wie wäre es damit, wo wir sein nächstes Opfer finden können, Herr Neumann? Dieser Mörder will, dass wir diesen Unterschied verstehen. Er versucht, uns seine Botschaft zu vermitteln. Und von dem, was ich in diesem Raum gesehen habe, bin ich mir sicher, dass er sich wieder an den Kollegen Bach wenden wird und …«, sie schmunzelt, »… dass unsere Kollegen aus Berlin gewisse Dinge vor uns verheimlichen.«

»Wie kommen Sie denn darauf?«
»Der Komplizenblick, den Sie vorhin ausgetauscht haben. Sie wurden bereits mit etwas Ähnlichem konfrontiert.«
Pola richtet ihre blassgrünen Augen auf mich, zwinkert mir zu. *Sie fordert mich heraus.*
Ich lächle. Schon jetzt mag ich dieses *Mädchen*.

Kapitel 14

Chimki, nördlich von Moskau

Leonela Sorokin ging in Gedanken ihre Fragen noch einmal durch. Über ihre Ohrstöpsel hörte sie Rachmaninoffs Concert Nr. 2. Klassische Musik beruhigte sie sonst immer. Diesmal half es nicht wirklich. Sie trommelte mit ihren Füßen ungeduldig auf den Parkettboden. In fünf Minuten würde sie auf den ehemaligen Gangster Sergeij Sarski treffen. Maksim hatte ihr das Interview ermöglicht und ihr die Adresse gegeben: eine noble Seniorenresidenz in Chimki.

»Heute und in etwa dreißig Minuten. Schaffst du das?« Sein Ton war barsch gewesen, sein Benehmen ruppig, aufgelegt ohne ein Wort des Abschieds.

Jetzt saß sie auf einem Ledersessel neben der Tür des Appartements und wartete seit einer halben Stunde. Sie fragte sich, wie sie im Interview über Maja Maranow vorgehen sollte, wenn es in Wahrheit um den Journalisten Stefan Bennet ging. Sie befürchtete, dass Sarski sie aus dem Zimmer scheuchen würde. Also musste sie ihn aufweichen und sein Vertrauen gewinnen. Ihn in der ersten Phase des Interviews über sich sprechen lassen. Über die gute alte Zeit, seine persönlichen Erinnerungen ... Und wenn die Worte flossen, würde sie die Frage aller Fragen in den Strom werfen: Wann haben sie Stefan Bennet das letzte Mal getroffen?

Ganz einfach, nicht wahr, Leonela?

Nicht wirklich. Die Eisdecke war dünn und es brauchte nur wenig, damit sie einbrach.

Sie hörte eine Stimme durch die Wohnungstür, eher ein unartikuliertes Gebrüll als ein »Herein«, und sprang auf. Sarski war bereit, sie zu empfangen.

Atme dreimal tief ein und aus, mein Kind!

Leo klopfte kurz an die Tür und betrat die Wohnung.

Laute Geräusche, möglicherweise aus einem Fernseher, dröhnten durch die Wohnung. Der Geruch von alter Kleidung und Mottenkugeln stieg ihr in die Nase.

»Herr Sarski? Sind Sie da?«

Keine Antwort. Sie ging weiter. »Hallo! Sind Sie da?«

»Sie können reinkommen, Mädchen.« Die Stimme kam aus dem Wohnzimmer. Leo hörte ein heiseres Lachen, gefolgt von einem Hustenanfall und ging weiter, links an der Küche vorbei.

Das erste, was sie von Sergeij Sarski sah, waren die nackten Füße auf dem Couchtisch und sein tätowierter Arm, der auf der Armlehne eines beigefarbenen Samtsofas ruhte. Er sah sich einen Zeichentrickfilm an, ein Lächeln umspielte seine Lippen.

»Guten Tag, Herr Sarski. Mein Name ist Leonela Sorokin.«

»Ja, ja, ich weiß. Der Sessel da drüben ist für Sie, da kann ich Sie im Auge behalten.«

»Danke.«

Sie setzte sich und musterte ihren Gesprächspartner. Sarski sah seinem Bruder Vladimir kaum ähnlich, er war fettleibiger und faltiger. Neben seinem Outfit – ein Känguru-Slip und ein weißer Bademantel – fiel ihr die breite Knollennase auf, die aus seinem runden Gesicht wie ein großer Pilz herausragte und fast die Oberlippe bedeckte. *Hilfe, das totale Klischee eines alternden Mafioso.* Hätte er nicht diesen räuberischen Gesichtsausdruck, wäre sein Anblick fast komisch gewesen.

Sie schaltete das Aufnahmegerät auf dem Smartphone ein.

»Könnten Sie den Fernseher bitte ausschalten?«

Der alte Mann knurrte, sah sich aber doch nach der Fernbedienung um.

»Gleich neben der Schale mit den Erdnüssen, Herr Sarski.«

Er nickte. »Es gibt sowieso nichts Interessantes in der Kiste.

Und bitte kein Herr Sarski. Du kannst mich Sergeij nennen, Baby.« Er warf ihr einen lüsternen Blick zu.

Hoffentlich fasst der Scheißkerl mich nicht gleich an.

»Sergeij, meinen Quellen zufolge, haben Sie Maja Maranow gut gekannt, als Sie noch mit ihrem Bruder Vladimir zusammengearbeitet haben. Welchen Eindruck hat sie beim ersten Treffen auf Sie gemacht?«

Sergeij schob die Schale mit Erdnüssen zwischen seine Schenkel, nahm eine und zerbrach sie zwischen den Eckzähnen. »Ich habe es gespürt. Im Nachhinein ist das leicht zu sagen, aber es ist wahr. Als wir uns vorgestellt wurden, witterte ich Scheiße. Einen großen Haufen Scheiße. Aber jeder hat gesehen, dass dieses Mädchen gerissen war. Es waren ihre Augen, sie sprühten Funken. Ihre grauen Zellen rotierten nonstop. Ich traue Frauen wie Maja nicht, aber Vladimir hatte ein Auge auf sie geworfen, also hielt ich mich da raus.«

Wir machen Fortschritte, dachte Leo. »Wie würden Sie die Zusammenarbeit mit Maja während ihrer ... eh ... Arbeitssitzungen beschreiben?«

Sergeij steckte den Zeigefinger in den Mund, um die Erdnussreste zwischen seinen Zähnen zu entfernen. »Wie? Unsere Arbeitssitzungen? – Was zum Teufel ist das für eine bescheuerte Frage? Bist du überhaupt Journalistin? Siehst aus wie eine verdammte Studentin. Frag mich direkt und hör auf, wie eine arrogante Schnepfe zu reden!«

Leo zuckte zusammen. Sie spürte, wie ihr Puls nach oben schoss. Dieser Typ war voller Tücken, aber er hatte recht. Sie interessierte sich nicht im Geringsten für seine Mafioso-Geschichten.

Es wird Zeit, deine Strategie zu ändern, Leonela.

»Maja war ja eine Informantin des russischen Geheimdienstes. Haben ...«

Sergeij starrte beim Kauen auf eine Erdnuss-Schote, ein spöttisches Lächeln umspielte seine großen Lippen. »Du bist hübsch, aber nicht besonders gut informiert«, sagt er dumpf. »Weißt du, Schätzchen, ich zähle fast achtzig Besenstiele. Und ich sehe vielleicht bescheuert aus, aber ich bin weit davon entfernt, ein Idiot zu sein. Ich habe Interviews mit Journalisten, der OMON und den Typen vom FSB gemacht. Entweder bist du der schlechteste Interviewer, den ich je erlebt habe ... oder du bist wegen etwas ganz anderem da!«

Sie las die Wut in seinen Augen und war sofort in Alarmbereitschaft.

Sergeij beugte sich vor, spuckte eine Erdnusshülle auf den Boden. »Also Schätzchen, weswegen bist du hier?«

»Ich möchte wissen, womit Sie den Journalisten Stefan Bennet beauftragt haben.«

Sergeij erstarrte in seinem Sessel, sah sie an, als wäre sie ein Alien. Dann warf er ohne Vorwarnung die Fernbedienung in ihre Richtung. Sie wollte ausweichen, doch er stand schon neben ihr, zerrte sie aus dem Sessel auf den Boden und trat ihr in den Bauch. Augenblicklich spürte Leo, wie eine Ohnmacht nahte. Sie wollte schreien, aber er legte seine wulstige Hand auf ihren Mund.

»Schlampe! Du wirst mir jetzt sagen, für wen du arbeitest!«

Kapitel 15

Chimki, nördlich von Moskau

Leo blieb still liegen mit weit geöffneten Augen. Sie konzentrierte sich auf ihren Überlebenswillen tief in ihrer Brust – ein wenig unterhalb der panischen Angst.

Sergeij presste seine Hand fest auf ihren Mund, sein Gesicht war so nah, dass sie seinen heißen Atem spürte. Sein Blick war der eines Raubtiers, der eine in die Enge getriebene Beute fixierte.

»Hör zu, Baby, wir drehen den Spieß um. Ich werde *dir* ein paar Fragen stellen. Wenn du sie wahrheitsgemäß beantwortest, wirst du leben, sonst breche ich dir das Genick wie einen trockenen Keks. Kapiert? Wenn du mich verstanden hast, nicke!«

Leo kämpfte gegen die Tränen, blinzelte mit den Augen, nickte. Ihr Herzschlag beschleunigte sich immer mehr. Sie bekam kaum noch Luft. Der Mann wog mindestens 125 Kilo.

»Gut. Wir fangen mit einer einfachen Frage an. Wer hat dir gesagt, dass ich den Journalisten kontaktiert habe?«

Seine Augen machten ihr Angst. Wie konnte sie diese Frage beantworten, wenn sie den Absender der ominösen .onion-Datei selbst nicht kannte? Er riss sie hoch, schlang seinen linken Arm um ihren Hals. In dieser Position brauchte es nur eine leichte Drehung, um ihr den Hals zu brechen. Tränen schossen ihr in die Augen, benetzten ihre Wangen.

»Sag schon! Ich habe nicht den ganzen Tag Zeit!« Er zog seinen Arm weiter nach hinten und dehnte ihren Hals. Sein Gesicht war vor Wut verzerrt, Speichel entwich seinem Mund und tropfte auf Leos Nase.

»*Er wird dich töten, wenn du nichts sagst, Leonela. Reagiere!*«
»Ich … ich habe eine anonyme E-Mail erhalten.«
Er lockerte seinen Griff. »Weiter!«
»Ich habe einen Blogbeitrag über das Verschwinden von Stefan Bennet geschrieben. Er war ein prominenter Journalist, aber über sein Verschwinden hat niemand berichtet. Das fand ich seltsam. Ich versuche, ihn aufzuspüren.«
»Mach weiter! Und verarsch mich nicht. Was hast du über Bennet herausgefunden?«, fragte er ungeduldig.
Leo blickte direkt in seine Augen, zwei schwarze Kugeln, Wirbelwinde der Wut. *Scheiß drauf. Ich werde es ihm sagen.* Sie gab sich einen Ruck, holte Luft. »Ich ging bis 1979 zurück, zu einem gemieteten Haus in Berlin-Treptow. Die Spur war kalt, aber ich löschte den Online-Artikel nicht. Ich bekam eine anonyme E-Mail mit einem Anhang: Ein Foto von Bennet, aufgenommen vor einer Villa. Der Absender der E-Mail hat mich gebeten, Nachforschungen anzustellen und verwies mich an Sie. Das ist die Wahrheit, ich schwöre es beim Leben meines Vaters!«
»Wer ist dein Vater?«
»Bogdanowitsch Sorokin.«
»Düngemittel-Bogdanowitsch?«
Leo nickte.
Stille.
Sergeij ließ von ihr ab und setzte sich neben ihr auf den Boden, die Wut in seinem Gesicht war erloschen. Sie setzte sie sich ebenfalls hin und lehnte sich an den Sessel.
Verschwinde von hier, Leonela!
Leo trocknete ihre Tränen und wollte aufstehen.
»Warte!« Sergeij griff ihren Arm und hielt sie zurück. »Willst du noch immer wissen, warum ich Stefan Bennet beauftragt habe?«
Leo rieb sich den Nacken. Ihre innere Stimme schrie sie an, davonzulaufen, ihr Gefühl hingegen drängte sie, zu bleiben und Sergeij zuzuhören. »Ja, natürlich«, sagte sie leise.
Der Alte hatte sich wieder beruhigt und grinste. »Weißt du, warum ich es dir sagen werde?«

»Nein ... keine Ahnung«, antwortete Leo dumpf.
»Ich werde bald tot sein. Meine Venen, meine Arterien, dünn und brüchig wie Pergament. Das Alter, verstehst du? Ich habe nichts zu verlieren.« Er lachte laut auf. »Ich lache, weil ... Bennet mehr oder weniger wegen meines Schwanzes verschwunden ist. Amüsant, nicht wahr?«

Leo zwang sich zu einem Lächeln, um ihn zum Weiterreden zu ermuntern.

»Wie auch immer, zu dieser Zeit habe ich alles gefickt, was mir über den Weg lief. Schön, hässlich, dünn, fett, egal. Es ist leicht, wenn du ein vermögender Mann und ein Mafioso bist. Es gab kaum eine, die Nein sagte. Außerdem sah ich damals blendend aus. Es war 1974. Eines Tages kam Maja zu mir und sagte mir vor meinen Jungs, dass ich sie geschwängert hätte, diese Schlampe. Ich habe sie ein paar Mal flachgelegt, obwohl mein Bruder ein Auge auf sie geworfen hatte. Er hatte nichts dagegen. Wir haben uns die Frauen oft geteilt. Aber als Maja immer mehr in die Sucht abrutschte, habe ich sie rausgeworfen. Habe ihr gesagt, dass sie sich nie wieder in meinem Lokal blicken lassen soll. Sie war ein Junkie und ich verabscheue drogensüchtige Frauen. Aber damals war wohl jeder süchtig. Jedenfalls tauchte sie ab. Aber mein Bruder war so verrückt nach ihr, dass er monatelang nach ihr suchte. Ich konnte das verstehen. Maja war nicht nur hübsch, in Wirklichkeit war sie atemberaubend, schlichtweg der Inbegriff von Schönheit, mit einer starken erotischen Ausstrahlung, eine Göttin. Vladimir entdeckte Maja in irgendeiner finsteren Bude im Osten der Stadt und holte sie zu sich in sein Haus. Dort begegnete ich eines Tages Maja wieder, mit ihrem zweijährigen Kind. Einem Mädchen. Meine Tochter, ich habe es sofort gesehen. Und ob du es glaubst oder nicht, es brauchte nur ein Lächeln, das Lächeln eines kleinen Engels, um mir klarzumachen ... Naja. Maja meinte, sie sei clean und wollte zu mir zurück, aber da sie die feste Freundin meines Bruders war, und weil ich so ein komisches Gefühl hatte, wies ich sie ab. Das war die schlimmste Entscheidung meines Lebens, denn später hat sie uns verraten. Sie verschwand und ich bereute meine spontane Reaktion. Ich habe versucht, Maja zu finden, aber ohne Erfolg. Sie hatte Moskau mit meinem kleinen Mädchen verlassen. Ich war besessen davon, das Kind zu finden. Mein Mädchen, mein Fleisch und Blut. Es war, als hätte ich das Glück zum ersten Mal gesehen und wieder verloren. Ich wollte mehr davon. Ich beauftragte Stefan Bennet, meine Tochter zu finden. Ende 1979 habe ich zum letzten Mal von ihm gehört. Er habe einen Hinweis von seiner Gastfamilie in Moskau erhalten, schrieb er. Angeblich hatte eine deutsche Familie die Kleine adoptiert. Bennet fuhr nach Berlin. Seitdem ist er verschwunden. Von da an war Funkstille. Keine Nachricht kam mehr von ihm.«

»Sie haben nicht versucht, ihn zu finden?«

Sergeij zuckte mit den Schultern. »Ich habe zwei meiner Männer zu dieser Berliner Adresse geschickt, sie sind nie zurückgekommen. Drei Tage später erhielt ich eine Warnung: Fotos von mir und meiner Frau. Verdammt, dachte ich da nur. Wer ist mächtig genug, um einem Mitglied der Bratwa zu drohen? Ich gab auf, ich war schwach, meine Frau brauchte mich. Sie war an Leukämie erkrankt.«

»Erinnern Sie sich an die Adresse, Sergeij?«, fragte Leo. Sie hätte gerne einen starken Komplizen gehabt, jemanden, dem sie in einer echten, ausgemachten Krise vertrauen konnte. Weil sie Angst hatte.

Er lachte und stand auf. »Verdammt, du hattest vorhin Mumm in den Knochen, das respektiere ich. Die meisten Journalisten, die mich interviewt haben, hätten sich in die Hose gemacht. Manche Dinge vergisst man nicht: die erste Braut, die man flachlegt, das erste Opfer. In meinem Fall ist es auch diese Adresse, die mir stets ein Rätsel geblieben ist: das Haus in Berlin, Philip-Franck-Weg 110. Aber du wirst keine Zeit haben, dorthin zu gehen, sorry.«

»Und warum nicht, Sergeij?«

Sergeij zermahlte eine Erdnuss zwischen seinen Backenzähnen. »Weil du, als du hierherkamst, dein Todesurteil unterschrieben hast, Baby.«

Kapitel 16

Moskau, Polizeipräsidium

Vorwurf

Andreas hat die Augenlider nicht mehr geschlossen, die Müdigkeit ist dem Zorn gewichen. Ich erkenne die charakteristischen Zeichen: das Stirnrunzeln, das Schnaufen durch die Nasenlöcher, die Augen, die in ihren Höhlen größer wirken. Mein Kollege steht auf, trinkt seinen dritten Kaffee und legt die Hand auf den ovalen Tisch.

»Es ist lächerlich! Wir haben nichts zu verbergen. Was genau ist das hier für ein Spiel? Wir verfolgen doch wohl alle das gleiche Ziel: dieses Monster zu fassen!«

Keine Reaktion. Mein Freund wird schweigend angestarrt.

Ich lasse Pola nicht aus den Augen. Der Kopf der jungen Frau neigt sich zum Tisch, ein Lächeln hebt ihre Mundwinkel. Das Ganze macht ihr Spaß, glaube ich. Es ist ein Spiel für sie. Ein Rätsel lösen, nicht mehr, der Rest interessiert sie nicht. Sie ist wie der *Andere.*

Andreas lässt sich demonstrativ in seinen Sessel zurücksinken, dreht den Kaffeebecher zwischen den Handflächen, führt ihn an die Lippen.

Ich hebe meine Hand. Kamorow nickt.

»Vor fünf Jahren hatten wir einen ähnlichen Fall. Klaus Bohlen war das erste Opfer des Berliner Dämons. Und wenn ich über Ähnlichkeiten spreche, übertreibe ich nicht. Bis auf die Rosen stimmt alles überein. Fingerglieder wurden abgetrennt und vom

Opfer verschluckt, Entmannung – die gleiche Vorgehensweise. Ich war mir damals nicht sicher, wir sprachen noch nicht von einem Serientäter. Bohlen hatte das Strafregister eines Kleinkriminellen. Nichts Besonderes. Ein Autounfall unter Drogeneinfluss, Verkehrsübertretungen, Beleidigung. Erst später wurde dieses Opfer dem Dämon zugeordnet.«

Kamorow nimmt sein Wasserglas und trinkt einen Schluck. »Ihre Worte verwirren mich, Herr Bach. Wir haben natürlich vom Berliner Dämon gehört, aber wenn das, was Sie sagen, stimmt, haben wir es mit einem Nachahmer, mit einem *Copykill* zu tun. Er könnte dem Mörder nahegestanden haben, ein Komplize, oder ...«

»Der Mörder selbst?«, unterbreche ich ihn. *Nein, der ist tot. Ich weiß es, ich war bei dem Unfall dabei ...*

Ich halte einen Moment inne. »Der Killer ist tot«, fahre ich fort. »Ich kam gerade vom Büro nach Hause, als ich die Silhouette eines Mannes sah, der aus meinem Haus kam und meine Frau fest am Arm hielt. Er brachte sie in sein Auto. Ich war leider nicht schnell genug. Er ließ den Motor an und ich konnte nur noch in mein Auto springen und hinter ihm herfahren. Danach ist da ein schwarzes Loch. Ich hatte einen schweren Unfall auf der Stubenrauchbrücke. Als ich aus dem Koma erwachte, erfuhr ich, dass das Fahrzeug des Mörders verbrannt und meine Frau tot war. Ich bin der einzige Überlebende und erinnere mich bis heute an nichts.«

»Verbrannt?«, hakt Pola nach. »Seltsam ...« Sie lächelt und verbindet zwei Büroklammern miteinander.

»Die Identität des Mörders wurde nie festgestellt. Wieso nicht? Konnte man ihn durch die Verbrennungen nicht mehr identifizieren?«, fragt Kamorow.

Andreas nickt. »Er war ein sogenannter *John Doe*, eine nicht identifizierbare Person. Wir konnten nichts über ihn finden. Die Überprüfung der DNA-Datenbanken und die Zahnabdrücke führten zu keinem Ergebnis.«

»Wie können Sie dann sicher sein, dass es wirklich der Mörder war?«, hakt Pola nach.

»Wer soll es denn sonst gewesen sein? Dieser Typ war besessen von Ibsen! Ebenso gab es fünf Jahre lang keine Verbrechen! Wir schicken Ihnen gerne die Datei. Sie werden genügend Zeit haben, die Akten durchzunehmen, aber wenn es Ihnen nichts ausmacht, würde ich mich gerne auf die Verbrechen konzentrieren, die in Moskau stattgefunden haben.«

Pola bleibt hartnäckig. »Es tut mir leid, Herr Neumann, aber jede Information könnte an dieser Stelle relevant sein. Besonders, wenn sie dazu führen könnte, den Täter aufzuhalten, bevor er noch mehr Morde begeht. Warum haben Sie die Hypothese eines Komplizen ausgeschlossen?«

Ich lege meine Hand auf Andreas' Schulter und schüttle den Kopf. »Der Mörder hat damals mit uns kommuniziert. Er hinterließ Hinweise an Tatorten und manchmal sogar Nachrichten. Ich habe damals ein Profil erstellt: Der Täter ging methodisch und akribisch vor, genoss die Ängste seiner Opfer und hegte einen tiefen Hass gegen die Kirche. Und dann war da noch die Wahl der Opfer. Keine jungen Frauen, was bei Psychopathen oft der Fall ist. In meinem Bericht an die Berliner Kripo hatte ich des Weiteren erwähnt, dass er allein handle und dass seine Taten das Ergebnis einer traumatischen Kindheit sein könnten.«

Pola betrachtet nachdenklich die Büroklammer in ihrer Hand. »Eine letzte Sache, falls es nicht derselbe Killer ist. Es gibt nur zwei Varianten: Entweder war Ibsen Bachs Täterprofil falsch, was ich bezweifle. Oder es gab da ein Leck in Ihrer Dienststelle, denn jemand wusste genau über die Vorgehensweise des Täters Bescheid.«

Andreas' Faust schlägt mit solcher Heftigkeit auf den Tisch, dass der Kaffee in den Tassen überschwappt. »Verdammt, sie werden sich mal beruhigen, *Kindchen*. Sie mit Ihren Andeutungen, ihren Büroklammerspielchen und Ihrer Arroganz!«

»Es ist nur eine Hypothese, Herr Neumann, und wer sich hier beruhigen muss ...« Pola starrt auf den verschütteten Kaffee.

Andreas wischt sich mit dem Handrücken über die verschwitzte Stirn. Sein Gesicht hat eine bedrohliche Röte angenommen, die Augenlider flattern.

Kamorow zieht eine Grimasse und klickt dann auf seine PowerPoint-Datei. »Lassen Sie uns weitermachen, die Arbeit wartet.« Er spricht den zweiten Fall an, erklärt, dass die Opfer keine Feinde hatten und dass ihre Verwandten befragt wurden.

Ich höre nur teilweise zu. Mein Verstand versucht, auf diese Sequenz zuzugreifen, die in der Nacht vor fünf Jahren hartnäckig in meinem Gedächtnis verschwommen bleibt. Ich habe das Gesicht meiner Frau vor meinem inneren Auge, sehe, wie sie ihre Hände gegen die Heckscheibe des Täterfahrzeuges drückt. Das Monster bleibt aber ein gesichtsloser Schatten.

Der Rechtsmediziner Alba kehrt zu seiner Analyse des Tatortes zurück, bevor Kamorow die Untersuchungsergebnisse zu den Hinweisen, Klammern und Anästhetika detailliert erklärt. Eine reine Zeitverschwendung, glaube ich. Wenn der Mörder vom gleichen Kaliber wie sein Vorgänger ist, wird er keine der üblichen Fehler machen. Nein, um ihn zu finden, müssen wir diese Morde verstehen, sie entschlüsseln.

Pola Kamorow pflanzt kleine Samen des Zweifels in meine Gedanken. Ihre Fragen sind wie Messerstiche, die an meinem Ego kratzen und versuchen, das Genie der Analyse zu erwecken, das ich einmal war. War es derselbe Mörder wie in jener Nacht vor fünf Jahren? Warum hat sie versucht, mich zu irritieren, als ich sagte, das Auto sei verbrannt?

Kamorow fährt mit dem dritten Verbrechen fort. Ich höre immer noch nicht zu. Pola auch nicht. Diese Berichte, die Forschungsprotokolle ... das ist nicht ihr Spielplatz und auch nicht meiner.

Das Ziel des Täters war, mir Kopfschmerzen zu bereiten. Ich glaube sogar, er wollte mich zum Reden bringen. Das war der springende Punkt! Ich frage mich, ob er uns schon einen Hinweis gegeben hat, wo wir unser nächstes Opfer finden. Haben wir etwas übersehen? Pola könnte sehr wohl recht haben. Vielleicht hatten wir damals ein Leck in unserer Dienststelle.

Pola unterbricht die Ausführungen ihres Onkels. Ich hebe den Kopf. Der Bildschirm zeigt die Leiche von Igor Romanow am Fundort.

»Im Allgemeinen symbolisiert die Rose Jugend und Schönheit«, sagt Pola hoch konzentriert. »Die Rosen am Tatort jedoch nicht. Sie stehen für eine Gabe und bezeugen, dass das Opfer ein Geschenk an Ibsen Bach ist!«

Sie hat recht.

Ich lausche ihr gespannt. Was wird sie noch sagen? Welche Asse hat sie noch im Ärmel? Oder wird sie mich enttäuschen? Ich räuspere mich und werfe einen Blick auf meine Notizen. Kritzle *Richter?*

»Igor Romanow wird als Dämon dargestellt«, fährt Pola fort. »Er ist der Dämon Adramelech. In der christlichen Dämonologie ist Adramelech der Garderobier Satans. Manchmal wird er auch als Kanzler der höllischen Regionen, teuflischer Befehlshaber und Vorsitzender des Hohen Rats der Teufel gedeutet.« Sie hält einen Moment inne, sieht mir direkt in die Augen. »Der Mörder möchte uns sagen, dass sein Opfer ein Richter oder ein Staatsanwalt war.«

Kapitel 17

Moskau, Polizeipräsidium

Stolz

Kamorow mustert Pola, als hätte sie gerade einen Akt des Hochverrats begangen. »Jetzt du auch noch? Steckst du vielleicht mit Kollege Bach unter einer Decke? Dieselben Worte kamen erst vor wenigen Stunden aus seinem Mund!«

Pola sieht mich an. Ihre Augen sind intensiv, fast animalisch. Ihre Art und Weise, wie sie lächelt, hat etwas Sinnliches. Vielleicht ist sie ein Raubtier, das eine Spur wittert.

Wird sie versuchen, mich zu verführen?

Ich schmunzle unwillkürlich bei dem Gedanken.

Pola wendet sich wieder an Kamorow. »Der Mörder spricht Recht, verkündet die Urteile und vollstreckt sie wie ein Henker. Auch glaube ich, dass das Opfer ein Richter ist oder als solcher wahrgenommen wird. Vielleicht sogar beides in diesem Fall.«

»Himmel! Ich sagte dir bereits, dass er kein Richter war! Und gleich wirst du mir sagen, dass er auch kein Russe war?«

Pola ignoriert die Bemerkung ihres Onkels und zeigt mir ein breites Lächeln. »Haben Sie das wirklich gesagt, Herr Bach? Ich war gespannt auf Ihre Schlussfolgerung!«

O mein Gott! Sie ist ein Raubtier!

Meine Hand zittert leicht. Ich lege sie auf den Oberschenkel. »Nur ... ein Gefühl. Nennen Sie es Instinkt.«

Außer, dass das *meine* Spur ist. Sie ist sogar die solideste für den Moment. Hätte ich in der Nacht des Schlaganfalls nicht diese

Vision von meiner Frau Lara gehabt, hätte es keine Erkenntnisse mehr gegeben. Aber ich fange an, *diese Dinge* wahrzunehmen, habe jedoch dafür keine rationale Erklärung. Ich habe die Wahl: Es zu akzeptieren und mir selbst zu vertrauen. Oder ich muss mir eingestehen, dass ich verrückt werde. Die erste Möglichkeit sagt mir mehr zu.

Ich schüttle meine Hand, um ein leichtes Kribbeln zu unterbinden. »Ich denke auch, dass der Killer Igor Romanow vor ein Dilemma gestellt hat: Wähle, wer leiden soll: dein Sohn oder dein Enkel.«

Pola stimmt mir zu. »Ich ziehe dieselben Rückschlüsse.«

Pyotr Alba ergreift die Gelegenheit zum Statement. »Ich denke, dass Romanows Sohn Michail auf der Stelle getötet wurde. Der Mörder steckte den Lauf der Pistole in seinen Mund und schoss. Die Ballistik wird dies bestätigen. Ich würde sagen, dass es sich um Kaliber 9 mm handelt. Er benutzte einen Schalldämpfer, was angesichts der Nähe zu den Häusern logisch ist.«

Pyotr Alba zeigt uns eine Aufnahme: die Leiche des Enkels.

»Der Mörder hat ihn aufgrund der ersten Analyse vor Ort dazu gebracht, jede Menge Wasser aus dem See zu trinken«, erklärt der Rechtsmediziner. »Waterboarding ist eine Simulation des Ertrinkens, das von Geheimdiensten, wie beispielsweise von der CIA oder vom russischen Militärnachrichtendienst GRU, verwendet wird. Das Opfer wird geknebelt, dann wird Wasser in den Mund gegossen. Ich werde nicht ins Detail gehen, aber es gibt Möglichkeiten, die Tortur zu verlängern. Unser Mörder wollte dies offensichtlich. Das scheint die Todesursache zu sein, aber eine Autopsie wird uns mehr Aufschluss geben.«

Kamorow nimmt einen Schluck Wasser. »Das Opfer wurde mit den von Geheimdiensten praktizierten Foltertechniken gebrochen. Könnte das nicht erklären, warum Sie vor fünf Jahren nichts über den damaligen Täter gefunden haben, Herr Neumann? Ein mörderischer Geheimagent… Das wäre genauso originell wie erschreckend.«

Der Hauch von Ironie in Kamorows Stimme entgeht Andreas.

»Machen Sie sich nicht lächerlich, Kollege Kamorow. In keiner Akte erwähnt zu werden, bedeutet nicht, dass wir es mit einem Geheimagenten zu haben. Nicht alle Bürger sind in Datenbanken registriert!«

»Nicht in Deutschland«, gibt Pola von sich, ohne den Kopf zu heben. »In der Russischen Föderation schon.«

»Mist. Ich gebe zu, Puzzles zu lieben, aber das hier…« Kamorow massiert seine Schläfe und streckt sich auf seinem Stuhl. »Was mich in den Wahnsinn treibt, ist die Wahl der Opfer. Abgesehen davon, dass seine Obsession Religion und Terror widerspiegelt, sehe ich im Moment keine Verbindung. Sonst noch etwas?«

»Dieser Mörder ist anders, Herr Kamorow. Der damalige Täter war kälter und fast emotionslos. Aber an den letzten Tatorten habe ich seine Wut gespürt«, antworte ich und wische mir die Stirn.

»Gespürt?«, wiederholt Kamorow. »Ich habe Sie schon mehrmals über Instinkt, Gefühl und Intuition reden hören. Und ich habe Ihre Nummer mit *Rosenrot* nicht vergessen, Herr Bach.«

Er sieht jetzt Andreas an, ein grimmiges Lächeln verzerrt dabei sein Gesicht. »Hm…, ich verstehe, Herr Neumann. Ibsen Bach ist kein Profiler, das war er nie. Sie haben ein Medium in den Polizeidienst geholt, wie in einer Fernsehshow: Quoten mit Toten.«

Nur der Rechtsmediziner lacht auf.

»Onkel Dimitri, hast du schon mal von Vadima Tschenzova gehört?« Pola legt einen Hauch Provokation hinzu. »Sie hat als Medium mit dem Geheimdienst zusammengearbeitet.«

Andreas steht auf, greift nach seiner halb vollen Kaffeetasse und schleudert sie auf dem Boden. Kaffee sprenkelt die Bodenfliesen. »Sie sind ein verdammtes Luder! Mit einer Arroganz der schlimmsten Sorte.« Er zeigt auf mich. »Sie wissen nichts über diesen Mann, was er erreicht hat und was er in den letzten fünf Jahren erdulden musste!«

Kurz tritt Stille ein. Niemand wagt es, diesen Stier anzusprechen, der vor Wut überschäumt.

Ich seufze. Andreas ist schon oft explodiert. Wie oft noch, bis seine Aorta versagt?

»Das weiß ich«, erwidert Pola und steht auf. »Ich habe jede Menge Respekt und Bewunderung für Herrn Bach. Und verzeih mir, Onkel Dimitri, du bist ein hochintelligenter Mann, aber Einfühlungsvermögen und Taktgefühl haben keinen Platz in deiner Welt, die auf Berechnung und Logik basiert.«

Andreas knurrt und setzt sich wieder. Sein Gesicht hat sich ein wenig entspannt. »Es spielt keine Rolle. Ich denke, das war es für heute. Ich werde Ihnen die Unterlagen zusenden und würde es begrüßen, wenn wir unsere Zusammenarbeit auf das Nötigste beschränken könnten!«

»Das würde ich auch begrüßen, Herr Neumann, denn das würde bedeuten, dass der Mörder verhaftet wurde. Andernfalls müssen wir uns leider wiedersehen.«

»Warum Moskau?« Ich habe laut gedacht.

Ein Raunen geht durch den Raum.

»Der erste Täter mordete in Berlin. Warum hat er fünf Jahre später Russland als Jagdrevier gewählt?«, fahre ich fort.

»Um den deutschen Behörden zu entkommen?«, sinniert Kamorow. Dann schüttelt er den Kopf und erhebt sich. »Nein, sonst hätte er Sie nicht in den Fall verwickelt und ...«

Die Stille kehrt in den Raum zurück.

»Herr Bach hat recht«, unterbricht Pola ihren Onkel. »Wenn wir herausfinden, warum er nach Moskau kam, und wir die Verbindung zu den Opfern herstellen, sind wir einen großen Schritt weiter.«

Oh mein Gott! Nein.

Ich schmunzle. Ein Teil des Puzzles ist längst in unserer Reichweite: Raissa Romanow und ihre Mutter!

Nächster Schritt: Befragen wir sie!

Aber soll ich meine Überlegung jemand anderem als Andreas anvertrauen? Ich blicke in Richtung Pola. Sie starrt mich an. Das Glitzern der Intelligenz in ihrer Iris signalisiert, dass sie meinen nächsten Schritt erraten hat. Dann kann ich es ihr genauso gut sagen.

Ein neues Wort schwirrt in meinem Kopf herum: Hybris. Ein realitätsfernes, maßloses und unangemessenes Vertrauen in die eigene Handlung? Ich notiere das neue Wort. Hm, aber ... scheitert in jeder griechischen Tragödie am Ende nicht der Held, weil er seinen eigenen Stolz, diese Hybris, nicht erkennt?

Nicht schon wieder, Ibsen.

Angst, dass sie besser ist als du? Oder noch schlimmer, besser als der Andere?

Plötzlich zittre ich. Ein eisiger Schauer läuft mir über den Rücken, die Härchen auf meinen Armen stellen sich auf.

Jemand in diesem Raum wird sterben. Ich spüre es. Ich kann den Tod riechen.

Kapitel 18

Moskau, Distrikt Sosenki

Boris unterdrückte ein Gähnen und rieb sich die Augen. Die .onion-Datei war ihm ein Rätsel, aber er würde dem nachgehen und herausfinden, was es damit auf sich hatte. Er fand immer alles heraus.

Er legte seine Kopfhörer beiseite und dachte über seine Freundin Leonela nach. Auf was zum Teufel hatte sich Leo da wieder eingelassen? Sie machte ihn wahnsinnig. Vor knapp einem Monat hatte er Schmiere stehen müssen, während sie an einem Tatort das Polizeisiegel zerstört hatte und in eine Wohnung eingedrungen war. Zum Glück wurden sie dabei nicht erwischt. Aber dieses Mal begab sie sich auf ein gefährlicheres Terrain: das Deep Web. Sie begriff nicht, welche Gefahren dort lauerten. Adrenalinkicks und Sorglosigkeit konnten dort jedem zum Verhängnis werden. Und wenn Leo etwas zustoßen würde? Wer kümmerte sich dann um ihn? Sie war immerhin seine beste Freundin.

Die Nachrichten auf Spielwerk.net forderten ihn seit einer guten halben Stunde auf, ein Spiel zu spielen. Nein, keine Zeit! Heute Abend kein Überfall in World of Warcraft, dachte er. *Rasputin* hatte eine viel wichtigere Aufgabe zu erledigen: seine beste Freundin vor sich selbst zu schützen.

Er zerquetschte die leere Cola-Dose mit der linken Hand, warf sie in den Papierkorb und öffnete eine weitere. Auf einem der beiden Bildschirme zeigte der Tor-Browser zwar noch immer den Onion-Dienst an, das Foto war allerdings gelöscht. Auf seinem zweiten Bildschirm startete Boris einen Befehlscode. Er wollte noch heute Nacht herausfinden, vom wem die *.onion*-Datei stammte. Es war nicht so einfach, wie in den Filmen, in denen Hacker einige Befehle auf ihrer Tastatur hämmerten und danach ihre Aufmerksamkeit nur noch auf die Fortschrittszeilen lenken mussten. Er würde es mögen, wenn das so simpel wäre.

Boris lächelte leicht, ein Grübchen zeigte sich, ganz kurz nur. Sollte der Absender den Fehler gemacht haben, den Tor-Browser und seinen versteckten Dienst von derselben Verbindung aus zu starten, dann bestünde die Chance, dass der Router seine IP-Adresse anzeige. Er würde heute Nacht ein nettes Web-Traffic-Überwachungsprogramm entwickeln und installieren. Nichts einfacher als das. Es waren dieselben Techniken, wie sie der FSB und der militärische Geheimdienst GRU anwendete! Leider konnte er diese Art von Heldentat seinem Lebenslauf nicht hinzufügen. Rasch trank er einen Schluck Cola und klatschte in die Hände. Los!

In dem Moment, als seine Finger die Tastatur berührten, kam Willa aus dem Badezimmer. Sie roch nach Vanille, mit einer Boris-Note. Sie hatte sein Duschgel benutzt.

Seine Mitbewohnerin stellte sich hinter ihn und schaute ihm über die Schulter. »Was machst du denn da?«

»Lange Geschichte, aber ich muss Leo helfen. Du kennst sie, sie bringt sich immer wieder in Situationen, denen sie in keiner Weise gewachsen ist.«

Willa trocknete sich das nasse Haar mit dem Handtuch. »Das ist nett von dir. Trotzdem, dein Ted wird sauer sein, er hat auf dich gezählt!«

»Er kann die Animation ohne mich machen. Auch wenn er nur halb so gut aussieht wie ich. Bist du ein Engel und nimmst mir eine Pizza aus dem Gefrierschrank? Die mit den vier Käsesorten. Ich habe eine lange Nacht vor mir!«

»Boris! Kannst du das nicht selbst machen?«

»Betrachte es als Honorar für die wiederholte Benutzung meines Duschgels.«

Willa seufzte und ging in die Küche.

Boris setzte seine Kopfhörer auf und hämmerte Computerbefehle in die Tastatur. »Du wirst nicht lange anonym bleiben, Mann!«

Kapitel 19

Berlin-Weißensee

In diesem Moment, in der Schlange vor dem Flughafenschalter *Einreise in die EU*, dachte Leo mit Dankbarkeit an ihren Vater, der in seiner üblichen Strenge darauf bestanden hatte, dass sie neben Englisch auch die deutsche Sprache beherrschte. Noch zwei Passagiere, ein paar Schritte, dann legte sie dem Zollbeamten ihren Pass vor.

»Willkommen in Deutschland, Frau Sorokin.«

Der Polizist hinter der Scheibe nickte freundlich, setzte den Einreisestempel und schob ihr den Pass zu. Wenig später ließ sich Leo von dem Navigationsgerät ihres gemieteten Hondas vom Flughafengelände Tegel in Richtung Weißensee leiten. *Blechenstraße 17.*

Obwohl sie einen langen Tag mit einer anstrengenden Reise hinter sich hatte, verspürte sie keine Anzeichen von Müdigkeit – eher eine gewisse Spannung, ein elektrisierendes Prickeln.

Sie schauderte. Sergej Sarski hätte sie fast umgebracht. Noch immer spürte sie seinen Atem auf ihrem Gesicht, hatte den Geruch von Erdnüssen in der Nase, dachte an die Berührung seiner fettigen Haut. Beunruhigend war auch seine Drohung: *»Indem du herkamst, hast du dein Todesurteil unterschrieben, Baby.«*

Sergej könnte natürlich paranoid sein. Aber sie durfte die anonyme Kontaktaufnahme und die Schnitzeljagd im Darknet nicht minder außer Acht lassen. Nein, die Bedrohung war real. Warum sie also leugnen? Lieber wollte sie sich ihr stellen. Deshalb war sie nun auf den Straßen von Berlin unterwegs.

Sie hörte unentwegt Musik, um ihre Nerven zu beruhigen, dachte an ihren Vater, der vermutlich wütend wäre, wenn er erfuhr, was sie getan hatte und, vor allem, was sie noch zu tun beabsichtigte.

»*Ohne Feuer gibt es keinen Rauch, Leonela, sei vorsichtig, ja? Ich würde es nicht überleben, noch ein Kind zu verlieren.*«

»Es tut mir leid, Papa«, murmelte sie. »Im Verborgenen zu bleiben und im Schatten eines toten Bruders zu leben, ist nicht meine Sache. Ich muss weitermachen.«

Laut GPS müsste sie weniger als fünf Minuten von ihrem Bestimmungsort entfernt sein. Was zum Teufel war dort vor vierzig Jahren passiert? Ein Journalist verschwand, als er versuchte, das herauszufinden. Und zwei Männer, als sie nach ihm suchten. Welches Geheimnis barg die Adoption eines kleinen Mädchens?

Vor ihrer Abreise hatte sie in Moskau ihre Hausaufgaben gemacht, im Internet die Adresse recherchiert und im Netz die PDF eines alten Telefonbuchs erworben. Vier Stunden später erhielt sie einen Scan und fand den Namen des damaligen Hausbesitzers: Harald Storm. Es gab unter der Adresse auch einen Martin Storm. Sie googelte ihn und entdeckte ihn auf Facebook. Dort erfuhr sie, dass er an der Katholischen Grundschule St. Maria gearbeitet hatte, die 2009 geschlossen wurde: eine Schule, deren sonderpädagogischen Förderschwerpunkte bei »*Lernen und Geistige Entwicklung*« lagen.

Sie rief Storm an und gab vor, eine Journalistin zu sein, die über Grundschulschließungen in der Bundesrepublik recherchierte. Martin war am Telefon sofort begeistert. Das Thema lag ihm offensichtlich am Herzen.

»*Sie haben ihr Ziel erreicht*«, signalisiert das Navi.

Ein grauer Toyota Corolla stand in der asphaltierten Einfahrt vor der Garage des zweistöckigen weißen Hauses, das inmitten einer riesigen Rasenfläche gespenstisch verloren wirkte – wie die zwei schlanken Nadelbäume. Dunkle Säulen, die inmitten des Rasens einsam emporragten. Weit und breit keine Nachbarn. Das und die Tatsache, dass es fast dunkel war und eine dicke Nebelschicht über dem Asphalt und dem Rasen schwebte, ließen Leo schaudern.

Sie parkte direkt hinter dem Toyota und fragte sich, ob sie Harald Storms Sohn Martin dazu bringen konnte, über ein kleines Mädchen zu sprechen, das vor vierzig Jahren in diesem Haus gelebt hatte.

Kapitel 20

Berlin-Weißensee

Leo zögerte einen Moment vor der Haustür, ihre innere Stimme wollte sie mit einer letzten Warnung zurückhalten.
Niemals nimmt er dir das Pseudonym ›Keller‹ ab, Leonela Sorokin! Und eine Journalistin mit einem deutlichen russischen Akzent …
Sie ignorierte die innere Stimme ihres Vaters und drückte ihren Zeigefinger auf den weißen Knopf. Musikklänge hallten durch das Haus, das Licht in der Eingangshalle leuchtete auf.

Eine Person, die eine solche Glocke installiert, kann nicht gefährlich sein, dachte Leo. Nicht mehr als ein ehemaliger Mafioso in Känguru-Slip und Bademantel.

Sie legte die Stirn gegen die Mosaikverglasung, die die Eingangstür zierte. Eine große Gestalt tauchte aus einem benachbarten Raum auf und verdeckte ihr Sichtfeld, schnell wich Leo zwei Schritte zurück.

Martin Storm erschien in der Tür. Er war seinem Facebook-Profil treu geblieben. Fünfzig, groß, massiv, ohne übergewichtig zu sein. Er trug eine Cordhose und das rot-weiß-karierte Hemd unter einer braunen Lederweste spannte um die Brust. Sein glattes, weiches Gesicht könnte zehn Jahre jünger wirken, wären da nicht einige dunkle Muttermale, die Wangen und Nase überzogen. Platinblonde Haarfransen fielen ihm in die Stirn. Die Brille mit den eckigen Gläsern glitt über seine Nase, als er sie lächelnd begrüßte.

»Guten Abend, Frau Keller, Sie sind sehr pünktlich«, sagte er. Ein Lächeln streifte über sein Gesicht. »Kommen Sie schnell herein. Es ist kalt draußen und dieses Haus ist nicht sehr gut isoliert. Ich zahle ein Vermögen für die Heizung.«

Leo entging sein flüchtiger Blick der Bewunderung nicht. »Danke, Herr Storm, ich werde versuchen, Ihre Zeit nicht zu sehr zu beanspruchen.«

Im Haus war es kalt, es roch nach Feuchtigkeit und Schimmel.

»Ziehen Sie bitte ihre Stiefel aus, nicht, dass Sie mir noch ausrutschen. Ich habe vor einer Stunde den Boden gewachst.«

Leo unterdrückte ein Lächeln und zog ihre Lederstiefel aus. Die Halle erinnerte Leo an das Zuhause einer älteren Frau. Eine grüne Tapete mit großen Blumen, leicht vergilbt, die sich stellenweise von der Wand löste, eine antike Kommode mit weißem Tischdeckchen, auf dem eine Keramikschale stand. Ein roter Perser auf dem alten Parkettboden. Sie fragte sich, ob Storm noch bei seiner Mutter lebte. Unweigerlich kam ihr Norman Bates aus dem Horrorstreifen Psycho in den Sinn.

Keine Zeit, dich da hineinzusteigern, Leonela!

»Ich habe Kekse und Tee vorbereitet, Frau Keller«, sagte Storm und führte sie ins Wohnzimmer.

»Das ist sehr nett von Ihnen, Herr Storm.«

»Bitte, nehmen Sie Platz, ich bin in einer Minute wieder da«, sagte er und zeigte auf einen grünen Samtsessel. Sie setzte sich, sofort kitzelte der Geruch von altem Stoff ihre Nasenlöcher. Sie sah sich im Wohnzimmer um. Martin Storm war ein Vielleser. Ein Stapel Bücher nahm die gesamte Fläche eines Holztisches ein, das Bücherregal war gut gefüllt und offenbar mochte er Klassiker: Dickens, Fitzgerald, Hemingway. Kein Stephen King, Masterson oder Dan Simmons.

Aber ist das letztendlich beruhigend, Leonela?

Storm kam mit zwei Keramikbechern zurück und stellte sie auf den Couchtisch. Der Tee duftete köstlich.

»Es ist ein Oolong«, sagte er und unterstrich seine Worte mit einem dünnen Lächeln.

Wieder fiel ihr auf, wie sein Blick sie seltsam streifte. Ihr Besuch bereitete ihm Unbehagen. Warum?

Storm setzte sich aufs Sofa und kreuzte die Beine. »Ich höre, was wollen Sie von mir wissen? Ich sehe keinen Block. Machen Sie sich keine Notizen?«

Leo nahm ihr Smartphone aus der Tasche. »Ich nehme das Gespräch auf, wenn es Ihnen nichts ausmacht.«

Er nickte.

»Die Schließung einer Schule hat in der Regel wirtschaftliche Gründe. Aber es gibt heute zu viele Schließungen. Als Journalistin suche ich Lehrer, die mir von sich berichten. Wie es ihnen nach einer Schließung geht. Ich möchte dieser Misere ein Gesicht geben. Können Sie mir sagen, wie Sie sich gefühlt haben, als die Schließung von St. Maria beschlossen wurde?«

»Es fällt mir schwer, darüber zu sprechen. Ich war stets sehr engagiert in der Gemeinschaft. Es brach mir das Herz, mit dem Unterricht aufhören zu müssen. Neben meinem Job hatte ich einen Buchclub gegründet. Meine Aufgabe war es, den Schülern die Klassiker der englischen und amerikanischen Literatur nahezubringen. Ich hatte viel zu viele Schüler, die Harry Potter vergötterten. Nichts gegen den Zauberlehrling, aber ich wollte sie weiter vorantreiben.«

»Mir ist Ihre Leidenschaft gleich aufgefallen«, sagte Leo und zeigte auf das Bücherregal.

Storms Gesicht leuchtete vor Freude auf.

Die Taube hat alles im Griff, Papa.

Sie stellte Storm Fragen über seinen Literaturgeschmack und seine Rolle in der Schule. Ihr Gastgeber fühlte sich geschmeichelt, war in seinem Element, während sie immer wieder nickte.

Du bist eine Manipulatorin, Leonela.

Leo nippte an ihrem Tee. Es wurde höchste Zeit, sich mit dem Problem Bennet zu befassen. »Ich habe noch eine andere Frage, die Ihnen vielleicht seltsam erscheint. Ich bin leidenschaftlich an den Siebzigern interessiert und schreibe einen Artikel über einen Journalisten, Stefan Bennet. Er war auf der Suche nach einem kleinen Mädchen, das angeblich zu jener Zeit als Pflegekind in diesem Haus gelebt hat. Kannten Sie sie zufällig?«

Storm zuckte zusammen, sein Blick verhärtete sich. »Leider kann ich Ihnen nicht weiterhelfen, Frau Sorokin.«

Sorokin!

Ihr Herz wurde klein und hart vor Schrecken. Sie unterdrückte den Impuls, schreiend davonzulaufen, durchzudrehen.

Woher kennt er meinen Namen?

Kapitel 21

Moskau, Distrikt Rubljowo

Bunte Vielfalt

Der Wagen hält vor Igor Romanows Haus in der Rubljowo-Chaussee. Es ist ein klobiges, zweigeschossiges, weiß-gelb gekalktes Backsteingebäude. Der Eingang wird geschützt von einem Vordach, das auf zwei Reihen weißer Säulen ruht.

Andreas zieht die Handbremse an und wirft mir einen vorwurfsvollen Blick zu, den letzten einer langen Reihe. Er verzeiht mir nicht, dass ich Pola Kamorow gebeten habe, uns auf unserem Ausflug zu begleiten. Nicht nur weil er sie nicht besonders mag, sondern weil sie nicht zur *Familie* gehört. Sie ist weder Deutsche noch Polizistin, sondern eine Profilerin in der Ausbildung und darüber hinaus Kamorows Nichte. Aber ich habe eine Verbindung zu dieser Kindfrau. Sie spricht die gleiche Sprache wie ich, fängt die gleichen Schwingungen ein. Wir sind uns ähnlich, obwohl ich ein Vogel mit gebrochenen Flügeln bin, während sie in Höhen schwebt, die ich nicht mehr erreichen kann.

Wirst du je denn wieder fliegen, Ibsen?

Andreas beißt in sein Brötchen, leckt die Finger ab und stopft den Rest in die Tasche seines Regenmantels. Sein wütender Blick wandert von mir zu Pola. »Ich habe nicht vor, den Vormittag in diesem Reservat der Superreichen zu verbringen. Wenn die Kripo die Ehefrau und die Tochter unseres Opfers nicht erreichen konnte, dann sind sie wahrscheinlich nicht zu Hause. Wir klingeln, und wenn niemand antwortet, gehen wir wieder. So einfach ist das.

Um ehrlich zu sein, wenn es nach mir ginge, wäre ich schon wieder auf dem Weg nach Berlin. Wir vergeuden wertvolle Zeit.«

»Es besteht immerhin noch die Möglichkeit, uns in dem Haus mal umzusehen«, meint Pola.

Andreas' Augen weiten sich. »Verdammt noch mal! Ich bin ein deutscher Ermittler, ich arbeite für das Bundeskriminalamt in Berlin und bin Hunderte von Kilometern von meinem Zuständigkeitsbereich entfernt. Das gibt mir nicht das Recht, als Polizist in fremde Häuser einzubrechen, schon gar nicht in das eines russischen Immobilienoligarchen.«

Pola dehnt das Gummiband zwischen ihren Fingern. »Das ist doch perfekt, denn ich bin zwar Russin, aber keine Polizistin. Ich muss nur aufpassen, dabei nicht erwischt zu werden.«

Andreas sieht mich hilfesuchend an. Ich schenke ihm ein breites Lächeln.

»O fuck, ich warne dich, Ibsen«, brummt mein Freund, »wenn das schief geht, verlasse dich nicht darauf, dass ich dir und deiner Freundin helfe!«

»Wie wär's, wenn wir erst mal nachsehen, ob sie zu Hause sind?«, schlägt Pola vor.

Wir steigen aus. Ich nehme den Stock zwischen die Oberschenkel, strecke meinen Oberkörper und atme tief ein. Mein Blick erfasst einen Radfahrer, der ein kleines Mädchen auf den Kindersitz hievt, zwei Eichhörnchen, die von einem Ahornbaum herabgleiten, und die breite Allee, die von großen Laubbäumen gesäumt wird, mit ihren luxuriösen Villen. Protziger Reichtum und Idylle.

Für einen Moment verliere ich mich in den gelben und roten Schattierungen des Laubes, das in der Sonne glitzert und unter der Liebkosung des Morgenwindes leise raschelt. Ich hole mein Notizbuch heraus, fixiere die Bäume und notiere *bunte Vielfalt*.

»Ein schönes Viertel.«

»Rubljowka? Ha! Diese Leute sind reich geworden auf Kosten anderer. Bourgeoisie pur, vor allem überheblich ... Nichts für ungut«, knurrt Pola.

Andreas geht auf den Eingang zu. »Ohne Zweifel riecht es hier nach Geld. Bauhaus-Stil neben stalinistischem Einfluss. Mannomann! Kommt ihr?« Er drückt den Knopf der Gegensprechanlage und stellt sich vor das Kameraauge, während Pola auf mich zukommt.

»Ich habe gesehen, wie Sie sich mehrmals Notizen gemacht haben. Ich bin neugierig, würden Sie es mir erklären?«

Ich stoße ein trockenes Kichern aus. »Wissen Sie, was Aphasie ist, Pola?«

Sie nickt. »Ich hatte eine Großmutter, die an der Wernicke-Aphasie litt. Sie hatte einen enormen, exzessiven Wortfluss, aber was sie sagte, ergab keinen Sinn. Meine Cousine und ich haben uns einen Spaß daraus gemacht, sie immer wieder zum Reden zu bringen, und uns dabei köstlich amüsiert. Das war beschämend, ich weiß. Aber ich war damals fünf Jahre alt, ich hoffe, das entschuldigt mich ein wenig.«

Ich schmunzle. »Nach meinem Unfall lag ich einige Monate im Koma. Ich wachte mit Nachwirkungen auf: Amnesie, motorische Störungen, Aufmerksamkeitsverlust. Und mein mentales Lexikon war gestört. Ich konnte gewisse Bezeichnungen nur schlecht abrufen und in der korrekten Lautfolge realisieren. Es ist anders als bei der Wernicke-Aphasie. Mein Verständnis ist nicht beeinträchtigt, ich bin mir meiner sprachlichen Fehler bewusst. Während der Phasen der Wortverwechslungsstörung gelang es mir, vereinzelt seltene Wörter in meine Sätze einzufügen, die dem Gesagten so einen Sinn gaben. Nach und nach habe ich mich daran gewöhnt, einen Ersatz für Begriffe durch weniger verbreitete Synonyme zu finden. Ich bin fast geheilt, aber ich behielt diese Angewohnheit bei, denn …«

»Sie haben Angst vor einem Rückfall«, unterbricht mich Pola. »Ich verstehe.«

Ich nicke.

Andreas läutet die Klingel ein letztes Mal. »Nun, ich habe es satt, meine Zeit zu verschwenden, wir müssen den Tatsachen ins Auge blicken, das Haus ist leer.«

Pola legt ihre Hand auf den Türknopf und dreht ihn um. Die Tür lässt sich öffnen.

»Es ist also kein Mythos! Russen verschließen ihre Türen nicht!«, spottet Andreas.

»Vielleicht in Sibirien, aber in Moskau ist es eher unwahrscheinlich«, grinst Pola. »Diebe existieren, das ist kein Mythos.«

Andreas schüttelt den Kopf und peitscht die Luft mit den Händen, als ob er meine Absicht hineinzugehen, vertreiben will. »Nur noch eine letzte Warnung für den Fall, dass dein letzter Rest gesunder Menschenverstand dir über den Kopf wächst: Es ist auch in Russland immer noch illegal, ohne Aufforderung die Häuser der Menschen zu betreten. Wenn wir Pech haben, können wir am Nachmittag die Schneeflöckchen durch Gitterstäbe bewundern! Aber da du ja eigensinnig bist, werde ich einen Spaziergang machen und mich bei den Nachbarn ein wenig umhören. Was du da machst... Verdammt, ich will es gar nicht wissen.« Andreas dreht sich um und schlendert in Richtung der Nachbarhäuser.

Pola und ich sehen ihm lächelnd hinterher und betreten das Haus. Das Erste, was ich wahrnehme, ist der Geruch von extrem starkem Reinigungsmittel. Als ob gerade der Boden gewischt wurde. Der schwarz-weiß karierte Fliesenbelag im gesamten Erdgeschoss ist hochglänzend.

»Was glauben Sie hier zu finden, Herr Bach?«, fragt Pola. »Die beiden werden nicht verdächtigt. Die OMON will sie nur zu Informationszwecken befragen. Aber nicht Sie, ich habe es in Ihren Augen gelesen. Ist es womöglich diese Sache mit der Nationalität?«

Ich zögere einen Moment. »Ich habe darüber nachgedacht, was Sie bei dem Treffen über das erste Opfer gesagt haben. Dass der Mörder Informationen durch Folter erpressen wollte. Ich bin sicher, dass das eine interessante Spur ist.«

Pola schüttelt den Kopf. »Sie weichen meiner Frage aus, Herr Bach.«

»Es gibt eine Verbindung zwischen den Opfern. Da bin ich mir sicher. Wenn wir das herausfinden, wissen wir, warum der Mörder die Opfer verfolgt, sie hinrichtet, vielleicht sogar, welche seine nächsten Ziele sein werden.«

»Ich verstehe, Sie wollen mir nicht antworten«, schmollt Pola.

Ich grinse. »Sie sind nur zur Hälfte eine Russin. Ist es das, was Sie mir sagen wollen? Vielleicht eine Deutsch sprechende Russin, vielleicht eine Tschetschenin, ich weiß es noch nicht. Aber Sie verstecken ihre Identität oder etwas anderes vor mir. Woher ich das weiß? Keine Ahnung.«

»Ich glaube an Intuition«, sagt Pola. »Nicht alle Dinge können erklärt werden ... oder zumindest noch nicht. Ich weiß nicht, wie es Ihnen geht, aber nur eine Minute in dieser Bude und spüre ich schon, dass etwas nicht stimmt. Und ich rede nicht nur von dem sauberen Geruch.«

Ich nehme diese Dinge auch wahr. Aber auf eine andere Weise als diese Kindfrau.

Mich beschäftigt etwas anderes. Ich spüre den Tod.

Pola holt ihr Handy heraus.

Mit meinem Notizbuch winke ich ihr zu, lächle. Ich spüre, dass das Haus ein Geheimnis mit mir teilen möchte, wie schützenswert auch immer.

Plötzlich legt Pola mir ihre Hand auf den Arm. »Wenn dieses Haus Geheimnisse hat, werden wir das herausfinden, Herr Bach«, sagt sie und lächelt.

Ich zucke unter ihrer Berührung zusammen. *Wieder diese gedankliche Übereinstimmung.*

Kapitel 22

Moskau, Distrikt Rubljowo

Melodie

Pola begibt sich in Richtung Salon. Ihre zarte Gestalt scheint über die Fliesen zu gleiten. Dort angekommen, scannt sie den Raum mit den Augen, dann mit dem Smartphone. Sieht sich die Räumlichkeiten ein zweites Mal auf dem Display ihres Handys an. Macht weitere Aufnahmen.

Ich bewege mich nicht, sondern schließe die Augen und blockiere die Atmung. Das verbindet mich mit dem Haus, um seine Schwingungen, den Rhythmus und seine Töne einzufangen. Diese Verankerung ist eine notwendige Vorbereitung, um aus meinen Geist eine Werkstatt zu machen und um meine Fantasie zu visualisieren.

Lass das Vöglein fliegen, Ibsen, du kannst ihr nicht folgen. Tu jetzt das, was du am besten kannst, beobachte und lausche den stummen Melodien, die nur du innerhalb dieser Mauern hören kannst.

Ich lasse die eingeschlossene Luft aus der Lunge und öffne die Augenlider. Der Dielenschrank ist ein guter Anfang. Ich schiebe die Tür auf, sehe mir den Inhalt an.

Die Designermäntel von Marlene Romanow nehmen jede Menge Platz ein: Armani, Chanel, Collezioni, die Kinder nehmen nur einen kleinen Teil des Schranks in Anspruch. Eine Steppjacke, gewiss für Denis. Eine blaue Tweedjacke für Raissa. Ich habe kein Foto gesehen, aber das Bild einer großen, eleganten Frau entsteht in meinem Kopf. Und wenn ich ihr Gesicht auch noch nicht vor Augen habe, kann ich mir dennoch eine stolze, hochmütige Gestalt mit feinen, zarten Händen vorstellen. Ich kritzle: *stark, elegant, egoistisch.* Dann schließe ich die Tür.

Pola streift mich im Vorbeigehen. Sie geht in die Küche und betrachtet das Haus weiterhin auf dem Display des Smartphones. Ich habe den Eindruck, dass ich ein kleines Mädchen auf einem Spielplatz herumschlendern sehe.

Ich gehe in den Wohnraum, bleibe in der Mitte des Raumes stehen und halte mir den Griff meines Stockes unter das Kinn. Am Ende meiner Betrachtung notiere ich: *nüchtern, raffiniert, kalt, selbstsüchtig.* Und füge hinzu: *Manie?* Marlenes Gesicht nimmt in meiner Werkstatt Gestalt an. Make-up, gepresste Lippen in einem kalten Gesicht, völlig verspannt.

Um den großen Holztisch herum visualisiere ich die stillen Mahlzeiten, die die Kinder wortlos beenden. Marlene Romanow, die allein zurückbleibt, lässt ihren Blick in eine abgrundtiefe Leere stürzen. Sie leert die Weinflasche, entfernt Teller und Besteck, stellt das Geschirr in die Spülmaschine. Sobald alles blitzblank ist, setzt sie sich mit der Anmut einer *Grande Dame* auf das weiße Ledersofa – dem Flachbildschirm zugewandt, der an der exponierten Steinwand hängt.

Ich sehe sie zwischen Seidenkissen vor einer langweiligen Show einschlafen. Sie wacht erst spät in der Nacht auf, ihre Lippen geschlossen und ihre Augenlider verklebt. Zeit, ins Bett zu gehen. Ich spüre Bitterkeit, Traurigkeit, Einsamkeit, und zögere, dann kritzle ich: *Gefängnis* und *willenlos*, streiche *selbstsüchtig* und füge ein großes Fragezeichen hinzu.

Siehst du Ibsen, du brauchst den Anderen nicht. Die Partituren sind nutzlos, du spürst die Musik, du fühlst die Spuren, die die Menschen in ihrer Existenz hinterlassen.

Marlenes Gesicht verändert sich, ihre Gesichtszüge verblassen, die Augen verdunkeln sich. Lippenstiftspuren breiten sich an den Ecken und am Kinn aus, Mascara mischt sich mit Tränen, zwei schwarze Linien ziehen sich über ihre Wangen.

Ich drehe mich um und gehe in die Küche.

Pola fotografiert den Kühlschrank. Sie bemerkt meine Anwesenheit und dreht sich zu mir um. Sie sieht aus wie eine Schülerin, die weiß, dass sie die richtige Antwort für eine Aufgabe hat.

»Also, Herr Bach? Was haben Sie herausgefunden?«

»Marlene ist eine Frau, die mitten in einer Trennung steckt. Sie wirkt stark, aber Einsamkeit und Bedauern nagen an ihr. Sie trägt eine Last, die zu schwer für ihre Schultern wird, sie hat die Kontrolle über ihr Leben verloren und steckt in einer Zwangsjacke. Ohne ihre Kinder hätte sie sich bereits umgebracht.«

Polas Verschmitztheit weicht einem besonnenen Ausdruck.

»Jetzt muss ich Ihnen leider sagen, dass ich enttäuscht bin. Ich habe etwas anderes erwartet... weniger...«

»Intuitiv? Irrational?« Ich lächle.

»Ich wollte sagen, weniger dramatisch. Ich würde durchaus behaupten, dass da etwas Zwanghaftes ist, da Marlene eine Ordnungs- und Sauberkeitsfanatikerin ist. Asymmetrie muss ihr Albträume bereitet haben. Haben Sie bemerkt, wie alles eingerichtet, sortiert und aufgeräumt ist? Ich bin sicher, wenn Sie den Abstand zwischen jedem Glas in dieser Küche messen, erhalten Sie das gleiche Ergebnis. Genau wie beim Kühlschrank, der ein Musterbeispiel an Ordnung und Sauberkeit ist. Was mich zum nächsten Punkt bringt: Warum hat sie auf der Küheninsel, direkt neben dem Obstkorb, Reisebroschüren hinterlassen? Das passt überhaupt nicht zusammen.«

Pola nimmt ihr Handy und kommt auf mich zu. Das Foto zeigt das Massivholz-Buffet des Wohnzimmers, auf dem fünf Bilderrahmen, Fotos der Familie, stehen. »Sehen Sie, da! Die Symmetrie ist unterbrochen. Die drei auf der linken Seite sind perfekt ausgerichtet, während zwischen den beiden auf der rechten Seite ein Zwischenraum ist. Einer der Rahmen wurde entfernt. Das ist verdächtig.« Sie steckt ihr Haar unter die Mütze und macht aus dem Gummiband ein Armband. »Wissen Sie, was ich denke?«

Ich schüttele den Kopf.

»Sie sind irgendwohin geflüchtet. Vielleicht hatten sie Angst vor dem Mörder. Sie versuchen ihre Spuren mit diesen Reiseflyern zu verwischen. Oder vielleicht …«

»… ist etwas mit ihnen geschehen und jemand versucht, uns auf eine falsche Fährte zu bringen!«, erwidere ich.

»Aber wer soll dieser *Jemand* sein? Es ist unwahrscheinlich, dass es der Mörder ist. In Anbetracht seiner Vorgehensweise hätten wir sie auf seiner *Bühne* vorgefunden.«

»Das ist richtig«, antworte ich.

Pola legt das Mobiltelefon auf ihre Lippen, überlegt einen Moment. »Sehen wir uns weiter um und inspizieren Badezimmer und Schlafzimmer. Ich gehe nach oben.«

Wir ergänzen einander, stelle ich fest. Pola erkennt die Unvollkommenheiten, die Makel auf der Oberfläche. Ich sondiere, was in der Tiefe liegt. Ich stütze mich auf meinen Gehstock und vertreibe so das Ameisenkribbeln in der rechten Hand. Polas Schritte hallen im Haus nach. Ich setze meinen Fuß auf die erste Stufe, halte inne. *Sind das Schluchzer, die ich wahrnehme?* Ich schüttle den Kopf, konzentriere mich auf die Geräusche des Hauses.

Da, die Schluchzer, da sind sie wieder, deutlicher, stärker, das Schluchzen eines Mädchens. Es kommt aus dem Zimmer gegenüber vom Eingang, auf der hinteren Seite der Halle. Ich trete zurück und nähere mich der Quelle des Weinens, lege meine Hand auf den Türgriff. Atme tief ein. Öffne die Tür.

Es ist das Zimmer eines Teenagers. Mehrere Poster von Musikbands hängen an den Wänden, ein Einzelbett, ein iPad auf dem Schreibtisch. Ich schließe die Augen und sehe vor meinem inneren Auge neben dem Heizkörper ein Mädchen, das sich in einer embryonalen Lage zusammengerollt hat.

»Raissa? Bist du es, Raissa?«, frage ich sanft.

Keine Antwort, das Mädchen schluchzt weiter.

»Hey, alles …«

Alles wird gut, Ibsen.

Plötzlich erfasst mich eine eisige Kälte. Mein Körper zittert. Ich habe es soeben erst begriffen. Das Mädchen ist nicht real, es ist eine Wahrnehmung auf meiner Iris. Es richtet sich langsam auf, starrt mich an. Der Ausdruck in seinen Augen ist leer. Ein rotes Loch ziert seine Stirn. Ich schlucke, wische mir die verschwitzten Hände an der Hose ab und gehe ein paar Schritte auf das Mädchen zu. Es legt sich auf das Bett.

Ich öffne die Augen. Da ist nichts. Kein Schluchzen, nur Stille. Eine Stille, die sich dehnt, die buchstäblich pulsiert zwischen mir und dem Raum.

Ich gehe auf das Bett zu, bücke mich, schaue darunter. Nichts, nicht mal Staubflöckchen. Dann ziehe ich die Tagesdecke ab, als Nächstes das Bettlaken. Nichts. Das Gleiche unter dem Kissen. Ich schiebe die Hand zwischen Matratze und Boxspring-Rahmen. Meine Finger fahren über die raue Oberfläche, ich ertaste ein Objekt und ziehe es heraus – ein Buch.

Wieder schließe ich die Augen, fahre mit der Hand über den Ledereinband und blicke hoch. Das Mädchen vor meinem inneren Auge legt den Zeigefinger auf den blassblauen Mund. Auch wenn keine Worte die geschlossenen Lippen verlassen, verstehe ich, was es von mir erwartet. Es will, dass ich das für mich behalte.

Das Tagebuch ist mit einem kleinen Vorhängeschloss versehen. Auf dem Cover steht: *Raissa*.

Kapitel 23

Berlin-Weißensee

Leo saß aufrecht im Sessel, stellte die Tasse Tee auf den Couchtisch und warf einen kurzen Blick zur Vorhalle.

Verschwinde von hier, Leonela! Lauf so schnell du kannst! Bleib keine Minute länger allein mit diesem Kerl.

Würde er sie daran hindern, aufzustehen und zur Haustür und zum Fahrzeug zu laufen?

Das wäre jetzt das Vernünftigste, Leonela.

Aber seit wann war sie ein vernünftiges Mädchen? Vor allem würde die Flucht ihr ihre einzige Spur nehmen.

Sie suchte nach einem versteckten Hinweis in Storms Gesichtszügen. Was hatte er vor? Er fixierte sie, in seinem Gesicht lag keine Feindseligkeit, nur Traurigkeit. Sie sah einen müden, erschöpften Mann. Ihre Nervosität legte sich, sie blieb aber auf der Hut, bereit, das Haus fluchtartig zu verlassen. »Woher kennen Sie meinen Namen, Herr Storm?«

Storm blinzelte und streckte die Beine. »Das ist die erste ehrliche Frage, die Sie gestellt haben, seit Sie hier sind, Frau Sorokin.«

»Was meinen Sie damit?«

»Ich mache mir Vorwürfe, dass ich so naiv war, zu glauben, dass jemand tatsächlich daran interessiert sein könnte, über die Schließung der Schule oder über das zerbrochene Leben eines Lehrers zu berichten. Obwohl ich zugeben muss, dass Sie, als wir am Telefon sprachen, überzeugend waren. Ich habe es geglaubt.«

Leo nickte nur.

»Ich habe Sie erkannt. Das ist das Problem mit der Schönheit, sie ist ein zweischneidiges Schwert. Sie kann Bewunderung und Gunst, aber auch Eifersucht und Hass hervorrufen. Aber in beiden Fällen bleibt sie nie unbemerkt«, sagte er traurig.

Leo hob fragend ihre Augenbrauen. »Es war der Blog, der Sie verraten hat. Er enthält zwar kein Foto von Ihnen, aber sie schreiben unter dem Namen Sorokin. Ich habe den Artikel gelesen, wissen Sie? Fasziniert von Ihrem Mut war ich neugierig geworden und habe in den sozialen Medien nach Ihnen gesucht. Die Sorokins sind sehr bekannt in Moskau. Ich habe Sie auf einem Foto – irgendeine Gala – neben Ihrem Vater gesehen. Als Sie vor meiner Haustür standen, fühlte ich mich betrogen. Ich habe sogar erwogen, Sie sofort zum Teufel zu jagen, aber anstatt Ihnen die Tür vor der Nase zuzuschlagen, dachte ich mir, Martin, lass diese junge Frau rein und schau mal, was sie wirklich will, obwohl ich schon meine eigene Vorstellung hatte. Sie haben mich enttäuscht, eine tragische Situation ausgenutzt und mit meinen Gefühlen gespielt. Ohne zu zögern, haben Sie meine Gastfreundschaft missbraucht. Und ich wollte Ihnen helfen. Wissen Sie eigentlich, wie oft ich Ihnen eine Nachricht an Ihren Blog schicken wollte? Kann ich Ihnen jetzt mal eine Frage stellen?«

Leo sank im Sessel zusammen und konnte Storm nicht mehr in die Augen sehen. Sie war wieder das kleine Mädchen, das nach dem kläglichen Klavierspiel ihrem enttäuschten Vater gegenüberstand.

Sie räusperte sich und antwortete: »Ja, Herr Storm, natürlich.«

»Glauben Sie wirklich, dass Sie die Wahrheit durch Täuschung und Lüge finden werden? Das ist ein Paradox. Deshalb frage ich Sie: Wie können Sie sich für das Wahre und Gerechte einsetzen, wenn Sie keinen Respekt und keine Achtung vor Ihren Mitmenschen haben?«

Leo schwieg. Was sollte Sie antworten? Das war keine Frage, es war ein Urteil.

Sie erhob sich. »Sie haben Recht, Herr Storm, es tut mir wirklich leid, Sie getäuscht zu haben. Ich werde Sie nicht länger belästigen.«

»Setzen Sie sich wieder! Bitte!«

»Also interessieren Stefan Bennet und das kleine Mädchen Sie nicht mehr? Ich versohle Ihnen den Hintern, Sie verwöhnte Göre. Ihr Ego hat meine Worte nicht ertragen, stimmt's?«

»Nein, ich schätze nur, dass ich in Ihren Augen eine schlechte Schülerin bin, die Sie gerade aus der Klasse verwiesen haben. Und Sie irren sich, ich bin kein verwöhntes Mädchen.«

Er schüttelte den Kopf.

»Vielleicht können Sie mir zeigen, dass mehr in Ihnen steckt als der manipulative Charakter, den Sie mir vorgeführt haben. Haben Sie jemals etwas in Ihrem Leben getan, das nicht mit Ihrem Nabel der Welt zusammenhängt?«

Leo zögerte, dann setzte sie sich wieder hin. Was hatte sie zu verlieren? »Ich könnte Ihnen von Valentin erzählen.«

»Ein Freund von Ihnen?«

»Nein, mein zwei Jahre jüngerer Bruder. Ich war fünfzehn Jahre alt, als er krank wurde. Es begann mit Fieber, wir dachten an ein Virus. Aber die Fieberepisoden traten immer häufiger auf und er klagte über Gelenkschmerzen. Dann wurde Leukämie diagnostiziert. Damals habe ich Tennis auf hohem Niveau gespielt, ich war sehr gut. Ich habe alles aufgegeben, um ihn während seiner Tortur zu begleiten. Wir sahen uns Filme an, spielten zusammen, ich begleitete ihn zu seinen Chemo-Sitzungen. Trotzdem hat der Krebs an Boden gewonnen, es war ein Tod auf Raten. Als mein Bruder nur noch ein Skelett war, hat mein Vater ihn in einem Forschungsprojekt untergebracht. Die Therapie schlug an. Drei Monate später war er wieder kräftiger. Ich bereue es nicht, dass ich diese zwei Jahre und meine sportliche Laufbahn geopfert habe, um bei ihm zu bleiben.«

»Also ein Happy End?«

Leo fixierte den Kreis, den ihre Teetasse auf dem Couchtisch hinterlassen hatte. Ihre Gedanken waren erfüllt von Bildern, von Geräuschen: Valentins Lachen, der stolz darauf war, seine neue Baseball-Kappe zu tragen, ihre lächelnde Mutter, mit Einkaufstüten beladen, ihr Vater, der am Lenkrad saß, das Fahrerfenster heruntergelassen, und sie gebeten hatte, sich zu beeilen. Dann fielen drei Schüsse. Sie erinnerte sich an die Angst, an Passanten, die sich auf den Boden warfen, andere, die ziellos herumirrten, schrien oder auf der Stelle erstarrten. Sie hatte das Rot auf Weiß vor Augen, das Blut, das aus der Brust ihres Bruders quoll und sein weißes T-Shirt tränkte. Sie erinnerte sich an den Schmerz im Schrei ihres Vaters, an das Schluchzen der Mutter im Hintergrund, als sie Valentin in ihre Arme nahm, an die Verstörtheit in Valentins Augen, kurz bevor er zusammensackte und starb.

Leo spürte ein Meer an Tränen in ihren Augen und sah Storm traurig an. »Nein. Eine verirrte Kugel traf ihn in der Brust. Er starb in meinen Armen.«

»Das ist eine sehr traurige Geschichte, Frau Sorokin. Aber jetzt weiß ich ein bisschen mehr über Sie.« Er lächelte sie zum ersten Mal an und wirkte erleichtert. »Ich werde mich Ihnen anvertrauen und Ihnen alles sagen, was ich über die kleine Amelie und Stefan Bennet weiß.«

Kapitel 24

Berlin-Weißensee

Martin Storm ging in die Küche und kam mit einer Keksdose unter dem Arm zurück. Er stellte sie auf den Couchtisch und setzte sich wieder. »Tut mir leid, ich kann Ihnen nichts anderes anbieten.«

»Das macht nichts, ich habe sowieso keinen Hunger.«

Eine Lüge, die Leo sofort bereute, nachdem sie ausgesprochen war.

Lüg diesen Menschen nicht mehr an, Leonela.

Storm nahm einen Keks und schob ihn in den Mund. »Zu hart, aber ich werde sie trotzdem essen. Ich mag keine Verschwendung.« Er seufzte. »Wenn ich Ihnen von der Kredit- und Finanzkrise in der ehemaligen DDR erzähle, sagt Ihnen das etwas, Frau Sorokin?«

»Natürlich. Erich Honecker wollte mit der verbesserten sozialen Versorgung der DDR-Bürger nicht nur deren Zufriedenheit, sondern auch die Produktivität der Wirtschaft steigen. Eine folgenschwere Entscheidung, welche die DDR letztendlich in die Zahlungsunfähigkeit getrieben hat.«

Martin lächelte und nickte, wie es ein Lehrer tat, der mit der Antwort seiner Schülerin zufrieden war. »Richtig. Ich frage Sie, weil es wichtig ist, den wirtschaftlichen Kontext zu kennen, um meine Geschichte besser zu verstehen.« Er kreuzte die Beine. »Die ersten sechs Jahre meines Lebens waren wunderbar. Mein Vater leitete eine kleine Lebensmittelfirma. Meine Mutter war eine fantastische Frau, die Mutter, von der jedes Kind träumt. Stellen Sie sich die Storm-Familie als ein perfektes Klischee der Siebzigerjahre vor. Ein fleißiger Patriarch, eine engagierte Hausfrau, die sich um den Haushalt kümmerte. Ich fühlte mich als Kind geborgen, hatte liebende Eltern, die sich nie stritten, ein Spielzimmer, in das ich meine Freunde einladen durfte.« Storm holte tief Luft. »Aber Honecker zerstörte alles durch seine Politik. Dabei hatte sich die DDR-Regierung von dem Programm eine Steigerung der Effektivität erhofft. Durch staatliche Subventionen wurden die Preise für Grundnahrungsmittel künstlich niedrig gehalten. Löhne und Renten hingegen erhöhte Honecker per Dekret. Mein Vater musste seinen Lebensmittelladen in Cottbus schließen. Er fand auch keinen festen Arbeitsplatz. Für den kleinen Martin bedeutete das weniger Spielzeug und vor allem eine schlechte Familienatmosphäre. Mein Vater war mehr und mehr von Bitterkeit gezeichnet. Bis er beschloss, mit seiner Familie an den Weißensee zu ziehen. So kamen wir nach Berlin.«

Martin hielt inne und schaute nachdenklich an die Decke und Leo fragte sich, worauf er hinaus wollte.

»Es gibt eine alte Cheyenne-Geschichte, die ich sehr mag, die Geschichte eines Großvaters, der mit seinem Enkel spricht: ›Junge‹, sagt der alte Indianer, ›*in jedem von uns kämpfen zwei Wölfe. Da ist zum einen das Böse: Wut, Neid, Eifersucht, Gier, Arroganz, Schuld, Bitterkeit, Minderwertigkeitsgefühle, Lügen, Stolz und ein übergroßes Ego. Zum anderen ist da das Gute in uns: Freude, Ruhe, Liebe, Hoffnung, Gelassenheit, Demut, Güte, Freundlichkeit, Einfühlungsvermögen, Großzügigkeit, Wahrheit, Mitgefühl und Glaube.*‹

Der Junge denkt nach und fragt dann: ›*Großvater, welcher Wolf wird gewinnen?*‹

›*Derjenige, den du füttern willst, mein Junge*‹, antwortet der Indianer.«

Storm starrte sie an und suchte nach einem Funken des Erkennens in ihren Augen. Sie konnte seine Frage förmlich hören: »*Was ist mit Ihnen? Welchen Wolf werden Sie füttern, Frau Sorokin?*«

Wieder nahm er einen Keks und tunkte ihn in seine Teetasse. »Und in Berlin hat mein Vater sich dann entschieden, den falschen

Wolf zu füttern. Er hat den Verlust der Kontrolle nie ertragen; er hat sich verändert, war nicht mehr der Beschützer der Familie. Ich glaube, dass er das, was er getan hat, auch für uns tat. Aber sein Ego war die Ursache des Übels. Immer ist es das verdammte Ego!«

Leo unterdrückte ein Seufzen. War das ein Hieb in ihre Richtung?

»1977 kam mein Vater eines Tages früher als erwartet von der Arbeit bei Leibrand, einem örtlichen Lebensmittelgeschäft, nach Hause. Er war in Hochstimmung, seine Augen sprühten wieder Funken. Er erklärte meiner Mutter, dass er im Laden jemand kennengelernt hätte, der eine Pflegefamilie suchte. Für die Aufnahme eines kleinen Mädchens sollten wir zwanzigtausend West-Mark bekommen. Zwei Tage später wurde uns die kleine Amelie, damals drei Jahre alt, übergeben und wir wurden ihre Pflegefamilie. Amelie war ein bezauberndes Mädchen, eine kleine Brünette mit großen traurigen Augen. Rückblickend glaube ich, dass sie von außerordentlicher Intelligenz war. Sie blieb zwei Jahre bei uns und erweckte dieses Haus zum Leben. Amelie war unglaublich reif für ihr Alter und ihr Sinn für Humor ausgeprägt. Wir standen uns sehr nahe, teilten die gleiche Vorliebe für das Lesen und verbrachten alle unsere Abende mit einem Buch in der Hand. Zunächst las ich ihr vor, doch sie erlernte die Buchstaben mühelos; mit fünf konnte sie alle Texte, die ich ihr gab, in einer unglaublichen Geschwindigkeit lesen. Mir fiel auf, dass mein Vater sich von Zeit zu Zeit mit ihr im Arbeitszimmer isolierte, später mit Notizen herauskam, die er in einen Umschlag steckte und in seiner Ledertasche aufbewahrte. Ich glaube, dass es etwas von Bedeutung gewesen sein muss, denn als ich ihn danach fragte, wurde er ärgerlich.

Im Oktober 1979 holten zwei Leute Amelie ab. Später fand ich heraus, dass das Teil der Abmachung gewesen war. Amelie protestierte nicht, als die beiden sie mitnahmen. Sie sagte nur: »*Auf Wiedersehen, Martin, und vergiss mich nicht. Nicht jeder hat Freunde und es ist traurig, einen Freund zu vergessen.*« Einen Monat später zeigte uns Stefan Bennet das Foto eines dreijährigen Mädchens und fragte uns, ob wir die Familie wären, die die kleine Amelie Sarski aufgenommen hätten. Mein Vater erzählte ihm, dass Bennet sich irrte, dass wir vorübergehend eine Amelie Schulz untergebracht hätten, dass sie aber nichts mit dem Mädchen auf dem Bild zu tun hätte. Aber mein Vater hatte sie sehr wohl erkannt. Stefan Bennet ging ohne ein Wort. Als ich aus dem Fenster blickte, sah ich, dass er lange Zeit unser Haus beobachtete, bevor er in sein Auto stieg. Gleich nachdem er gegangen war, führte mein Vater ein Telefongespräch. Bennet hat uns nie wieder aufgesucht.«

Storm schluckte. Er hatte Tränen in den Augen. »Mein Vater starb drei Jahre später an Leberkrebs. Er war gewiss kein schlechter Mensch und Amelies Verschwinden hatte ihm zugesetzt. Wissen Sie, Frau Sorokin, ich habe mit meinem Vater nichts gemein, denn ich für meinen Teil habe mich stets entschieden, den richtigen Wolf zu füttern, und deshalb werde ich Ihnen helfen. Kurz vor dem Tod meines Vaters nannte er mir den Namen des Mannes, der ihm den Deal mit dem Pflegekind angeboten hatte. Er warnte mich vor diesem Mann, denn er sei sehr gefährlich. Wenn Sie jemals den Spuren von Bennet oder Amelie folgen wollen, Frau Sorokin, so glaube ich, dass Ihnen dieser Name nützlich sein wird. Der Mann hieß Klaus Bohlen.«

Kapitel 25

Berlin-Kollwitzkiez

Verführung

Es ist drei Uhr morgens. Ich finde keinen Schlaf. Fragen schwirren in meinem Kopf herum, quälende Geister, die mich jedes Mal, sobald ich meine Augen schließe, zurückstoßen in einen ewigen Gedankenkreis.

Nach einigen erfolglosen Atemübungen erhebe ich mich, setze mich auf die Bettkante und blicke durch das Fenster in die schwarz-weiß gesprenkelte Nacht. Erste Schneeflocken taumeln vom Berliner Himmel. An meiner Seite knurrt und rekelt sich Kate unter der Decke. Mondlicht sickert durch die Jalousie und lässt ihr langes rotes Haar auf dem Kissen leuchten. Der Anblick bringt ein Lächeln auf meine Lippen. Ich danke der Magie des Filetto di Manzo und dem Hauch von Humor, den mir mein krankes Gehirn während des Essens freundlicherweise zugestanden hat. Und vor allem bin ich froh, der Herausforderung gewachsen zu sein. Der Blackout ist ausgeblieben. Ich konnte ihn vermeiden, trotz der mentalen Unruhe, die mich immer wieder aufrüttelt und der hartnäckigen Vorstellung, dass ich Kate nicht verdiene. Sie ist eine wunderbare Frau, sie hat mir Selbstvertrauen gegeben und zum ersten Mal seit fünf Jahren konnte ich loslassen. Dennoch hat der Sex mit Kate mich nicht besänftigt, mich nicht ruhiger werden lassen.

Unaufhörlich kehren die Fragen in aufeinander folgenden Wellen zurück und lassen meine Gedanken im Schaum wieder verloren gehen. In den trüben und sandigen Gewässern meines Geistes ist Raissas Erscheinungsbild vor meinem inneren Auge beunruhigend deutlich. Ihr blasses Gesicht mit den großen traurigen Augen ist in jedem meiner mentalen Bilder völlig klar.

Laut Dr. Lemke war die Vision meiner verstorbenen Frau eine Manifestation, die durch eine emotionale Befreiung, eine Katharsis, hervorgerufen wurde. Es wäre eine plausible Erklärung und ich habe sie akzeptiert. Aber was ist mit diesem Teenager? Was würde meine gebotoxte Psychiaterin über dieses unbekannte junge Mädchen sagen, das mich zu einem Hinweis geführt hat?

»*Ich denke, Sie haben eine chronische halluzinatorische Psychose*«, würde Dr. Lemke sicherlich nach einer langen Stille schlussfolgern. Oder »*Ihr verletztes Gehirn hat einen Weg gefunden, Ihre Schlussfolgerungsfähigkeiten zu ergänzen, und aus phänomenologischer Sicht manifestiert sich diese Veränderung in Form von visuellen und akustischen Signalen.*« In beiden Fällen würde ich wie immer mit einer Reihe neuer Pillen die Praxis verlassen, um meine Sammlung zu erweitern.

Das tote Mädchen hat mich in meiner Vision angestarrt, seinen Zeigefinger auf den Mund gelegt.

Ich hatte das Gefühl, dass ich niemandem von dem Fund erzählen sollte. Ich habe geschwiegen und gewartet, bis ich allein war. Erst dann öffnete ich das Tagebuch und sichtete jede der handschriftlichen Seiten, die mit Zeichnungen, Gedichten, Schmierereien, Flecken und Gerüchen durchsetzt sind. Ich habe dabei fast so viel Scham wie Aufregung empfunden. Raissa war ein romantischer und trauriger Teenager. Ihr Tagebuch beschreibt sowohl ihre Liebe als auch die Sorge um ihre Familie. Sie spricht über die depressive Mutter, den egoistischen Bruder und einen Vater, dem sie nicht verzeihen kann. Was ich nach und nach erfahren habe, hat mich erschüttert.

Ich blicke auf Kate, um mich zu vergewissern, dass sie tief schläft. Dann öffne ich die Schublade meines Nachttisches und hole unter einem Exemplar von Emily Brontës *Sturmhöhe* das Tagebuch hervor. Den Zeitungsausschnitt, der zwischen den

Seiten steckt, lege ich zur Seite. Ich nehme die kleine Leselampe, befestige sie am Buchdeckel und lese danach Raissas Eintrag vom 15. Juli 2018.

Heute habe ich entdeckt, dass ich eine Lüge lebe, dass meine Großeltern und mein Vater nicht die sind, für die sie sich ausgeben. Es ist ein Schock und ich weiß nicht, mit wem ich darüber reden soll. Das Beste wäre vermutlich, wenn ich das für mich behalten würde. Ich muss zugeben, dass ich diese Entdeckung nicht erwartet hatte, als ich von der Mahlzeit aufstand und so tat, als wollte ich zur Toilette gehen. Aber Großvater Igor kann so langweilig sein und Papa ist unerträglich mit seinen ›lustigen‹ Geschichten, die nur ihn zum Lachen bringen. Ich wollte eine Zigarette rauchen, hatte aber keine und auch keine Lust, zwei Kilometer zu Fuß zu gehen, um mir eine Packung zu kaufen. Ich wusste von Großvaters Zigarettenvorrat in seinem Büro. Beim Durchstöbern einer Schublade entdeckte ich die ausgeschnittenen Zeitungsartikel. Sie stammen alle aus dem Jahr 1994 und handeln vom Tod eines deutschen Richters und seiner Familie, die bei einem tragischen Autounfall ums Leben kamen. »Der Tod von Richter Karl Dallmann wirft Wut und Fragen auf«, wurde damals in einer Schlagzeile der Zeitung berichtet. Als ich mir das Foto des Richters ansah, war ich schockiert. Denn er lebt, ist kerngesund und hat soeben ein Familiengrillfest organisiert: Das Foto zeigt meinen Großvater.

Mir wird heiß, meine Kehle ist trocken. Mein Gefühl am Tatort war richtig gewesen, aber die Bestätigung zu bekommen, verursacht mir vielmehr Angst als Befriedigung. Karl Dallmann war ein Richter. Und er war kein Russe, sondern deutscher Abstammung.
Warum dieser Identitätswechsel, warum wurde er zum russischen Staatsbürger Romanow?
Ein weiterer Eintrag im Tagebuch beunruhigt mich. Raissa schreibt, dass sie ihrem Bruder Denis und ihrer Mutter von ihrer

Entdeckung erzählt hat. Ich denke, dass diese Offenbarung zu ihrem Tod geführt hat. Kein Abtauchen, keine Entführung, wie Pola vermutet. Sie ist auch nicht verreist, wovon Andreas wiederum überzeugt ist.

Ich lege den Zeitungsausschnitt und das Buch wieder in die Schublade, als das Telefon in meiner Hose auf dem Boden vibriert. Verdammt, es ist drei Uhr morgens! Wer ruft mich nur zu so später Stunde an?

Ich setze einen Fuß auf den Boden. Ein pochender Schmerz schießt durch mein rechtes Bein, explodiert im Schienbein. Ich ignoriere ihn, bücke mich und stecke meine Hand in die Hosentasche, um das Handy herauszuziehen. Die Rufnummer auf dem Display ist mir nicht bekannt.

»Herr Bach?« Nur ein Flüstern. »Hallo, hier ist Pola Kamorow!«

»Wissen Sie, wie spät es ist?«, knurre ich.

»Tut mir leid, ich konnte nicht schlafen, ich muss mit Ihnen reden. Warum flüstern Sie, sind Sie nicht allein?«

Ich blicke kurz auf Kate. »Was für eine indiskrete Frage. Warum rufen Sie mich an?«

»Mir geht dieses Romanow-Haus nicht aus dem Kopf. Wir müssen darüber reden. Ich glaube, ich habe eine Spur. Kann ich zu Ihnen nach Hause kommen?«

Ich fasse es nicht. »Was? Jetzt?«

»Ich bin in einem Hotel, nur zehn Minuten von ihrer Wohnung entfernt.«

Ich bleibe eine Weile still.

»Sie sind in Berlin? Ich bin ... beschäftigt. Ich muss morgen früh wieder ins Innenministerium. Äh, ... weiß Schneeadler, dass Sie in Berlin sind?«

Pola lacht laut auf. »Schneeadler? Meinen Sie meinen Onkel, Kommissar Kamorow? Sie sind witzig. Ja. Sie sind wirklich witzig. Ich werde Ihnen ein Geständnis machen. Mein Onkel hat mich gebeten, Sie im Auge zu behalten. Aber das ist nicht der Grund, warum ich mit Ihnen zusammen arbeiten möchte. Ich mag Sie, wir könnten ein gutes Team abgeben ... und ich finde Sie sexy.«

Reflexartig werfe ich erneut einen Blick auf Kate. »Morgen um 12 Uhr. Gute Nacht!«

Ich drücke die rote Taste. Dann greife ich meinen Stock, hieve mich aus dem Bett und mache mich auf den Weg zur Toilette. Ich gehe ein paar Schritte den Flur hinunter, halte inne. Weite die Augen, glaube an eine Halluzination.

Ein Umschlag wird unter der Wohnungstür durchgeschoben.

Kapitel 26

Berlin-Kollwitzkiez

Verschlagenheit

Ich erahne den Inhalt des Umschlags, noch bevor ich ihn in die Hand nehme. Das Szenario wiederholt sich, der Killer schickt mir eine Nachricht und geht ein großes Risiko ein. *Warum ist es für ihn so wichtig, mit mir zu kommunizieren?*
Seit ich seinen letzten Brief in der Akte *Förster* gefunden habe, sind Kameras in meiner Wohnung installiert und die Polizei überwacht die Gegend für den Fall, dass er wieder auftaucht. Genau das hat er getan. Es sei denn, er bezahlt jemanden, der den Boten für ihn spielt. Jedenfalls wechselt er zwischen Moskau und Berlin. *Wie ich*, realisiere ich.
Ich beuge mich nach unten und nehme den Umschlag in die Hand. Halte ihn vor meine Nase. Die Myrrhe bestätigt die Identität des Absenders, sie ist seine Handschrift. In Windeseile reiße ich den Umschlag auf und ziehe einen mit der Schreibmaschine getippten Brief heraus.
Lies ihn nicht, ohne dir Notizen zu machen! Du kannst deinem Gedächtnis nicht trauen.
Ich öffne den Dielenschrank, nehme Notizbuch und Bleistift aus der Manteltasche und verkrieche mich in die Küche. Der Schmerz strahlt mittlerweile in meinen Rücken aus und das rechte Bein ist taub. Rasch werfe ich zwei Capros-Tabletten ein, setze mich auf einen Küchenstuhl und lese die Zeilen.

Ibsen, mein Freund,
ich hoffe, dass alles wieder in Ordnung ist. Ich schätze, das
war die Aufregung in deinem Kopf, all die Fragen, die du dir
über mich stellst: Wer ich wohl bin. Warum ich durch meine
Werke zu dir spreche oder warum ich dir diese Briefe schreibe,
auf die Gefahr hin, dass sie mich entlarven könnten.
Die einzige relevante Frage für mich ist aber diese: Wer bist
du, Ibsen Bach?
Ich möchte dir heute von einem Lehrer berichten, der
während meiner Schulzeit Mathematik unterrichtet hat, weil
ich eine lebhafte Erinnerung an dieses Monster habe.
Klein, kräftig und leicht gekrümmt war er, ein Halbmann,
ein halber Mann, ein widerlicher Bastard ohne ein Quänt-
chen Mitgefühl, der mit strengen Regeln, mit der Brutalität
eines schwarzen Metallstocks seine Schüler unterrichtete. ›Der
Schmerz findet immer Antworten‹, behauptete er. Ein Kind,
das Intellekt oder Initiative zeigte, verabscheute er zutiefst.
Dann offenbarte er uns das volle Ausmaß seiner perfiden Ver-
anlagung.
Ausgelöscht, der Blick in die Tiefe, erregte ich seine Aufmerk-
samkeit. Von dem Tag an, an dem er in meinen dunkel-
braunen Augen die kalte Intelligenz entdeckte, wollte er mich
brechen. Ich wurde zu einer grenzenlosen Inspiration für seine
sadistischsten Neigungen. Noch heute spüre ich seine Spucke
auf meiner Haut, rieche den ekelhaften Körpergeruch, habe
den Geschmack von Kreide im Mund, höre das schmierige
Lachen, die Sticheleien und spüre die Metallschläge in meinen
Fingerspitzen.
Es sind diese falschen Intelligenzen, die unsere Gesellschaften
brandmarken, Ibsen. Sie phagozytieren uns in ihren Dogmen.
Ob religiös, fanatisch oder politisch, sie sind verkrüppelt
von Selbstzufriedenheit, kristallisiert in ihren Ideologien,
Gefangene der Ignoranz, ihre Dummheit macht sie zu
Schädlingen.
Du bist nicht so, Ibsen. Du wirst wissen, wie du über den

*kaleidoskopischen Schleier hinaus sehen kannst, der vor
deinen Augen schimmert und dich blendet. Ich glaube daran.
Wir werden uns wiedersehen.
Dein ergebener Freund*

Der Brief flattert im Rhythmus meiner zitternden Hände. Der Tinnitus pfeift in meinen Ohren, wie die stoßweise ertönenden Geräusche eines Irren.

Zu viele Kreise auf der Wasseroberfläche. Zu viele Daten drängeln sich in meinem Kopf. Ich schüttle die rechte Hand, halte das Notizbuch unter meinem linken Handgelenk und notiere:

*Schule. Spezielle Schule?
Dunkelbraune Augen – gewollter Hinweis? Falsche Spur?
Kreide. Kreise die Zeit ein!
Verschlagenheit.
Der Schmerz findet immer Antworten.*

War das eine Anspielung auf die Folterungen von Klaus Bohlen, dem ersten Opfer des Berliner Dämons vor fünf Jahren? Und von dem ersten russischen Opfer in Moskau, Adrian Schwarz? Waren das die Motive des Täters? Der Hass auf Religion, Fanatismus oder Hass auf Regeln, auf Dogmen. Nein! Zu einfach!

Der Bleistift fällt auf das Notizbuch, rollt auf die Tischplatte. Diese Zeilen lösen etwas in mir aus wie ein Trigger. Ich schnappe nach Luft; meine Sicht ist verschwommen, mein Kiefer angespannt. Ich versuche aufzustehen, aber ich sitze wie angenagelt auf dem Stuhl.

»*Es ist ein Geheimnis. Das ist unser Geheimnis*«, flüstert eine Kinderstimme.

Ich schreie laut auf, als eine Hand sich auf meine Schulter legt.

Kapitel 27

Moskau, Staatsanwaltschaft

Maksim Rybakow begann den Feierabend stets mit einem ausgedehnten Stretching. Dann setzte er sich in seinen Ledersessel, streckte beide Arme weit nach vorn und knackte mit den Fingerknöcheln. Sobald die Lichter nacheinander ausgingen, die Mitarbeiter ihre Schreibtische verließen, um sich ihren Familien anzuschließen oder sich in der Stadt zu entspannen und sich die Stille in den Räumlichkeiten der Staatsanwaltschaft Moskau einstellte, begann er seine zweite Runde. Dies war seine bevorzugte Tageszeit.

In den stillen Höhen des Gebäudes konnte Maksim seine Gedanken aus der Zwangsjacke des Tagesablaufs befreien und die gut geölte Maschinerie seines Geistes ihr volles Potenzial entfalten. Nur dass heute ein Sandkorn im Getriebe die Räder blockierte. Und weder die Unmengen an Kaffee, noch die Stille, noch der kleine Quickie in der Herrentoilette mit dieser Nadja-Schlampe hatten Erleichterung gebracht.

Das Sandkorn hatte einen Namen: *Leonela Sorokin*.

Wie konnte diese törichte Frau auch nur annehmen, dass er einen Schlussstrich unter die Demütigung gezogen hatte, die sie ihm zugefügt hatte? Diese Närrin hatte sogar die Nerven, wieder Kontakt aufzunehmen, als wäre nichts geschehen! Als hätte sie die Verlobung nicht aufgelöst. Das war das Problem mit den verwöhnten Kindern der Oligarchen; sie glaubten, die Welt gehörte ihnen. Aber wenn Papas Tochter dachte, dass sie mit ihrem Lächeln und ihrer Naivität davonkommen könnte, irrte sie sich. Sicher, die

Versuchung war groß gewesen, sie auf der Stelle in die Wüste zu schicken, als sie ihn um Hilfe gebeten hatte, aber das Vergnügen wäre zu kurz gewesen.

Nein, für Leo würde es keinen Quickie geben. Für sie gab es einen langen Koitus.

Diese Närrin bot ihm die Möglichkeit, sich wieder mit ihm zu vereinen. Alles, was er jetzt tun musste, war höflich und freundlich zu sein, aber wohldosiert, um keinen Verdacht zu wecken.

Und wer weiß, ob ich sie dann nicht wieder verführen kann.

Der Gedanke begeisterte ihn. Es gab keine Liebe, nur wilden, hemmungslos harten Sex. In der Vergangenheit hatte er seine Fantasien mit ihr nie ausleben können, aber dieses Mal würde er keine Sekunde zögern, wenn sich ihm die Gelegenheit bot ... Maksim spürte, wie seine Härte anschwoll, während erotische Bilder vor seinem inneren Auge entstanden. Er öffnete den Reißverschluss der Hose, um seine schmerzhafte Erektion zu lindern.

Sollte es ihm nicht gelingen, Sex mit ihr zu haben, würde er eine Gelegenheit finden, sie zu Fall zu bringen. Diese Geschichte mit dem *Cold Case* schien eine echte Falle zu sein. Er kannte Leo, sie war unerschrocken und glaubte, sich über die Regeln hinwegsetzen zu können. Sie würde vermutlich das Gesetz brechen. Wenn das geschah – und er wünschte es von ganzem Herzen – würde er dort sein, um *sie* zu brechen.

»Leo ...«, stöhnte er, schob die Hand in die Boxershorts und verlor sich in seinen erotischen Fantasien.

Das Telefon auf dem Schreibtisch holte ihn in die Realität zurück. Er zögerte. Sollte es wichtig sein, würde sein Handy auch ein Signal geben.

Nach dem vierten Klingelton hob er ab. »Maksim Rybakow, Staatsanwaltschaft.«

Ein paar Sekunden vergingen, bis ein böses Grinsen seine Eckzähne enthüllte. »Natürlich, ja, ich kümmere mich sofort darum.«

Er legte auf. »Leo Sorokin«, sagte er laut. »Du steckst in großen Schwierigkeiten und ich werde dafür sorgen, dass du darin erstickst. Wie du selbst einmal gesagt hast: *Karma ist eine Schlampe.*«

Dann ließ er die Hose auf den Boden fallen und verlor sich in seiner Lust.

Kapitel 28

Moskau, Distrikt Sosenki

Boris kam aus der Dusche und trocknete sein dichtes Haar mit einem Handtuch ab. An den beiden Tagen, an denen er sich in seinem Zimmer verkrochen hatte, um an seinem Programm zu arbeiten, hatte er kaum geschlafen und seinem Körper nicht den Hauch von Seife gegönnt.

Er sollte zumindest vorzeigbar sein, wenn sein Freund Karol ihn besuchte. Schon jetzt musste er Willas Nörgeleien ertragen. »Du hast unsere gemeinsame Wohnung in eine Müllhalde verwandelt und dich selbst vernachlässigt. Du gleichst wohl eher einem Obdachlosen, statt einem attraktiven, homosexuellen Charmebolzen!«

Aber das Entscheidende war, dass es ihm gelungen war, die Spyware-Datei zu programmieren. Besser noch, sein kleines Wunderwerk lief bereits seit vier Stunden und checkte ohne Unterbrechung IP-Adressen. Wenn alles gut ging und die Ergebnisse überzeugend waren, könnte er sogar eine Verfeinerung und Erweiterung der Funktionalität in Betracht ziehen. Es war die Art von Spitzenleistung, die ihn zu einen Silicon Valley Giganten wie Google bringen könnte. Er wollte diesem korrupten Staat den Rücken zukehren und träumte schon lange von der Westküste Amerikas! Das FBI wäre auch eine Option.

Spüren Sie Hacker, Pädophile, Menschenhändler oder Terroristen auf und lüften Sie ihre Geheimnisse, die in den finsteren Tiefen des Darknet oder Deep Web versteckt lagen ...

Warum nicht? Boris griff nach seiner Zahnbürste, quetschte die Zahnpasta darauf, und steckte sie in den Mund.

Plötzlich stockte er. Das Warnsignal des Computerprogramms ertönte.

»Jetzt schon?«, murmelte er. Er hatte erst nach zwei Tagen mit einem Ergebnis gerechnet. »Mist«, brummte er, »vermutlich eine Fehlermeldung.«

Nackt eilte er in sein Büro, die Zahnbürste zwischen den Zähnen. Vor dem Bildschirm starrte er auf die Protokolle, runzelte die Stirn, und lächelte dann breit. »Bingo!«

Es spielte keine Rolle, dass Zahnpasta und Zahnbürste auf der Tastatur landeten. Auch nicht, dass er seinen Mund mit einer abgestandenen Cola spülte und die Zahnbürste in die leere Dose steckte.

Kapitel 29

Moskau, Distrikt Danilovsky

Trotz der Müdigkeit betrat Leo hellwach wieder Heimatboden, ging durch die Passkontrolle und verließ das Flughafengebäude. Ihr Kopf fühlte sich sonderbar an, ihr Körper war eigenartig leicht und schwer zugleich, die ganze Welt vor dem Moskauer Flughafen wirkte seltsam verschoben. Sie hatte nicht erwartet, auf eine solche Geschichte zu stoßen. Dann war da dieser Name: *Klaus Bohlen*. Warum sagte er ihr etwas? Sie freute sich auf ihre Wohnung, wollte so schnell wie möglich dorthin, um die Recherche voranzutreiben.

Seltsam ... Da war wieder das Kribbeln in ihrem Nacken. Der Teppich aus frischem Schnee knisterte leise, als sie zum Wagen lief. Irgendetwas war anders als sonst. Aber was? Sie blieb stehen, starrte in die Dunkelheit. Nichts. Der Parkplatz war menschenleer. Kein kalter und farbloser Schatten wanderte umher. Sie strich sich fahrig durch die Haare. Warum hatte sie das Gefühl, beobachtet zu werden?

Deine Fantasie geht mit dir durch, Leonela.

Schulterzuckend umfasste sie den Türgriff ihres Wagens, hielt den Atem an, lauschte und sah sich ein zweites Mal um. Weit und breit war niemand zu sehen. Da! Jetzt hörte sie es deutlich. Ein Geräusch. Irgendwo knirschten Schritte im Schnee. Jetzt war sie sich sicher, dass sie längst nicht mehr allein war und dass jemand sie im Visier hatte.

Rasch stieg Leo ein. Vielleicht hätte sie bei Martin Storm bleiben sollen, er hatte es ihr vorgeschlagen und angedeutet, dass er zwei Gästezimmer hätte. Aber trotz seiner Freundlichkeit hatte sie das Bild von Norman Bates nicht aus ihrem Kopf verdrängen können. Höflich, kultiviert, aber dennoch seltsam. »*Es ist Oolong.*«

Ihr Wagen hatte gerade das Flughafengelände verlassen, als sie die Scheinwerfer im Rückspiegel bemerkte, die sich ihr mit hoher Geschwindigkeit näherten. *So ein Wahnsinniger*, dachte sie. Mit dieser Geschwindigkeit mitten in der Nacht auf einer vereisten Straße zu fahren, war verrückt!

Leo umklammerte das Lenkrad, als der Wagen an ihr vorbeiraste, und sie dabei nach rechts abdrängte. »Arschloch!«, rief sie.

Der Wagen fuhr so schnell, dass sie das Modell nicht erkannte. Ein Mercedes, ein BMW? Schwer zu sagen. Zum Glück hatte sie es nicht mehr weit bis zu ihrer Wohnung.

Leo schaltete das Radio ein.

You can dance, you can jive…

»Es gibt nichts Besseres als einen ABBA-Song, um die Nerven zu beruhigen«, murmelte sie.

Dancing queen, feel the beat from the tambourine, oh yeah…

Beide Vorderreifen platzten.

Sie verlor die Kontrolle über ihren Wagen…

Leo öffnete ihre Augen und wimmerte. Ihr Gesicht schmerzte. Wie ein Boxhieb war der Airbag auf ihr Gesicht geprallt. Staubpartikel und beißender Benzingeruch drangen in ihre Nase. Für Sekunden war ABBA noch ein entferntes Echo, dann wurde es still.

Sie hob ihren Kopf. Eine Vielzahl kleiner, weißer Sterne tanzte vor ihren Augen. Ihre Beine zitterten, aber langsam löste sich die Starre. Sie hatte einen Unfall, sie hatte überlebt. Das war alles, was zählte.

Es war eiskalt im Wagen. Sie zitterte am ganzen Körper, klapperte mit den Zähnen. Sie musste sich wärmen, sich bewegen, hier verschwinden. Die letzten dreißig Sekunden drangen blitzartig in ihr Bewusstsein: Das explosionsartige Platzen der Reifen, das unkontrollierte Ausscheren des Wagens, das Quietschen der Räder auf dem vereisten Asphalt, der Aufprall und das Geräusch von sich verformendem Blech. Das Entsetzen. Der Schock.

Ein Reifenschaden... du hattest Glück, stell dir vor, da wäre ein Auto vor dir gewesen.

Die Stimme ihres Vaters übernahm: »*Verdammt, Leonela, du hast doch gehört, wie die Reifen förmlich explodiert sind, oder?*«

Stimmt!

Als Leo den Sicherheitsgurt löste, schoss der Schmerz in ihren Brustkorb. Sie schrie, Tränen rollten über ihre Wangen. Verdammt, sie hatte eine Rippenprellung oder vielleicht sogar Brüche. Vorsichtig atmete sie ein und aus und... schnupperte einen beißenden Geruch.

Rauch! Das Auto konnte jederzeit Feuer fangen! Raus hier! Sie versuchte, die Tür zu öffnen, doch sie klemmte. Die Beifahrertür! Nichts, nur Panik. Ihre Kehle war trocken. Das Schlucken schmerzte. Sie tastete nach Gegenständen, mit denen sie den Wagen öffnen konnte.

Sie brachte sich in Position, um mit den Füßen die Fahrertür zu öffnen. Ein erster Tritt, begleitet von einem pochenden Schmerz, der von ihren Rippen ausstrahlte. Tränen. Sie biss die Zähne zusammen.

Das zweite Mal trat sie fester zu. Nichts. Dann noch einmal mit aller Kraft. Die Tür sprang auf und hechelnd kroch Leo aus dem Wrack, ging ein paar Schritte und stürzte auf den Asphalt.

Hol Hilfe! Das Handy lag im Wagen. Sie zögerte.

Nein! Zu gefährlich, mein Kind.

Etwa zwanzig Meter von ihr entfernt stand ein Wagen am Straßenrand geparkt. Die Silhouette auf der Fahrerseite rührte sich nicht. Warum kam er ihr nicht zu Hilfe?

Und plötzlich sah sie die ganze Wahrheit. Der Wagen, das Modell. Der BMW von vorhin.

Sei nicht so naiv, Leonela. Das war kein Unfall. Handle schnell. Womöglich ist der Typ bewaffnet.

Ihre Möglichkeiten waren begrenzt. Sie glaubte, zwischen den Bäumen in der Ferne ein schwaches Licht zu sehen und lief los. Zunächst noch stolpernd ...

Beiß, die Zähne zusammen, Leonela. Lauf!

Alles war dunkel. Fast undurchdringliches Schwarz. Die Stille zu laut. Hinter ihr die tausend Augen der Nacht. Sie ignorierte die schreienden Signale der Schmerzen in ihrem Kopf, in ihrer Brust. Der Wald verschlang sie. Je tiefer Leo in ihn eintauchte, umso lauter wurde er. Tiere raschelten im Gebüsch, eine Eule rief, Vögel kreischten durch die Nacht. Sie lief, ignorierte die Kälte und verlor jegliches Zeitgefühl. Kurz bevor sie das Licht erreichte, blieb sie stehen und hielt den Atem an. Schaute sich um. Kein Verfolger. Aber auch kein Zurück mehr.

Sie hastete durch eine Gartenpforte, das Licht kam von einer Lampe am Eingang eines kleinen Backsteinhauses. Keuchend stand sie vor der Haustür und hämmerte mit der Faust gegen die Tür. »Öffnen Sie bitte! Ich brauche Hilfe!«

Hinter der Glastür ging das Licht an. Sekunden später kämpfte jemand endlos mit einem Schlüsselbund, dann wurde die Tür geöffnet.

Ein Mann, um die Siebzig, stand in einem grau karierten Pyjama vor ihr. Sein Gesicht war kantig, die Lippen dünn und rissig. In seinen Händen hielt er eine Schrotflinte.

»Bitte! Ich hatte einen Unfall und irgendein Kerl verfolgt mich! Er hat mich von der Straße gedrängt. Bitte, helfen Sie mir!«, flehte Leo.

Er musterte sie einen Moment argwöhnisch, nickte aber dann. »Kommen Sie herein. Ich werde mich draußen mal umsehen!«

Leo blieb im Eingang stehen, wartete und schloss dann die Tür hinter sich. Eine Minute verging. Nichts. Sie sah auf ihre Armbanduhr. Zwei Minuten vergingen, drei, vier. Immer noch nichts. Ihr Puls beschleunigte sich. Sie zögerte, legte aber dann die Hand auf den Türknauf.

Das Gesicht des Besitzers erschien im Türfenster und sie öffnete die Tür.

»Da draußen ist nichts«, brummte er und sah sie misstrauisch an.

»Haben Sie ein Telefon?«, fragte sie leise. »Ich möchte die Polizei anrufen.«

Der alte Mann seufzte und zeigte auf die Kommode neben dem Eingang.

Etwa zehn Minuten später trafen zwei Polizisten ein. In kurzen knappen Sätzen berichtete Leo von dem Unfall.

»Wir haben uns den Wagen schon angesehen«, sagte der ältere Polizist. »Tatsächlich sind beide Reifen explodiert, das ist nicht normal. Wir haben jedoch nichts auf der Straße gefunden.«

Der andere Polizist beugte sich zu seinem Kollegen, flüsterte ihm etwas zu. Sofort verdunkelte sich das Gesicht des Kollegen.

»Sind Sie Leonela Sorokin?« Sein Ton war eisig.

Sie nickte.

»Frau Sorokin, Sie wurden zur Fahndung ausgeschrieben!«

Ein Zusammenzucken machte ihren Schock sichtbar. »Ich bin was? Aber wieso sollte ich …?«

Der ältere der Polizisten unterbrach sie ungeduldig. »Das können wir auf dem Polizeirevier klären, Frau Sorokin, Sie sind verhaftet!«

Kapitel 30

Berlin-Kollwitzkiez

Trübung

Ich zucke zusammen.

Kate nimmt ihre Hand sofort von meiner Schulter. »Entschuldigung, ich wollte dich nicht erschrecken, Ibsen.«

Ich bleibe einige Sekunden still. Mein Blick ist auf einen unsichtbaren Punkt gerichtet. Meine Hände zittern immer noch; auf meiner Stirn und an meinen Schläfen perlt kalter Schweiß.

»Du siehst nicht gut aus«, sagt Kate und mustert mich voller Sorge. »Ich werde den Notarzt anrufen.«

»Nein! Bleib da!«

Kate erstarrt unter meinem Kommandoton und dreht sich ungläubig um.

»Mir geht es wieder besser, es ist das Capros.« Ich deute auf die Tablettenbox, lüge. »Ich bin daran gewöhnt.«

Kate schenkt mir ein freudloses Lächeln. »Bist du dir da ganz sicher? Du siehst ziemlich mitgenommen aus. Willst du darüber reden?«

»Geh bitte wieder ins Bett, Kate, ich komme auch gleich.«

Ich warte. Erst als das Zittern nachgelassen hat, stehe ich auf. Der Schmerz schießt sofort wieder durch meinen Körper, nur kurz, aber er ist kaum auszuhalten. Dann beruhigt er sich langsam wieder. Ich falte den Brief zusammen, lege ihn in mein Notizbuch und stecke es in die Innentasche des Mantels.

Ich werde meine Analyse später fortsetzen, wenn ich allein bin.

Kate soll nicht mit diesen widerwärtigen Geschichten und meinem klebrigen Universum konfrontiert, geschweige denn behelligt werden. Sie ist mein Licht, mein Leuchtturm in der verschwommenen Finsternis, die mich umgibt. Wenn ich zulasse, dass sie von dieser Dunkelheit, in der scheußliche Monster in den Hirnwindungen des menschlichen Geistes lauern, berührt wird, betrübt sie das für immer. Ich möchte Kate das nicht antun. Ich möchte sie vor dieser Dunkelheit bewahren.

Ich lege mich wieder zu ihr ins Bett, umarme sie, küsse ihren Hals und streichle ihre nackte Schulter. Dann drehe ich mich auf den Rücken und fixiere die Decke. Ich weiß, dass der Schlaf nicht kommen wird.

Zu viele Kreise auf der Wasseroberfläche.

Ich habe Pola angelogen.

Seit ich wieder als Berater für das Bundeskriminalamt Berlin tätig bin, arbeite ich nicht mehr im Innenministerium. Das Gehalt reicht aus, um die Ausgaben zu decken und mir ein angemessenes Leben nach meinen Maßstäben zu ermöglichen.

Pola könnte bereits vor Mittag auftauchen – sie ist die Art von Person, der ich zutraue, zu früh zu kommen. Ich muss darauf vorbereitet sein. Wenn diese Kindfrau wie *der Andere* ist, wird sie keine Probleme haben, meine Wohnung mit einem Blick zu entschlüsseln.

Die Leere dieses Ortes, die verstreuten Kisten: Mein Zuhause ist ein offenes Buch. Aber das spielt keine Rolle.

Es ist irrelevant angesichts der einzigen Frage, die zählt: *Wer bist du, Ibsen Bach?*

Ich habe mir den Morgen frei genommen, um das Büro aufzuräumen. Das Ganze wird womöglich effektiver sein als Dr. Alexandra Lemke und ihre überteuerten Therapien. Als Erstes hänge ich meine weiße Wandtafel auf, fische einige Stifte aus einer Kiste und sortiere meine Notizen und die alten Akten auf dem Holztisch, der als Ablage dient. Andererseits achte ich darauf, die letzten Briefe und das Tagebuch gut zu verstecken. Es ist noch zu früh, um diese Hinweise mit der jungen Profilerin zu diskutieren. Ich würde ihr gerne mein volles Vertrauen schenken, aber abgesehen von ihren großen intellektuellen Fähigkeiten weiß ich nichts über sie.

Die Klingel an der Wohnungstür läutet um 11.30 Uhr. Ich habe mich nicht geirrt. Eine halbe Stunde zu früh. Egal, ich bin bereit.

Als ich die Tür öffne, kommt Pola mir mit zwei China-Express-Pappkartons in der Hand entgegen. »Hähnchen süßsauer und kantonesischer Reis ... Hallo, Herr Bach, ich weiß, es ist früh, aber ich habe uns etwas zu essen mitgebracht. Haben Sie eine Mikrowelle zum Aufwärmen?«

Sie hat Make-up aufgelegt, stelle ich fest und schmunzle innerlich. Sie sieht sehr hübsch aus. Normalerweise bevorzuge ich fülligere Frauen, wie Kate. Aber trotz ihrer zierlichen Figur strahlt diese Kindfrau förmlich vor weiblichem Charme.

»Danke, stellen Sie es auf den Küchentisch«, antworte ich.

»Ich habe mir erlaubt, bei der Datenerfassung im Innenministerium anzurufen, weil ich einen Tisch für uns zum Mittagessen reservieren wollte. Ich habe erfahren, dass Sie dort nicht mehr arbeiten. Sie sind ein Geheimniskrämer. Diese Dame am Telefon hat kaum ein gutes Haar an Ihnen gelassen. Was haben Sie mit ihr gemacht, Herr Bach, sie nicht an sich rangelassen?«

Ibsen lächelt. *Natürlich hat Pola das Büro angerufen ... sie muss an Medusa geraten sein.*

»Ich brauchte Zeit ..., um die Akten vorzubereiten«, entschuldige ich mich.

»Kein Grund, sich zu rechtfertigen, ich bin nicht hier, um zu urteilen, sondern, um zu arbeiten. Also, sollen wir anfangen?«

Ich nicke und führe sie in mein Büro.

Bevor sie den Raum betritt, hält Pola einen Moment inne und zeigt auf die geschlossene Tür.

»Ist das Ihr Schlafzimmer?«

»So ist es.«

»Gut zu wissen.« Sie setzt ihre Bemerkung mit einem Augenzwinkern in Szene.

»Sie wollten etwas sagen, oder?«, erkundige ich mich.

Polas Augen scannen den Raum, dann konzentriert sie sich auf die Tafel an der Wand. »Ich weiß nicht, wie es Ihnen geht, aber wenn ich eine Tatortbühne betrete, bleibt die Zeit stehen. Und mal abgesehen von den üblichen Bildern, die vor meinem inneren Auge vorbeiziehen, klammere ich mich an jede Unvollkommenheit, an jede Inkongruenz. Die Wahrheit liegt im Detail, das haben Sie vor acht Jahren auf einer Konferenz in Sankt Petersburg gesagt.«

Ich lächle, aber die Erinnerung ist nicht zurückgekehrt. Und... Sankt Petersburg sagt mir nichts.

»Okay. Zum Haus der Familie Romanow. Kurz gesagt, seltsam. Die gereinigten Fliesen, die Reisebroschüren, der fehlende Rahmen«, fährt Pola fort. »Und dann oben, dieselben Auffälligkeiten. Marlene Romanow ist eine Ordnungsfanatikerin. Nach einer schnellen Analyse ihres Zimmers kam ich zu dem Schluss, dass zwar ein Koffer fehlte, aber keine Kleidung mitgenommen wurde.« Pola hält inne und geht zur Wandtafel. »Die Person, die Marlene und Raissa Romanow entführt *und* getötet hat, hat einen gepfuschten Job gemacht. Eine Voraussetzung, um eine Reise vorzutäuschen, ist, Kleidung verschwinden zu lassen, oder? Wichtiger als das Stehlen von einem Bilderrahmen oder das Reinigen des Bodens. Stimmen Sie meiner Theorie zu, Herr Bach?«

Ich nicke. »Ich bin neugierig, mehr zu hören.«

»Vielleicht halten Sie mich für verrückt, aber ich habe das Gefühl, dass jemand nicht wollte, dass wir die Familie Romanow in Frage stellen. Jemand, der von dem Tatort im Jachthafen wusste. Das Haus der Romanows ist etwa eine Stunde vom Tatort entfernt. Wenn es der Mörder war, musste er schnell handeln. Kam er zurück, um die Spuren zu verwischen und um sicherzustellen, dass niemand reden wird? Die Reinigung des Bodens deutet darauf hin, dass es für die Familie nicht gut ausgegangen ist. Ich glaube, jemand tötete die Menschen, die sich im Haus aufhielten. Ihre Abwesenheit ließ er wie eine Reise aussehen und nahm einige Dinge aus dem Haus an sich. Das geht über einen einfachen Serienmörderfall hinaus, Herr Bach.« Sie hält inne und sieht mich an. »Kann es sein, dass Sie es bereits längst wussten.«

Ich setze zu einer Antwort an, aber sie schneidet mir das Wort ab.

»Der Mörder spricht Sie an, er möchte, dass Sie ihn oder den Grund seines Handelns verstehen. Vielleicht ist die Antwort irgendwo in *Ihrem* Kopf vergraben. Aber das Problem ist, dass Sie nicht zuverlässig sind. Sie haben nichts gesagt, als ich vorhin von einer Konferenz in Sankt Petersburg gesprochen habe, die es nie gab. Ich glaube nicht, dass Sie durch Unterlassen gelogen haben, Sie vertrauen sich selbst nicht mehr. Also muss die Frage lauten: Wer sind Sie, Ibsen Bach?«

Ihre Worte schweben im Raum zwischen uns. Kein Laut kommt über meine Lippen. Pola starrt mich an. Die Stille wird durch das Öffnen der Wohnungstür unterbrochen, die kurz darauf wieder zuschlägt.

»Ibsen, bist du da? Ich habe etwas zu Essen mitgebracht!«

Mist, Kate! Schlechtes Timing.

Ich seufze, nehme meinen Stock und will zum Eingang gehen. Zu spät, meine schöne rothaarige Schottin ist schon in der Küche. Sie erstarrt beim Anblick des chinesischen Essens auf dem Tisch.

Ich gehe ein paar Schritte auf sie zu. »Kate, darf ich dir Pola Kamorow vorstellen. Sie ist eine Kollegin von mir. Pola, das ist meine Freundin Kate Nash.«

Die beiden Frauen lächeln und sehen sich herausfordernd an.

Kapitel 31

Berlin-Kollwitzkiez

Eifersucht

Kate stellt die El-Cortijo-Taschen direkt neben die von Pola mitgebrachten Kartons auf den Tisch. Ihr Gesicht verdunkelt sich, als sie mich anspricht. »Zumindest wird uns nicht das Essen ausgehen.«

Ich antworte nicht, bemerke nicht den Hauch Sarkasmus in ihrer Stimme. Meine Augen verlieren sich im kupferfarbenen Schimmer ihrer dichten roten Locken.

Kate runzelt die Stirn, winkt mit der Hand vor meinen Augen, um mich aus der Erstarrung zu lösen. Vertane Mühe. Ich wandere durch eine Zeitblase: die vergangene Nacht mit Kate, die sanfte Wölbung ihrer Hüften, ihre purpurroten Lippen.

Bestürzt nimmt Kate eine der Taschen und schüttelt sie. Das Papiergeräusch weckt mich auf.

»Okay, ich gehe wieder zur Arbeit, du siehst beschäftigt aus, Ibsen, und ich will dich nicht stören«, höre ich sie sagen und: »Auf Wiedersehen, Pola.«

Die Blase um mich ist geplatzt. Kate ist im Begriff zu gehen. Ich schlage meinen Stock auf den Boden und mache einen Schritt auf sie zu.

»Kate, warte! Wir können zusammen zu Mittag essen …«

Sie lächelt mich an, zwinkert mir zu. »Wir sehen uns heute Abend, Ibsen!«

Die Tür fällt laut ins Schloss. Ich verabscheue dieses Geräusch und weiß, womit ich es zu tun habe: Schuldgefühl, Eifersucht und Hinterlist. Ich bin ratlos.

»Nun, ich verhungere!«, ruft Pola. »Also, mexikanische oder chinesische Küche, Herr Bach?«

Ich starre auf den Boden. *Ich habe doch nichts falsch gemacht, oder? Warum also diese Reaktion?*

Pola nimmt mir die Entscheidung ab. »Chinesisch!« Sie stellt das Essen in die Mikrowelle, öffnet den Kühlschrank und nimmt eine halb geleerte Flasche Weißwein heraus. »Sie ist wunderschön, Ihre Freundin und ... stinksauer. Aber wir haben doch nichts Falsches getan, *noch* nicht ...«

»Trotzdem«, erwidere ich. »Entschuldigung, kein Alkohol, ich will einen klaren Kopf behalten. Und ich bin auch nicht hungrig.«

Pola zuckt mit den Schultern, schenkt sich ein Glas Weißwein ein und nimmt das Gericht aus dem Ofen.

»Stört es Sie, wenn wir wieder mit der Arbeit anfangen, obwohl Sie essen?«, frage ich sie.

Im Büro stelle ich zwei Stühle an die Wandtafel. Sobald wir wieder Platz genommen haben, nimmt Pola einen Schluck Wein und stellt das Glas auf den Tisch mit den Akten. Sie isst mit sichtlichem Appetit die ganze Portion Hühnchen bis zum letzten Reiskrümel. Dann holt sie eine Schachtel mit Büroklammern aus ihrer Hosentasche.

Ich lächle, als sie sich vor mir aufrichtet.

»Habe ich etwas verpasst?«, fragt sie irritiert. »Ist es meine Art, Dinge zu tun, die Sie zum Lachen bringt?«

»Nein, ich habe mich gefragt, was wir hier machen. Ich sollte mit Andy, und Sie mit Kamorow zusammenarbeiten. Und doch sind wir in meiner Wohnung. Wir sind nicht einmal Polizisten, nur beratende Profiler.«

Pola greift drei Büroklammern und verbindet sie miteinander. »Es ist die Aufgabe der Polizei, das Greifbare zu untersuchen. Weder Ihre Intuition noch meine Schlussfolgerungen, die auf Marlene Romanows zwanghaftem Wahn beruhen, können

Budgetausgaben für zusätzliche Polizeieinsätze rechtfertigen. Dieser Serienmörder ist ein wichtiger Fall für meinen Boss und Onkel, also spielt er die Karte der Besonnenheit. Aber warten Sie noch zwei Tage und Sie werden sehen, dass er sich Sorgen machen wird, weil die Romanows nicht nach Hause zurückgekehrt sind. Kollege Neumann kenne ich nicht gut genug, aber er scheint Ihnen auch nicht zu folgen.«

Still stimme ich ihr zu. »Andy ist ein Pragmatiker. Dass Marlene Romanow und ihre Tochter Raissa entführt oder ermordet wurden, ist für ihn im Moment nur eine Hypothese. Er ist besessen von diesem Mörder. Aus seiner Sicht vergeuden wir unsere Zeit, insbesondere ich. Ich sollte meine Nase auf eine solide Spur setzen, nicht auf irgendeine Idee, sagt er.«

Pola nimmt zwei neue Büroklammern aus der Schachtel und hakt sie an die anderen. »Wir wissen beide, dass traditionelle Polizeitechniken hier nicht funktionieren. Der Mörder wird keine Fehler machen. Es geht nicht darum, unsere Ermittlungen auf Myrrhe, Pfauenfedern oder Industrieklammern zu konzentrieren, sondern darum, dass wir das Ganze einfangen, es begreifen. Aber wir haben keine Wahl, die Faktenermittlung ist Vorschrift. Darüber hinaus hat der klassische psychopathische Killer ein übergroßes Ego, das reagiert, wenn er beleidigt oder provoziert wird. Das ist hier nicht der Fall. Seine Besessenheit von Ihnen wird der Schlüssel sein, um ihn zu finden. Für mich ist klar, dass er sich wie eine Katze verhält, die ihrem Meister eine Maus zu Füßen legt.«

»Ich habe nicht darum gebeten.«

»Es spielt keine Rolle. Der Täter muss so denken. Als ich Sie gefragt habe, wer Sie sind, war das keineswegs eine rhetorische Frage.« Pola legt ihren Zeigefinger auf meine Stirn. »In diesem Labyrinth der grauen Materie liegen die Antworten.«

Ich greife nach ihrem Finger. Polas dunkle Augen sind wie heiße Glut, als sie sich in meine bohren. »Viel Glück, denn in einem Punkt stimme ich Ihnen zu, ich verliere mich in diesem Labyrinth. Ich bin nicht verlässlich. Nicht umsonst schreibe ich mir alles auf.«

Als Pola ihre Hand zurückzieht, berührt sie meinen Oberschenkel. »Was ist Ihnen eigentlich an *mir* aufgefallen? Ich habe bemerkt, wie Sie mich das erste Mal im Konferenzraum beobachtet haben.«

»Kachexie, das bedeutet, dass ...«

»Dass ich krankhaft dünn bin. Nur fürs Protokoll: Ich habe weder AIDS noch Krebs, esse regelmäßig, ohne mich danach zum Erbrechen zu bringen. Sie übertreiben! Ich habe immer noch ein paar Kurven. Haben Sie mindestens ein Wort, um sich selbst zu beschreiben?«

Ein amüsiertes Lächeln erblüht auf meinen Lippen. »*Beschädigt*. Das sagt man über einen Vogel mit gebrochenen Flügeln. Meine Behinderung hat mir die Fähigkeit genommen, zu *fliegen* wie bisher. Aber, um auf das Thema zurückzukommen, vor mehr als fünf Jahren haben wir bereits meine Vergangenheit durchleuchtet, als sich der damalige Mörder für mich interessierte. Es hat nichts gebracht.«

Pola lächelt. »Weil ich nicht an dem Fall beteiligt war. Lassen Sie uns Ihre Notizen mal durchsehen. Ich bin ziemlich gut im Lösen von Rätseln.«

Mehr als zwei Stunden lang sichten wir meine Notizbücher und alte Akten. Pola legt das Gebilde aus Büroklammern beiseite und streckt sich auf dem Stuhl aus. »Okay, ich fasse zusammen: Klaus Bohlen wurde gezwungen, unter Folter etwas preiszugeben, Adrian Schwarz in Moskau ebenfalls ...«

»... eine Namensliste wurde erstellt«, ergänze ich. »wahrscheinlich mit seinen nächsten Opfern.«

»Er hatte einen Grund, die Opfer zu beschuldigen, einen Grund, sich zu rächen, aber welchen?«, fährt Pola fort. »Erst im zweiten Fall vor fünf Jahren wurden Sie hinzugezogen?«

Ich nicke. »Ja. Im Fall von Patricia und Lucie Förster.«

Pola greift nach der Akte und fährt mit dem Zeigefinger über die Protokolle. »Eine Mutter und ihre Tochter. Patricia Förster, seit einem Jahr Witwe, Mädchenname Hoffmann.«

»Ja, eine üble Geschichte und ein schwerer Schlag für die Familie. Der Vater wurde damals wegen rheumatoider Arthritis in der Rehaklinik behandelt und war auf dem Weg der Besserung, als Tochter und Enkelin getötet wurden. Seine Frau litt schon jahrelang an der Alzheimerkrankheit. Der Schmerz über den Tod der beiden führte zum völligen Zusammenbruch. Eine Woche später beging der Mann Selbstmord«

»Es geht hier um Bestrafung«, überlegt Pola. »Wenn wir uns die Moskauer Morde im Maisfeld und im nautischen Zentrum ansehen, ist das Muster das gleiche. Ein Vater leidet unter dem Tod seines Kindes. Das Kind wird vor seinen Augen hingerichtet. Ich habe das Gefühl, dass im letzten Fall noch mehr zu lesen ist. Großvater, Sohn und Enkel. Selbst das Ritual war eine Botschaft. Adramelech, der achte Dämon in der höllischen Hierarchie.«

Und da lag Wut in seiner Tat. Ich behalte den Gedanken für mich. »Könnte es sein«, überlege ich laut, »dass es eine Ordnung gibt, eine Art Rangordnung?«

Polas Blick flammt auf. Ihre Zunge gleitet über ihre Lippen. »Das ist die Frage, aber die Antwort gibts nach der Pause. Gehen wir?«

»Wohin?«

»In den geschlossenen Raum.«

Sie legt ihre Hand auf meinen Schritt.

Kapitel 32

Moskau, Distrikt Ramenki

Dimitri Kamorow strich mit dem Zeigefinger über den Holzrahmen der Glasvitrine, in der sich seine Pfeifensammlung befand. Unter den zwanzig Exponaten fiel seine Wahl auf eine Pfeife aus edlem Bruyèreholz, ein Andenken aus Ankara; seine Frau Anisja hatte sie ihm geschenkt.

Er öffnete die Tür der Vitrine, nahm die Pfeife in die Hand, lächelte bei der Erinnerung an seine Zeit in Ankara, wo er Anisja in der russischen Botschaft kennengelernt hatte. Er hatte sich sofort in diese wunderbare Frau verliebt. Mittlerweile waren sie seit zwanzig Jahren verheiratet.

Er zog ein wenig *Peterson of Dublin*-Tabak aus dem Ziegenlederbeutel, stopfte die Mischung in den Pfeifenkopf und steckte den Holm mit dem Acrylmundstück seitlich zwischen seine Zähne. Dann zündete er den Tabak mit einem Streichholz an. Nach dem ersten Aufglühen entwich das typische würzige Aroma; der Geschmack von Pfeffer und Kräutern diffundierte in seinen Gaumen.

Ein zufriedenes Lächeln breitete sich auf seinen Lippen aus. Vor dem Erkerfenster mit Blick auf den Garten konnte er den Stress Zug um Zug loslassen. Und vielleicht die Antworten in den Rauchfahnen des Tabaks finden.

Es gab zu viele Fragen. Die Ermittlung drohte ihm zu entgleiten. Sie standen an einem wichtigen Punkt, vielleicht war es an der Zeit, die Regeln zu ignorieren, die eingefahrenen Strukturen zu missachten. Der verantwortliche Hauptkommissar musste dem Polizisten und seinem Instinkt weichen.

Instinkt... Der Profiler Bach war nicht der Einzige, der einen besaß. Nur dass er, Dimitri Kamorow, seine Schlussfolgerungen auf seine analytischen und beobachtenden Fähigkeiten zurückführte und nicht auf... ja, auf was genau? Visionen? Blitze?

Er atmete seinen ersten Zug aus. Der würzige Geruch von Orient durchdrang den Raum. Zu viele Ungereimtheiten lösten in seinem Kopf Alarm aus. Die Ähnlichkeiten mit dem Fall um den Berliner Dämon fünf Jahre zuvor, die Postkarte im Maisfeld, die Notiz für Ibsen Bach, die Tatsache, dass der erste Mörder nie identifiziert werden konnte, und der Druck von oberster Stelle, der OMON den Fall eventuell zu entziehen, setzte ihm zu. Nein, hinter diesen Morden steckte mehr als ein psychopathischer Mörder oder Copykiller. Aber was war es?

Im Garten seiner Nachbarn liefen der junge Grigory und seine Schwester Ekaterina um ihre Schaukel herum, gefolgt von dem Labrador. Als er das hohe Kreischen des kleinen Mädchens hörte, grinste er und schloss das Fenster. Auf einen Tinnitus konnte er verzichten.

Seine Gedanken wanderten wieder zu dem deutschen Profiler. *Ibsen Bach*... Er konnte den Mann nicht einschätzen, er spürte ihn nicht. Hinter seinen Manien und hinter diesem stets wiederkehrenden verlorenen Blick nahm er Doppelzüngigkeit und Lügen wahr. Warum? Er war sich sicher, dass er dieses Gefühl schon mal irgendwo gehabt hatte. Und dann war da diese Beziehung, die den Profiler mit dem Mörder verband, und Bachs Sätze, die zwischen zwei langen Schweigepausen fielen, als hätte er in den Tiefen seines Unterbewusstseins nach ihnen gefischt.

»... *ich glaube auch, dass er kein Russe ist*«, hatte Bach gesagt. Die Idee erschien ihm zunächst absurd. Aber war das im Nachhinein betrachtet tatsächlich so lächerlich? Nicht so sehr, angesichts des Kontextes. Bach hatte einst für das Bundeskriminalamt in Berlin und in Moskau gearbeitet und mit den russischen Behörden kooperiert. Aber war der Mann noch klar im Kopf? Andererseits ging es darum, zu nutzen, was Bach von einem Tatort ableiten konnte. Bislang ergab es überhaupt keinen Sinn, was bedeutete dieses »*Rosenrot*«? Vielleicht spuckte Bachs krankes Gehirn Fetzen der Vergangenheit aus und kanalisierte so einen emotionalen Überfluss?

Aber was sollen wir mit solchen Informationen anfangen?

Ob er sich nun dessen bewusst war oder nicht, Ibsen Bach barg sicherlich wichtige Elemente, die die Ermittlungen voranbringen konnten. *Meine Ermittlungen.*

Eine Sache konnte sich Kamorow kaum erklären: Wie konnte der Profiler von dem ersten Mord in Moskau, von Adrian Schwarz, gewusst haben? Die einzige plausible Hypothese wäre, dass jemand in seinem Team aus dem Nähkästchen geplaudert hätte... aber wozu? Er machte einen tiefen Zug. Zu tief. Er hustete – pustete den Tabak aus, der sich auf seiner Zunge festgesetzt hatte.

Eine schöne Pfeife, dachte er, *aber zum Rauchen ungeeignet, Anisja.*

Das Klackern der Absätze und das Knarzen des alten Parkettbodens sagten ihm, dass Anisja den Tee brachte. *Anisja*... seine bezaubernde Frau, die er nicht verdiente. Sie erschien mit einem Tablett in der Hand, auf dem eine Tasse Earl Grey-Tee duftete, und stellte es auf den Beistelltisch. Dann reichte sie ihm einen Briefumschlag und stellte sich hinter ihn.

»Die Ergebnisse einer Analyse?« Sie legte ihre Hände auf seine Schultern. »Du rauchst, Liebling, beschäftigt dich dieser Fall so sehr?«

Er riss das Kuvert auf. »Ja... so ist es«, antwortete er fast murmelnd, dehnte seinen Kiefer und blies eine kleine Rauchspirale raus. *Der Fall, ja, und vor allem... Ibsen Bach.*

Die Hände seiner Frau massierten sanft seinen Nacken. »Deine Schwester hat übrigens angerufen. Sie möchte wissen, wie sich ihre Tochter im Präsidium macht.«

»Pola ist einer der klügsten Menschen, die ich je getroffen habe. Eine hervorragende Profilerin. Wir können ihr gratulieren. Die Genetik bleibt ein verdammtes Geheimnis.«

»Was, wenn du es Polas Mutter selbst erzählst? Das würde sie glücklich machen.«

Seine Nichte war perfekt, das Gegenteil ihrer idiotischen Schwester. Oft wünschte er sich, dass Pola seine Tochter wäre und nicht der verdrießliche Teenie-Idiot, der unten im Keller seines Hauses hockte. Er dachte es ohne Scham. Was gab es sonst noch über seinen Sohn zu sagen, der seine Zeit damit verbrachte, auf einer Couch zu liegen oder bis zum Morgengrauen an seiner Spielkonsole zu kleben. Sascha war keineswegs dumm, aber sein Verstand war so ... banal? Aber waren das nicht alle im Vergleich zu seiner Nichte? Pola hatte einen herausragenden IQ. Und diese Konzentration von Intelligenz würde für ihn sehr nützlich sein – sofern ihm keine legalen Mittel zur Verfügung standen, um eine Person zu überprüfen.

Im Garten nebenan fiel das kleine Mädchen hin und kreischte noch lauter. Der Hund bellte, der Bruder verspottete seine Schwester, man hörte es selbst durch die geschlossenen Fenster.

Sofern Pola nichts fand, besaß er noch eine Trumpfkarte, die er ausspielen konnte: seinen besten Freund im Kreml fragen. Außerdem würde es ihm guttun, ihn mal wieder zu treffen. Für den Fall, dass Ibsen Bach etwas verbarg, so würde er es herausfinden. Es war offensichtlich, dass Bach ein Geheimnis hatte.

Wir haben alle eine Leiche im Keller, nicht wahr?

Dimitri warf den Umschlag mit den Analysen in den Papierkorb und nahm einen kräftigen Zug aus seiner Pfeife. Draußen verdunkelte eine Wolke den Himmel und vertrieb das blasse Herbstlicht im Garten.

Er betrachtete sein Spiegelbild im Fensterglas.

Ja. Alle. Ohne Ausnahme.

Kapitel 33

Berlin-Kollwitzkiez

Zweiteilung

Ich fasse Polas Handgelenk. »Tut mir leid, aber dieses Zimmer bleibt verschlossen!«

Pola blassgrüne Augen blitzen auf. »Monogamie ist eine bourgeoise Verschwörung, behauptet meine Mutter.« Sie grinst, nimmt ein Gummiband aus der Tasche ihrer Jeans und bindet sich das braune, leicht gewellte, brustlange Haar zu einem Pferdeschwanz zusammen. »Es ist eine Schande, zumal Ihre *Maschine* meinem Vorschlag zuzustimmen schien.«

Ich brauche ein paar Sekunden, um zu antworten. »Ich bin vergeben, Pola. Sie haben Kate gerade getroffen. Haben Sie denn gar keine Skrupel?«

Pola schenkt mir ein spöttisches Lächeln. »Ich kenne Kate nicht, aber es ist unschwer festzustellen, dass sie beide nicht zusammenleben, Ihre Wohnung ist die eines Singles, keiner von Ihnen trägt einen Ehering. Und ehrlich, Sie können sich selbst noch so sehr täuschen, Herr Bach, Sie beide sind zu verschieden, als dass Ihre Beziehung von Dauer wäre. Nichts für ungut, aber ich frage mich, von welchem Planeten Sie wohl kommen. Andererseits weiß ich, dass Sie mich mögen, und ich glaube sogar, dass ich Sie fasziniere.«

Meine Hand zuckt. »Wir sollten Sie sezieren, nur um die Arroganz zu analysieren. Ich bewundere Ihre Intelligenz, Pola, aber mehr ist da nicht.«

Pola lehnt sich auf ihrem Stuhl vor. »Nein, da irren Sie sich. Diese Faszination hat nichts mit meiner Intelligenz zu tun, sondern mit meiner Freiheit und meinem Selbstvertrauen. Das macht Sinn, da Sie in Ihrem Körper, Ihrem Geist und Ihrem Verstand gefangen sind und der ständige Zweifel an Ihnen nagt.«

Ich schmunzle. »Jeder hat sein Gefängnis, Sie sind zu blind, um Ihres noch zu bemerken.«

Pola bleibt für eine Sekunde still, dann applaudiert sie mit einem breiten Lächeln. »Bravo! Es steht Ihnen gut, aus ihrer vereisten Apathie herauszukommen. Ich liebe das, was ich sehe und höre. Wir sollten mehr Zeit miteinander verbringen, es sieht so aus, als ob Ihre Gedanken und Ihre Diktion geschärft werden, wenn Sie mit mir zusammen sind.«

Sie versucht, den Anderen aufzuwecken. Vergebliche Mühe. »Vielleicht, aber haben wir nicht etwas anderes zu tun, als uns einen Schlagabtausch zu liefern?«

»Sie haben recht. Wir könnten beispielsweise über die Zusammenhänge zwischen den Morden spekulieren. Vielleicht will der Täter uns einen konkreten Auftrag erteilen? Oder uns darauf hinweisen, dass es eine reale oder symbolische Verbindung zwischen den Opfern gibt? Ich befürchte, wir müssen bis zum nächsten Verbrechen warten, um mehr herauszufinden. Andererseits habe ich diese ganze Richter-Sache mal recherchiert, diese Darstellung des Dämon Adramelech.«

Ein plötzlicher Krampf in meinem Oberschenkel zwingt mich aufzustehen. »Haben Sie etwas entdeckt?«, frage ich, während ich mein Bein massiere.

Polas grüne Augen leuchten auf. »Wollen wir uns nicht duzen, wo ich mir die Intimität erlaubt habe, Ihren äh … Oberschenkel zu berühren?«

»Sie können mich Ibsen nennen, aber ansonsten bleiben wir besser beim Sie.«

»Okay. Ich denke, ich werde Sie überraschen. Ich bin Teil Ihrer verrückten Idee: Die Romanows sind keine Russen. Ich sagte mir: Geh mal davon aus, dass Igor Romanow ein deutscher Richter war, bevor er seine Identität änderte und sich in Moskau niederließ.«

Ich nicke und lade sie ein, weiterzumachen.

»Ich habe mir sämtliche Archive angesehen, auf der Suche nach Richtern, die in den letzten vierzig Jahren in Deutschland verschwunden oder gestorben sind. Ich begann damit, meine geografische Recherche auf die angrenzenden Bundesländer von Berlin zu beschränken: Sachsen, Sachsen-Anhalt, Mecklenburg-Vorpommern, Niedersachsen. Aus einer Intuition heraus habe ich mich auf den Richterberuf konzentriert, der mit meinem Bild von einem *Adramelech* am meisten in Einklang steht. Nachdem ich Stunden damit verbracht hatte, die Nachrufarchive und andere Dokumente zu durchforsten, machte ich eine faszinierende Entdeckung. Ich habe es mitgebracht, das müssen Sie sich ansehen.«

Pola zieht ein gefaltetes Blatt Papier aus der Gesäßtasche ihrer Jeans und reicht es mir. »Nur zu, genießen Sie es. Öffnen Sie mein Geschenk, Ibsen. Dafür bin ich zur Basis gekommen.« Sie lächelt schelmisch. »Sex mit Ihnen wäre nur ein Bonus gewesen, Ibsen.«

Ich entfalte das Blatt. Es ist die Kopie eines Artikels der Berliner Morgenpost von 1994. *Der tragische Tod eines Richters und seiner Familie,* lautet die Überschrift über einem Foto von Karl Dallmann, 46 Jahre alt. Genau das hatte Raissa in ihrem Tagebuch geschrieben.

Ich versuche, eine Überraschung vorzutäuschen. »Wow, es ist ... es ist er, es ist unser Opfer Igor Romanow.«

Bravo Ibsen, du kannst immer noch überzeugend sein.

»Ich sagte Ihnen, ich würde Sie überraschen! Weder er, noch seine Frau, noch sein Sohn waren Russen! Aber warten Sie, das ist nicht alles. Raten Sie mal, was ich heute Morgen gemacht habe?«

»Sich über Karl Dallmann erkundigt?«

Pola nickt dreimal.

Als ich sie so sprudelnd reden höre, fällt mir wieder ein, wie sie mit ihrem Smartphone in der Villa der Romanows herumlief. Auch jetzt ist sie wie ein Kind auf dem Spielplatz.

»Nun, seltsam ist«, fährt Pola fort, »dass es abgesehen von diesen Archiven, nirgendwo über Karl Dallmann etwas gibt, so als wäre alles über ihn gelöscht worden. Ich habe mein Bestes gegeben, aber heute Morgen hatte ich nicht viel Zeit. Ich habe eine Liste von Leuten erstellt, die möglicherweise mit ihm in Verbindung standen, bevor er verschwand. Wenn ich den Daten der letzten Urteile vertrauen kann, sind das ein gewisser Ben Becker, ein Fall von Heroinhandel, und eine Tanja Fischer, die wegen vorsätzlicher Tötung angeklagt wurde. Beide wurden von Richter Dallmann verurteilt, Becker befindet sich im Gefängnis Berlin-Moabit und Tanja Fischer ist in einer psychiatrischen Anstalt. Vielleicht könnten wir mit den beiden reden, äh … mit ein wenig Hilfe?«

Ich verziehe das Gesicht, ich weiß, was sie mich fragen wird. »Ich weiß nicht, vielleicht könnte Andreas etwas tun, aber er muss davon überzeugt sein, dass eine Verbindung zum Mörder besteht.«

»Das Foto! Er wird zugeben müssen, dass es eine Spur ist, richtig?«

Ich nicke langsam, sehe ihr in die Augen. »Gut gemacht, das ist eine gute Arbeit. Ich werde Ihnen etwas zeigen, Ihr ungetrübter Blick könnte mir helfen.« Ich stehe auf und komme wenig später mit den Briefen, die der Killer mir geschickt hat, zurück. »Tun Sie mir einen Gefallen, lesen Sie das bitte mal.«

Sie tut es in der für sie typischen Weise. Ich sehe, wie Polas Augen vor Eifer und Faszination über die maschinengeschriebenen Zeilen wandern. Als sie fertig ist, legt sie die Blätter auf den Tisch und dreht sich zu mir um. Ihr Lächeln ist einem ernsten Gesichtsausdruck gewichen.

»Das alles ist eine Goldmine, Ibsen.«

Ich nicke. »Ich habe mir dazu Notizen gemacht, falls es Sie interessiert, Pola.«

»Übrigens ist mir vorhin beim Durchsehen Ihrer alten Dateien aufgefallen, dass Sie sich damals keine Notizen gemacht haben.«

»Nein, der *Andere* hat es nie gebraucht.«

Pola grinst. »Der *Andere*? Okay, ich verstehe … Sie machen eine Zweiteilung zwischen dem Ibsen Bach vor dem Unfall und dem Ibsen danach, ist es das?«

»Ja. Gleicher Körper, aber anderer Geist. Ich bin langsamer, als der *Andere* es war. Ich fühle die Dinge anders.« Ich reiche ihr mein Notizbuch.

Pola überfliegt die Notizen und hält einen Moment inne. Sie wirft mir einen fragenden Blick zu. »Erinnern Sie sich daran, was Sie aufgeschrieben haben, als Sie die Briefe lasen, Ibsen?«

Ich kneife die Nasenflügel zusammen und blockiere meine Atmung, um mich besser konzentrieren zu können. »Hinweise wie: tschechischer Akzent, Kreide oder Sozialfürsorge. Schwer zu sagen, mein Verstand ist verwirrt.«

Polas Gesicht verdunkelt sich. »Ich meine etwas anderes, das, was ich gerade gelesen habe«, sagt sie und reicht mir das Notizbuch.

Ich runzle die Stirn und lese die letzten Einträge. Eine eisige Kälte steigt meinen Rücken hoch, als ich die Notizen überfliege. Nach dem Schlaganfall beschränken sich meine Aufzeichnungen auf zwei einzelne Namen: *Richard.* Auf der Seite, die ich am Abend davor geschrieben habe steht *Amelie.*

Amelie und *Richard.* Ein Schmerz wohnt in diesen Namen, stark genug, um meine Seele aufs Grausamste zu erschüttern. Ich fühle, dass sie der Anfang gewesen sind.

Aber wovon?

Kapitel 34

Moskau, Polizeipräsidium

Kommissar Igor Solotarew führte das Verhör. Er war groß, hatte eiskalte blaue Augen, ein kantiges Kinn, einen Körper, den man unter seinem perfekt gebügelten blauen Hemd athletisch und muskulös nennen konnte.

Er zeigte ihr immer wieder ein strahlendes Lächeln, gab sich verständnisvoll. Leo kannte diese Technik: Erst schafften sie ein vertrauensvolles Klima, dann folgten die drängenden Fragen, die der Überführung dienen sollten.

»Der Arzt hat bei Ihnen Rippenprellungen festgestellt, fühlen Sie sich in der Lage, mir einige Fragen zu beantworten?«, hatte er begonnen, ihr Nicken mit einem kühlen Lächeln registriert und seine Fragen gestellt. »Sie stecken in großen Schwierigkeiten, Frau Sorokin. Ihre Fingerabdrücke wurden überall in der Wohnung des Opfers gefunden. Zeugen sahen Sie in sein Zimmer gehen. Sie selbst berichten von einem Kampf. Und dann erliegt Sergeij Sarski seinen schweren Kopfverletzungen. Sie sollten jetzt besser gestehen, wir alle würden uns viel Zeit sparen.«

»Das ist ja lächerlich. Wie könnte ich mich gegen einen solchen Mann behaupten? Als ich ihn verließ, war er putzmunter!«

Solotarew nickte, machte sich Notizen. »Was war der Grund für Ihren Besuch bei Herrn Sarski?«

»Ich ... ich habe ihm nur ein paar Fragen zu meinem nächsten Artikel über die Lebensbedingungen in luxuriösen Seniorenresidenzen gestellt.« Eine Notlüge, um ihren Ex-Freund Maksim nicht zu kompromittieren.

Ihr Zögern blieb nicht unbemerkt, das Lächeln verschwand auf Solotarews Gesicht. »Sie lügen, Frau Sorokin! Es gab einen Kampf, Sie schlugen seinen Kopf gegen den Couchtisch, er starb, Sie gingen!«

»Nein! Um welche Uhrzeit wurde er denn getötet?«, fragte Leo.

»Der Gerichtsmediziner meint so um 16.30 Uhr.«

»Ich habe ihn nicht getötet. Die Obduktion wird das beweisen!«

Solotarew hob erstaunt die Augenbrauen.

»Um 16.30 Uhr saß ich im Flugzeug nach Berlin. Das können Sie gerne überprüfen!«

Eine Stunde. Seit einer Stunde standen Solotarew und seine dämliche Kollegin im Korridor, vermutlich einander gegenüber, jeder mit einem Plastikbecher lauwarmem Automatenkaffee in der Hand, während Leo seit einer Stunde im Verhörraum mit dem leeren Plastikbecher spielte. Aber war tatsächlich erst eine Stunde vergangen, seit der Kommissar der Staatspolizei ihr einen Kaffee hingestellt und den Verhörraum verlassen hatte? Es gab keine Uhr in diesem Raum, ihr Smartphone hatten sie einkassiert.

Leo konnte immer noch nicht glauben, warum sie verhört wurde.

Der Schock saß tief. Sie wurde verdächtigt, Sergeij Sarski ermordet zu haben. Der Gangster konnte nur an einem Herzinfarkt gestorben sein. »Meine Arterien sind dünn und brüchig wie Pergament«, hatte er gesagt. Seine Kopfverletzung könnte er sich auch bei einem Sturz zugezogen haben.

»Glaubst du wirklich an den Zufall, Leonela? Mit all dem, was passiert ist, und den Warnungen, die du erhalten hast? Wie hoch ist die Wahrscheinlichkeit, dass er innerhalb weniger Stunden nach deinem Besuch im Altenheim eines natürlichen Todes gestorben ist?«

Sie war unschuldig. Sie hatte nichts getan, wofür sie sich schämen müsste.

»Warum bist du dann so nervös, Leonela?«

Es ist dieser Verhörraum, Papa. Er bereitet mir Unbehagen.

Es war ein kleiner, fensterloser Raum. Drei Stühle, ein Tisch. Ein Raum, um jegliches Kontrollgefühl zu verlieren, bei fragwürdigen Verhörtechniken. So bekamen sie ihre Geständnisse. *Ich habe nichts zu gestehen.*

Leo zerquetschte den Becher. Je mehr sie darüber nachdachte, desto grotesker erschien ihr das Ganze. Es war so offensichtlich, dass etwas nicht stimmte, sie würden sie freilassen müssen. Der Rechtsmediziner hatte den Todeszeitpunkt bestimmt, der nach ihrer Abreise lag. Sie hatte ein Alibi. Warum beschuldigten die sie dann weiter?

Sie fragte sich, welche Phase der Verhörtechnik gleich auf sie zukommen würde. Sie war erschöpft, verlor an Konzentration, sie könnten sie verwirren. Vielleicht zog Kommissar Solotarew draußen vor der Tür eine Bilanz des Verhörs. Er und diese blond gelockte Polizistin wussten, was eine Mörderin in einem russischen Gefängnis erwartete. Ein heimtückischer Mord wurde mit mindestens zwanzig Jahren Straflager geahndet. Vielleicht würde der Kommissar ihr einen Deal anbieten: Wenn Sie mitarbeiten und gestehen, entgehen Sie einem Strafgefangenlager in Sibirien, entkommen dem grauen Overall, dem rasierten Schädel und den Vergewaltigungen in den Duschen.

Bullshit! Sie hatte ein Alibi.

Leo sprang von ihrem Stuhl, als sich die Tür öffnete und eine vertraute Gestalt den Raum betrat.

Maksim! Sie seufzte erleichtert und entspannte sich.

Maksim blickte finster, als er die Tür schloss und sich ihr gegenüber setzte. »Guten Abend, Leo. Ich bin gekommen, so schnell ich konnte.«

»Oh Maksim! Ich freue mich so sehr, dich zu sehen. Das ist die Hölle hier. Diese Geschichte ist absolut lächerlich!«

Maksim lockerte seine Krawatte. »Keine Sorge, ich wurde vom Oberstaatsanwalt angewiesen, deinen Fall zu bearbeiten. Schließlich bist du die Sorokin-Tochter.«

»Wirst du mir helfen? Ich bin unschuldig und die Fakten beweisen es!« Dann fügte sie mit leiser Stimme hinzu: »Wir wissen beide, wer dieser Typ war!«

Maksim nickte. »Natürlich, aber nun ist er tot und es war kein Unfall. Er wurde ermordet. Da liegt das Problem, Leo.«

»Die Obduktion wird beweisen, dass ich es nicht gewesen sein kann. Ich war zur Tatzeit längst nicht mehr bei ihm!«

Er legte seine perfekt gepflegte Hand auf ihren Arm. »Natürlich glaube ich dir, Leo, aber du bleibst in diesem Fall eine wichtige Zeugin. Du bist die letzte Person, die ihn lebend gesehen hat«, sagte er zärtlich und lächelte. »Ich denke, wir werden uns nun öfter sehen.«

Leo ertappte sich dabei, dass sie eine Frage stumm formulierte: *Warum bist du so gut gelaunt, Maksim? Gefällt dir meine Situation?*

Sie durchlief ein Schauder.

Kapitel 35

Moskau, Distrikt Danilovsky

Um drei Uhr morgens schlief Leo immer noch nicht. Weder der Regen, der gegen das Fenster ihres Zimmers prasselte, noch der Duft von Lavendelkerzen auf dem Schreibtisch konnten sie beruhigen. Der Stress des Tages hielt sie fest im Griff.

Als wäre der Tag nicht schon grausam genug gewesen, hatte sie vor der verschlossenen Haustür gestanden, weil die Polizisten ihre Handtasche nicht finden konnten. Smartphone, Wohnungsschlüssel und Portemonnaie, alles war weg. Immerhin hatte der Pass in der Gesäßtasche ihrer Jeans gesteckt. Ihre Nachbarin Bella besaß zum Glück einen Zweitschlüssel. Sie musste sie aus dem Schlaf reißen, um in ihre Wohnung zu kommen.

»Ich werde mich revanchieren und dir demnächst was Leckeres kochen«, hatte sie versprochen.

Aber nicht jetzt! Sie musste andere Dinge erledigen und da ihr Geist sich weigerte, dem Körper Ruhe zu gönnen, hatte sie die Recherche wieder aufgenommen.

Seit etwa zwanzig Minuten saß sie nun schon auf ihrem Schreibtischstuhl, die Augen auf den Bildschirm des Notebooks gerichtet. Ihr Kiefer knackte bei jedem Gähnen, ihre geschwollenen Augen erschwerten die Fokussierung, Krämpfe schüttelten Beine und Arme. Aber sie machte weiter, wie im Autopilotmodus.

Fragen schwirrten in ihrem Kopf umher und kämpften um die Kontrolle über ihre Gedanken: Sergeij Sarski, Martin Storm, der Unfall, der mysteriöse Verfolger. Klick für Klick folgte sie ihrer einzigen Spur: *Klaus Bohlen*. Schließlich fand sie heraus, warum ihr der Name bekannt vorgekommen war. Bohlen war eines der Opfer des Berliner Dämons.

Leo stand auf, streckte sich. *Aber ist das der richtige Klaus Bohlen?* In gewisser Weise hoffte sie es nicht, denn die Toten gaben keine Auskünfte. Noch einmal überflog sie den Zeitungsartikel auf dem Bildschirm.

Das Profil könnte passen: ermordet am 11. November 2012 im Alter von 60 Jahren. 1977 war Bohlen fünfundzwanzig Jahre alt. Bohlen und Storm lebten beide in Berlin. Die leitenden Ermittler im Mordfall *Bohlen* waren damals Andreas Neumann und Ibsen Bach gewesen.

Leo unterdrückte ein Gähnen. Okay, das war eine Spur. Sie könnte die beiden Männer kontaktieren, ihnen sagen, dass sie beabsichtigte, einen Artikel über den Berliner Dämon zu schreiben.

Welchen Wolf wirst du füttern, Leo? Noch eine Lüge?

Plötzlich zuckte sie zusammen. Was, wenn Sergeij Sarski getötet wurde, weil er mit ihr gesprochen hatte? Jemand wusste, dass sie den Fall des verschwundenen Journalisten Stefan Bennet wieder aufgegriffen und den alternden Mafioso in seinem Altersheim besucht hatte. Aber woher? Wer außer Maksim wusste davon? Einer seiner Kontakte? Nein!

Das Smartphone! Sie hatte beide Interviews damit aufgenommen. Der Unfall, verdammt! Sie hatte es im Auto gelassen. Handy und Tasche wurden nicht gefunden, hatte die Polizei gesagt.

Martin Storm! Leo hatte plötzlich Angst, dass er in Gefahr sein könnte. Es war nur eine Intuition, eine Schlussfolgerung, nichts Konkretes, nur ein Gedanke.

Nein, Leonela Sorokin. Hör auf, deinen Kopf in den Sand zu stecken. Handle, verdammt noch mal! Was, wenn er bereits tot ist?

Erst Sergeij, dann Storm. Sie würden sie auf der Stelle wieder verhaften.

»Welchen Wolf werden Sie füttern, Frau Sorokin? Benachrichtigen Sie die Polizei!«

Ich habe kein Telefon, Martin Storm! Aber meine Nachbarin.

In fieberhafter Eile suchte sie in ihrem Laptop nach Martin Storms Telefonnummer und notierte sie auf einem Stück Papier. Sie sprang auf, zog ihre Jeansjacke an, verließ die Wohnung und eilte zu Bella, drückte dort den Klingelknopf. Keine Reaktion.

Sie hämmerte mit ihrer Faust. »Bella! Öffne bitte! Es ist dringend!«, rief sie.

Die Tür wurde einen Spalt geöffnet. Bella sah sie mit müden Augen an. »Mensch Leo! Es ist vier Uhr morgens!«

»Hör zu, Bella, ich brauche dein Handy. Ein Bekannter könnte in Gefahr sein! In Deutschland. Ich muss ihn unbedingt anrufen.«

Bella nickte und lief zurück in die Wohnung, um das Handy aus dem Schlafzimmer zu holen.

Sekunden später wählte Leo die Nummer und wartete. Nichts. Zweiter Versuch. Immer noch nichts. Sie biss sich auf die Unterlippe. *Bitte, Storm. Antworte!* Ihr Herz stolperte, als sich nach dem dritten Anwählen der Anrufbeantworter meldete. »Sie haben den Anschluss von Martin Storm ...«

Leo legte auf.

»Ruf die Polizei in Deutschland an, Leo!«

»Polizei? Um ihnen was zu sagen, Bella? Dass ich mir um einen Freund Sorgen mache? Nein!«

»Und was dann, Leo?«, fragte Bella. »Entscheide dich, ich bin nämlich müde und möchte wieder ins Bett.«

Leo dachte kurz nach, dann tippte sie wieder die Tasten.

Er nahm nach dem dritten Läuten ab.

»Hallo, Maksim, wir müssen reden.«

Kapitel 36

Berlin, Bonnies Ranch

Amok

Er hört mitten im Satz auf zu lesen und erstarrt. Ein Geräusch – vielleicht ein Schlurfen – vom Treppenabsatz vor der Tür. Sein Blick schießt zu dem Jungen hinüber, der den Zeigefinger an die Lippen legt. Wieder ein Geräusch, gedämpfte Stimmen ... dann ein Hämmern, an der Tür, laut, gnadenlos.
   »Es liegt an dir«, sagt der Junge. Da ist keine Panik in seiner Stimme, nur eine kalte Entschlossenheit.
   Das Hämmern wird stärker, lauter, er weiß, die Tür wird nachgeben. Mit jedem Schlag drückt ihm das Entsetzen mehr auf den Magen. Im nächsten Moment wird eine schwere Faust an die Holztür geschmettert.
   »Du wirst dafür bezahlen!«, brüllt eine tiefe Stimme.
   »Mach dich bereit ... er kommt!«
   Das Monster poltert die Treppe hinunter, die Stufen knarren laut. Es ist wütend.
   »Ibsen ...?«
   Die Ereignisse verschwimmen in einem Nebel ungeordneter Bilder, die so schnell aufeinanderfolgen, dass er den Blick nicht fokussieren kann. Panik und Angst breiten sich in ihm aus, sein Magen zieht sich krampfhaft zusammen. Er beginnt zu zittern und lautlos zu schluchzen. Tränen rollen über seine Wangen, Urin fließt über seine Schenkel.
   »Ibsen!«

Hände klatschen vor meinem Gesicht, ich öffne die Augen. Meine Sicht ist verschwommen, ich nehme nur unbestimmte Formen und tanzende Lichter wahr.

Ich sitze in einem Krankenhausflur. Dieser typische Geruch…

Nach und nach nimmt ein rötliches Gesicht Konturen an, das mit jedem Flattern meiner Augenlider klarer wird.

»Verdammt, ich hatte dich verloren! Wo warst du?«, fragt Andreas.

Gute Frage.

Ich würde es selbst gern wissen, wo ich eben gewesen bin. Waren das Erinnerungen? Vielleicht die des *Anderen*?

»Ein Traum«, antworte ich. »Ich hatte gerade einen Tagtraum.«

Andreas rollt mit den Augen. »Verdammt, ich wüsste nur allzu gerne, was deine Medikamente mit dir machen. Wir sind alle fucking Meerschweinchen der Pharmaindustrie. Ich habe es satt, dass diese Welt von diesen Schweine-Pharmariesen bis ins Mark verdorben wird.«

»Du hast wahrscheinlich recht, aber wenn ich sie nicht einnehme, erleide ich ein Martyrium.«

»Ob Tanja Fischer sich noch an den Richter erinnert, der sie damals verurteilt und die Verwahrung in der Geschlossenen angeordnet hat?«, fragt Andreas.

Ich zucke mit den Schultern.

Andreas schweigt. Er scheint jetzt in seinen Gedanken verloren zu sein. Er drückt mit den Händen den Stuhlsitz so fest, dass seine Finger weiß werden. Sein Kiefer knirscht. Ich vermute, dass er an die langen Jahre denkt, in denen er seinen schwerkranken Vater bis zu seinem Tod allein gepflegt hatte. Er ist erschöpft. Wie lange dauert es wohl noch, bis er zusammenbricht? Mir fällt auf, dass er noch immer das gleiche fleckige Hemd trägt, dass eine dünne Schmutzschicht seine Ohren bedeckt und dass seine Nägel schmutzig sind. Als er mich heute Morgen abgeholt hat, roch sein Atem nach Whisky.

Die Depression ist nicht mehr weit, denke ich, *wenn sie nicht schon da ist.*

»Was zum Teufel brauchen die so lange? Wir werden nicht die Nacht auf *Bonnies Ranch* verbringen!«

»Bonnies Ranch?«

»Wusstest Du nicht, dass die Berliner diese Klinik so nennen, Ibsen?«

»Nein, Andreas.«

Ein Mann, der neben uns sitzt, senkt sein Magazin und wirft uns einen neugierigen Blick zu. Als wäre Andreas' Beschwerde gehört worden, öffnet sich die Tür des Warteraums. Eine Frau erscheint im Türrahmen, etwa sechzig Jahre alt, ihre grauen Haare sind zu einem Knoten zusammengebunden. Auf ihrem weißen Kittel steht ein Namensschild: *Dr. Dagmar Bosse,* darüber *Karl-Bonhoeffer-Nervenklinik.*

»Herr Andreas Neumann?«, ruft sie mit rauer Stimme.

Raucherin oder Ex-Raucherin, grüble ich. *Kein Ring am Finger. Geschieden? Single?*

Andreas steht von seinem Stuhl auf. »Wurde auch Zeit«, knurrt er.

Dr. Bosse führt uns durch die Flure des Krankenhauses, die mir wie ein venöses Netzwerk vorkommen. In diesen von Demenz überfluteten Gängen ist die grauhaarige Ärztin ein Anker, an den ich mich klammere. Während sie uns geschickt um die Patienten herummanövriert, die mit apathischem Gesichtsausdruck auf den Fluren stehen, glaube ich bei jedem Wehgeschrei, in jedem leeren Blick mein eigenes Leid zu sehen. In meinen Augen sind sie Gespenster, die mich in den Wahnsinn zu zerren drohen.

»Woran leidet Tanja Fischer?«, erkundigt sich Andreas.

»Ihr Fall ist nicht klassisch«, antwortet Dr. Bosse. »Sie zeigt mehrere Symptome von Demenz, ohne klinische Anzeichen wie Orientierungslosigkeit oder Raumverlust. Ihre Persönlichkeitsveränderung, das ausgeprägte Aufmerksamkeitsdefizit, die Verhaltenssteuerung erinnern an eine frontal-temporale Demenz. Die Untersuchungen zeigen aber keine Atrophie dieser Hirnregion. Die visuellen Halluzinationen, unter denen sie leidet, werden normalerweise der Lewy-Körper-Demenz zugeschrieben, aber es gibt keine Proteinablagerung in den Gehirnzellen, die für diese Degeneration verantwortlich sein könnte.«

Andreas räuspert sich. »Okay, ich habe zwar nicht alles verstanden. Aber um es zusammenzufassen, Tanja Fischer ist ein totaler Freak?«

Dr. Bosses Gesicht verdunkelt sich. »Diesen Begriff würde ich nicht verwenden. Wahnsinn und degenerative Demenz sind zwei verschiedene Dinge.«

»Entschuldigung, Doktor, aber aus meiner Sicht ist sie schlicht verrückt«, sagt Andreas. »Sie stehen doch nicht eines Morgens auf, um sich einen Hammer zu schnappen und den Schädel ihrer schlafenden besten Freundin zu zertrümmern, ohne einen Sprung in der Schüssel zu haben!«

»Außer dass es nach diesem Vorfall innerhalb von fünfzehn Jahren keine Anzeichen von Wahnsinn mehr gab«, bedeutet die Ärztin.

»Bis sie sich entscheidet, aus der Kehle von einer Mitpatientin einen Snack zu machen.«

Dr. Bosse blinzelt. »Da sind wir. Ich werde bei Ihnen bleiben und gebe Ihnen höchstens zehn Minuten. Aber erwarten Sie keine Antworten, meine Herren. Sie redet und hat auch Phasen der Klarheit, aber dann spricht sie nur von ihrer Freundin Karla.«

»Abgesehen davon haben wir nichts zu befürchten? Kein Risiko, dass sie durch die Luft fliegt und unser Blut saugt?«, fragt Andreas und untermalt seinen Witz mit einem kurzen Lachanfall.

Die Gesichtszüge der Ärztin verhärten sich, ihre Augen mustern Andreas vorwurfsvoll. »Nein. Sie war in letzter Zeit nicht aggressiv. Deshalb ist sie auf dieser Station«, antwortet sie kalt und zieht ihre Karte durch den Scanner. Die Tür öffnet sich.

Es ist ein klassisches Krankenhauszimmer, nur, dass das Fenster nach außen hin vergittert ist. Tanja Fischer sitzt auf einem Stuhl neben dem Bett. Sie ist mager, ihr Kopf ist kahl rasiert. Sie starrt auf den Boden.

»Sag mal, es macht dir doch nichts aus, ihr die Fragen zu stellen, du weißt schon, mit deinem ... Instinkt«, flüstert Andreas mir ins Ohr.

»Weißt du, Andreas, die psychiatrische Behandlung hat mir in dieser Hinsicht keinen besonderen Vorteil gebracht. Es gibt keine Anzeichen für Anerkennung zwischen Wahnsinnigen«, antworte ich mit einem schiefen Lächeln auf meinen Lippen.

Andreas tritt einen Schritt zurück und starrt mich an, als hätte ich ihm ins Gesicht geschlagen.

»Ich mache nur Spaß, Andreas«, sage ich schnell. Dann gehe ich auf die Patientin zu und ziehe einen Stuhl heran. »Hallo, Tanja. Ich bin Ibsen Bach.«

Sie kratzt sich am Kopf und starrt auf den Boden.

»Ich werde Sie nicht lange stören. Ich möchte Ihnen nur ein paar Fragen stellen.«

Sie hebt langsam ihr Gesicht, starrt mich an, lächelt. Das Lächeln eines Kindes. Tanja zeigt auf die gegenüberliegende Wand.

Ich drehe mich um, sehe nichts.

»Das ist Karlas Liebling«, sagt sie.

Ich lächle sie an, hole den Artikel aus der Tasche und zeige ihn ihr. »Das ist Richter Karl Dallmann. Erkennen Sie ihn?«

Tanja richtet eine Sekunde lang ihre Aufmerksamkeit auf das Bild, dann fixiert sie wieder den Boden. »Er ist nett zu uns. Er gibt uns Süßigkeiten.«

»Entschuldigung, Tanja. Ist er derjenige, der Süßigkeiten verteilt?«, hake ich nach.

Sie hebt den Kopf, ihre Augen flehen mich an. »Ich habe es nicht absichtlich getan ... es war nicht meine Schuld!« Tanja schüttelt den Kopf, hebt ihren Arm und zeigt auf den Nachttisch.

»Ich glaube, sie möchte zeichnen«, kommt die Ärztin mir zu Hilfe. »Das ist Tanjas Lieblingsbeschäftigung.«

Ich nicke, stehe auf und nehme das Notizbuch, das auf dem Nachttisch liegt. Öffne es. Mein Herz bleibt stehen, als ich die erste Illustration betrachte. Dann blättere ich weiter. Nachdem ich Blatt für Blatt gesichtet habe, stehe ich einige Sekunden erstarrt da, das Notizbuch in der Hand.

»Geht es dir nicht gut? Du machst vielleicht ein Gesicht …«, sagt Andreas und sieht mich besorgt an.

Ich reiche ihm das Notizbuch und fächere es vor ihm auf. Auf jeder Seite ist immer die gleiche Zeichnung.

Ein Kinderrad, darunter:

Rosenrot.
Rosenrot.
Rosenrot.

Kapitel 37

Berlin-Kollwitzkiez

Puzzle

»Sie müssen unbedingt dieser Spur folgen«, sagt Pola.
Ich bedecke das Telefon mit der Handfläche und werfe einen verstohlenen Blick in Richtung Küche. Kate beugt sich immer noch über die Bratpfanne. Ich schnuppere den Duft von gebratenem Bauchspeck mit Zwiebeln, das Wasser läuft mir im Mund zusammen.
»Diese Spur ist kalt, Pola. Der Häftling hatte mir nichts zu sagen und Tanja ...«
»... zeichnet Kinderfahrräder und schreibt darunter *Rosenrot*!«, ergänzt sie. »Da haben Sie Ihre Verbindung, Ibsen. Nennen Sie es Intuition, wenn der Begriff Medium Sie zu sehr erschreckt.«
Sie hat recht. Ich verabscheue das Wort Medium. Intuition passt besser zu mir, es ist ein greifbares Konzept, mit dem sich mein Verstand paaren kann.
»Ich wäre gerne dabei gewesen, Ibsen, besonders um das Gesicht Ihres Kollegen Neumann zu sehen.«
Ich muss mir eingestehen, dass ich es auch gemocht hätte. An Polas Seite zu sein, macht mich zu einem echten Verbündeten. Die stillschweigende Konkurrenz zwischen uns bringt das Beste in mir zum Vorschein. »Wenn ich Andreas von unserem Treffen erzählt hätte, hätte es wohl kaum einen Besuch in der Klinik gegeben.«
Pola lacht. »Wussten Sie, dass im Zweiten Weltkrieg auf dem Gelände dieser Anstalt sowjetische Zwangsarbeiter untergebracht

waren? Schon wieder eine Verbindung zwischen Russland und Deutschland. Zufall?«

»Hm ...«

»Sie sind ein wenig verschwiegen, Ibsen, und ich bin mir sicher, dass Sie Kate nicht sagen werden, dass ich gerade mit Ihnen telefoniere, richtig?«

Ich antworte nicht und mache einen Schritt in Richtung Küche. Kate deckt den Tisch und schaut auf. Unsere Augen treffen sich.

»Ansonsten habe ich über die letzte Notiz nachgedacht, die Sie in Ihr Notizbuch geschrieben haben: *Amelie*. Die Abkürzung des Namens erinnert an *Avnas*, genannt *Amy*, ebenfalls ein Dämon der *Ars Goetia*. Er ist ein Höllenmonarch und gebietet über 36 dämonischer Legionen. Er erscheint angeblich als gewaltige, lodernde Flamme und dominiert böse Geister. Wer auch immer ihn beschwört, dem vermittelt er unter anderem Kenntnisse über die menschliche Seele. Vielleicht gibt es eine Verbindung zum Töten im Maisfeld? Die Reinigung durch das Feuer?«

»Es ist eine Idee, der wir nachgehen sollten«, antworte ich mit distanzierter Stimme.

Pola seufzt. »Okay, ich habe verstanden. Ich werde auflegen, Ibsen. Ich merke, Sie sind nicht ganz bei der Sache.«

»Ich ... Ich mag das Telefonieren nicht besonders. Wir werden wieder darüber sprechen. Auf Wiedersehen.«

Ich lege auf.

War das eine Lüge? Nein. Ich verabscheue *Fernkommunikation*.

Zurück in der Küche humpele ich zu dem dampfenden Nudelgericht auf der Herdplatte.

»Hey, Vorsicht! Nicht anfassen!« Kate legt ihre Hand auf meine Brust. »Es mag zwar deine Wohnung sein, aber du bist heute der Gast. Lehne dich zurück und genieße den Abend ... besonders, da er gerade erst beginnt!« Sie schenkt mir ein bezauberndes Lächeln.

»Tut mir leid, ich bin es nicht gewohnt, so viel Aufmerksamkeit zu bekommen.« Ich stütze mich auf meinen Stock, während Kate mich auf die Lippen küsst.

»Ich verdiene dich nicht, Kate.«

»Hör auf, das zu sagen, du klingst, als ob du es ernst meinst«, spottet sie.

Kate ist so wunderbar und frage mich, warum ich ihr das nicht sage, statt mit einem verlegenen Lächeln zu antworten. Ich setze mich an den Tisch und warte. *Etwas stimmt nicht,* denke ich, als Kate mir ihre Kochkünste direkt unter meine Nase hält.

»Paccheri rigati mit Spargel und Pancetta«, sagt sie sanft. »Ich weiß, dass du eine Schwäche für die italienische Küche hast.«

»Es sieht köstlich aus und duftet fantastisch.«

Kate setzt sich mir gegenüber, nimmt die Flasche Wein und schenkt uns ein. »Du musst dich nicht verstecken, wenn dich jemand anruft, Ibsen. Ich vertraue dir.«

Ich mustere sie. Sie hat sich geschminkt ... für mich. In diesem grünen Kleid, das ihre üppigen Formen wunderschön betont, mit ihrem langen kupferfarbenen Haar, das sich kräuselt, wirkt sie wie aus einem Film der Fünfzigerjahre. *Wie kann diese Göttin nur an mir interessiert sein und sich so liebevoll um mich kümmern?*

Das Handy klingelt. Ich seufze und ziehe es aus meiner Gesäßtasche.

»Es ist Andreas, entschuldige bitte.«

Ich tippe auf die grüne Hörertaste. »Was gibt's Andreas?«

»Guten Abend, mein Hübscher. Hast du mich vermisst? Rate mal, wer dich in zehn Minuten abholen wird?«

Kapitel 38

Moskau, Distrikt Ramenki

Zehntausend Teile, um eine Ansicht der Stadt Moskau darzustellen, Dimitri Kamorow freute sich auf die neue Herausforderung. Ein Puzzle mit beeindruckenden Abmessungen von fünf mal zwei Meter. Er betrachtete die Stapel kleiner Pappteile, die auf dem Boden lagen, unmittelbar neben dem Brett, das speziell für diese Art von Mammutpuzzle gedacht war.

Wie viele Stunden würde er dieses Mal für das Puzzle brauchen? Für die fünftausend Teile einer Darstellung von Michelangelos *Schöpfung Adams* hatte er nur zwölf Stunden gebraucht, um fertig zu werden. Einen Tag seines Lebens, in dem er die Teile aufspürte, sortierte und zusammensetzte. Eine erfreuliche Erfahrung für einen Puzzle-Enthusiasten wie ihn! Rätsel beruhigten ihn.

Zeit und Puzzleteile.

Was ihm während seiner Ermittlung fehlte, war Zeit. Denn wenn der Kreml der OMON den Fall entzog, würde er in den Hintergrund gedrängt. Es fehlten noch zu viele Fakten, um den Fall zu lösen.

Dimitri notierte sich das Tagesdatum in sein Notizbuch, prägte sich das Motiv ein, startete die Stoppuhr und kniete sich vor den Haufen Teile. Er entschied sich für eine Klassifizierung der Stücke nach den Farben des Himmels und der roten Backsteinhäuser. Dann hielt er inne und verzog das Gesicht.

Heute konnte das Puzzle ihn nicht von den drängenden Fragen ablenken. Igor Romanow war in Wahrheit Karl Dallmann, ein ehemaliger deutscher Richter! Er hatte kein Wort gesagt, als seine Nichte ihm von ihrer Recherche berichtet hatte, aber er leitete unmittelbar danach die Ermittlungen über das Verschwinden von Marlene und Raissa Romanow alias Dallmann ein. Und erst da erzählte Pola ihm von der psychiatrischen Klinik in Berlin und dem Kinderrad und von ›Rosenrot‹.

Ergab das Ganze einen Sinn? Eine Frau, die den Verstand verloren hatte, und anfing, verdammte Kinderräder zu zeichnen! Und was hatte dieses *Rosenrot* zu bedeuten? Wie konnten diese Puzzleteile zusammenpassen? Und wieder einmal stand dieser Ibsen Bach im Mittelpunkt der Ermittlungen.

Pola hatte mit Bach über psychische Kräfte oder andere paranormale Phänomene gesprochen! Das war doch lächerlich! Wie konnte seine Nichte so einen Unsinn glauben? So ein brillantes Mädchen. Es musste eine logische Erklärung geben. Es gab immer eine.

Dimitri arrangierte zwei Puzzleteile auf dem Brett, als das Smartphone in der Innentasche seiner Jacke vibrierte. Das Display zeigte eine SMS von seinem Freund an: *Die Ermittlung schreitet voran. Ich melde mich in Kürze mit einigen Informationen bei dir.*

Das war perfekt. So war es perfekt. *Nur so*, dachte Dimitri. Neue Puzzleteilchen, neue Erkenntnisse, das war alles, worum er bat.

Sein Handy klingelte ein weiteres Mal. Er nahm an, hörte kurz zu. »Ich soll nach Berlin? In Ordnung. Ich mache mich sofort auf den Weg und nehme den Polizeihubschrauber für den Weg zum Flughafen!«

Dimitri stoppte die Uhr und notierte 14.39 Uhr in sein Notizbuch. Wenig später verließ er mit dem Wagen seine Garage, ein Lächeln im Gesicht.

Ein weiteres Opfer, ein weiteres Puzzleteil.
Wie kann man sich da nicht freuen?

Kapitel 39

Moskau-Zentrum

Maksim jubelte innerlich. Unmöglich, das Lächeln auf seinem gebräunten Gesicht und das Gefühl der Euphorie, das er seit ein paar Stunden fühlte, einzudämmen. Selbst nicht durch die hundert Kilo, die er gerade in seinem Fitnessraum stemmte.

Maksim wusste, dass es eine Sünde war, sich an einer Nachricht zu erfreuen, die so tragisch war wie der Tod eines Mannes, aber wie konnte er diesen Moment nicht genießen? Im schlimmsten Fall würde er zum Beichtstuhl gehen und Pater Athanasius seine Gefühle gestehen. Nichts ging doch über eine Absolution, um sein Gewissen reinzuwaschen. Es war erstaunlich, welche Kraft und Macht ein *Ave Maria* und ein *Vater unser* hatten.

Als Leo ihn mitten in der Nacht angerufen hatte, um ihm von Martin Storm und ihren Nachforschungen über diesen Stefan Bennet zu erzählen, hatte er kein solches Geschenk vom Himmel erwartet. Die *Sergeij Sarski*-Affäre war schon eine Chance für ihn gewesen, aber er würde den Fall nicht noch mehr in die Länge ziehen können. Die Obduktionsberichte allein ließen schon keinen Zweifel an ihrer Unschuld zu. Der alte Gangster starb mehr als sechs Stunden nach Leos Abreise und der tödliche Schlag auf den Kopf stammte von einem Baseballschläger. Der Tod musste laut Rechtsmedizin unmittelbar danach eingetreten sein.

Maksim stemmte ein letztes Mal die Gewichte, seine Arme zitterten unter der Anstrengung. Er forderte seine Muskeln beim letzten Versuch extrem heraus und schrie, als er die Gewichte drückte. Der metallische Klang der Bar-Gewichte törnte ihn an.

Noch einmal, dann beendete er das Training mit einem Seufzer der Erleichterung.

Er setzte sich auf die Bank und wischte sich die Stirn. Schade, dachte er, dass er nicht dabei sein konnte, wenn Leo verhaftet wurde. Nur um ihr Gesicht zu sehen. Was für eine Närrin! Sie war so naiv.

Aber wie würde er vorgehen? Ein nettes Schauspiel inszenieren? Tiefernst, würdevoll, hart?

»Entschuldige Leo«, zischte er kalt, »aber da kann ich nichts machen. Zwei Todesfälle innerhalb von zwei Tagen mit dir als auffällige Gemeinsamkeit, das ist überzeugend. Ich schlage vor, dass du mit der Staatsanwaltschaft kooperierst. Das könnte vielleicht die Strafe um fünf Jahre reduzieren.«

Nein, zu direkt. Für den Moment sicherlich ein Vergnügen, ihm fehlten allerdings noch gewisse Elemente. Sicherlich, der Mord war noch fraglich, ein Selbstmord müsste aber erst durch die Autopsie bestätigt werden. Es blieb abzuwarten, wo Leo sich aufgehalten hatte, als der Mörder in Berlin den Lauf seines Gewehrs in den Mund von Martin Storm geschoben und den Abzug betätigt hatte.

Vielleicht könnte er es mit einer kleinen verführerischen Erpressung versuchen? »Natürlich kann ich dir helfen, Leo ... Ich meine, wenn du ein bisschen nett zu mir bist.« Verlockend, aber nein. Wenn er seine Ziele erreichen wollte, durfte er nicht so plump mit der Tür ins Haus fallen.

Mitfühlend zu sein, wäre sicherlich der beste Ansatz. »Ich bin an deiner Seite, Leo, und ich werde alles in meiner Macht Stehende tun, um dich aus dieser schwierigen Situation herauszuholen. Natürlich weiß ich, dass du unschuldig bist.«

Leo in Panik, von den Kommissaren unter massiven Druck gesetzt. Ein wunderbarer Gedanke.

Dann könnte er in die Rolle des weißen Ritters schlüpfen und ihr mit einem gefälschten Alibi zu Hilfe kommen. Und dann stand sie in seiner Schuld ... für immer.

Er freute sich auf das Verhör. Das BKA hatte um Amtshilfe

gebeten. Wie beim letzten Mal würde er hinter dem Spiegel stehen und zusehen, wie sie sich wehrte, wie sie wie eine Schildkröte auf dem Rücken lag. Wie sie mit ihren kleinen Beinchen in der Luft wedelte, vergebens. Und nur er konnte sie retten.

Maksim stand auf, ging ins Badezimmer und stellte sich unter die Dusche.

Alles verlief reibungslos in den besten aller Welten: in seiner Welt!

Was auch immer passierte, Leo gehörte ihm. Ihr Schicksal lag in seinen Händen. Alles, was er tun musste, war, ein wenig Druck auszuüben.

Moskau, Distrikt Sosenki

Zur selben Zeit öffnete Boris die Tür zu seiner Wohnung und stöhnte. Die fünf Stockwerke hatten das Letzte aus seinen Beinen herausgeholt. Das ... und die Low-Kicks, die den Muskelkater in seinen Waden und Oberschenkeln wüten ließen.

Karol hatte ihn im Boxring nicht verschont. Ein wenig zu heftig für seinen Geschmack, nur um ihm zu zeigen, dass er den Bären, den er ihm vor zwei Tagen aufgebunden hatte, noch nicht verdaut hatte. Es lag an der Hassliebe zwischen ihnen. Aber nach vier Jahren, unterbrochen von Trennungen, Flickschustereien und Versöhnungen, waren sie immer noch zusammen. Das Schiff schwankte heftig, kenterte aber nicht.

Er warf seine Sporttasche in den Eingang und steckte die Schlüssel in die Tasche. Als Erstes musste der Rest Pistazieneis aus Willas *Eislabor* dran glauben, bevor sie ihm zuvorkam. Ein überteuerter köstlicher Genuss – tausend Rubel für einen halben Liter – aber zu gut, um verdammt zu werden. Danach würde er die vom Programm ermittelten Daten sichten. Aber warum nicht beide Freuden miteinander verbinden?

Mit dem Eis in der Hand ließ sich Boris vor seinem Computer nieder. Seine Software hatte es bereits geschafft, eine Liste potenzieller Adressen zu isolieren. Diese IPs würden nun von seinem Programm überwacht. Es war an der Zeit, nachzusehen, ob der Weihnachtsmann ein Geschenk im Strumpf dagelassen hatte.

Boris löffelte sein Eis und klickte auf das spiralförmige Symbol *D.N.A. Dark-Net Analyzer*. Sicherlich nicht der endgültige Name seines Babys, aber perfekt geeignet für den Moment. Er blätterte durch die Logs und lächelte. In der Liste war das kleine, grüne Häkchen umkreist. Er klickte auf das Symbol und blinzelte. »O fuck!«

Zweifelsohne, der Weihnachtsmann raste durch den Schornstein, die gesuchte IP-Adresse im Gepäck. Im nächsten Schritt versuchte Boris, den Server zu lokalisieren. Er griff mit einem Klick auf eine andere Funktionalität seiner Software zu. In weniger als einer Minute spuckte sein Baby den Hostnamen aus. Das war's dann wohl. Das Paket lag zum Auspacken bereit. Dies war der beste Moment: die Vorfreude.

Er sah sich das Ergebnis an, seine Augen weiteten sich. »Oh mein Gott.« Er sprang von seinem Stuhl auf und entfernte sich einen Schritt vom PC, als hätte ihn jemand soeben mit Polonium verseucht. »Heilige Scheiße, oh Mann!«

Ruhig, Boris, nur keine Panik. Keine Panik! Planänderung: sofortiger Back-up deiner Software.

Er schnappte sich den ersten USB-Stick, den er auf seinem Schreibtisch fand, steckte ihn in den PC und begann mit dem Kopieren des Quellcodes und der Protokolle. »Komm schon, beeil dich«, schrie er den Fortschrittsbalken an. Als die Übertragung abgeschlossen war, zog er den USB-Stick heraus, steckte ihn in die Hosentasche und löschte alle Spuren.

Tief durchatmen. Draußen streifte der Schatten eines schwarzen Vogels sein Fenster. Er öffnete die untere Schublade seines Schreibtisches. Seine Hand musste sich durch die Kabel graben, bis er den Magneten herausziehen konnte. Er schraubte das PC-Gehäuse auf, entfernte die Festplatten, legte sie auf den Boden und zog den Magneten mehrmals über sie – die sicherste Methode, alle Daten endgültig zu löschen. Dann warf er die Festplatten in den Flur. Entsorgen konnte er sie später immer noch.

Jetzt gab nur noch eines, was er erledigen musste, und zwar sofort: Seine beste Freundin warnen. Leo hatte keine Ahnung, in was für einer Schweinerei sie da wühlte und in welche Gefahr sie sich begeben hatte. Sie musste ihre Ermittlungen sofort einstellen und ihr Notebook so schnell wie möglich zerstören.

Boris nahm sein Smartphone und wählte Leos Rufnummer.

Der Anrufbeantworter meldete sich.

Er zögerte einen Moment, hinterließ aber dann eine Nachricht.

Kapitel 40

Moskau, Distrikt Danilovsky

Sie war fast pleite, ruiniert...
Leo wusste es, noch bevor sie auf ihr Online-Bankkonto zugegriffen hatte. Das Guthaben vor Augen zu haben, untergrub ihre ohnehin schon angeschlagene Moral.
13.347,40 Rubel
Ein Elend, wenn man in Moskau lebte. Sie erwartete das Honorar für zwei journalistische Beiträge, aber der Betrag würde kaum die Miete decken. Was den Selbstbehalt für den Unfall betraf, zog sie es vor, nicht darüber nachzudenken. Und wenn sie bedachte, dass sie fast dreiundzwanzigtausend Rubel in ihrer Handtasche gehabt hatte...
»*Ich habe dich gewarnt, dass es nicht gut ist, so viel Geld dabei zu haben.*«
Die mahnende Stimme ihres Vaters, immer da, in irgendeiner Hirnwindung.
Es wäre verlockend, ihn anzurufen, um sie aus dieser Situation zu erlösen. Die Familie Sorokin war sehr vermögend. Aber Leo hatte Prinzipien, die unter anderem ausschlossen, einen besitzergreifenden *Vater im Ruhestand* um Hilfe zu bitten. Der autoritäre Patriarch wäre viel zu glücklich darüber, wieder mehr Einfluss auf seine *kleine Prinzessin* zu gewinnen. Auf keinen Fall, no way.
»Meine Probleme, meine Verantwortlichkeit«, flüsterte sie.
Leo schloss das Website-Fenster der Gazprom-Bank. Noch keine absolute Notwendigkeit, sich auf ihre finanziellen Probleme zu konzentrieren. Diese Sorgen waren geringfügig im Vergleich zu

den echten Schwierigkeiten, in denen sie steckte – und die immer noch größer werden könnten, da war sie sich sicher. In ihrer Wohnung war sie erst einmal geschützt. Es fehlte ihr an nichts: Die Regale waren voll mit Nudeln und das Futter für Kater Lenin reichte allemal noch eine Zeit lang.

Wo steckte Martin Storm nur? Sie öffnete ihren Skype- und Facebook-Account und hoffte auf eine Nachricht von Maksim. Beruhigend, wenn möglich, in etwa: *Alles in Ordnung, Leo. Martin ist ein charmanter Mann, er lässt dich grüßen.* Aber nein, nichts. Nur diese Leere, die einen schönen Raum für ihre Ängste bot.

Sie klickte weiter auf die Registerkarten der Artikel, die sich mit Klaus Bohlen und dem Berliner Dämon befassten, wohl mehr, um sich zu beschäftigen, weniger um Nachforschungen anzustellen. Nach dem, was geschehen war, stand sie bereits kurz davor, auszusteigen.

Bist du bereit, die Wahrheit herauszufinden, Leonela Sorokin?

Sie hätte auf Boris hören sollen. »Das ist die Stimme der Vernunft, Leo. Ein vermisster Reporter ist immer noch verschwunden, aber die russische Mafia? Verdammt! Und was noch, vielleicht Menschenhandel?«

Amelie Maranow. Was war aus dem Mädchen nach ihrem Aufenthalt bei den Storms geworden? Prostitution? Pädophilen-Netzwerk? Der Gedanke machte Leo wütend. Alle Szenarien waren möglich, besonders die finsteren. Aber welche Rolle spielte dabei der Berliner Dämon? Es war gewiss kein Zufall, dass Klaus Bohlen ein Opfer des Psychokillers geworden war!

»*Du gibst nicht auf, du Närrin. Du bist süchtig nach Ärger, Leonela. Meine Worte.*«

Aber ja, Papa! Was ist der Sinn des Lebens, wenn es nicht darum geht, seinen Träumen nachzugehen oder die Ziele zu erreichen, die man sich selbst setzt? Mich hinten anstellen? Eine Karriere in der Wirtschaft wie du? Oder eine nette Hausfrau wie Mama zu sein? Nein danke. Das reicht mir nicht.

Denk mal, welchen Wolf willst du füttern, Leo?

Sie würde mit der Beschaffung von zusätzlichen Informationen über Bohlen beginnen und die damaligen Verantwortlichen, Kommissar Andreas Neumann und den Kriminologen Ibsen Bach, kontaktieren.

Eine schnelle Recherche im Internet ergab, dass der einstige Kommissar heute beim Bundeskriminalamt Berlin arbeitete. Er hatte offensichtlich weder Facebook-Account noch Hobbys, die eine persönliche Telefonnummer offenbarten. Kein Problem. Sie würde nicht den Nebeneingang, sondern den Haupteingang nehmen, und rief die Webseite des BKA Berlin auf und notierte die Rufnummer auf einem Zettel.

Die Informationen über den Kriminologen waren spärlich: Ibsen Bach hatte vor fünf Jahren einen schweren Autounfall, bei dem seine Frau ums Leben kam, damals endete die mörderische Serie des Berliner-Dämons. Offensichtlich war Bach ein ziemlich talentierter Profiler. Er hatte im Alter von sechsundzwanzig Jahren promoviert und Kriminologie an den Universitäten Berlin und Moskau unterrichtet. Sonst gab es nichts über ihn. Keine Daten über sein früheres Leben, unsichtbar in sozialen Netzwerken. Keine Angaben, was nach seinem Unfall aus ihm wurde. *Sackgasse.* Sie würde sich mit diesem Andreas Neumann begnügen müssen, in der Hoffnung, dass er sich kooperativ zeigte.

Leos Blick fiel auf die Notiz auf dem Zettel. *Du brauchst ein neues Handy,* dachte sie und rieb sich die Augen. Die schlaflosen Nächte fingen sie ein, ihre Augenlider wurden schwer. Die Uhr des Computers zeigte vier Uhr nachmittags, aber ihr Körper signalisierte eine mitternächtliche Müdigkeit.

»Komm schon, Leo, nur noch kurz die E-Mails vor dem Schlafengehen checken.«

Die erste E-Mail kam von ihrem Internetanbieter. Sie wusste, dass sie noch einen Monat hatte, um ihre Rechnung zu begleichen, bis ihr Zugang gesperrt wurde. Die zweite hatte die Wirkung eines Schleudertraumas: eine Mail mit dem Betreff: *Eine Frage von Leben oder Tod. Dringend,* der Absender anonym.

Leo erstarrte auf ihrem Stuhl. Die E-Mail enthielt keinen Text, nur eine .onion-Datei im Anhang.

Eine Adrenalinausschüttung verdrängte die Müdigkeit. Sie klickte auf die Datei.

Eine Frage von Leben und Tod ...

Die Sanduhr machte nur drei Umdrehungen, während das Laden der Seite stundenlang zu dauern schienen. Schließlich erschien der Text, flankiert von dem üblichen Countdown-Timer.

»*Sie haben einen Fehler gemacht, als Sie versucht haben, mich zu finden. Sie sind in Lebensgefahr und müssen verschwinden. Warnen Sie niemanden, gehen Sie vor allem nicht zur Polizei! Kontaktieren Sie weder Familie noch Freunde, Sie könnten sie in Gefahr bringen. Besorgen Sie sich etwas Geld, packen Sie ein paar Sachen und verschwinden Sie sofort.*«

Leo starrte auf die Nachricht. Was war das denn? Ein schlechter Witz?

Nein. Der Autounfall, der Tod von Sergeij.

Ihr Herz war im Begriff, zu explodieren. Sie musste handeln. *Sofort!*

Sie schloss das Notebook, aber ihre Handflächen blieben flach auf den Bildschirm liegen.

Verschwinde aus deiner Wohnung, Leonela!

Sie sprang von ihrem Stuhl, eilte in die Küche, riss eine Tüte Streu auf und schüttete sie in die Katzentoilette. Zwei Schalen mit Futter für Lenin und eine Schüssel Wasser müssten fürs Erste reichen. Noch schnell eine Notiz für Bella: *Kümmere dich bitte ein paar Tage um den Kater!*

Beeil dich. Kein guter Zeitpunkt, zu trödeln.

Als Nächstes ging sie ins Schlafzimmer, warf den Inhalt ihres Kleiderschranks und der Kommode auf den Boden, zog sich eilig an und stopfte ein paar Sachen in eine Sporttasche.

Nimm das Notebook mit. Du weißt nie, was noch kommt!

Plötzlich hörte sie ein Geräusch, ein Rascheln. Nein, leise Schritte. Jemand drückte die Klingel, laut, schrill.

... Sie sind in Lebensgefahr.

Vielleicht war es nur der Postbote?

Oder die Polizei oder Schlimmeres ... ein psychopathischer Killer!

Wieder wurde die Klingel gedrückt.

Sie machte einen Schritt in Richtung Tür, bereit, der Neugier nachzugeben, hielt aber kurz inne, überlegte. Dann griff sie in Windeseile zum Notebook, steckte es in die Sporttasche und öffnete das Fenster, das direkten Zugang zu der eisernen Feuertreppe ermöglichte.

Leo lief die Stufen hinunter, ohne sich umzudrehen.

Moskau–Sosenki

Zur selben Zeit trottete Boris zurück zu seiner Wohnung. Der USB-Stick war in Sicherheit, sein Handy zerstört, die Festplatten in verschiedene Mülltonnen geworfen. Er hatte nichts vergessen. Es gab keine Aufzeichnungen über sein Baby oder seine IP-Adressenüberwachung.

Er hoffte nur, dass der von ihm bezahlte Bevollmächtigte seinen Job erledigt hatte und dass keine Spur zu ihm zurückverfolgt werden konnte.

Wie auch immer, er würde eine Pause einlegen. Er hatte keine Wahl und würde die Dinge für ein paar Tage, ja sogar für ein paar Wochen ruhen lassen und später nach dem Quellcode suchen.

Es war ein Verlust, ein Projekt aufzugeben, das eine Menge Geld einbringen könnte. Das Ärgerlichste an der Sache waren die Festplatten. All die hübschen, schlüpfrigen Aufnahmen von ihm und Karol, der gemeinsame Urlaub in Cancún vor zwei Jahren. Er hatte darauf verzichtet, sie auf seine Cloud herunterzuladen. Nur wegen Karol und seiner Paranoia.

»Stell dir vor, dass unsere Fotos öffentlich werden? Auf Facebook und Co?«, hatte sein Freund ihn angeschrien.

Er hatte versucht, Karol zu beruhigen – er war der Informatiker in dieser Beziehung – aber nein, Karol hatte auf seinem Standpunkt beharrt: keine Cloud! Also hatte er wieder mal nachgegeben. Und siehe da. Keine Fotos mehr. Als hätte es den Urlaub in Cancún nie gegeben.

Seine Beine schmerzten immer noch, als er die Treppen hinauflief. Oben angekommen massierte er seine Oberschenkel, um den Schmerz zu lindern. Dann steckte er den Schlüssel in das Schloss der Wohnungstür – und stockte. Verdammt, die Tür war nicht verschlossen. Er war sich sicher, dass er sie beim Verlassen abgeschlossen hatte.

Willa muss früher nach Hause gekommen sein, dachte er.

Er drückte die Tür auf und rief seine Mitbewohnerin. »Willa? Willa, bist du da?«

Kapitel 41

Berlin-Weißensee

Vernebelung

Ich beobachte den trägen Nebel, der seine Schleier auf den Weißensee legt und seine hauchdünnen Bahnen durch die gespenstischen Bäume entlang der Ufer zieht.

Die Polizisten und Leute der Spurensicherung um die Leiche nehme ich kaum wahr. Sie sind wie tanzende Silhouetten in einer verschwommenen Umgebung. Ich fange auch keine Gesprächsfetzen auf oder die Geräusche des Autoverkehrs von der anderen Seite des Sees. Und ich spüre auch nicht die eisige Kälte der Herbstnacht auf meiner Haut.

Meine weit geöffneten Augen sind auf den Nebel gerichtet, der auf der Oberfläche des ruhigen Gewässers schwebt. Erinnerungen ziehen mich in die Vergangenheit: Lara presst ihr Gesicht an die Heckscheibe. Die Silhouette des Fahrers. Das Auto, das ins tiefe Wasser stürzt. Die Schwärze.

Warum hat sich der Mörder als Tatort für diesen See entschieden, wenn nicht, um mein Gedächtnis wiederzubeleben? Eine feste Hand ruht plötzlich auf meiner Schulter, reißt mich aus den albtraumhaften Visionen. Ich zucke zusammen und drehe mich um.

Andreas grinst mich an. »Zweifellos haben wir es mit einem Copykill des Berliner Dämons zu tun, wenn man das Gesicht des Opfers betrachtet. Die Forensik hat ihre Arbeit beendet. Der Tatort ist für deine Show freigegeben, wann immer du willst.«

Ich schenke ihm ein spöttisches Lächeln. »Wir warten nicht auf unsere Freunde?«

Andreas lacht, ohne den Mund zu öffnen, das Geräusch erinnert mich an das Aufheulen eines Motors. »Wir sind seit fast zwei Stunden hier, sie werden *danach* die Bühne für sich haben. Das ist unser Fall, verdammt!«

Ein Fahrzeug nähert sich, parkt unweit vom Tatort und schaltet die Scheinwerfer aus. Kamorow steigt aus dem Wagen und kommt auf uns zu. Er trägt heute Zivilkleidung und wirkt in seinem Wintermantel wesentlich sympathischer.

»Schau mal, da sind sie doch schon, Andy!«

Mein Freund verzieht das Gesicht. »Wenn man vom Teufel spricht!«

Pola begleitet Kamorow. Ein Lutscher steckt in ihrem Mund. Ihr Kopf verschwindet fast unter einer dicken Wollmütze, ihre blassgrünen Augen huschen bereits über den Tatort. Im Licht der Scheinwerfer kommt mir der Teint von Kamorow noch wachsartiger vor als sonst. Mir fällt auch die gelbliche Verfärbung seiner Augen auf. *Leber? Pankreas?*

»Guten Abend, meine Herren. Tut mir leid, das Flugzeug hatte Verspätung. Ich habe die Initiative ergriffen und Pola mitgebracht, ich hoffe, es macht Ihnen nichts aus?«

Pola zwinkert mir zur Begrüßung zu.

»Die Spurensicherung hat ihre Arbeit beendet. Ibsen wird den Tatort jetzt sichten. Sie können ihn gerne begleiten«, erklärt Andreas, der sich bemüht, unbeschwert zu klingen.

»Und was werden Sie tun, Kommissar Neumann?«, fragt Pola.

Ich versuche, die Provokation in ihrer Frage zu verstehen.

Andreas läuft rot an. »Die Arbeit eines Polizisten beschränkt sich nicht nur auf die Untersuchung von Tatorten, Frau Kamorow.«

Pola senkt den Kopf und lächelt.

Kamorow schaut auf die Wasserfläche hinaus, er wirkt verkrampft. »Irgendwelche Informationen zu den Opfern?« Seine Stimme zittert.

»Nur ein Opfer«, antwortet Andreas. »Kurt Blome. Er war Psychiater an der Nervenklinik Weißensee, zweiundsechzig Jahre alt, geschieden. Seine Frau und zwei Kinder leben in Köln.«

»Gibt es keine süßen Worte an die Adresse Ihres Freundes Bach?«

Andreas schüttelt den Kopf. »Nein, diesmal nicht. Aber ansonsten passt alles andere zusammen. Myrrhe, eine Inszenierung. Sie werden es ja sehen.«

Kamorow lädt Pola ein, sich uns anzuschließen. Mit dem Lutscher in der Wangenhöhle kommt sie auf mich zu und streckt ihre Hand aus. »Nehmen Sie mich mit, Ibsen?« Sie schenkt mir ein Komplizenzwinkern und legt ihre Handfläche in meine.

»Ist das Ihre Vorstellung von einem romantischen Spaziergang, Pola?«

»Warum nicht? Ein See, eine neblige, verstörende Atmosphäre, ein intelligenter, geheimnisvoller Mann ... und auch noch so sexy.«

Ich antworte nicht.

»Sie haben warme Hände, Ibsen, das schätze ich bei Männern sehr«

»Pola, ein für alle Mal, ich bin in einer Beziehung. Und ich liebe Kate!«

»Nein, Sie lieben sie nicht, Ibsen. Sie *mögen* es, dass Kate Sie liebt.«

Ich seufze und runzle die Stirn, suche nach einer Entgegnung.

Pola lässt meine Hand los und wirft einen Blick auf den Tatort. »Beeindruckend. Es ist Belphégor, einer der sieben Höllenfürsten«, erklärt Pola mit einem Lächeln auf den Lippen. Ihre Augen funkeln.

Ich sehe sie fragend an.

»Ich bin ein Fan der Dämonologie. Das ist Ihnen doch nicht entgangen, Ibsen?«

»Das ist es nicht«, erwidere ich. »Es ist Ihr Verhalten. Sie zeigen keinen Ekel, keine Angst. Im Gegenteil, Sie strahlen geradezu.«

Die Euphorie verschwindet aus ihrem Gesicht. »Wissen Sie, woher die Begeisterung kommt, Ibsen? Es ist eine Reaktion unseres Gehirns. Wenn wir mit einem Problem konfrontiert werden, von dem wir denken, dass wir es lösen können, schickt es uns eine kleine Menge Endorphin, um uns zu belohnen. Das Lösen eines Rätsels ist für unser Gehirn gleichbedeutend mit der Verbesserung unseres Überlebens. Darüber hinaus erlischt die Empathie, wenn die analytische Hirnfunktion in Anspruch genommen wird. Im Rahmen dieser Ermittlung sehe ich *nicht* Kurt Blome, Arzt, geschieden und Vater von zwei Kindern, ich sehe *ein Problem*, das gelöst werden muss. Und ja, *das* erregt mich!«

»Es war kein Vorwurf«, sage ich. *Verdammt, du hättest den Anderen sehr gemocht.* »Mich lässt das alles nicht so kalt. Ich fühle Schmerz, ja, Schmerz, Wut und Bedauern.« Ich kneife mir in die Nase, blockiere meine Atmung und drücke den Knauf meines Stocks.

Belphégor? Vielleicht. Was hast du uns zu sagen, Kurt Blome? Wer bist du?

Die Leiche saß nackt in einem Rollstuhl. Wieder sind Rosen am Tatort verteilt. Großflächig abgerissene Hautstellen am Leder der Rückenlehne deuten darauf hin, dass der Rücken des Opfers mit einem Superkleber überzogen und fixiert worden war – und dass er sich gewehrt hatte.

»Alle Zähne wurden entfernt. Meiner Meinung nach mit einer Zange«, sagt Pola. »Sein Mund wurde mit einem Messer verbreitert, wie bei einem Spaßvogel, einem Joker. *Belphégor* wird oft mit einem großen lachenden Mund dargestellt.«

Ich sage kein Wort. Diese Details interessieren mich nicht. Warum spüre ich nichts? Warum bleibt dieser Körper stumm? Wo ist die Musik geblieben?

»Ich werde die Leiche nicht anfassen, aber ich denke, dass der Mörder mit einem Hammer die Nägel in den Schädel geschlagen hat, um so die Hörner zu befestigen«, fährt Pola fort.

Nein, im Moment feuert die Kindfrau meinen Verstand nicht an, sie paralysiert mich. Oder vielleicht liegt es an mir. Versuche ich, die Szene mit meinen Augen zu analysieren? Oder mit den Augen des *Anderen*?

»Wie der Täter die Füße auf diese Länge dehnen konnte, ist schwer zu sagen ...«

Ich kann Polas Stimme nicht mehr hören. Endlich. Die Zeit hat sich verlangsamt und die Geräusche sind verzerrt. Die Kulisse verschwindet um mich herum, nur die Leiche bleibt übrig.

Kurt Blome öffnet die Augen. Zwei schwarze Kugeln.

Und ich sehe es ... ich fühle es. Blome klebt an dem Stuhl. Die Fesseln um seine Handgelenke sind fest. Er kann sich nicht wehren. Er fleht den Mörder an. Tränen rollen über seine Wangen. Er denkt an seine Kinder in Köln. Der Mörder präsentiert ihm die Werkzeuge: eine Zange, ein Hammer, Nägel, ein Messer. Dann die Hörner.

Blome will sich wehren und versucht, sich aus dem Rollstuhl zu befreien. Er schreit, als seine Haut zerfetzt.

Der Mörder kommt näher und injiziert Blome ein Anästhetikum. Dann steckt er ihm die Zange in den Mund und dreht sie. Der erste herausgezogene Zahn ist noch ein schmerzhafter Vorgang – das Betäubungsmittel hat noch keine Wirkung gezeigt – nicht so der letzte Zahn. Am Ende seiner Tortur spürt Blome nur das Zucken seines Körpers, hört nur das Schaben der Zange auf dem letzten Zahn. Er empfindet auch keinen Schmerz, als der Mörder die Klinge an die Mundwinkel setzt und sie mit einer sauberen und präzisen Bewegung aufschneidet. Auch nicht, als er Blome die Hörner auf die Stirn hält und die langen Nägel unter den wiederholten Schlägen eines Hammers ins Gehirn rammt.

Blome bedauert, was er geschaffen hat.

Blome bereut es, den hippokratischen Eid gebrochen zu haben.

Ich taumle rückwärts, komme zurück.

Pola redet immer noch. Sie hat vermutlich nicht bemerkt, dass ich mit meinen Gedanken woanders war. »Belphégor ist der Dämon der Erfinder. Und wenn er getötet wurde, weil er etwas erfunden hat?« Sie dreht sich um, sieht mich mit einem besorgten Blick an.

»Gibt's ein Problem, Pola?«
»Ihre Nase blutet, Herr Bach«, murmelt sie.
Ich lächle. Dann erfasst mich eine tiefe Ohnmacht.

Kapitel 42

Moskau, Gorki-Park

Die Schneeflöckchen tanzten zwischen den Gebäuden, die von den niedrigen grauen Nebelwolken umgeben waren. Der Moskauer Gorki-Park würde bald seinen weißen Teppich ausbreiten, die Fußgängerwege bedecken und sein Winterornament entfalten. Die skelettartigen Finger der Bäume trugen nur noch vereinzelt rote und goldene Blätter des Herbstes.
Eine Frage von Leben und Tod...
Geh in Deckung!
Beschütze deine Familie, deine Freunde!
Zahllose Gedanken schwirrten durch ihren Kopf. Vielleicht betrat sie heute das letzte Mal den Gorki-Park. Es war ihr letzter Tag in Moskau, das stand fest. Zumindest bis sich alles beruhigt hatte.
Sie blickte neidisch auf ein Paar, dass Hand in Hand lachend vorbeischlenderte. Wie würde ihr Freund Jurij reagieren? Was war mit ihrem Vater? Leo streckte ihre Handfläche aus und fing eine Schneeflocke auf. Sah zu, wie sie dahinschmolz. Sie spürte ein Tränenmeer hinter den Augen und die ersten Tränen trübten bereits ihre Sicht.
»*Es wird mich umbringen, zu erfahren, dass du vermisst wirst, Leonela. Das letzte meiner Kinder, ist dir das klar? Mit dem Tod von Valentin wurde mir mein Herz bereits in der Brust zerrissen, ich könnte nicht ertragen, dich auch noch zu verlieren.*«
Ja, ihr Vater würde sich davon nicht erholen. Er wäre krank vor Sorge. Den Gedanken konnte sie kaum aushalten Warum

nicht nach Hause zu ihrem Vater fliehen? Sie wäre dort sicher, wer würde schon gegen einen Düngemitteloligarchen im Ruhestand antreten?

»*Gute Idee, Leonela, mein Schatz.*«

»Deine Ironie ist erbärmlich«, flüsterte sie.

Sie wurde vermutlich von der Polizei gejagt und von Leuten, die ihren Tod wollten. Sie musste die Orte meiden, an denen sie zuerst nach ihr suchen würden. Eine Heimkehr wäre, als würde sie ihre Familie als Zielscheibe benutzen.

»*Wenn diese Leute einen untergetauchten Mafioso erreichen konnten, denkst du ernsthaft, dass dein Vater dann in Sicherheit ist?*«

Außer Landes zu gehen, wäre vermutlich keine schlechte Idee, nach Deutschland, zumal sie mit Ibsen Bach und Andreas Neumann sprechen wollte.

Leo seufzte und ging auf eine Parkbank zu. Sie brauchte ein paar Minuten, um über alles nachzudenken. Es musste eine Lösung geben, mit den Menschen, die ihr etwas bedeuteten, in Kontakt zu treten, ohne den Alarm auszulösen.

Sie fegte die dünne Schicht Schnee von der Bank, grübelte über einen Plan und über Fehler, die sie möglicherweise machen könnte. Ein Taxi konnte sie nicht nehmen. Taxifahrer und ihre Zentrale führten Aufzeichnungen über die Einsätze. Ein Risiko, das sie unter keinen Umständen eingehen durfte. Aber sie hatte noch ein anderes Problem. Ihr Kontostand belief sich auf rund dreizehntausend Rubel, die sie nicht abheben konnte. Das Risiko dabei beobachtet zu werden, war zu groß.

Kontaktiere niemanden. Weder Freunde noch Verwandte.

Darin lag das Problem. Das war zu schwierig und kaum zu respektieren.

Geh nicht zu den Orten zurück, an denen du mal gewesen bist. Läden, Lebensmittelgeschäfte ... Dort werden sie zuerst auf dich warten. Du musst mit deinen Gewohnheiten brechen. Vermeide Restaurants. Du könntest dort Spuren hinterlassen.

Leo knirschte mit den Zähnen. Sie wusste, was sie theoretisch tun sollte. Sie war einfallsreich und fähig, selbstbewusst zu lügen.

Sie konnte von der Bildfläche verschwinden. Aber sie konnte das Problem nicht ohne Geld lösen.

Erzähle niemanden davon, vor allem nicht der Polizei.

Maksim. Konnte er nichts für sie tun?

Das passiert, wenn man den bösen Wolf füttert, Frau Sorokin.

Fick dich, Storm! Und du auch, du anonymes Arschloch, wie konntest du mich nur wegen Stefan Bennet um Hilfe bitten? Wer bist du?

Leo brach in Tränen aus. Doch plötzlich, zwischen zwei Schluchzern, keimte eine Idee auf. Sie stand auf und machte sich auf dem Weg zum Hauptbahnhof Moskau.

Moskau–Sosenki

Willa antwortete nicht. Allerdings stand ihre Handtasche neben der Garderobe auf dem Boden, sie musste also in der Wohnung sein. Warum war sie so früh nach Hause gekommen? Das stand nicht auf dem Programm. Sie hatte heute eine wichtige Probe. Davon hatte sie in den letzten Wochen ständig gesprochen.

»*Die Rolle meines Lebens! Der Broadway! Hast du das gehört, Boris? Ich, am Broadway!*«

Vielleicht war sie ja krank?

»Willa? Was ist los mit dir? Brauchst du Hilfe?«

Noch immer keine Antwort.

Er sah sich um. Keine Schüssel Müsli auf dem Küchentisch. Aus dem Badezimmer kamen auch keine Duschgeräusche. Ob sie in ihrem Zimmer war?

Er klopfte an. »Willa? Bist du da?«

Stille.

»Was ist los mit dir? Ich komme jetzt herein.« Er drückte den Knauf, öffnete die Tür und atmete erleichtert auf.

Willa lag auf ihrem Bett und schien tief zu schlafen. Er hatte also richtig vermutet. Sie war krank und erschöpft. Nichts anderes hätte sie sonst dazu bringen können, die Probe ihres Lebens zu verpassen. Leise schloss er wieder die Tür und ging zu seinem Schreibtisch.

Da das Rätsel gelöst war, musste er andere Katzen auspeitschen: sein Betriebssystem neu installieren und seinen PC neu konfigurieren. Er beugte sich nach unten und zog einen Koffer hervor. Zum Glück hatte er noch einige Festplatten in Reserve.

»Und ja«, sagte er laut, »das ist das Leben eines Freaks, eines Außenseiters, der sein Leben damit verbringt, zu spielen, zu programmieren, sich um seine Freunde zu kümmern…«

Ein Gefühl von kaltem Metall auf der Rückseite seines Schädels fror ihn an Ort und Stelle ein.

Ihm blieb keine Sekunde, um es zu begreifen.

Keine Sekunde, um die Schüsse zu hören. Keine, um Willas zitternde Hand zu sehen, die die abgefeuerte Glock fallen ließ.

Boris sah weder sein Blut auf den Boden fließen, noch hörte er Willas markerschütternden Schreie.

Kapitel 43

Berlin, Charité

Tabula rasa

Ich mag Dr. Walter Rossberg nicht.

Es ist nicht wegen der kleinen Krächzer in der Stimme, die jeden seiner Sätze unterbrechen, oder wegen seiner Manie, mit der Handinnenfläche über die Glatze zu streichen, während er nach Worten sucht. Selbst sein unterwürfiger Ton lässt mich kalt. Nein, was ich an diesem Reptil mit den wässrigen Augen und der schlanken Figur verabscheue, sind die Nachrichten, die er überbringt: ausnahmslos schlecht, ungeschickt formuliert und oft von einem simulierten Mitgefühl begleitet. Er wartet stets darauf, dass die Worte zu mir durchdringen. Er befürchtet, dass sie mich, Satz für Satz, Wort für Wort, auf meinem Stuhl zusammenbrechen lassen.

Kein Krebs, bitte, Dr. Rossberg. Nicht, während ich mich um Kate herum aufbaue, mich erneuere und endlich wieder in den aktiven Dienst zurückgekehrt bin und meinem Leben einen Sinn gegeben habe.

Und schon gar nicht, bevor ich *ihn* erwischt habe.

Der Blick des Arztes ist auf den 27-Zoll-Bildschirm seines iMac gerichtet. Die zusammengepressten Lippen und die Kontraktion der Stirnfalten zeugen von der hohen Intensität seiner Konzentration. Und je mehr sich die Nase des Arztes beim Lesen des Befundberichts hebt und seine Wangen erglühen, umso mehr verliere ich meine Präsenz. Ein Krächzen zeigt das Ende des Befundes

an. Dr. Rossberg strafft seinen Rücken und starrt mich für ein paar Sekunden an. Der Hauch eines Lächelns wird geboren, aber stirbt sofort an den Mundwinkeln.
Zeit für das Urteil. Meine Atmung stockt.
»Ähm ... wissen Sie, Herr Bach, ich fürchte, die Nachricht, die ich Ihnen überbringen werde, ist nicht beruhigend ...«
Das Gegenteil hätte mich auch überrascht.
Dr. Rossberg legt eine Hand auf seinen Schädel, schaut zur Decke hoch und sieht mich dann wieder an. »Leider – und ich bin sehr besorgt darüber – zeigen die Scans ein Fortschreiten des Tumors.«
Ist es ernst? Muss ich mir Sorgen machen?, entgegne ich in Gedanken.
»Äh ... Es ist noch zu früh für mich, um den Ernst der Situation genau einzuschätzen, Herr Bach, aber ich habe große Bedenken. Die erste Biopsie ergab zwar keine Krebszellen, aber zu sagen, dass dieses Wachstum nicht alarmierend sei, wäre eine Lüge. Der Tumor befindet sich im hinteren Teil des Hinterhauptlappens und belastet den Kortex. Genauer gesagt liegt er auf der Ebene der Calcarin-Spalte. Es besteht also ein Hemianopsie-Risiko, das heißt, der Verlust des halben Gesichtsfeldes ist nicht auszuschließen. Auch halte ich sein Wachstum für bedenklich. Ich fürchte ... leider müssen wir eine zweite Biopsie machen.«
Ich erschaudere beim Gedanken an den Stereotaxierahmen, an meinem Schädel befestigt. »Sie können den Tumor nicht einfach entfernen?«, murmle ich fragend.
Dr. Rossberg fährt mit der Handfläche wieder über seinen polierten Schädel, dann richtet er den iMac-Bildschirm so aus, dass ich die Bilder meines Gehirns auf dem Scanner sehen kann. »Einfach ist ein Wort, das hier völlig fehl am Platz ist. Einfach ist in Ihrem Fall gar nichts, Herr Bach. Wie Sie auf den Bildern sehen können, haben Sie bereits einige Verletzungen davongetragen, ein Vermächtnis Ihres Unfalls. Die Region, die für das Erkennen und Verstehen von visuellen Eindrücken zuständig ist, ist betroffen, ebenso die primäre Hörregion. Die Entscheidung, den Schädel

wieder zu öffnen und eine Exzision durchzuführen, ist nicht leicht zu treffen. Seien Sie jedoch versichert, dass ich Ihren Fall mit größter Aufmerksamkeit prüfen werde und mich mit einem Kollegen beraten. Danach werden Sie von mir hören, Herr Bach!«

Ich bleibe still. Was tun, was sagen? In meinem Kopf herrscht Tabula rasa. Mein Schicksal liegt nicht mehr in meinen Händen.

Dr. Rossberg tippt mit dem Zeigefinger auf seinen Kopf. »Hm ... Außerdem würde ich gerne mit ihrer Psychotherapeutin, Dr. Lemke, zusammenarbeiten. Ich befürchte, dass meine Kollegin vielleicht keine ganzheitliche Sicht auf Ihr medizinisches Profil hat. Ich möchte sichergehen, dass die verordneten Medikamente, ob Antidepressiva oder andere, die Situation nicht verschlimmern. Haben Sie zufällig irgendwelche Medikamente dabei? Und wenn ja, erlauben Sie mir, sie zu überprüfen?«

Warum ablehnen? »Natürlich.«

Ich nehme drei orangefarbenen Schachteln aus meiner Jackentasche und reiche sie Dr. Rossberg.

Der Arzt fixiert mit seinem Eisblick die Packungen. »Capros ist in Ordnung, Zoloft ... Okay. Andererseits bin ich mir bei Nembutal weniger sicher. Ich weiß, dass es nicht sehr ethisch ist, einen Kollegen zu kritisieren, aber ich muss Ihnen gestehen, dass mich diese Verordnung doch sehr überrascht.«

»Was ist mit diesem Medikament nicht in Ordnung?«

»Es ist ein Antidepressivum und Beruhigungsmittel, auch bekannt für seine hypnotischen Eigenschaften. Ich sehe keinen Sinn darin, es mit Zoloft zu kombinieren. Aber ich bin kein Psychiater. Ich werde das mit Alexandra Lemke besprechen. Fahren Sie mit der Behandlung fort, bis Sie von mir hören.«

Ich zucke einen Moment zusammen. *Das Mädchen in dem Haus war eine Halluzination. Sind es die Medikamente, die meine Wahrnehmungen auslösen?*

Wieder kristallisiert sich ein Gedanke in meinem Irrgarten heraus. »Ist Ihnen zufällig ein Dr. Kurt Blome bekannt?«

Dr. Rossberg weicht erschrocken zurück und starrt mich an, als hätte er ein Gespenst gesehen. »Hm ... Ja. Ich wusste nicht, dass Sie diesen ›Olibrius‹ kennen.«

»Ich kenne ihn nicht.« Ich lächle, nehme mein Notizbuch aus der Jackentasche und kritzle *Olibrius*. »Nicht sehr schmeichelhaft ... Darf ich fragen, warum Sie Blome einen ›komischen Kautz‹ nennen?«

Ein Lächeln erscheint auf dem Gesicht des Arztes. Ein richtiges, keine Zuckung seines Jochbeins. »Sicher, er hat vor fünfzehn Jahren mit einer sogenannten experimentellen Krebsbehandlung großes Aufsehen erregt und sich unter seinen Kollegen zum Narren gemacht. Damals war er Psychiater am Karl-Bonhoeffer-Landeskrankenhaus in Berlin.«

»Könnten Sie mir etwas über diese Behandlung erzählen ... und bitte in einer für Laien verständlichen Sprache?«

Der Arzt streicht über seine Schädeldecke. »Er arbeitete an dissoziativen Störungen der Identität, besser bekannt als multiple Persönlichkeitsstörungen.«

»Ich sehe keinen Zusammenhang mit Krebs«, entgegne ich.

Walter Rossberg lächelt wieder. »Das war ja das Problem. Es gibt keinen Zusammenhang. Er hatte die verrückte Idee entwickelt, die Entstehung einer positiven Persönlichkeit bei Patienten zu erzwingen. Sie sollten davon überzeugt werden, nicht krank zu sein. Das ist sowohl lächerlich als auch aus ethischer Sicht sehr fragwürdig, da werden Sie mir zustimmen. Um es einfach auszudrücken, stellen Sie sich ein ›Superplacebo‹ vor, Herr Bach. Stellen Sie sich vor, dass ein Teil von Ihnen davon überzeugt ist, dass die Krebszellen Ihren Körper verlassen werden und dass dies ausreicht, um Sie zu heilen! Offensichtlich gab es aber keine Ermittlungen, was seine Arbeit betraf. Was für eine verrückte Idee! Ich lache heute immer noch darüber.«

Unsinn? Vielleicht. Aber könnte das nicht ein Grund gewesen sein, weshalb er an seinem Stuhl festgeklebt und ermordet wurde? Nicht wegen seiner Theorien über Krebsbehandlung, aber vielleicht wegen etwas anderem wie ...?

Dissoziative Störungen der Identität!

Ich lächle erneut, denke nicht mehr an den ursprünglichen Zweck meines Besuchs. Ein Gedanke drängt sich mir auf und verlässt mich nicht mehr.
Adramelech und Belphégor.
Der Richter und der Erfinder.
Tanja Fischer und ihr Wahnsinn.
Die Puzzleteile fügen sich langsam zusammen.

Kapitel 44

Moskau, Distrikt Ramenki

Dimitri Kamorow stellte seine Teetasse ab und konzentrierte sich wieder auf das Schachbrett.

»Genug über deine Schwester und ihre dritte Liebe auf den ersten Blick innerhalb von sechs Monaten. Würde es dir etwas ausmachen, mir von deinen neuesten Recherchen zu berichten?«

Pola spannte das Gummiband zwischen ihre Finger. »Ibsen Bach ist ein netter Kerl, brillant ... ein bisschen verrückt vielleicht, ein wenig schräg, aber das ist Teil seines Charmes«, antwortete sie. »Er ist definitiv mit dem Mörder verbunden, aber ich bin überzeugt, dass er sich nichts vorzuwerfen hat. Er ist einfach völlig verloren ... und ich denke wirklich, dass *er* alles gibt ... auch wenn *du* keine Sekunde daran glaubst.«

Dimitri runzelte die Stirn. »Das ist nicht das, was ich dich gefragt habe, Pola.«

»Ich weiß ... aber ich bestehe darauf, es dir in aller Deutlichkeit zu sagen, weil ich dich kenne, Onkel. Du glaubst, Ibsen ist daran beteiligt oder trägt eine Mitschuld, aber da liegst du falsch.« Sie schob die Schachfigur in ein neues Feld. »König nach F7.«

Dimitri lächelte. Auf diese Weise wollte seine Nichte also ihr Spiel fortsetzen? Er schloss die Augen und rief sich mental das Schachbrett und die Positionen der Figuren in Erinnerung. Wie erwartet hatte der Turm in dem F1-Feld seinen König vertrieben.

»Bauer nach B5.« Er atmete tief ein. »Nein, Pola, ich möchte über die Ermittlungen sprechen und deine Meinung hören, vor allem über deinen Eindruck vom letzten Tatort. Und wie dieses neue Puzzleteil in das große Ganze passt.«

Pola stand auf, öffnete den Kühlschrank und nahm den Milchkarton heraus. »Belphégor ist der Dämon, der mit Erfindung oder Entdeckung in Verbindung gebracht wird. Der Mörder hat ihn aus diesem Grund eliminiert und er möchte, dass wir das wissen. Der Täter ist kein Psychopath, der Typ tötet diese Menschen aus einem bestimmten Grund. Es ist sicherlich ein Racheakt und da habe ich folgende Hypothese: Er verübt Selbstjustiz. Vielleicht verdienen all diese Menschen in seinen Augen eine Bestrafung für Taten, die sie in ihrer Vergangenheit begangen haben. Eine geografische Nähe ist zwar nicht vorhanden, und dennoch gibt es eindeutig eine Verbindung zwischen den Morden in Moskau und Berlin.«

Pola nahm wieder Platz am Tisch und schenkte sich ein großes Glas Milch ein. »Um mehr über den Mörder zu erfahren«, fuhr sie fort, »müssen wir meiner Meinung nach herausfinden, woran dieser Kurt Blome gearbeitet hat und mit welchen Akten Richter Dallmann in Berlin zu tun hatte. Und womit er sein Vermögen in Moskau gemacht hat. Ich verfolge gerade eine Spur zu Ibsen. Ich habe dir schon davon erzählt, aber bald werde ich mehr wissen.« Sie wischte sich den Mund mit einer Serviette ab. »Wenn du einverstanden bist, sollten wir damit beginnen, die Akten *aller* Opfer zu sichten und nach einer Verbindung suchen. Springer auf A5.«

Dimitri lehnte den Kopf zurück. Mit dem Argument der Doppelidentität von Karl Dallmann alias Igor Romanow könnte das Budget vielleicht überschritten werden. »Gut... Ich werde die Ermittlungen ausweiten: Nachbarschaftsbefragungen, Kontoanalysen, das ganze Programm eben, obwohl ich Schwierigkeiten habe, dieses riesige Budget zu rechtfertigen. Der Kreml sitzt mir schon im Nacken. Sie mögen keine internationalen Verwicklungen und wollen wie immer das Gesicht wahren. Aber du hast mich überzeugt. Auf der anderen Seite hängt dieser inkompetente Neumann irgendwo in Moskau herum, statt mir die Akten dieses Berliner Dämons zu schicken. Uns fehlen wertvolle Hinweise!«

Er löste ein Stück von der Schokoladentafel und schob es in den Mund. Hätte er seine Nichte vielleicht doch in der Ausbildung woanders unterbringen sollen? Ein Springer sollte sich nicht am Rand des Schachbrettes aufhalten, das brachte oft nichts Gutes hervor. Pola dachte zu schnell, war manchmal zu impulsiv. Die Unbesonnenheit der Jugend. Aber sie war zu klug, als dass er bei diesem Stand der Ermittlungen auf sie verzichten wollte. Außerdem hatte sie einen Draht zu Bach. Er schloss die Augen und genoss das Stück Schokolade, das auf seiner Zunge zerging. »Dame nach D1.«

Pola zuckte kurz zusammen. »Gibt es Neuigkeiten über Michail Romanows Frau und Tochter? Und bist du dir sicher, dass Schokolade gut für dich ist, Onkel Dimitri? Turm auf E8.«

Dimitri visualisierte das Spiel. Polas König stand auf F7, ein Bauer auf F6 ... Ein triumphierendes Lächeln erhellte sein gelbliches Gesicht. »Nein, keine Neuigkeiten ... Ich befürchte das Schlimmste. Wenn deine Theorie stimmt, hat man sie verschwinden lassen, damit sie keine Informationen über Igor Romanow alias Dallmann preisgeben konnten. Aber wer wäre daran interessiert? Springer nach G5 ... Schach.« *Im Übrigen geht es dich nichts an, was ich zu mir nehme, Pola. Meine gesundheitlichen Probleme sind allein meine Sache.*

»Das ist die wichtigste Frage, wenn du meine Meinung hören willst. Ich denke nicht, dass es der Mörder war, jedenfalls würde es keinen Sinn ergeben.« Sie zögerte einen Moment.

»Manchmal, Onkel Dimitri, habe ich das Gefühl, als ob ich Zeuge eines Schachspiels zwischen unserem Mörder und ... Bauer nach G5, einem imaginären Gegner bin.«

Dimitri kicherte leise. *Das Spiel ist vorbei, liebe Nichte.* Ihr König hatte keine Chance. Mit seiner Königin, die Pola besiegen würde ... musste sie Zuflucht in G8 suchen ...

»Hast du wirklich keine Ahnung, wer der andere *Spieler* sein könnte, Pola? Was, wenn es Ibsen Bach ist? Königin nach F3.«

Pola schüttelte den Kopf. »Du hast gewonnen, ich muss meinen König nach G8 bringen und dein nächster Zug ist ein Schachmatt.

Du bist immer noch so stark, aber eines Tages ... werde ich dich schlagen, Onkel Dimitri!«

»Du bist ein brillantes Mädchen, aber das Schachspiel und das Lösen von Rätseln sind Aktivitäten, die ich seit Jahren praktiziere. Zweifellos wirst du mich aber eines Tages, vielleicht schon bald, übertreffen.«

Pola stand von ihrem Stuhl auf und nahm ihre Lederjacke von der Lehne. »Ich werde nach Berlin fahren und mich noch einmal mit Bach in Verbindung setzen. Ich glaube nicht, dass er der Gegenspieler ist, sondern vielmehr scheinen die Morde Schlüssel zur Klärung seiner Identität zu sein. Wer ist Ibsen Bach und was haben diese Morde mit ihm zu tun? Das werde ich herausfinden, und wenn ich es weiß, werde ich es dich wissen lassen, Onkel.«

»Perfekt«, sagte Dimitri. »Und ich gehe in mein Büro und sehe eine Akte durch.«

Kapitel 45

Berlin-Kollwitzkiez

Sorge

»Du hast mir nicht zugehört, Ibsen. Es ist schwer, Antworten zu bekommen, wenn du in deinem Bett liegst und an die Decke starrst.« Kates Stimme klingt keineswegs vorwurfsvoll, sondern ich erkenne in ihr nur eine leichte Andeutung von Sorge.

Ich drehe mich zu ihr um und umschließe ihr Gesicht mit meinen Händen. »Alles ist gut, das versichere ich dir.«

Ich glaube nicht, dass ich sehr überzeugend klinge, denn Kates Augen sind feucht.

»Ich muss nur noch einen Gesundheitscheck machen, und will die Dinge positiv sehen. Jeder Besuch bei Dr. Rossberg in der Charité erlaubt mir, mein Notizbuch mit komplexen Wörtern zu füllen. Calcarine-Spalte, Hemianopsie und so weiter. Dieser Typ ist eine wahre Goldgrube!«

»Du bist albern«, sagt sie. Ihr Lächeln zeigt die entzückenden Grübchen.

Kate küsst mich. Ich schließe die Augen und genieße diesen Moment, das helle Licht in meinem Ozean der Dunkelheit, und frage mich, wie lange es noch dauert, bis meine Unruhe mich wieder treibt, in die finsteren Ermittlungen zurückzukehren. Ich werde tiefer graben müssen. Es gibt zu viele Fäden zu verbinden: Tanja Fischer und Richter Dallmann, der Psychiater Kurt Blome und seine ungewöhnliche Forschung. Ich muss alle Fakten noch einmal durchgehen, alte und neue Akten sichten, aber sie aus einem *neuen* Blickwinkel betrachten.

Wie konnte der *Andere* die Verbindung zwischen den ersten Opfern übersehen? Es ist schwer, in *seinen* Kopf einzutauchen, wenn ich die Welt nicht mehr auf die gleiche Weise verstehe. Der *Andere* – er ist fast ein Fremder.

Ich löse meine Lippen von Kates. Ihre Augen sind hell, strahlend. Das Verlangen hat die Traurigkeit in ihnen ersetzt. Sie setzt sich auf mich, beugt sich vor, um mich wieder zu küssen. Ihre schönen langen Haare kaskadieren über mein Gesicht.

Ich bin erregt, möchte mich fallen lassen.

Doch plötzlich erstarre ich. Mir ist eiskalt.

Das Mädchen ist im Raum. Ich habe es vor meinem inneren Auge. Das Loch in seiner Stirn lässt keinen Zweifel aufkommen.

Ich spüre die Gegenwart von Raissa Romanow und weiß, was sie von mir erwartet.

Ich soll ihr Tagebuch noch einmal überprüfen.

Kapitel 46

Moskau, Distrikt Sosenki

Leo beobachtete von ihrem Abteil aus, wie der Zug über die Gleise der kleinen Brücke fuhr. Ihr Körper war wie gelähmt und ihr Kopf klebte förmlich am Fenster.

Nach einer Stunde Angst, Verwirrung und Kurzatmigkeit konnte sie endlich aufatmen. Aber die U-Bahn vom Hauptbahnhof nach *Sosenki*, einem Vorort Moskaus, zu nehmen, war ein notwendiges Risiko gewesen.

Seit zwei Jahren teilte sie sich dort mit Boris ein großes Postfach. Sie beide nutzten es nur, um darin ihre *needfull things* zu horten: Boris bewahrte darin hauptsächlich Cannabis und einige elektronische Komponenten für Wireless Network Hacking auf, während sie dort ihr illegales Zubehör versteckte: einen Bund Dietrichschlüssel, gefälschte Polizeischilder, Abhörgeräte und eine nicht registrierte Pistole. Die Tausend Rubel Gebühr pro Monat, die von einer gewissen Anastasia Strogol kamen und deren Identität von Boris ins Leben gerufen hatte, waren gut angelegt.

Gib es zu, Martin Storm. Der böse Wolf kann von Zeit zu Zeit auch nützlich sein.

Leo knirschte mit den Zähnen. In ein paar Minuten würde sie das Schloss knacken müssen, weil der Schlüssel sich auch in ihrer Handtasche befand. Es war nicht das erste Mal, dass sie für einen guten Zweck ein Schloss knackte, aber in der Regel war sie dabei nachts nicht allein. Boris stand immer Schmiere. Aber heute, …

»*Du bist verrückt, mein Kind…*«
Ja, ich weiß, Papa.

Sie stand jetzt vor dem Gebäude an der Lesnaya-Strasse. Zum Glück war Sosenki nicht Moskau. Der Parkplatz davor war fast leer, mit Ausnahme einiger Kunden eines Lebensmittelhändlers, der zwischen seinen Obst- und Gemüseständen hin und her wieselte.

Leo ging unter dem Gerüst hindurch – das graue Gebäude bekam gerade einen neuen Anstrich – und schob eine blaue Tür auf. Das Herz polterte in ihrer Brust, als die den Raum mit den Schließfächern betrat und auf die Box 417 zusteuerte.

Sie sah sich rasch um. Niemand in Sichtweite. Sie nahm zwei Büroklammern aus der Hosentasche und formte einen kleinen Haken daraus. Schweiß stand auf ihrer Stirn. Ihr Körper wurde zu einem Ofen, unter der Stoffmütze verschwitzte ihr Haar.

Ihre Hand zitterte ein wenig, als sie die Büroklammer ins Schloss steckte.

Nur keine Panik.

»Aber auch kein guter Zeitpunkt, um zu versagen, Leonela.«

Sie blockierte ihre Atmung und drehte die Klammer. Der Haken übte Druck auf die Bolzen aus. Klick. Fast geschafft! Sie presste die Lippen zusammen, drehte die Büroklammer weiter und die Tür der Box öffnete sich.

Leo nahm Stift und Zettel zur Hand und schrieb schnell einige Zeilen an Boris: *Ich muss für eine Weile untertauchen, Boris. Ich bin in Gefahr. Irgendjemand versucht, mich zu töten. Geh nicht in meine Wohnung und such nicht nach mir. Ich brauche Geld und leihe mir etwas von deinem ›Nebenverdienst‹. Sprich bitte mit niemandem über Stefan Bennet. Dein Leben hängt davon ab! Ich werde dir später alles erklären, versprochen. L.*

Und das war's. Wenn Boris das nächste Mal die Box öffnete, würde er ihre Nachricht erhalten. Und nun die Ausrüstung. Es war nicht unbedenklich, eine nicht registrierte Waffe an sich zu nehmen, zumal die Ermittlungen gegen sie noch nicht abgeschlossen waren. Dennoch verstaute Leo sie mit einigen anderen Dingen und mehreren Hundert Euro in ihrem Rucksack. Erst da fiel ihr der Umschlag auf mit dem Namen. *Anastasia! Wichtig!*

Boris' Handschrift!

Sie nahm das Kuvert aus der Box, riss es auf. Es enthielt einen USB-Stick und eine auf ein Post-it gekritzelte Notiz: »*Für den Fall, dass mir etwas zustößt.*« Sie murmelte die Worte, spuckte sie aus, als wären sie Gift.

Du hast einen Fehler gemacht, als du versucht hast, mich zu finden.

»O Boris ... was hast du nur gemacht?« Nur ein Flüstern.

Sie schloss die Box und blieb einen Moment stehen, den Kopf gesenkt, die Handfläche gegen die Tür gepresst. Es war riskant. Aber sie hatte keine Wahl. Boris war auch in Gefahr und seine Wohnung war nur ein paar Straßen von hier entfernt. Sie musste zu ihm, ihn warnen.

Die rot-weiß gestreiften Absperrungen fielen Leo zuerst auf. Dann sah sie auf beiden Seiten des Gebäudes die schmalen Banner mit der Aufschrift: *Polizeiabsperrung,* und vor dem Eingang ein breiteres: *Halt! Tatort nicht betreten.* Drei Polizeifahrzeuge standen mitten auf der Fahrbahn und blockierten den Verkehr.

Mehrere Polizisten drängten die neugierigen Zuschauer zurück. Unter ihnen befanden sich auch einige Reporter, mit Mikrofon und Kamera bewaffnet. Unentwegt blitzte Licht auf.

Leo stockte der Atem, der Boden schien unter ihren Füßen nachzugeben. Das konnte kein Zufall sein. Sie ging ein paar Schritte in Richtung Tatort und dachte an Boris' Nachricht.

Für den Fall, dass mir etwas passiert.

Boris ...

Der Himmel gab neue Schneeflocken frei. Aber ihr Tanz hatte nichts Schönes – ein Regen eisiger Asche, die die finsteren Wolken jetzt ausspuckten. Sie senkte ihren Kopf und mischte sich unter die Menge. Der Drang, die rot-weißen Bänder zu zerreißen und zu Boris' Wohnung zu laufen, bereitete ihr Magenkrämpfe.

Ein Polizist packte sie am Arm. »Gehen Sie bitte weiter!«

Leo schnappte nach Luft, ihre Sicht war leicht verschwommen, die Vorboten einer nahenden Ohnmacht. Sie neigte den Kopf zu Boden, konnte keinen klaren Gedanken mehr fassen.

Plötzlich zog jemand sanft an ihrer Jacke. Leo drehte sich um und blickte in das Gesicht ihrer ehemaligen Hausmeisterin.

»Leo? Was machst Du denn hier?«

»Ich war in der Nähe, Xu-Lim. Was ist denn passiert?«

Die Augen der alten Dame waren gerötet. Tränen rollten über ihre Wangen, sie hob ihre zitternde Hand und breitete in einer hilflosen Geste die Arme aus. »Es tut mir leid, Leo, es ist so schrecklich.«

Leo lief ein kalter Schauer den Rücken hinunter. »Was ist denn so schrecklich, Xu-Lim?«

Eine Bewegung in der Menge, die Rufe der Fotografen wurden lauter, irgendjemand kreischte. Kameras blitzten auf. Xu-Lim zeigte auf den Eingang. Leo folgte ihrem Blick, ratlos, verstört. Ihr Herz stolperte, als sie sah, wie ihre Freundin Willa in Begleitung von zwei Polizisten das Haus verließ. Willas Gesicht war von gespenstischer Blässe, ihre Augen vollkommen leer. Eine Körperhülle ohne Seele.

»Warum hat man ihr Handschellen angelegt? Warum wurde sie verhaftet, Xu-Lim?« Sie suchte in den traurigen Augen der Chinesin nach einer Antwort.

Xu-Lim hob verzweifelt die Schultern. Ihr Blick fixierte das Pflaster. »Willa hat Boris getötet, Leo. Kaltblütig in den Kopf geschossen.«

Willa hat Boris getötet? Kein Mensch machte einen so grausamen Scherz, selbst Xu-Lim nicht. Die Welt stand still und sie mittendrin: eine versteinerte Statue in einem Horrorszenario. Sie war gefangen in einem Albtraum. Alles was vor ihren Augen geschah, war seltsam und grotesk. Nicht real. Die Traurigkeit blieb in ihrer Kehle stecken, gefangen in Schuldgefühlen.

Willa stand vor einem Polizeifahrzeug und drehte sich kurz um.

Leo glaubte, dass sich in der Menge ihre Blicke trafen. Ihre Nackenhärchen stellten sich auf…Willas Augen. Augen, denen jede Wärme fehlte, Augen, die dunkel loderten. Dann war Willa fort.

Es ist meine Schuld, dachte Leo. *Ich habe Boris getötet… Er hat mich gewarnt, ich habe nicht auf ihn gehört. Komm schon, Storm, sag schon, es ist der verdammte Wolf in mir!*

Aber Martin Storm blieb still.

Als Xu-Lims Arme sie umschlossen, löste sich endlich der Kloß in ihrem Hals. Dann kamen die Tränen.

Kapitel 47

Berlin-Kollwitzkiez

Dickicht

Kate ist früher gegangen, als mir lieb war, und die Einsamkeit nimmt ihren Platz neben mir ein.

Ich leide nicht unter dem Alleinsein, aber die Stille ist nicht mehr diese beruhigende See, in der mein Geist zur Ruhe kommt. Sie ist zu einem fruchtbaren Boden geworden, auf dem die dunkelsten Schatten keimen und wachsen.

Ich habe Angst. Angst, dass die Masse, die in meinem Kopf wächst, meinen Verstand kippen wird. Angst, die Menschen zu verlieren, die ich liebe. Angst vor den Geistern, die mich heimsuchen: meine Frau Lara, das Mädchen Raissa.

Sind diese Erscheinungen Manifestationen, die von meinem Gehirn erzeugt werden? Botschaften des *Anderen*, der ein Gefangener im Dickicht meiner kranken Kortex ist? Was würde wohl meine wachsgesichtige Psychiaterin dazu sagen?

Ich reiße mich von der Feuchtigkeit der Bettlaken los, nehme den Stock und gehe zum Schrank. Mit einem Ruck schiebe ich die Anzüge beiseite. Rechts unten steht der Schuhkarton. Ich ziehe ihn zu mir, öffne ihn und nehme Raissa Romanows Tagebuch heraus.

Ob das Mädchen eine Manifestation des *Anderen* ist oder nicht, es spielt keine Rolle. Irgendetwas muss in diesem Tagebuch stehen. Ein Hinweis, den ich beim ersten Mal übersehen habe, oder Informationen, die zu dem Zeitpunkt, als ich ihre Aufzeichnungen durchgegangen bin, noch keinen Sinn ergaben.

Ich nehme das Tagebuch in die Hand, setzte mich auf die Bettkante, schalte die Nachttischlampe ein und vertiefe mich in die Vergangenheit von Raissa.

Nach sorgfältigem Durchgehen markiere ich drei Passagen im Tagebuch, die meine Aufmerksamkeit erregt haben. Dann lese ich jede Passage laut.

»*15. April 2016 – Mami ist heute weinend vom Krankenhaus nach Hause gekommen. Man muss kein Wahrsager sein, um zu verstehen, dass das Arztgespräch nicht gut gelaufen ist. Ich habe gewartet, bis sie sich beruhigt hat. Dann bin ich zu ihr gegangen, um mit ihr über meinen Bruder zu sprechen. Sie erklärte mir, dass seine Clozapin-Behandlung zu einer lebensbedrohlichen Herzmuskelentzündung geführt hat. Eine Herztransplantation sei lebensnotwendig.*
Ich weiß, dass es ein schrecklicher Gedanke ist, aber ich bete, dass sie so schnell wie möglich einen Spender für meinen Bruder finden, auch wenn das bedeutet, dass jemand dafür sterben muss.
Macht mich das zu einem schlechten Menschen?

17. April 2016 – Als Großvater heute nach Hause gekommen ist, war er sehr wütend. Er ist mit Papa in das Arbeitszimmer gegangen und sie haben die Tür hinter sich geschlossen. Zuerst verstand ich nicht, worüber sie stritten, aber sie wurden sehr schnell sehr laut. Mehrmals ist der Name meines Bruders gefallen. Mein Großvater warf Papa etwas vor, das mit der Behandlung mit diesem Clozapin zu tun hat. Er hatte einen anderen Ansatz vorgeschlagen, aber Papa hätte sich geweigert, Denis Krankheit mit dieser Methode zu behandeln. »Es ist monströs und eine Qual für den Jungen«, schrie Großvater Papa an.
Denis steht immer noch auf der Warteliste. Mein Bruder kann jede Stunde sterben. Er leidet unter Wahnvorstellungen, sagte Papa. Ich habe Angst um ihn.

23. Mai 2016 – Denis ist wieder zu Hause. Er ist immer noch schwach und muss für den Rest seines Lebens Medikamente einnehmen. Aber der schwierigste Teil ist vorbei, die Operation war ein Erfolg. Ich bedaure, ihn während der gesamten Rekonvaleszenzzeit nicht gesehen zu haben. Eine Schulfreundin hatte auch eine Herztransplantation, sie konnte ich im Krankenhaus besuchen. Warum wurde es mir bei Denis verboten? Ich bin so froh, dass mein Bruder wieder da ist. Mein Großvater spricht immer wieder von seiner experimentellen Behandlung, Papa stimmt dem jetzt zu.«

Mit einem Seufzer schließe ich das Tagebuch. Ich erinnere mich an den Tatort am nautischen Zentrums *Neptun* am Moskau-Wolga-Kanal. Der Mörder hatte Igor Romanow gezwungen, sich zwischen seinem Sohn und seinem Enkel zu entscheiden. Der eine musste schnell an einer Kugel sterben, der andere wurde zum Martyrium verurteilt.

Denis Körper war geschwächt und er litt an einer schweren Psychose. Ich habe zwar keinen Bericht der Rechtsmedizin erhalten, aber es ist durchaus denkbar, dass sein neues Herz bereits während der Folter des Waterboardings versagt hat. Deshalb hatte sein Großvater ihn benannt. Weil bei ihm das Ende der Qual beschleunigt wäre.

Während der Tatortbesichtigung habe ich in Gegenwart der Leichen Wut gespürt. Die wütende Reaktion des Mörders? Was hatte den Täter toben lassen? Hatte es etwas mit der Entscheidung des Richters zu tun? An den anderen Tatorten fühlte ich nichts dergleichen. War es das, was Raissa mir sagen wollte? Nein! Das Tagebuch muss noch andere wichtige Einträge enthalten.

»Es ist monströs«, hatte der Vater gesagt.

Denk nach, Ibsen! Welche Fäden laufen bei Igor Romanow, alias Karl Dallmann, zusammen?

Tanja Fischer und ihre Besessenheit von einem Kinderrad wäre ein solcher Faden. Richter Dallmann hatte das Urteil über sie verhängt. Aber ist das in diesem speziellen Fall relevant?

Kurt Blome, alias Belphégor, ist der zweite Faden. Er war Psychiater. Eine Verbindung mit einer Herztransplantation sehe ich nicht. Vielleicht mit Denis Romanows Psychose? Möglicherweise kannten sich der Psychiater Blome und Richter Dallmann alias Romanow?

Es waren Hypothesen, aber die Verbindung war hergestellt. Um mehr darüber zu erfahren, brauche ich Zugang zu Denis' Krankenakte. Vielleicht wurde der Junge tatsächlich von Blome behandelt? Aber Romanows Akten befinden sich in Russland, im Kamorows-Territorium. Wie die übrigen Unterlagen: Autopsieberichte, Opferakten. Es ist an der Zeit für eine echte Zusammenarbeit und den Austausch wichtiger Informationen zwischen beiden Teams.

Verdammte Politik. Verdammtes Ego.

Jedes Spiel entwickelt sich mit dem Auffinden von Puzzleteilen und weder Andreas noch Kamorow sind in der Lage, ihre Abneigungen zu unterdrücken und den richtigen Ton anzuschlagen.

In der Zwischenzeit könnte vielleicht Pola mir helfen?

Ich öffne den Mund und lasse den Kiefer knacken. Meine Ohren nehmen keine Außengeräusche mehr wahr. Der Tinnitus quält mich mit seinen hohen Tönen. Ich lasse mich auf den Rücken fallen, die Decke kreist über meinem Kopf. Ich denke an nichts mehr. Da ist nur noch Leere und Verzweiflung.

Ich knirsche mit den Zähnen, schlage mit den Fäusten auf die Matratze. Dieses beschissene Gehirn! Diese verdammten Kreise auf dem Wasser! Ich schließe die Augen und konzentriere mich auf Kate. Mein Anker. In Gedanken umarme ich sie, küsse ihre milchige Haut, ihre vollen Lippen. Der Sturm lässt nach und der Tinnitus verabschiedet sich allmählich. Die sich langsam einstellende Ruhe wird verscheucht vom Läuten eines Telefons.

Ich öffne die Augenlider, stehe auf, humple in die Küche zu meiner Jacke, in der das Smartphone steckt. Zu spät. Das Display zeigt mir einen verpassten Anruf und eine Nachricht von Pola an. Ich wähle die Mailbox an.

»Guten Abend, Ibsen, ich bin gerade in Berlin angekommen und wohne im Hotel am Steinplatz. Ich habe einige Informationen für Sie, die ich gerne mit Ihnen besprechen möchte. Ich wette, sie werden Ihnen gefallen. Melde mich morgen wieder.«

Kapitel 48

Moskau, Polizeipräsidium

Maksim Rybakow stand schon eine Weile hinter der verspiegelten Glasfront und blickte in den Verhörraum. Er suchte nach dem kleinsten Anzeichen auf Willas Gesicht, dem kleinsten Hinweis einer Antwort auf den Tumult an Fragen, die ihm durch den Kopf gingen.

Wie konnte dieses Mädchen, die Freundlichkeit in Person, nur den Kopf ihres besten Freundes durchlöchern? Eine junge Frau, mit der er so oft gelacht hatte, eine Frau, für die er seine Hand ins Feuer gelegt hätte. Eine bescheidene Frau, immer freundlich und hilfsbereit. Vielleicht die einzige Bekannte in Leo's Gefolge, die er ertragen konnte. Die Einzige, die sich bei ihm gemeldet hatte, nachdem Leo ihn mit der Auflösung der Verlobung so gedemütigt hatte.

Unmöglich.

Und dennoch hatte man sie mit einer Glock in der Hand vorgefunden: die Seriennummer gelöscht. Das bedeutete Vorsatz. Entschlossenheit. Kaltblütigkeit. Und somit ... Mord. Das aber war der Punkt, an dem es nicht zusammenpasste.

Willa war der Inbegriff von Überschwänglichkeit und Spontaneität. Nicht die Sorte Mensch, die berechnend war und eine Tat eiskalt plante. Und selbst wenn er sich in Bezug auf sie irrte – man kannte die Menschen um einen herum nie wirklich – warum hatte sie dann die Polizei gerufen? Völlig aufgelöst in Panik. Das passte nicht zum Profil einer Person, die ihre Tat vorsätzlich geplant und begangen hatte. Die Polizisten hatten sie in einem Zustand von

Katatonie vorgefunden, sie lag in der Nähe von Boris Leiche. Zum Teufel, sogar Hirnfetzen klebten an ihrer Kleidung.

Und Boris, dieser arme Bastard hatte ihn immer gehasst, mit seinem Beschützerinstinkt eines älteren Bruders und seinem angeblichen Sinn für Humor. Er hatte ihn verdächtigt, Leos Geist zu vergiften und eine wichtige Rolle bei der unschönen Trennung gespielt zu haben. Aber ihn auf diesen Tatortfotos so zu sehen ... Oh mein Gott. Das hatte Boris nicht verdient. Kommissar Solotarew, der bereits Leo verhört hatte, irrte sich.

»Es ist eine Beziehungstat, wie in neunzig Prozent der Fälle ... Ein Verbrechen aus Leidenschaft. Rache, eine Hinrichtung«, sagte Solotarew vor dem Verhör.

Boris war homosexuell.

Maksim hatte nichts gesagt. Er wollte den Polizisten nicht beeinflussen, doch diese Spur war eine Sackgasse.

»Und wenn es nicht um Sex oder Liebe geht, geht es ums Geld«, fügte Solotarew hinzu. »Kapitalverbrechen werden immer aus denselben Gründen begangen.«

Nein, das passte auch nicht zusammen. Willa lebte mit Boris in einer Wohngemeinschaft und führte ein unbeschwertes Leben ... zumindest auf den ersten Blick. Mama und Papa standen immer zur Verfügung, wenn Willa knapp bei Kasse war. Sie und Leo setzten zwar auf Autonomie und Unabhängigkeit, aber sie waren nur die verwöhnten Töchter reicher Eltern.

Maksim seufzte. Er las nichts in Willas Gesicht, nichts in ihren Gesichtszügen wies darauf hin, dass sie zu einer solchen Tat fähig war. Nicht der Hauch einer Antwort lag darin.

Er ging einige Schritte vom Spiegel zurück, lehnte sich mit dem Rücken an die Wand und dachte an Leo, die immer noch unauffindbar war. Was sie in den Augen aller verdächtig machte.

Sergeij Sarski, Martin Storm, und nun Boris. Seitdem diese Närrin ihn um Hilfe gebeten hatte, setzte ein Ereignis das andere in Gang. Und dann verfluchte er sich selbst, weil er sein Ego, seinen Stolz, die Entscheidung hatte fällen lassen. Hätte er das alles im Vorfeld gewusst, er hätte ihr gesagt, dass sie zur Hölle fahren soll.

Dieser Fall konnte ihm zum Verhängnis werden und würde noch mehr Wellen schlagen, wenn herauskäme, dass er Leo den Aufenthaltsort von Sergeij Sarski gegeben hatte. Aber wie hätte er die Wendung der Ereignisse vorhersehen können? Zumal diese manipulative Betrügerin ihr eigentliches Ziel vor ihm verborgen hatte, ihre Recherche über diesen verschwundenen Journalisten Bennet!

Er misstraute Leo. Aber Leo eine Mörderin? Nein. Er glaubte es keine Sekunde lang.

War Leo in Schwierigkeiten? Ja, mehr, als er selbst gewollt hätte.

War Leo tot? Diesen Gedanken vertrieb er mit einem leisen Klopfen an der Wand. *Ich hoffe nicht.*

War Leo in Gefahr? Ja, ganz sicher. Das könnte ihr Verschwinden erklären. Sie war auf der Flucht. Aber wer war hinter ihr her? Wer hatte Sergeij Sarski und Martin Storm getötet? Und was war das dann mit Boris? Ein Zufall?

Maksim ballte die Hände zu Fäusten und schlug sie gegen die Wand. »Verdammt!«

Igor Solotarew öffnete die Tür des Verhörzimmers und wischte sich den Schweiß von der Stirn. »Dieser Verhörraum ist ein Ofen. Meiner Meinung nach wäre es verrückt, diese Frau in ein Gefängnis zu sperren. Ich bin mir ziemlich sicher, dass sie nicht lügt … vielleicht ist sie eine Psychopathin. Sie ist überzeugt von dem, was sie sagt. Sie erinnert sich an nichts, was diesen Tag betrifft. Nur daran, dass sie mit einer Waffe in der Hand neben dem Opfer wieder zu Bewusstsein gekommen ist. Hm … Lauter Weckruf, wenn das der Fall ist. Aber ich glaube ihr, verdammt noch mal. Noch ein Täter, der am Ende in einer psychiatrischen Klinik Pillen schlucken wird, wenn du mich fragst.«

Ja, dachte Maksim. Er hatte sie im Nebenraum schreien gehört, sie in Tränen ausbrechen sehen. »Ich erinnere mich an nichts! Ich weiß nicht, warum ich diese Waffe hatte. Ich hätte ihn nie getötet … er war mein Freund!«

Sie war sehr überzeugend. Zugegeben, Willa war eine Schauspielerin, aber eher in der Kategorie der mittelmäßigen, unerfahrenen. Wenn sie in diesem Verhör gelogen hatte, verdiente sie einen Oscar.

Solotarew hatte womöglich recht, vielleicht war sie ja doch verrückt. Oder man hatte sie unter Drogen gesetzt. Es war nicht ungewöhnlich, dass sich diese faulen Künstler das Zeug selbst injizierten oder den Mist rauchten. Die Urin- und Bluttestergebnisse sollten bald einige Antworten liefern. Schuldig oder nicht schuldig, das erklärte keinesfalls den Rest der Vorkommnisse. Die anderen Toten, Leo's Flucht.

Was wenn…? Maksim lächelte trotz allem.

Igor Solotarew sah ihn irritiert an. »Etwas Lustiges, Herr Staatsanwalt?«

» Das ist nur die Anspannung, Solotarew.«

»Ich verstehe, es ist aber auch eine verdammt harte Geschichte.«

Nein, dachte Maksim. Wenn er lächelte, lag das an der Ironie der Situation. Um die Knoten zu lösen, musste er derselben Spur wie Leo nachgehen. Ihr zufolge, er hatte keinen Grund daran zu zweifeln, gab es eine Verbindung zwischen diesem Mafioso Sergeij, dem ehemaligen Lehrer Storm, und dem vermissten Journalisten Stefan Bennet. Er würde daher den Fall von Grund auf neu aufrollen. Und anstatt Spaß daran zu haben und es als Vorwand zu benutzen, um seine Ex-Freundin zu stalken, würde er seinen Job machen und alles geben. Weil er nicht umsonst so jung in diese Position gekommen war! Andernfalls stand eindeutig diese Karriere auf dem Spiel. Er musste die Zusammenhänge herausfinden. Er war gut in seinem Job und hatte Verbindungen. Außerdem war es von Vorteil, Staatsanwalt zu sein.

»Ich werde einen Durchsuchungsbeschluss für die Wohnung von Leo Sorokin ausstellen, Solotarew. Ich möchte, dass Sie mir über alles Bericht erstatten, was Sie dort finden: Notizen, Tagebücher, alles, was von Bedeutung sein könnte. Auch werden wir sie zur Fahndung ausschreiben.« Er hält kurz inne. »Gleichzeitig möchte ich, dass die Wohnungen von Martin Storm, Sergeij Sarski und Boris Berkowitsch durchsucht werden. Sichten Sie elektronische Medien, Notizen, Korrespondenz, Notizbücher, Fotos. Einfach Alles!«

Igor Solotarew starrte ihn ungläubig mit weit aufgerissenen eisblauen Augen an.

»Was denn? Machen Sie sich an die Arbeit, Solotarew, oder warten Sie auf die Anweisungen Ihres Vorgesetzten? Ich erspare Ihnen Zeit, denn in fünf Minuten bin ich in seinem Büro und sage ihm genau das Gleiche!«

»Schon gut, Staatsanwalt Rybakow.«

Und für den Fall, dass sein Freund beim russischen Forschungsinstitut RISS, Zugang zu ungelösten Fällen hatte, würde er, was Leo betraf, einen weiteren Vorteil haben. Und gewissermaßen war es auch eine Form des Sieges, sie mit ihren eigenen Mitteln zu schlagen.

Richtig?

Vorausgesetzt, Leo lebte noch.

Kapitel 49

Dezember 2018
Berlin-Weißensee

Pitbull

Ich lächle. Endlich ist der Andreas von einst wieder da, dieser Polizist, den nichts mehr hält, ein Pitbull, der sich festbeißt und niemals loslässt.

Mein Freund glaubt zu wissen, wohin diese Reise an den Weißensee uns führen wird. Auf den Spuren, die der Mörder für uns gelegt hat.

Während der Fahrt bin ich still und lasse es auf mich wirken, wie mein Freund wieder zum Leben erwacht, als ob diese neue Spur eine frische Brise in seine Seele geblasen hätte. Ich lasse ihn Geschwindigkeitsübertretungen begehen und langsame Autofahrer anschreien, ohne einen einzigen Kommentar abzugeben. Aber als wir uns vorbereiten, das abgelegene Haus zu betreten, das in einem Waldgebiet am Weißensee liegt, spüre ich die Notwendigkeit, die menschliche Bombe Andreas Neumann zu entschärfen. Denn wenn es eine Sackgasse ist, wird mein Freund explodieren.

»Andy, bevor wir da hineingehen, möchte ich dir meine Meinung zu dem Ganzen sagen. Dieser Anruf kommt mir fast zu sehr wie eine göttliche Fügung vor, also hege nicht allzu große Hoffnungen. Lass dich bitte nicht zu sehr von Erwartungen leiten.«

Andreas wedelt mit dem Durchsuchungsbeschluss vor meiner Nase herum. Seine groben Finger zerknüllen fast das Papier.

»Verdammt, Ibsen! Du bist ein verdammter Pessimist. Es ist doch immerhin eine Spur! Es gibt einen Zeugen! Endlich eine Nachlässigkeit des Täters! Wir alle machen Fehler. Also warum sollte dieser Freak eine Ausnahme sein? Außerdem ist die Nobelhütte im Wald ein guter Ort, um sich zu verstecken, oder?«

Ich berühre den Arm meines Freundes. »Nachlässigkeit? Nein, Andy, ich glaube das keine Sekunde lang. Ein Zeuge will den Mörder bei dem Psychiater am Weißensee gesehen haben. Soweit so gut, nicht ungewöhnlich. Der Täter hat seine Opfer zur Schau gestellt, also ist er das Risiko eingegangen, bemerkt zu werden. Aber was tut ein herkömmlicher Zeuge, Andy? Er wird sofort die Polizei rufen. Er wartet *nicht* ab, folgt dem Täter *nicht* mit dem Auto und taucht *nicht* erst einige Tage später wieder auf, um uns den Aufenthaltsort mitzuteilen. Das macht ihn verdächtig!«

Zwei Polizeiautos parken neben Andreas' SUV. Er winkt die beiden Kollegen herbei. Dann sieht er mich an. »Ibsen, ich klammere mich an jeden Faden, egal wie dünn er auch sein mag. Ich weiß sehr wohl, dass dieser Anruf des Zeugen verdächtig ist. Und ja, vielleicht laufen wir gegen die Wand, wenn wir dieser Spur folgen. Aber du weißt ja, dass es Typen gibt, die Adrenalin tanken. Der Zeuge wollte vielleicht einmal in seinem beschissenen Leben was Aufregendes erleben und Detektiv spielen. Zum Teufel, denkst du, dass ich eine Wahl habe? Was glaubst du, wird passieren, wenn der Mörder tatsächlich hier wohnt und ich nichts unternommen habe, um ihn aufzuhalten? Ich bin derjenige, den sie mit Steinen bewerfen werden! Jedenfalls habe ich einen Durchsuchungsbeschluss und der graue Himmel hat uns noch keine Dusche verpasst. Also, mach dich bereit!«

Kommissar Ramirez von der Kripo Berlin gesellt sich zu uns. Ich mustere ihn einige Sekunden lang. Der Polizist ist das Gegenteil von Andreas. Das Hemd seiner Uniform ist perfekt gebügelt, ebenso die dunkle Hose mit den zwei blauen Streifen. Sein Gesicht ist sauber rasiert. *Sportlich und fit* notiere ich. Die Art Polizist, der jeden Morgen bei Wind und Wetter joggen geht.

»Entschuldigung, Herr Bach«, sagt er. »Sie müssen vorerst draußen bleiben. Der Polizeieinsatz könnte gefährlich werden. Sobald das Haus gesichert ist, können Sie aber zu uns stoßen.«

Andreas nickt und zwinkert mir zu. Ich umfasse den Knauf meines Stocks und gehe ein paar Schritte zurück.

Ramirez gibt Andreas ein Zeichen. »Die Beamten sind über das gesamte Waldstück verteilt, die Hintertür wird überwacht. Also los!«

Andreas schlägt mit der Faust an die Tür. »Kriminalpolizei Berlin! Öffnen Sie die Tür!« Er wartet, hämmert noch einmal gegen die Haustür. »Scheint niemand da zu sein, Ramirez. Wir gehen jetzt hinein!« Er legt seine Hand auf den runden Türgriff. »Nicht mal abgeschlossen. Die Leute werden immer nachlässiger«, knurrt er und nimmt die Smith & Wesson M & P40 aus dem Holster, ebenso Ramirez. Dann betreten die beiden Polizisten das Haus.

Ich kritzle *Pitbull* in mein Notizbuch. Dann lehne ich mich gegen die Holzwand und konzentriere mich auf die toten Blätter, die der eisige Wind am Fuß der Bäume aufwirbelt. Der Winter hat die Landschaft bereits mit einem hauchdünnen Schneeteppich überzogen. Ich mag den Winter, seine klirrende Kälte, seine klare Luft, seine Dunkelheit und sein strahlendes Weiß, sobald der Schnee fällt.

Das Telefon vibriert in meiner Hosentasche. *Pola Kamorow.* Seufzend drücke ich die Annahmetaste.

»Hallo, Ibsen, ich rufe Sie wie versprochen an. Lust auf eine kleine Reise nach Berlin-Lichtenberg? Ich könnte Sie mit dem Auto abholen.«

»Hallo, Pola. Warten Sie bitte kurz.« Ich entferne mich vom Haus und humple in Richtung Wald. »Leider habe ich keine Zeit, Pola, ich begleite Kollege Neumann gerade bei einem Einsatz.«

»Großartig ... aber hören Sie zu, ich denke, ich habe eine Spur zu Tanja Fischer. Eine ihrer alten Freundinnen, Sandra Knebel, ist bereit, mit mir zu reden. Ich könnte ohne Sie gehen, aber ...«

Mein Freund steht in der Haustür, seine Augen suchen mich.

»Nein, gehen Sie nicht ohne mich, ich rufe Sie zurück«, falle ich Pola ins Wort und lege auf.

Andreas kommt auf mich zu. »Hey, für jemanden, der nicht gern telefoniert ...«, sagt er und grinst.

»Das war Pola.« Ich hasse es, wenn ich mich ertappt fühle.

»Sie ist wie eine Schmeißfliege, Ibsen. Sitzt dir vermutlich wie ein Krake im Nacken. Was findest du bloß an dieser arroganten Plage?«

»Übertreibst du da nicht ein wenig, mein Freund. Wir arbeiten immerhin zusammen.«

»Ihr arbeitet zusammen? Verdammt, Ibsen, mir wäre es lieber, wenn du sie fickst. Das ist wie ein Messerstich in meinen Rücken! Scheiße, das ist unser Fall! Die OMON hat *uns* angefordert, der Täter will mit *dir* kommunizieren. *Wir* werden das hier beenden, du und ich! Nicht dieser russische Kamorow-Arsch mit seinem Gefolge! Alles klar? Und jetzt komm!« Er zeigt auf die Villa. »Das da, mein Lieber, ist Ali Babas Höhle.«

Andreas ist elektrisiert. Sein Gesicht leuchtet. Da ist er wieder, der Freund und Polizist, wie ich ihn von früher kenne. »Es gibt da überhaupt nichts, keine Möbel, Ibsen. Alles ist sauber, sorgfältig mit starken Reinigungsmitteln abgewischt, der Boden geschrubbt. Bis auf eine Stelle«, dröhnt er.

Wir betreten das Haus. Sobald die Schwelle überschritten ist, habe ich den Eindruck, von einer unsichtbaren Hand ins Innere gezogen zu werden. Ich kenne diesen Ort. Die Wand zu meiner Linken ist leer, aber das Bild eines ausgestopften Elchkopfes ist in meinem Kopf gespeichert.

Wieso?

Andreas führt mich zu einem Raum, in dem er einen Schlafsack auf dem Boden entdeckt hat. Fotografien sind an der Tapete mit Nadeln befestigt. Schnappschüsse von Franz und Marie Teubel vor ihrer Ermordung. Die gesamte Familie Romanow, einschließlich Mutter und Tochter. Die Fotos wurden in Berlin und Moskau aufgenommen. Der Mörder hatte also auch Marlene und Raissa im Visier.

Ich entdecke ein weiteres, mir bekanntes Gesicht: Kurt Blome. Auch er wurde fotografiert.

»Er war in diesem Haus, Ibsen, dieser Bastard hat hier geschlafen. Verdammt, wir sind so nah dran!«, ruft Andreas. »Unmöglich, dass er keine Spuren im Schlafsack oder anderswo im Haus hinterlassen hat! Ich habe bereits die Forensik angerufen, dieser Ort wird mit einer riesigen Lupe inspiziert. Alles, was wir brauchen, ist ein einziges Haar, und wir haben ihn!«

Hm … Seine DNA könnte bereits registriert sein. Nein! Der Täter hat das alles absichtlich dagelassen. Nichts, was er tut, ist trivial, alles ergibt einen Sinn. Er wollte uns hierher locken. Aber warum?

»Ich überlasse dir das Zimmer, mein Freund«, brummt Andreas und klopft mir auf den Rücken.

Ich spüre die Berührung kaum noch. Ich tauche ab. *Es ist dieses Haus.*

»Gib uns ein wenig von deiner Magie, Ibsen, und wir nageln diesen Bastard fest.« Andreas' Worte sind wie ein Flüstern aus der Ferne.

»Du bist an der Reihe, es zu tun.«

Warum hatte die Kinderstimme in ihm das gesagt?

Mein Tagtraum erwacht, den ich im Krankenhaus geträumt habe. Ich drehe mich abrupt um, gehe zur Tür, die zum Keller führt. Ja, es ist genau hier.

»Sie werden dafür bezahlen!«

»Ibsen, was machst du, verdammt?« Andreas' Stimme ist wie ein Flüstern des Windes. In meinem Kopf höre ich nur noch die Stimmen der Kinder.

»Mach dich bereit … er kommt!«

Ich schließe die Augen und lege meine Hand auf den Griff. Die Empfindungen brechen auf, überrollen mich wie eine Welle.

Der Mann geht die Treppe hinunter, die Schritte lassen die Bretter erzittern. Er läuft auf die beiden Kinder zu und übersieht die Falle: ein über die letzte Treppenstufe gespannter Draht. Er fällt und stürzt zu Boden. Er flucht und tobt vor Wut, stützt sich auf seine Handflächen und versucht, sich aufzurichten.

»Jetzt! Los!«

Das jüngste Kind lässt den Hammer auf den Schädel des Mannes niedersausen. Ein dumpfer Schlag.
Der Mann schreit, tastet mit seiner Hand den Kopf. Blut fließt zwischen seinen Fingern.
»Los! Mach weiter, schlag ihn!«
Das Kind macht weiter, der Hammer fällt auf die Hand, dann wieder auf den Kopf. Das Kind weint dabei heiße Tränen. Mit zunehmender Wut werden die Schläge härter. Warme Blutstropfen spritzen auf sein zartes Gesicht. Es hört erst auf, als sein Freund seinen Unterarm ergreift.
»Es ist gut, er hat seine Strafe bekommen.«
»Ist er tot?«, winselt die Stimme des jüngeren Kindes.
»Ja, und dieser Drecksack hat es verdient.«

Ich öffne meine Augen, weiche verblüfft einen Schritt zurück, taumle und stürze fast zu Boden.

Andreas eilt zu mir »Hey! Was machst du denn? Alles in Ordnung? Hast du Schmerzen? Eine neue Krise?«

Ich schüttle den Kopf. »Der Killer wollte, dass ich mich hier umsehe, Andy. Er möchte mir eine weitere Nachricht zukommen lassen.«

Andreas' Gesicht verdunkelt sich. »Hör zu, vielleicht. Es war sicherlich sein Ziel, uns in dieses Haus zu locken. Aber das spielt keine Rolle. Wir haben solides Material gefunden. Wir werden ihn finden.«

Ich höre nicht auf Andreas, lasse die Szene in Gedanken Revue passieren, überprüfe sie. Dann sehe ich meinen Freund an. »In diesem Haus ist jemand gestorben, Andy, und der Täter möchte, dass wir das wissen.«

Kapitel 50

Berlin-Lichtenberg

Spuren

Sandra Knebel zieht die schweren Vorhänge zu, die kaum Licht durchlassen und das Wohnzimmer sofort verdunkeln. »Ich hoffe, es macht Ihnen nichts aus, die Sonne blendet mich. Ich hasse das.« sagt sie mit rauer Stimme. Sie setzt sich wieder und streicht über das gehäkelte Baumwolldeckchen, das den runden Tisch bedeckt und auf den Pola zwei Gummibändchen gelegt hat.

»Nicht im Geringsten, Frau Knebel«, antwortet Pola.

»Fräulein, bitte. Ich hatte nie eine Ehefrau. Zu meiner Zeit gab es noch keine Homo-Ehe. Sie ist hierzulande ja erst seit 2017 erlaubt, und nun ... Jetzt habe ich niemanden. Dafür gibt es eine einfache Erklärung: Wer würde mich in meinem Alter schon wollen ...?«

Das Alter ist nicht das Problem, vermute ich und mustere sie. Diese zänkische Frau ist eine verbitterte Person. Ihre Gesichtszüge sind verkniffen, die Haut von Knötchen durchzogen, die zusammengekniffenen Lippen, die nie lächeln, ihre dunklen Augen, die nicht glänzen. Sie ist achtundvierzig Jahre alt, sieht aber um zehn Jahre älter aus. Die Lichter sind in ihrem Herzen erloschen, ihre Brust ist ein Abgrund. Ich kritzle *Agelast* in mein Notizbuch. *Ja*, denke ich, *da sitzt Agelast vor mir, ein Mensch, der niemals lacht.*

Sandra zieht den Aschenbecher zu sich, der auf dem Tisch steht. »Macht es Ihnen was aus, wenn ich rauche?« Ohne die Antwort abzuwarten, nimmt sie ihr Feuerzeug, zieht eine Marlboro aus der Packung und zündet sich die Zigarette an.

Pola zwinkert mir zu. Sie weiß, dass ich das Rauchen vor langer Zeit aufgegeben habe und dass es mich stört, wenn heute jemand in meiner Gegenwart raucht.

Sandra Knebel nimmt einen Zug und stößt den Rauch durch ihre Nase aus. »Wo soll ich anfangen? Es ist eine verdammte Geschichte und es wird eine Weile dauern.«

»Von Anfang an, bitte«, antwortet Pola. »Erzählen Sie uns alles über Tanja Fischer, was Sie für wichtig halten, Fräulein Knebel.«

Die Frau beugt sich nach vorn und legt die Arme auf den Rand des Tisches. Die glühende Spitze der Zigarette streift dabei ihr Haar. Ich stelle mir vor, wie ein Büschel Feuer fängt und registriere dabei mein verborgenes Lächeln.

»Nun, wir waren beide einundzwanzig Jahre alt«, beginnt sie. »Damals stand ich Tanja nicht sehr nahe und um ehrlich zu sein, war das im Grunde genommen nie wirklich der Fall. Aber ich war heimlich in Jenny Wolter verliebt. Sie war Tanjas Freundin. Wir drei besuchten Kurse in moderner Literatur an der Fachhochschule in Berlin. Es war eine schöne Zeit. Außerdem waren wir in der gleichen Studentenverbindung.«

Mir fällt auf, dass selbst bei der Erwähnung schöner Erinnerungen Sandras Gesicht in der Dunkelheit eingefroren bleibt.

»Tanja Fischer war ein Mädchen voller Leben. Sehr überschwänglich ... zu sehr, sogar. Ich denke, deshalb habe ich sie nicht gemocht. Sie hatte diese unglaubliche Fähigkeit, mit Menschen in Kontakt zu treten, als würden sie sich bereits lange kennen und wären gute Freunde. Ich fand sie unverschämt, fast unanständig. Und sie fluchte viel zu viel, es war nicht sehr schön, all diese schrecklichen Worte aus dem Mund einer jungen Frau zu hören. Aber ich habe es ihr nicht gesagt. Nicht einmal Jenny, schon gar nicht Jenny.«

Mit zitternder Hand steckt sie die Zigarette zwischen ihre Lippen und nimmt einen langen Zug. Asche fällt auf den Tisch. Sie fegt sie mit der Hand fort.

»Aber das arme Ding. Was damals passiert ist, hat Tanja gebrochen. Wer wäre übrigens nicht gebrochen worden? Ein Leben auszulöschen … Was für ein Horror!« Ihr Blick verliert sich ins Leere.

»Sie sprechen von Jennys Tod, Fräulein Knebel?«, fragt Pola.

Mit fahrigen Bewegungen wird die Zigarette im Aschenbecher zerquetscht. »Nein, es geschah lange davor. Ich spreche von dem kleinen Jungen, den Tanja auf der Straße angefahren hat. Es war ein Unfall, ein Fehler der Unaufmerksamkeit. Ich weiß wirklich nicht, was genau passiert ist, aber Tanja hat das Kind auf ihrem Heimweg angefahren. Das hat sie in den Wahnsinn getrieben. Wer zum Teufel wäre da nicht verrückt geworden?«

Pola und ich tauschen einen mitfühlenden Blick aus.

»Wie auch immer, danach …« Sie stockt. »Jedenfalls gab es einen Prozess, Tanja wurde für schuldig befunden. Jenny war am Boden zerstört, ich hätte sie gerne getröstet, um ihr zu sagen, dass es mich auch noch gäbe. Aber sie konnte nur an ihre Tanja denken. Pfff.«

»Welches Jahr war das?«, erkundige ich mich.

»Der Unfall war im August 1988. Einer der schlimmsten Sommer meines Lebens, glauben Sie mir. Entschuldigen Sie mich bitte einen Moment.«

Sandra steht auf, geht in die Küche und kommt nach einer Zeit mit einem Tablett, auf dem eine dampfende Kaffeekanne, drei Tassen und eine Zuckerdose stehen, zurück. »Wie nehmen Sie den Kaffee, Herr Bach?«

»Schwarz, bitte«, antworte ich.

Pola signalisiert mit einer Geste ihre Ablehnung und nimmt die Gummibänder in die Hand. »Erinnern Sie sich zufällig an den Namen des Richters, der damals den Vorsitz hatte?«

Meine Intuition hat mir die Antwort bereits gegeben, aber ich will den Namen ausgesprochen hören.

»Sicher. Jenny fluchte eigentlich sehr wenig, im Gegensatz zu Tanja. Aber ich habe den Namen des Richters so sehr mit ihren Schimpfwörtern verbunden, dass ich dachte, sein Name selbst sei eine Beleidigung: Dallmann-Bastard, Dallmann-Hurensohn, eine ellenlange Liste. Vor allem war Jenny davon überzeugt, dass dieser Richter voreingenommen war, dass er etwas verheimlichte. Sie hatte sich vorgenommen, herauszufinden, was es war und war völlig auf ihn fixiert. Sie wollte Tanja helfen.«

Pola knallt ein Gummiband zwischen ihren Fingern. Ihr knöchernes Gesicht zeigt ein breites Lächeln. »Aber nachdem, was Sie mir erzählt haben, war Tanja doch schuldig. Warum diese Wut auf den Richter?«, will ich wissen.

»Es war dieses Gerichtsurteil und seine Folgen. Dieser Richter ordnete per Urteil an, dass Tanja in einer psychiatrischen Einrichtung untergebracht wurde. Sie wurde depressiv, sie hat sogar versucht, sich das Leben zu nehmen. Interniert, wie eine Verrückte. Aber im Nachhinein lag er da wohl nicht falsch. Tanja hatte einen Sprung in der Schüssel. Arme Jenny.«

Sandra macht ein Kreuzzeichen und führt die dampfende Tasse Kaffee zu ihren Lippen. »Seien Sie vorsichtig, er ist heiß«, warnt sie mich.

Pola wickelt die Gummibänder um ihre Handgelenke. »Kennen Sie zufällig die Namen der Ärzte, die sich damals um Tanja gekümmert haben?«

Sandra schüttelt den Kopf. »Nein, ich habe Tanja einmal zusammen mit Jenny besucht, aber keinen Arzt gesehen. Ich fand es außerdem sehr seltsam, dass sie in eine psychiatrische Klinik am Weißensee verlegt wurde.«

Pola sieht mich an, nickt.

Ja, auch ich habe es verstanden. Der Weißensee. Dort, wo Kurt Blome getötet wurde. Unweit der psychiatrischen Klinik, die seit 2009 geschlossen ist. Die Verbindung ist hergestellt. Tanja Fischer war zweifellos Blomes Patientin.

Sandra steht auf. »Ich habe ein paar Bilder von Tanja, Jenny und mir, wenn Sie interessiert sind.«

»Natürlich«, entgegne ich.

Sie kommt mit einem schweren in Leder gebundenen Album zurück. Am Rand ist ein Etikett angebracht: *1988*. Sandra legt das Fotoalbum auf den Tisch, die Tassen zittern auf ihren Untertassen.

Ich verlasse meinen Platz, um näher zu kommen. Auch Pola steht auf, runzelt die Stirn und scheint die Luft anzuhalten. Spannung liegt der Luft. Sandra Knebel blättert ein paar Seiten um und zeigt dann auf ein Polaroid. Wir sehen die drei Mädchen vor einem Ahornbaum.

Schon damals hat Sandra nicht gelächelt.

»Das waren wir vor dem Unfall. Ein Passant hat das Foto gemacht. Ich sah damals ziemlich lächerlich aus, der Haarschnitt, die fluoreszierenden Kleider und die Schulterpolsterjacke. Die Mode der 80er Jahre! Ach, ich bereue es nicht.« Sie blättert einige Seiten weiter. »Das wurde nach dem Unfall aufgenommen. Ich habe Tanja mit Jenny im Haus ihrer Eltern in Hohenschönhausen besucht.«

Mein Herz überschlägt sich. »Wer ist der Typ neben Tanja?«

»Anton Klein, ein Nachbar, ein netter Mann, der sich nach dem Unfall um Tanja gekümmert hat.«

Das ist er! Ich erkenne ihn, obwohl es bereits fünf Jahre her ist, seit ich die Ermittlungen geführt habe: Anton Klein. Das dritte Opfer des Berliner Dämons.

Kapitel 51

Dezember 2018
Moskau, Distrikt Ramenki

Geduld und Ausdauer waren zwei Eigenschaften, die Dimitri Kamorow auszeichneten. Überdies unterschied er sich von seinen Kollegen stets durch seine Fähigkeiten, Zusammenhänge zu erkennen, tief zu graben, unsichtbare Fäden zu erkennen und Hinweise dort zu finden, wo niemand sonst suchen würde. Es war eine Frage der Vision und der Synthese, sagte er sich stets. Und eine Frage der Leidenschaft, des Könnens und der Einsatzbereitschaft.

Um die Wahrheit in diesem komplexen Fall zu ergründen, der über eine Serie von Morden hinausging, musste er nur das fragmentierte Puzzlemosaik betrachten, das er seit einer Woche in seinem Gartenhaus zusammengestellt hatte.

Um das Puzzle als Ganzes zu verstehen, brauchte es einen systemischen Ansatz – wie bei einer Ermittlung. Eine akribische Arbeit der Sortierung, Analyse und Klassifizierung, um die Elemente zu isolieren: Ibsen Bach, Opfer, potenzieller Verdächtiger. Orte, Tatzeitpunkte, Polizeidienststellen. Dies war ein wesentlicher Schritt, um sich nicht in unnötigen Vermutungen oder exzentrischen Zusammenhänge zu verlieren. Dann folgte die Interaktionsarbeit – eine heikle Phase. Es war notwendig, nicht nur die Zusammenhänge zwischen den Puzzleteilen aufzudecken, sondern auch Synergien zu erkennen, denn die Summe der Teile war stets größer als das Ganze. Nur so erhielt man den gesamten Überblick.

Wenn er sich auf ein Puzzle dieser Größe konzentrierte, unterschied er zunächst nur ein paar Farben oder einen Teil eines

Gebäudes. Das reduzierte Sichtfeld schränkte zwar seine Wahrnehmung ein, aber es genügte, ein paar Schritte zurückzugehen, um die Grenzen und Konturen zu erkennen. Und der Blick aus dem Fenster auf Moskau, den das Bild darstellte, nahm, auch wenn das Puzzle noch unvollständig war, in seinem Kopf bereits Gestalt an. Mehr noch, er konnte es in den Kontext stellen. Ein schöner, sonniger Morgen, eingefangen von der Vision eines Fotografen.

Das Gleiche galt für die Ermittlung. Nachdem er erkannt hatte, dass der Serienmörder nur die Spitze des Eisbergs war, trat er einen Schritt zurück und nahm eine ganzheitliche Sichtweise ein.

Dimitri lächelte. Fast die Hälfte von Moskau war rekonstruiert. Der obere Teil, der Himmel, der Kreml, das rote Lenin-Mausoleum, das Nowodewitschi-Kloster und ein Teil vom Gorki-Park. Der Rest würde einfacher sein, dachte Dimitri. Und so war es auch mit dem Fall. Er hielt die Stoppuhr an und notierte *2 h 35* in seinem Notizbuch.

Das Puzzle war ein perfektes Warm-up für seine grauen Zellen, ein Aufwärmen, um das andere Rätsel zu lösen.

Die 10.000 Puzzleteile waren nichts im Vergleich zu dem, was sein Team in der vergangenen Woche gesammelt hatte. Sie hatten jede Kleinigkeit gecheckt, Konten eingesehen, Krankenakten und Schulzeugnisse gesichtet. Eine Ameisenarbeit – um die Nadel im Heuhaufen zu finden. Dennoch drehte sich seiner Meinung nach alles um das wichtigstes Puzzleteil: Ibsen Bach.

Dimitri stand auf, verließ das Gartenhaus und durchquerte den Garten. Er schritt mit schnellen Schritten über den bereits gefrorenen Rasen, um der beißenden Kälte des eisigen Nebels zu entkommen. Als er die Küchentür zur Terrasse öffnete, fühlten sich die 22 Grad Celsius an, als würde er eine Sauna betreten.

Anisja stand vor der Kochinsel, bereitete das Abendessen vor und würde wie immer ihr Bestes geben. Seine Frau war eine hervorragende Köchin. Energisch klopfte sie die Eier mit dem Schneebesen, schaute auf und lächelt ihn an. »Ist alles in Ordnung, Liebling?«

Sie merkt, wie nervös ich bin, dachte er. Was die Arbeit betraf, so war alles perfekt. Aber die Gesundheit war eine andere Geschichte. Aber wie konnte er ihr das sagen?

»Könnte nicht besser sein! Ich werde noch eine Stunde arbeiten und dann komme ich runter.«

»Perfekt, ich mache gerade Watruschki. Die Quarktaschen brauchen noch eine Stunde.«

Da war es wieder, dieses einmalige Gefühl, das ihn durchflutete, sobald er sie ansah. Anisja war eine bezaubernde Frau, der wundervollste Mensch der Welt.

Dimitri seufzte und ging die Treppe hinauf. Nachdem er seine Pfeife angezündet hatte, betrachtete er das Fresko aus gelben Postits an der Pinnwand, das allmählich Gestalt annahm.

Ihm fehlten immer noch einige, insbesondere ein gelber Zettel von Adrian Schwarz, dem ersten Opfer, das in Moskau gefoltert aufgefunden wurde. Dieser Mann barg ein Geheimnis und nicht irgendein Geheimnis: Er hatte einst für den deutschen Geheimdienst gearbeitet und in Russland als Versicherungsmakler. Mehr hatte er nicht in Erfahrung bringen können, der Rest war streng geheim. Aber das spielte keine Rolle. Der Kontext erlaubte ihm, den Rest zu erraten. Er notierte *neue Identität* auf einem Post-it und klebte es an den Faden von Igor Romanow, auch bekannt als Dallmann.

Das nächste Opfer, Franz Teubel, hatte für den russischen Geheimdienst gearbeitet. Der ursprüngliche Wissenschaftler der Psycho-Phänomenologie, hatte in den neunziger Jahren mit seiner Arbeit aufgehört und angefangen, Kriminalromane unter dem Pseudonym Patrick Frost zu schreiben. Keine großen Verkäufe und schon gar nicht genug, um seinen Lebensstil zu rechtfertigen. Großes Haus, zweimal pro Jahr einen Fünf-Sterne-Urlaub in Mexiko, Porsche. Offensichtlich wollte der Geheimdienst nicht über seine Beziehung zu Teubel kommunizieren.

Zwei Geheimdienste waren involviert. Das war kein Zufall. Dimitri atmete einen Zug aus, hielt seine Pfeife zwischen den Zähnen und kritzelte auf einem weiteren Post-it *Geheimdienst und*

Kreml? Dann pinnte er es auf dem Faden, der Teubel mit Schwarz verband. Aber das war nicht alles. Die gründliche Ermittlung hatte sich ausgezahlt.

Kurt Blome und Franz Teubel. Sie waren altersmäßig nur ein Jahr auseinander, aber vor allem waren sie Studenten im gleichen Semester an der medizinischen Fakultät Berlin gewesen. Sie studierten beide Neurologie und Psychiatrie, bevor Teubel seine Fachrichtung zwei Jahre später änderte. Besser noch, Blome arbeitete in den 1970er Jahren als Facharzt in der psychiatrischen Abteilung der Universität. Nach dem Bericht von Pola hatte Blome eine experimentelle Krebsbehandlung entwickelt, basierend auf mentaler Suggestion.

Dimitri klemmte ein Post-it *gemeinsames Projekt?* zwischen Teubel und Blome. Dann legte er die Pfeife in den Aschenbecher und stellte sich mit etwas Abstand vor die Pinnwand. Er richtete seine Aufmerksamkeit auf das Foto des Mannes, der ihn in diesem Fall am meisten Kopfschmerzen bereitete: Ibsen Bach. Nach und nach hob sich der Schleier des Geheimnisses, das den Profiler Bach umgab. Vor allem der Teil, der seine Kindheit barg.

Nach Auskunft seines Freundes beim Geheimdienst hatte die Familie Bach in den Achtzigerjahren mehrere Anträge auf Adoption gestellt. Nach einigen Recherchen fand er heraus, dass Ibsen neun Jahre gewesen war, als sie das Sorgerecht für den Jungen erhielten. Nicht herausgefunden hatte er, wo der Junge sich davor aufgehalten hatte. Auch war es eine Tatsache, dass der Junge keine Erinnerung an seine ersten neun Jahre hatte. Doch der interessanteste Teil dieser Geschichte war, dass seine Amnesie erfolglos in der Berliner Landesklinik Weißensee behandelt worden war. Leider kam sein Freund nicht an die Akten heran. War es ein Zufall, dass zu dieser Zeit ein gewisser Kurt Blome ebenfalls dort gearbeitet hatte?

Dimitri lächelte breit. Er notierte *Ibsen – Patient?* Und verband das Post-it mit Blome. Dann ging er ein paar Schritte zurück und betrachtet das Bild mit Fotos und Anmerkungen mit zufriedener Mine. Das Mosaik war unvollständig, aber sein Gehirn füllte die

Lücken: Geheimdienst, Mörder, Verhöre, wissenschaftliche Projekte. Nein, dieser Fall war nicht gewöhnlich. Ein außerordentliches, anspruchsvolles Puzzle, sein anspruchvollstes bislang. Er hoffte, dass er durchhalten würde, bis er und sein Team das Rätsel gelöst hatten.

»Die Watruschkis sind fertig!«, rief Anisja aus der Küche.

Genau das, was ich jetzt brauche. Zur Hölle mit dem Bauchspeicheldrüsenkrebs, sagte er sich. Die Quarktaschen verströmten einen herrlichen Duft und versprachen puren Gaumengenuss.

Kapitel 52

Berlin-Weißensee

Rückzug

Es ist fünf Jahre her, seit ich entspannt in die waldreiche Atmosphäre um den Weißensee eingetaucht bin. Das Milchhäuschen ist der beste Ort, um einen Kaffee zu trinken. Der Ort hat sich nicht verändert, diese vertraute Atmosphäre findet man an der Freilichtbühne, am Park, am Kreuzpfuhl, am Sportklub oder am Strandbad.

Von meinem Ledersessel aus, mit einer Latte macchiato auf dem Couchtisch, beobachte ich Andreas, der am Eingang den Mantel auszieht und mit seinem Regenschirm kämpft. Ich hebe die Hand, um seine Aufmerksamkeit zu erregen.

Andreas nickt und kommt mit einem mürrischen Gesichtsausdruck auf mich zu. Ich glaube, mein Freund hat einen schlechten Tag.

»Scheiß Wetter... tut mir leid, dass ich zu spät bin, Ibsen«, brummt er und lässt sich in den gegenüberstehenden Sessel fallen.

Sorgfältig faltet er seinen Regenmantel und legt ihn auf die Armlehne. Eine Geste, die mir sofort sagt, dass etwas nicht stimmt. Andreas macht einen beängstigenden Eindruck. Er hat immer noch dunkle Augenringe. Sein Gesicht zuckt nervös und seine Hände zittern.

»Ich muss gestehen, dass mich dein Anruf überrascht hat, Andy. Zuerst habe ich erwartet, dass du mich zu einem neuen Tatort abholen willst...«

Andreas schenkt mir ein freudloses Lächeln. »Siehst du, da liegt das Problem, Ibsen. Du liest meinen Namen auf dem Display deines Smartphones und denkst nicht: ›Oh, der gute alte Andy wird mich zu einem Barbecue einladen!‹. Stattdessen denkst du: ›Lass uns zum Tatort fahren, um den neuesten Horror zu bestaunen!‹. Und weißt du was? Ich habe dieses Hundeleben so satt.«

»Gleichzeitig definierte dieses Ritual unsere Beziehung schon vor meinem Unfall. Autofahrten zu den Tatorten und von Zeit zu Zeit ein Restaurant. Und dann vergeht wieder eine Woche, bis ich von dir höre. Ich wäre nicht überrascht gewesen, wenn der Killer wieder zugeschlagen hätte. Außerdem warte ich immer noch auf die fehlenden Dateien. Es fällt mir schon schwer zu verstehen, dass du Informationen vor Kamorow und seinem Team zurückhältst, aber wenn du das mit mir machst, muss ich gestehen, dass mich das trifft.«

Andreas' Gesicht verdunkelt sich. »Scheiße, Ibsen! Du glaubst, es ist meine Schuld? Denkst du, ich habe die Kontrolle über die Situation? Ich möchte… Verdammt noch mal, ich möchte nur diesen gottverdammten Fall abschließen und nicht mehr darüber reden. Du weißt nicht, wie sehr ich unter Druck stehe!«

Das ist es ja. Ich sehe es und es bereitet mir große Sorgen. Die Signale multiplizieren sich. Ich will antworten, aber die Ankunft der Kellnerin zwingt mich zum Schweigen.

»Kann ich Ihnen etwas bringen?«, fragt sie.

Ich blicke hoch. Das Mädchen trägt Jeans, die perfekt zu ihren langen Beinen und einem rot-schwarz karierten Hemd passen. *Eine natürliche Schönheit.*

Andreas nimmt die Karte vom Tisch, überfliegt sie und gibt seine Bestellung auf. »Zwei Bagels, einen mit Schinken, den anderen mit Salami, und einen doppelten Espresso für mich. Danke!«

Ich beschränke mich auf eine zweite Latte macchiato. Als die Kellnerin zur Bar zurückgeht, fahre ich fort: »Ich brauche die Unterlagen, um voranzukommen, Andy. Vertrau mir bitte. Aber es sind nicht nur die Akten, ich habe auch kein Feedback über das Haus bekommen, in dem wir waren. Hast du irgendwelche Nachforschungen angestellt? Hast du eine Bestätigung über jemanden erhalten, der dort zu Tode gekommen ist? Oder über andere Vorfälle, die mit diesem Haus in Verbindung stehen?«

Langsam schüttelt Andreas den Kopf und schaut auf seine Füße, während er über seinen Schnurrbart streicht. Dann richtet er sich auf. »Hör zu, Ibsen. Ich wollte es dir nicht am Telefon sagen, denn, verdammt, ich schulde dir das. Deshalb habe ich vorgeschlagen, dass wir zusammen einen Kaffee trinken gehen. Es gibt einen Grund, warum ich dir die Akten nicht gegeben habe oder dir nichts über das Haus erzählt habe. Es wurde mir untersagt!« Andreas schlägt mit der Faust auf die Armlehne des Sessels. »Verdammt, ich darf nicht mehr mit dir über diesen Fall sprechen. Die Anweisung kam von ganz oben, vom Innenministerium oder vom Geheimdienst, was weiß ich. Also, bitte schön. Sie sagen ... Sie sagen, dass du unberechenbar bist. Ich soll dich abziehen und für eine Weile dem BND zur Seite stehen und ...«

Ich erstarre in meinem Sessel, reagiere nicht. Die Worte hätten mich niederschlagen sollen, aber ich bleibe träge, apathisch. Vom Fall abgezogen. Während ich mich dem Ziel so nahe fühle. Ich habe erwartet, dass das passieren wird, es war unvermeidlich. Aber nicht so schnell. Liegt es daran, dass ich mit Pola an meiner Seite ermittelt habe?

Andreas redet immer noch auf mich ein, aber ich höre nicht mehr zu. Seine Lippen öffnen und schließen sich, ohne dass nur ein Ton mein Ohr erreicht. Andreas' Gesichtszüge sind vor Wut zerknittert, seine Augenlider angeschwollen. Ich bin nicht mehr bei ihm.

Ich spüre den Druck auf den Schultern, eine Kraft, die mich niederzwingen will. Spüre eine riesige Hand, die auf meiner Brust lastet, und schnappe nach Luft. Meine Lungen ziehen sich in meinem Brustkorb zusammen. Ich nehme Andreas nur noch verschwommen wahr. Seine Gesichtsröte weicht einer tiefen Blässe. Seine Lippen werden blau, die Augen leer und glasig. Dann kommt eine Fliege aus einem seiner Nasenlöcher, gefolgt von einer zweiten. Ich will schreien, aber kein Ton weicht von meinen Lippen. Andreas' Gesicht verdunkelt sich, seine Lippen verdorren.

Plötzlich dringen die Geräusche in mein Ohr zurück.

»… und dann werde ich mit einem Nachbarn zum Fischen gehen. Du könntest auch kommen, wenn du möchtest.«

Ich reibe mir den Hinterkopf. Der Tumor… er muss mir immer noch Streiche spielen. Er hat mir wieder eine hässliche Vision beschert: die eines toten Andreas.

Die Kellnerin nähert sich mit einem Tablett. »Hier sind Ihre Bagels und ein doppelter Espresso. Guten Appetit.« Mit einem Lächeln sagt sie zu mir: »Ihr Latte kommt auch gleich«

Ich staune wieder über ihre Kurven, als sie sich zu Andreas hinüber beugt. *Was für ein schönes Mädchen.*

Andreas beißt in einen Bagel, legt ihn hin und wischt sich mit der Serviette den Schnurrbart ab. »Ibsen, wie geht es dir? Du bist ganz blass… Oh Scheiße, ich bin blöd! Verdammt, mit dem, was du hast, sollte ich nicht von der Krankheit meines Vaters… Möchtest Du, dass ich dich zum Arzt bringe?«

»Ich kann mich nicht von dem Fall zurückziehen, nicht jetzt. Auch ohne Gehaltsscheck werde ich weitermachen, Andy, mit dir oder ohne dich.«

Andreas verzieht das Gesicht. »Mit dieser Dürren, diesem Tod im Apfelbaum, denke ich? Okay, aber quäle ihn, diesen Tic Tac fressenden Kamorow.«

»Oder ganz allein. Was ist mit deinem ›*Wir haben diesen Fall gemeinsam begonnen, wir werden das auch zusammen beenden, du und ich.*‹, das dir immer so wichtig war, Andy?«

Andreas schlägt seine Faust auf den Tisch. Kaffeespritzer besprenkeln die Tischdecke, ein Bagel fällt zu Boden. »Verdammt, ich sagte dir bereits, dass mir die Hände gebunden sind.« Er unterdrückt einen weiteren Schlag auf den Tisch. Langsam atmet er ein und beruhigt sich wieder. »Offiziell zumindest«, fügt er hinzu.

»Und inoffiziell?«

Andreas sieht mich an. »Du bittest mich also, dir zu helfen, die Untersuchung fortzusetzen?«

Ibsen nickt. »Nur ein paar Infos. Lass mich nicht im Stich,

Andy. Dieser Fall gibt mir Halt, er hilft mir, mich wieder aufzubauen.«

Mein Freund schaut finster auf den Boden. Ein Zeichen, das ich erkenne. Er verbirgt noch immer etwas vor mir. »Andy, wo ist das Problem?«

»Einer der Gründe, warum wir nicht in Erscheinung treten wollen ... ist, dass wir noch andere Aufnahmen in diesem Haus gefunden haben. Dieser Bastard hat mich fotografiert. Ich bin auf seiner Liste. Und ...« Wieder weicht er meinem Blick aus.

»Und was, Andy?«

»... Kate. Er hat von dir und deiner Freundin Fotos gemacht. Es ist zu gefährlich, für sie und für mich.«

Seine Worte treffen mich wie ein Schlag. Der Tinnitus schießt seine hohen Töne durch meinen Kopf. Alles dreht sich. Die Welt ist zu einer Spirale geworden. Aber als das Smartphone vor mir auf dem Tisch vibriert, nehme ich es ohne Zögern in die Hand und drücke die grüne Hörertaste.

»Ibsen Bach.«

»Hallo, Dimitri Kamorow hier. Ich bin soeben in Berlin gelandet und würde mich gerne mit Ihnen unterhalten, Herr Bach.«

Kapitel 53

Berlin-Kreuzberg

Leo verbrachte nach ihrer Ankunft in Berlin nur eine Nacht in dem Zimmer über der Kneipe in Kreuzberg. Dank Wladim Karelin, einem deutsch-russischen, militärischen Exzentriker in Pension und Freund von Boris, mit dem sie sich in der Kneipe getroffen hatte, konnte sie die nächsten Tage, in einen Schlafsack gewickelt und halbwegs warm, in einem Keller übernachten. Den hatte ihr Wladim freundlicherweise im Austausch für ein paar Dienstleistungen zur Verfügung gestellt: die Wohnung saubermachen, das Geschirr spülen und obendrein ein wenig kochen. Wladim schätzte ihre Anwesenheit, zweifelsohne, und es war wohl auch nicht das erste Mal, dass er Menschen in einer prekären Lage half, angesichts der Dinge, die sie im Keller vorgefunden hatte. Er erlaubte ihr überdies, seinen alten Toyota für die eine oder andere Fahrt zu nutzen, und gab ihr einen Wi-Fi-Code.

Während dieser fünf Nächte schlief Leo kaum. Sie blieb mit weit geöffneten Augen wach, die Pistole griffbereit unter dem Kissen. Es war unmöglich, zwischen der immerwährenden Angst vor der Entdeckung und der Trauer um Boris, Schlaf zu finden. Boris, ihr Freund, ihre Säule, ihr Vertrauter, der hilfsbereiteste Mann, den sie je gekannt hatte, war nicht mehr da. Dennoch durfte sie sich jetzt nicht gehen lassen. Das hätte Boris nicht gewollt. Sie war eine Überlebende, eine Kämpferin, was sie auch den Dogmen ihres Vaters verdankte, die sie wie Mantras rezitierte. Sie war stark, sie hatte es immer gespürt. Jetzt wusste sie es. Und sie würde diese Sache durchziehen und den Täter finden, ihn entlarven. Für Boris, für Willa und auch für Martin Storm. In diesen dunklen Nächten war sie nur von Rachegedanken erfüllt und wünschte dem Täter den Tod.

Um ihre Ermittlungen fortzusetzen, hatte sie nur eine Spur: *Klaus Bohlen*. Aber wie konnte sie sich dem Profiler Bach oder dem Polizisten Neumann nähern, ohne zu riskieren, dass sie sich den Wölfen zum Fraß vorwarf? Sie musste erfahren und verstehen, warum Boris getötet wurde. Was hatte er herausgefunden, das ihn zur Zielscheibe gemacht hatte?

Leo stellte den Laptop auf den Tisch und schaltete ihn ein. Sie musste vorsichtig sein, durfte keine Spuren im Netz hinterlassen. Sie installierte zuerst den Tor-Browser. Mit ihm erregte die lokale IP keine Aufmerksamkeit. Sekunden später steckte sie den USB-Stick von Boris in den Laptop. Sie öffnete den Ordner DNA, der eine Liste von IP-Adressen enthielt, von denen eine durch eine Zeile getrennt und von zwei Wörtern flankiert war: »Match Found«.

Boris hatte es demnach geschafft, den mysteriösen E-Mail-Kontakt bis zur Quelle zurückzuverfolgen. Er hatte ihn aufgespürt und eine Adresse erhalten – und dafür mit seinem Leben bezahlt.

Sie steckte in einer Sackgasse. Obwohl die IP-Adressen für sie böhmische Dörfer waren, wusste sie, dass man im Darknet auch jene Piraten in dubiosen Foren fand, die stets bereit waren zu helfen. Die Mehrheit der Hacker boten ihre Dienste gegen Bitcoins an, andere halfen kostenlos – wegen der sportlichen Herausforderung. Leo griff auf den versteckten Dienst *Hackerbay* zu, ihre neue Ali Baba-Höhle.

Sobald sie sich identifiziert hatte, schickte sie eine private Nachricht an einen gewissen *BlackWidow*, einen Kryptoanarchisten, und schrieb: *Kannst du den Server finden, der mit dieser IP-Adresse verbunden ist?*

Sie wartete ein paar Sekunden, die ihr wie Minuten vorkamen.

BlackWidow antwortete: *Klar. Ich werde nachsehen. Sollte nicht lang dauern.*

Leo wartete wieder, dieses Mal einige Minuten.

Dann erschien seine Antwort. Fett, kursiv, vernichtend: *Bist du lebensmüde? Das ist ein verdammter Server des BND, vom Bundesnachrichtendienst in Berlin.*

Kapitel 54

Berlin-Kollwitzkiez

Leo öffnete das Fenster des alten Toyota. Sie zog es vor, die Kälte des verregneten Winterabends in den Wagen zu lassen, anstatt den Geruch von Zigaretten zu ertragen, der die Sitze durchdrang und an dem die drei am Rückspiegel aufgehängten Tannenbäumchen nicht viel änderten.

Die Abhöraktion vor dem Haus, in dem Ibsen Bachs Wohnung lag, hatte noch immer nichts gebracht und ihr Arm war taub vom Strecken der Parabolantenne in Richtung Fensterfront. Das nächste Mal würde sie ein Stativ aufstellen, sollte es ein nächstes Mal geben. Noch nie war ihr eine Abhöraktion so langweilig vorgekommen. Für gewöhnlich gab es bei Aktionen wie diesen stets ein schlüpfriges Detail, einen heftigen Streit, einen lauten Koitus. Aber die Wohnung von Ibsen Bach war erschreckend ruhig. Kein Fernsehen, keine Musik. Kein einziger Anruf, um die Monotonie des Zuhörens zu durchbrechen. Die einzigen Geräusche, die sie hörte, waren schlurfende Schritte, das Klacken eines Stocks auf den Boden und ein paar Hustenanfälle. Der Typ war nicht mal vierzig und benahm sich wie ihr Großvater.

Leo unterdrückte ein Gähnen. Sie dachte an Boris. Man hatte ihn mit *SORM*, dem Überwachungsprogramm des russischen Inlandsgeheimdienstes FSB überwacht, das Telefon- und Internet-Daten in Russland abfing und speicherte. Die Daten wurden direkt beim Anbieter mit einer Blackbox abgefangen, um sie aus der Ferne analysieren zu können. Der Geheimdienst benötigte dafür weder den Betreiber noch eine richterliche Erlaubnis. Der

Verdacht eines mittelschweren Verbrechens oder Informationen reichten aus. Nur hatte Boris kein Verbrechen begangen. Das Aufspüren einer IP-Adresse war zwar eine bedenkliche Angelegenheit, aber deshalb brachte man niemanden um.

Die Melodie der Regentropfen, die auf die Windschutzscheibe und das Autodach fielen, gepaart mit der Ereignislosigkeit, hatte auf sie eine einschläfernde Wirkung. Sie legte das Mikrofon beiseite, trank rasch den Kiwi-Bananen-Smoothie und verschlang den Rest des veganen Burgers. Es wurde Zeit, ihre Sachen zusammenzupacken.

»*Du verschwendest deine Zeit, Leo!*«, hörte sie Boris sagen. »*Warum nicht einen direkten Kontakt?*«

Stimmt! Dieser Ibsen Bach schien nicht unsympathisch, soweit sie das beurteilen konnte. Vielleicht konnte er ihr behilflich sein. Die Kälte drang mittlerweile in ihre Kleidung und sie fühlte sich unwohl. Sie schloss das Fenster, legte das Headset an und richtete das Mikrofon mit einem Seufzer auf das Fenster der Wohnung. Man wusste nie… Staubsaugen vielleicht, um die Monotonie zu durchbrechen.

Ein Fahrzeug, das einige Meter hinter ihr einparkte, erregte ihre Aufmerksamkeit. Leo duckte sich und beobachtete zwei Personen, die aus dem Fahrzeug stiegen: ein weißhaariger Mann und eine spindeldürre junge Frau, die in einem überlangen Mantel zu schweben schien und deren Haar unter einer Wollmütze steckte.

Leo hörte die Türklingel. »Ende der Monotonie. Bach bekommt Besuch«, flüsterte sie. »Hoffentlich sind es keine Zeugen Jehovas.«

»*Guten Abend, Herr Bach.*«

Das war die Stimme des weißhaarigen Mannes sein, sagte sich Leo. Zweifelsohne ein Russe, dem Akzent nach zu beurteilen.

»*Hallo Pola, Herr Kamorow. Treten Sie bitte ein.*«

Das musste Ibsen Bach sein.

Es folgten unverständliche Worte, der Regen überlagerte den darauffolgenden Austausch. Leo stellte die Kopfhörer neu ein. Sie nahm das Geräusch des Stocks und das Heranziehen von Stühlen wahr.

»Ich habe eine Verbindung gefunden, Herr Bach, und einige beunruhigende Entdeckungen gemacht. Ich bin nach Berlin gekommen, weil ich möchte, dass meine Informationen in einem geschlossenen Kreis bleiben.«

Das war Kamorow!

»Ich gebe zu, dass meine Sitzungen beim Psychiater beginnen, mich zu langweilen und zu teuer werden, Herr Kamorow. Wenn Sie also Informationen haben, bin ich interessiert.«

»Wussten Sie, dass Sie in der Klinik am Weißensee behandelt wurden, Herr Bach?«

»Ich... Nein... Ich erinnere mich an vieles nicht... Worauf wollen Sie hinaus?«

»Sie wurden im Alter von sechs Jahren wegen einer Amnesie behandelt, und ich vermute, dass Kurt Blome einer Ihrer Therapeuten war. Wenn das der Fall ist, ist das der Beweis, dass Sie eine wichtige Rolle in dieser ganzen Sache spielen.«

Kurt Blome? Leo kritzelte den Namen und umkreiste ihn.

»Das ist noch nicht alles. Ich fand auch eine Verbindung zwischen Kurt Blome und dem zweiten Opfer in Moskau: Franz Teubel. Beide haben an der medizinischen Fakultät studiert, gleiches Semester. Und noch interessanter ist, dass Teubel für den Geheimdienst arbeitete.«

Verdammt. Der Geheimdienst... schon wieder!

»Also steht der Mörder mit dem Geheimdienst in Verbindung? Dann wären der FSB und der militärische Geheimdienst GRU daran beteiligt?«

»Das würde Sinn ergeben. Dies könnte erklären, warum die Ermittlungen erschwert werden und warum die oberste Stelle der OMON mich drängt, die Untersuchung einzustellen.«

»Es ist faszinierend und erschreckend zugleich.«

»Ich habe noch mehr, Herr Bach. Je tiefer ich in das Archiv eintauchte und in das Semester 1966 eindrang, stellte ich fest, dass beide, Blome und Teubel, Teil eines von Dr. Ursula Gomolka geleiteten Wissenschaftsklubs waren. Sie war bekannt für ihre Gehirnforschung.«

Wieder verlor Leo durch ein vorbeifahrendes Auto den Anschluss an die Unterhaltung. Nur knisternde Geräusche waren zu hören, bis das Fahrzeug sich entfernt hatte.

»*Können Sie ihm Ihre Notizen zeigen, Ibsen? Ich denke, mein Onkel könnte Ihnen helfen*«, sagte die Frau.

Leo hörte, wie sie aufstanden und den Raum wechselten. Sie fing nur noch Gesprächsfetzen auf und musste näher an das Fenster heran.

Plötzlich fror sie in ihrer Bewegung ein. Auf der gegenüberliegenden Straßenseite kam langsam ein Auto mit gelöschtem Scheinwerferlicht näher und parkte direkt unterhalb Ibsens Wohnung. Sie schaute genauer hin. Der Fahrer zielte mit einem Richtmikrofon auf die Wohnung, wie sie es in den letzten Stunden getan hatte. Dann erstarrte sie vor Entsetzen, all ihre Sinne waren geschärft. Sie erkannte den wuchtigen Wagen, in dem der Mann sich duckte. Das Fahrzeug hatte sie in Moskau von der Straße gedrängt.

Kapitel 55

Berlin-Kollwitzkiez

Myrrhe

Ich horche in mich hinein und suche vergebens nach dem guten Gefühl von heute Morgen.

Seit ich Andreas verlassen habe, um in meine Wohnung zurückzukehren, schreit eine Stimme in den dunklen Abgründen meines Geistes. Ich höre keine Worte, nur ein ersticktes Klagen, aber ich spüre den tief verzweifelten Hilferuf darin. Ist es der *Andere*, der sich manifestiert? Will er mich warnen?

Ich glaube, dass Pola und Kamorow im Besitz eines Schlüssels sind, der einige der in meinem Gehirn verschlossenen Türen öffnen kann. Aber ich habe Angst davor, was ich dahinter vorfinden werde. Befürchte ich womöglich, dass der *Andere* sich befreien wird? Unaufhaltsam, wie ein kleines Tier mit spitzen Zähnen, das erstmals nach einem langen Winterschlaf den Bau verlässt.

»Ibsen?«, ruft Pola mit besorgter Stimme. »Ist alles in Ordnung?«

Nein. Meine Brust ist zusammengequetscht. Sterne tanzen vor meinen Augen. Aber ich versuche, das alles unter einem erzwungenen Lächeln zu verbergen.

»Ich glaube nicht, ein Latte macchiato wäre jetzt schön«, antworte ich. Dann nehme ich meine beiden Notizbücher aus der Schublade und drücke sie mir an den Bauch. Ich bin noch nicht bereit, diese Erweiterung meines Geistes zuzulassen.

Dimitri Kamorow kommt mit ausgestreckter Hand auf mich

zu. »Hören Sie, Herr Bach, ich weiß, dass die Dinge zwischen uns anfangs nicht gut gelaufen sind. Ich habe dasselbe Ziel wie Sie. Ich möchte der Sache auf den Grund gehen. Und wir beide wissen, dass die Herausforderung nicht mehr nur darin besteht, einen Mörder zu fangen, sondern herauszufinden, welche Wahrheit sich hinter beiden Mordserien verbirgt. Glauben Sie mir, wir können diese Untersuchung fortsetzen. Noch habe ich für den Moment die Kontrolle und das Sagen! Aber um voranzukommen, brauche ich Sie. Ich bin so nah dran, einige Rätsel dieses komplexen Falles zu lösen, aber mir fehlen einige Teile des Puzzles, die nur Sie haben können.« Kamorow tippt mit dem Zeigefinger an seine weiße Schläfe. »Und um sie zu finden, müssen wir in *Ihrem* Kopf danach suchen.«

Ich lächle. Pola hatte die gleichen Bemerkungen gemacht. Die Beiden waren aus demselben Holz geschnitzt. »Gut«, antworte ich, »aber unter einer Bedingung.«

Kamorows Habichtsaugen verengen sich. »Welche?«

»Ich möchte an den Ermittlungen teilnehmen und über alle Fortschritte auf dem Laufenden gehalten werden. Es werden keine halben Sachen gemacht. Ich möchte hundertprozentig einbezogen werden …«

»Natürlich, das versteht sich von selbst.«

»Ich bin noch nicht fertig«, fahre ich fort. »Das bedeutet auch, dass ich nicht in die Berliner Abteilung für Datenerfassung zurückkehren werde. Ich brauche ein Gehalt und möchte, dass Sie mich in Moskau einstellen. Ich beherrsche Ihre Sprache perfekt, schließlich habe ich viele Jahre in Russland gelebt und gearbeitet.«

Kamorow sah ihn verblüfft an. »Was für ein Überraschungsschlag. Das hätte ich nicht von Ihnen erwartet«, sagt er. »Ist es nur eine Frage des Geldes?«

»Verstehen Sie mich bitte nicht falsch, Geld bedeutet mir nicht viel, aber ich baue mich gerade wieder auf. Ich habe eine Freundin, Gesundheitskosten, die mich ruinieren und gerade meinen Job verloren. Ich vermute, dass Sie mich verstehen, oder?«

Kamorow nickt. »Aber Sie sind deutscher Staatsbürger. Ich

kann Sie nicht ohne Weiteres einstellen. Dafür brauche ich die Zustimmung der OMON. Aber ich werde sehen, was ich tun kann, um ...«

Ich lehne mich auf meinen Stock und schüttle den Zeigefinger. »Nein! Ich brauche eine vertragliche Zusicherung. Ich war für das BKA in Moskau tätig und wir haben hervorragend mit den Russen kooperiert. Meine verstorbene Frau Lara war Russin. Das dürfte genügen!«

»Schon gut, ich habe verstanden. Ich werde eine Lösung finden. Der Deal gilt. Versprochen!«

Ich reiche Kamorow die Notizbücher und den Karton. »Ich werde uns einen Kaffee kochen.«

»Gute Idee, den werden wir brauchen. Wird Ihre Freundin Sie nach Moskau begleiten?«

Ich weiß, dass Pola meine Reaktion auf diese Frage analysieren möchte. Ich drehe mich um, öffne den Wasserhahn und fülle die Kaffeekanne mit Wasser. »Wir leben noch nicht zusammen. Wollen wir anfangen? Wir haben eine lange Nacht vor uns.«

Pola räuspert sich. Ich wende mich ihr wieder zu und lese in ihren Augen die Freude über die neueste Entwicklung. »Soll ich für uns Pizza bestellen, Ibsen?«

Kamorow legt das Notizbuch auf den Tisch. »Die gehen aber auf mein Konto.« Er zwinkert seiner Nichte zu und vertieft sich dann in die Notizen.

»Das eine ist eine Sammlung ziemlich komplexer Wörter«, erkläre ich.

Pola steht hinter ihrem Onkel und sieht ihm über die Schulter.

»Ich habe ein wenig über Franz Teubel recherchiert, Herr Bach. Seine Arbeit ist sehr interessant, weniger seine Kriminalromane.«

Ich gieße das Wasser in die Kaffeemaschine, drücke den Startknopf.

Kamorow lehnt sich auf seinem Stuhl zurück. »Interessant ... Hm, um ehrlich zu sein, wenn ich das außerhalb des Kontextes dieser Untersuchung gelesen hätte, hätte ich vermutlich angenommen, dass der Verfasser Opfer von Halluzinationen ist, und ich hätte das Thema abgeschlossen.« Er zeigt auf ein Wort im Notizbuch. »Herr Bach, *Schneeadler*... ist das eine Bezeichnung für mich?«

Ich setze mich an den Tisch und nicke. »Es passt zu Ihnen. Ein weißhaariger Greifvogel«, gestehe ich amüsiert.

Kamorow blättert schmunzelnd weiter durch die Seiten. »Übrigens, nachdem ich las, was Teubel veröffentlicht hatte, wurde mir klar, dass wir die Morde auch aus einem anderen Blickwinkel betrachten sollten.«

Ich setze mich zu ihm an den Tisch. Hinter mir blubbert leise die Kaffeemaschine, der Duft von gerösteten Bohnen strömt in die Küche.

»Myrrhe zum Beispiel«, fährt Kamorow fort. »Wir haben angenommen, dass sie Teil des Rituals des Mörders sei, und schrieben dem eine religiöse Bedeutung zu, was uns angesichts der makabren Inszenierung logisch erschien. Aber laut Teubels Schriften können bestimmte Gerüche als Auslöser für eine Tat dienen. Ähnlich wie Worte während einer Hypnose, wenn man so will.« Er schließt das Notizbuch und sieht mich an. »Pola hat mir von den Briefen berichtet, die der Killer Ihnen geschickt hat, von Ihrer Reaktion auf seine Lektüre. Und wie Sie die Leichen analysierten, sie legten jedes Mal ein seltsames Verhalten an den Tag. Ich habe zunächst angenommen, Sie seien ein Freak, ein Verrückter, in seinem Labyrinth gefangen. Ich habe mich getäuscht und entschuldige mich für meine Haltung. Was ist Ihrer Meinung nach der gemeinsame Nenner zwischen diesen Briefen und den Tatorten?«

»Die Myrrhe«, antworte ich im Flüsterton.

Kamorow nickt. »Ich habe ich mich gefragt, ob die Inszenierungen der Toten nicht über ihre bloße ikonische Darstellung hinausgehen. Sie wissen schon, Belphégor, Dämonen, usw. Was wäre, wenn sie auch dazu bestimmt wären, Reaktionen hervorzurufen, zum Beispiel um Erinnerungen zu wecken?«

Ich habe darauf gezählt, dass du zwischen den Zeilen liest.

»Sie glauben, dass der Mörder versucht, mir olfaktorische und visuelle Signale zu senden, damit ich reagiere? Aber warum?«

Um ›den Anderen‹ aufzuwecken?

»Er muss Zugang zu Ihren medizinischen Daten aus Ihrer Kindheit haben. Hören Sie, ich weiß, es klingt sehr nach Pseudowissenschaft. Aber Teubel spricht darüber in seinem Buch, und er arbeitete mit den Geheimdiensten FSB und GRU zusammen. Deshalb nehme ich das ernst. Und dann sind da noch die Briefe, die Sie erhalten haben. Ich denke, dass einige Wörter, mit Myrrhe verbunden, Ihre Anfälle verursacht haben könnten. Sie sollten mir auch die Briefe zeigen.«

»Das ergibt keinen Sinn, Herr Kamorow. Das alles nur für mich?«

»Nein!«, interveniert Pola. »Ich denke, sein erstes Ziel ist es, zu bestrafen, er will Vergeltung. Aber seine Show ist nur für Sie bestimmt. Deshalb auch die Rosen am Tatort. Dieser Typ ist echt schrägt drauf.«

Nur ein stilles Nicken. Ich stehe auf. Während ich die Kaffeekanne aus der Maschine nehme, höre ich die Stimme in meinem Kopf, erstarre und unterdrücke einen Schauder.

Alles wird gut, Ibsen…

Kapitel 56

Berlin-Kollwitzkiez

Leo zog die Kappe tief ins Gesicht und sank in den Beifahrersitz. Ihr Herzschlag schlug wieder im normalen Rhythmus, aber ihre Hände waren immer noch feucht, ihre Kehle trocken. Die mit dem Schrecken verbundene Panik hatte sich gelegt, die Angst blieb.

Der Mann war nicht weit von ihr entfernt, höchstens zwanzig Meter lagen zwischen ihr und dem schwarzen BMW. Die Dunkelheit, der Regen und das Licht der Straßenlaternen, das nur einen Teil des Fahrersitzes beleuchtete, minimierten das Risiko, entdeckt zu werden. Ein einziger Blick in ihre Richtung hätte sie verraten können, denn ihr Richtmikrofon war mit einer relativ großen Parabolantenne ausgestattet. Sie schauderte bei dem Gedanken.

»Was soll ich tun, Papa?«, sagte sie leise.

»Das einzig Richtige, Leonela. Du wirst aus dem Auto steigen, dich von diesem gefährlichen Typen entfernen, ein Taxi nehmen, und in Wladims Keller gehen.«

Nein, kein Taxi, Papa. Hast du die Regeln des Überlebens vergessen? Die Anwesenheit dieses Mannes beweist, dass ich auf dem richtigen Weg bin. Wie groß ist die Chance, dass mein Angreifer gerade einen der Hauptakteure im Fall des Berliner Dämons ausspioniert, ohne die Verbindung zu meiner eigenen Untersuchung zu kennen?

»*Gering, mein Kind.*«

Sie nahm ihre Kamera und zoomte den Mann näher heran. Sein Auftauchen konnte nichts Gutes bedeuten. *Hinter wem bist du her? Ibsen Bach? Kamorow? Diese Frau? Vielleicht alle drei?*

Und in wessen Auftrag? Sie musste mehr erfahren. Sein Standort auf der anderen Straßenseite war weniger exponiert und schattiger, seine Ausrüstung ließ eine hoch entwickelte Präzisionsarbeit vermuten, mit einem langen Richtmikrofon und einer integrierten, thermischen Kamera ausgerüstet. Das war ein Profi!

Leo legte die Kamera beiseite und die Kopfhörer wieder an. Vorsichtig hob sie die Parabolantenne an, so dass sie sich dem Schatten im Fahrgastraum anpasste.

Kamorows Stimme ertönte in den Kopfhörern.

»*Wird Ihre Freundin Sie nach Moskau begleiten?*«

Die drei Personen waren wieder in Reichweite.

»*Wir leben noch nicht zusammen …*«

Leo linste zu dem gegenüberstehenden BMW und zuckte zusammen. Der Mann hatte das Fahrzeug verlassen und beobachtete die Wohnung mit seiner Kamera.

»*… Soll ich für uns Pizza bestellen.*«

Er bewegte sich nicht einen Zentimeter, er stand da im Schutz des Schattens, wie eine Statue.

»*… bestimmte Gerüche können als Auslöser für eine Tat dienen.*«

Plötzlich nahm der Mann das Auge von der Linse und einen Stöpsel aus dem Ohr; er griff zum Handy, drehte sich um und blickte in ihre Richtung.

Leo duckte sich blitzschnell und ließ sich weiter in den Sitz gleiten. Ihre Knie trafen schmerzhaft das Handschuhfach.

»*Sei vorsichtig, Leonela!*«

Vorsicht? Nein, um meinen Schutz mache ich mir keine Sorgen, Papa.

Warum rief er so plötzlich jemanden an? War es wegen dem, was er gehört hatte?

»*Oh nein! Meine Leonela, geboren am 17. April 1993 im Zeichen des Widders. Zu neugierig, zu impulsiv.*«

Sie hob den Kopf und richtete das Mikrofon auf den schwarzen BMW.

»*Kamorow wird zum Problem. Er hat die Verbindung zwischen Teubel und Blome hergestellt.*« Die Stimme des Mannes klang heiser, er sprach ein akzentfreies Deutsch. »*In Ordnung, verstanden, ich mache weiter*«, sagte er kalt. Dann richtete er sein Mikrofon auf die Wohnung und steckte den Stöpsel wieder ins linke Ohr. Das Handy hielt er zwischen Schulter und rechtem Ohr geklemmt.

Auch Leo richtete die Parabolantenne wieder auf Ibsens Wohnung.

»*… Ich denke, dass einige Wörter, die mit Myrrhe verbunden sind, Ihre Anfälle verursacht haben könnten.*«

Sie schwenkte die Antenne wieder zu dem Mann.

»*Ich bestätige. Sie wissen bereits zu viel. Es wird zu gefährlich.*« Stille.

»*Habe ich grünes Licht?*«
Stille.

»*Und Bach? Was mache ich mit ihm?*«

Der Deutsche schüttelte den Kopf. »*Was ist, wenn er sich widersetzt?*« Ein Nicken. »*Wird erledigt.*« Er legte auf.

Verdammt! Was hatte dieser Bastard vor?

»*Was glaubst du denn? Er wird sie alle töten, genau das wird er tun, Leonela.*«

Nein, Papa. Er wird keinen russischen Ermittler töten. Das wäre dumm.

»*Das ist ein Auftragskiller! Solche Typen finden stets einen Weg, die Wahrheit in ihrem Sinne zu manipulieren. Der Übergriff auf Sergeij, Storms Selbstmord, Boris Tod!*«

Der Mann stieg wieder in sein Fahrzeug ein, legte Mikrofon und Kamera auf den Beifahrersitz und lehnte sich kurz zurück. In diesem Moment wusste Leo es: Er machte sich bereit. Er würde seine Waffe nehmen und die Menschen in der Wohnung eliminieren. Das konnte sie nicht zulassen.

»*Halt! Du solltest über dein Überleben nachdenken. Der Polizist da drinnen ist sicher bewaffnet, er wird in der Lage sein, sich zu verteidigen.*«

Das Zuschlagen der Wagentür ließ sie aus ihrem inneren Dialog hochschrecken. Der Regen hatte ein wenig nachgelassen, sodass sie ihn viel besser sehen konnte: Jeans, Lederjacke. Groß, über 1,80 m groß. Militärischer Haarschnitt. Er schaute hoch zum Fenster.

Welchen Wolf werden Sie füttern, Frau Sorokin? Es ist Zeit für eine Entscheidung. Treffen Sie ihre Wahl.

Leo tauchte ab, tastete mit der Hand hinter den Beifahrersitz und griff nach ihrer Sporttasche. Sie riskierte einen kurzen Blick aus dem Fenster. Der Mann ging langsam auf die Eingangstür zu.

Leo steckte die Hand in die Tasche. Ihre Finger berührten das kalte Metall der Glock.

»Denk nach, Leonela ... Ich flehe dich an«.

Dank dir mache ich das ständig, Papa. Das hier ist die neue Leonela Sorokin, mit ihr wird dieser Typ nicht rechnen. Das bin ich, Papa. Ich treffe meine eigenen Entscheidungen. Niemand macht mir mehr Angst, Papa!

Leo schloss die Augen. Ihre Lippen formten eine Reihe unanständiger Wörter. Sie kletterte an der Beifahrerseite aus dem Wagen, hockte sich hinunter und peilte das Ziel an.

Der Mann öffnete die Eingangstür des Gebäudes.

Leo wurde innerlich kalt wie eine sternenklare Dezembernacht an der Wolga. Sie hielt den Atem an und drückte den Abzug.

Kapitel 57

Berlin-Kollwitzkiez

Für Dimitri Kamorow waren die Begriffe, die Bach in seinem Notizbuch festgehalten hatte, Puzzleteile, die nur darauf warteten, zusammengefügt zu werden. Gedankenfetzen, dem Labyrinth seines Geistes entrissen. Krümel, gestreut, um ihm zu helfen, den Weg zurückzufinden.

Vielleicht sah Ibsen Bach in seinem Schreibritual nur die Verankerung von Orientierungspunkten, die ihn in seinem inneren Nebel leiteten. Aber er selbst entzifferte etwas anderes. Eine Ausdrucksform des Unterbewusstseins, wie in den Werken von Teubel beschrieben. Was wäre, wenn all diese Worte eine versteckte Bedeutung hätten? Was, wenn sie ihm in Besitz des entsprechenden Kodexes den Sinn offenbaren würden? Er brauchte die Briefe, die der Killer an Bach geschickt hatte.

Er verzog sein Gesicht, als sich der Schmerz wieder bemerkbar machte. *O mein Gott, ich muss durchhalten*, dachte er und übte Druck auf seine Bauchspeicheldrüse aus. *Gerade lange genug, um diesen Fall zu lösen und das Puzzle zu vervollständigen. Danach, wer immer du bist, kannst du mich mitnehmen, wohin du willst.*

Bach drehte sich um, hielt die Kaffeekanne in der Hand. »Entschuldigung, ich habe leider keinen Zucker. Es macht Ihnen doch nichts aus?«

Dimitri sah von dem Notizbuch hoch, wollte antworten, aber der Schuss hinderte ihn daran. Das Glas des Küchenfensters explodierte, Glassplitter schossen in den Raum. Die Kugel traf die Decke. Gipsstücke lösten sich und fielen auf den Boden. Bach ließ die Kanne fallen, Pola kreischte.

»Runter! Auf den Boden!«, brüllte Kamorow. Er legte den Arm schützend um seine Nichte, ging in die Hocke und drückte Pola mit hinunter. Dann blickte er zu Bach, der am Herd entlang über den Boden schleifte wie eine Stoffpuppe. Das Gesicht war schmerzverzerrt.

»Verdammt!«

Kamorow seufzte erleichtert, als er feststellte, dass Bachs Schmerz von seinem mit dem heißen Kaffee übergossenen Bein kam.

Draußen fiel ein zweiter Schuss.

»Ich werde nachsehen, was da vor sich geht! Bleiben Sie bei meiner Nichte und rufen sie die Polizei an! Und zeigt Euch nicht am Fenster!«

»Ich kann mich sowieso kaum bewegen«, antwortete Bach und zeigte auf sein verbrühtes Bein und seine blutige Handfläche, die ein großer Glassplitter in der Mitte durchbohrt hatte.

»Pola, hilf Herrn Bach, und ruf den Notarzt an!«

Seine Nichte legte die Hand auf seinen Arm. »Sei vorsichtig, Onkel Bernie«, flüsterte sie.

Onkel Bernie... Pola musste wirklich besorgt sein, wenn sie ihn schon so nannte. Er nahm die Pistole aus dem Halfter und ging geduckt zur Eingangstür der Wohnung.

Ein dritter Schuss fiel, ein vierter. Kamorow presste sich an die Wand.

Die letzten beiden Schüsse klangen dumpfer. »Das war eine andere Waffe, Pola! Bleib auf dem Boden liegen. Es müssen zwei Schützen sein, vielleicht mehr«, rief er. »Was zum Teufel ist hier nur los?«

Kamorow entsicherte seine Waffe und eilte die Treppe hinunter. Als er die Haustür erreichte, lehnte er sich an die Wand und riskierte einen kurzen Blick nach draußen. Nichts. Nur der Regen, der auf den Asphalt prallte.

Plötzlich quietschten Reifen, der Motor eines stark motorisierten

Wagens brüllte auf. Er machte einen Schritt auf den Bürgersteig. Ein schwarzer BMW raste an ihm vorbei und zerteilte eine riesige Pfütze. Das Wasser durchtränkte fast vollständig seine Kleidung.

Kamorow ging langsam zur Mitte der Straße. Der BMW gehörte einem der beiden Schützen, da war er sich sicher. Aber wo war der zweite Schütze? Irgendwo in der Nähe? Verdammt, Kamorow! Vielleicht war es nur eine aus dem Ruder gelaufene Schlägerei? Also, was machst du auf der Straße?

Das rote Backsteingebäude lag völlig im Dunkeln. Er sah an den Fenstern keine Bewohner, die von den Schüssen aufgewacht und neugierig geworden waren. Folglich musste einer der Schützen einen Schalldämpfer benutzt haben. Er stellte sich unter das zerbrochene Fenster. Angesichts der Höhe war das kein versehentlicher Schuss, schlussfolgerte er. Der Schütze hatte es gezielt angesteuert. Auch musste man kein Ballistikexperte sein, um zu erraten, von wo der Schuss abgefeuert wurde.

Er visualisierte in Gedanken den Winkel und trat ein paar Schritte zurück. Dann entdeckte er die Patronenhülse auf dem Boden, neben dem Reifen eines alten Toyota Corolla. Er kniete nieder, fasste sie zwischen Zeigefinger und Daumen. *Kaliber 9 mm.* Das Kaliber entsprach dem Klang des ersten Schusses. Kamorow ging in die Hocke und überprüfte noch einmal den Schusswinkel mit seiner Waffe. *Passt!* Der Schütze hatte von hier auf das Haus gezielt und geschossen.

Er bemerkte eine zweite Hülse in der Rinne und sah sich um. Ein dünner Blutstreifen bedeckte ein einsames trockenes Laubblatt. Kamorow stand auf und erfasste weitere Blutspuren in den Pfützen.

Ein hämmerndes Geräusch ließ ihn aufhorchen. Eine junge Frau klopfte im Wageninneren an die Scheibe des Toyotas. Sie hielt ein blutiges Taschentuch an ihr Ohr, ihr Gesicht war schmerzverzerrt.

Dimitri zielte mit seiner Waffe auf ihren Kopf und bewegte sich aber langsam auf die Fahrertür zu, öffnete sie. Bemerkte das Blut am Griff. Panik lag auf dem Gesicht der jungen Frau.

»Herr Kamorow! Ich kann das alles erklären«, sagte sie in verzweifeltem Tonfall auf Russisch. »Mein Name ist Leonela Sorokin. Bitte helfen Sie mir!«

»Woher zum Teufel kennen Sie meinen Namen?«

Sie verzog das Gesicht. Blut lief ihr den Hals hinunter. »Ich habe durch das Fenster in die Decke geschossen, um Sie zu alarmieren. Der Typ wollte nicht nur mich, sondern auch Sie, Herrn Bach und die Frau in der Wohnung erschießen. Helfen Sie mir, bitte. Ich werde Ihnen alles erzählen!«

Kapitel 58

Berlin-Kollwitzkiez

Misstrauen

Mein Herz schlägt schneller, als das Freizeichen des Polizeinotrufs ertönt. Ich atme ruhig, sage mir, dass ich das Richtige tue. In knappen Worten berichte ich von dem Schuss durch mein Küchenfenster und nenne meine Adresse.

Pola hat bereits die Glasscherbe aus meiner Handinnenfläche entfernt und ein Pflaster auf die Wunde geklebt. Sie stellt den Verbandskasten auf den Tisch und reicht mir den Stock. »Soll ich nicht doch einen Krankenwagen rufen, oder wenigstens einen Arzt?«

»Helfen Sie mir nur hoch. Ich bin so vollgepumpt mit Schmerzmitteln, dass ich nur noch mein Bein spüre, das den Kaffee abbekommen hat. Also, alles in Ordnung...« Ich grinse und sehe mich in dem Zimmer um. »... mehr oder weniger.«

Einmal aufgerichtet lehne ich mich an die Wand. »Und jetzt verschwindet aus meiner Wohnung. Die Kollegen werden jeden Moment eintreffen. Frau Sorokin ist in Gefahr und hat offensichtlich Probleme mit den Behörden, folglich werde ich das Ganze als zufällige Straßenschießerei darstellen. Niemand hat Sie und Frau Sorokin draußen gesehen, Kamorow. Ich rufe Sie an, sobald die Lage sich beruhigt hat.«

Das Telefon vibriert. Ich ziehe es aus meiner Hosentasche. *Andy.* Ich nehme an.

»Ibsen? Ist alles in Ordnung mit dir? Ich habe von einer Schießerei in deiner Straße gehört. Ich bin in ein paar Minuten da, Kumpel!«

Noch vor der Ankunft der Polizei haben Kamorow, Pola und Leo Sorokin meine Wohnung und das Haus durch den Hinterausgang verlassen.

Ich lehne mich an die Küchenwand und betrachte das zerbrochene Fenster, dann Andreas, der mit gesenktem Kopf auf und ab läuft. Er murmelt unverständliche Worte und kaut auf seinen Fingernägeln. Sein Gesicht ist so rot, dass ich erwarte, jeden Moment Rauch aus seinen Nasenlöchern kommen zu sehen. Aber nicht vor Wut.

Ich kann den Stress spüren, der meinen Freund von innen verschlingt wie ein hungriger Krebs. Angst verzehrt ihn, ihre Metastasen sind bereits in seinen Körper eingedrungen. Das ist nicht der Polizist Neumann, den ich da vor mir habe, sondern eine unter dem Einfluss der Angst agierende Marionette.

Andreas wischt sich die Stirn mit einem Taschentuch ab. »Bist du sicher, dass du nicht noch mehr gesehen oder gehört hast?«

Ich frage mich, warum mein Freund so besorgt über diese Geschichte ist. »Erkläre mir bitte mal, seit wann du deine Männer bei einer einfachen Straßenschießerei begleiten musst, Andreas? Ich verstehe es nicht.«

Ich hätte den Stier auch mit einem roten Tuch reizen können, der Effekt ist derselbe.

»Verdammt, hörst du dich selbst reden, Ibsen? Eine einfache Schießerei? In welcher Welt lebst du? Was hättest du an meiner Stelle getan, wenn du erfahren hättest, dass die Schüsse genau an dem Ort abgefeuert wurden, an dem einer deiner Freunde wohnt?« Er zeigt auf das Fenster und die Decke. »Ich hatte also einen triftigen Grund, mir Sorgen zu machen!«

Ich bleibe ruhig vor Andreas stehen, bereit zum Angriff. »Ein Anruf hätte genügt. Und wie du sehen kannst, geht es mir gut. Ich habe nur eine kleine Wunde in meiner Hand.«

Andreas öffnet den Mund, aber kein Ton kommt von seinen

Lippen. Dann lässt er einen Seufzer los. »Hör zu, ich werde dich nicht anlügen. Ich stehe unter Beschuss, das weißt du. Ich bin nervös, bin ausgeflippt und dachte, du seist in Gefahr.«

Nein. Das überzeugt mich nicht.

»Der Andreas, den ich kenne, flippt nicht so leicht aus. Sag mir endlich, was mit dir los ist! Ist es wegen des Fotos, das der Mörder von dir gemacht hat?«

»Der Ibsen, den ich kannte, war nie so herablassend und misstrauisch gegenüber seinen Freunden!«, schnaubt Andreas.

»Weißt du was? Du nimmst das alles viel zu ernst. Ich glaube, du brauchst etwas Luft. Du wirst am Ende am Boden liegen, wenn du so weitermachst. Es ist kein Misstrauen, sondern Sorge, die ich fühle. Ich sehe dich welken, du riechst nach Whisky, du trägst stets die gleiche Kleidung, du isst Junkfood. Reiß dich zusammen, alter Mann!«

Andreas tritt zwei Schritte zurück. Seine Gesichtsfarbe wechselt von Rot zu Weiß. Er starrt mich an, als hätte ich ihm gerade einen Dolch in den Bauch gerammt.

»Keine Sorge, ich gebe *dir* etwas Luft! Und ich weiß, warum du in diesem Ton mit mir redest! Du bist sauer auf mich, weil du außer Gefecht gesetzt wurdest, weil du nicht mehr an dem Fall dran bist. Als wäre das meine Schuld! Oh Scheiße, was weißt du denn schon? Fick dich! Fickt Euch alle!«

Andreas schlägt mit der Faust gegen die Wand und verlässt die Wohnung, ohne sich umzudrehen.

Ich versuche nicht, ihn zurückzuhalten. Ich kenne ihn zu gut, um zu wissen, dass ich diesen Bullen nicht aufhalten kann, wenn er in Rage ist.

Kapitel 59

Berlin-Kollwitzkiez

Konzentration

Leo legt ihre Hand auf den Küchentisch. »Jetzt wissen Sie alles. Danke, dass Sie mir zugehört und mir geholfen haben, und entschuldigen Sie ...«, sie zeigt auf das Bettlaken, das an der Gardinenstange mit Sicherheitsnadeln befestigt ist. »... aber ich musste einen Weg finden, Sie zu warnen. Ich könnte niemals einen Menschen erschießen. Das übersteigt meine Kräfte.«

Am Tisch herrscht Schweigen. Kamorow lehnt sich zurück und starrt an die Decke. Ich sehe, wie sein Gehirn arbeitet und welche Verbindungen sein berechnender Verstand herstellt. Pola schenkt mir ein Lächeln und spielt mit der Büroklammergiraffe, die sie eben gemacht hat. Das ist ihre Art, ihre Konzentration zu kanalisieren, das weiß ich heute.

Was mich betrifft, so ist mir von allen Informationen, die die junge Jurastudentin und Bloggerin uns geliefert hat, besonders eine aufgefallen. Leo erwähnte Amelie Maranow, die Tochter eines Gangsters. *Amelie*, der Name, den ich in mein Notizbuch gekritzelt habe. Ist das ein Zufall? Und worin liegt die Verbindung zu Klaus Bohlen?

Leo hebt die Arme, die Handflächen zeigen zur Decke. Sie bricht die Stille. »Keine Reaktion? Oder haben Sie so viele Fragen, dass Sie nicht wissen, wo Sie anfangen sollen?«

»Sie sollten den Verband wechseln«, rät Pola ihr, »die Wunde blutet wieder. Und ich denke, dass ein Arzt sich Ihre Verletzung ansehen sollte. Immerhin hat die Kugel ein Stück von Ihrem Ohr weggeblasen.« Pola öffnet den Verbandskasten zum zweiten Mal, und reicht Leo ein Stück Gaze und eine Rolle Mullverband.

»Nein, ein Krankenhaus ist viel zu riskant«, sagt Leo leise und wickelt den Verband um den Kopf. »Es wird schon gehen. Außerdem ist es nur ein winziges Stück vom Ohr.«

»Es ist ein unverwechselbares Merkmal und wird Sie zukünftig *entlarven*, Frau Sorokin.« Kamorow ist aus seiner Wintertrance zu uns zurückgekehrt. Selbst sein Gesicht hat ein wenig Farbe bekommen.

»Ich weiß, aber das macht nichts, Herr Kamorow. Bitte nennen Sie mich doch alle beim Vornamen. Ich fühle mich dann wohler.«

Kamorow nickt.

»Nachdem Sie mir zugehört haben, wissen Sie, dass wir nun alle in Gefahr sind. Der Schütze reagierte sofort, als Sie von Teubels Veröffentlichungen und einer möglichen Verbindung mit Blome sprachen.« Leo hält einen Moment inne. »Da ist noch eine Sache, die mich beschäftigt. Als Sie Teubel erwähnten, haben Sie über Hypnose gesprochen.«

Kamorow kräuselt die Stirn. »So etwas habe ich nicht gesagt.«

Leo ignoriert seinen barschen Tonfall. »Mein Freund Boris wurde von seiner Mitbewohnerin getötet. Und das macht keinen Sinn. Also dachte ich ...«

»Dass sie hypnotisiert wurde, um einen Mord zu begehen?«, unterbricht er sie. »Ist das Ihr Ernst?« Kamorow starrt Leo an wie ein Adler, der sich jeden Moment auf eine Spitzmaus stürzt.

»Und warum nicht?«, interveniert Pola. »Vielleicht ist das mit Tanja Fischer passiert. Auch sie hat ihre Freundin ohne ersichtlichen Grund getötet. Außerdem passiert neuerdings ein bisschen zu viel Irrationales. An diesem Punkt können wir nicht mehr über Zufälle sprechen, Onkel.«

Leo schüttelt den Kopf. »Es gab einen Präzedenzfall ...«, sie schaut zur Decke und beißt sich auf die Unterlippe. »Nein ... es ist ... unmöglich. Das kann nicht sein ...«

»Wissen Sie etwas?«, erkundigt sich Kamorow.

»Nur ... eine Theorie. Und gleichzeitig ... passt das alles zusammen. Der Geheimdienst und auch die Zeit ... 1975 untersuchte die von Präsident Gerald Ford eingesetzte Rockefeller-Kommission die Vorgänge um ein umfangreiches Geheimprojekt der CIA.«

Alle Augen sind auf Leo gerichtet.

»Wovon reden Sie?«, hake ich nach.

»Von dem Projekt *MK-Ultra*.«

Kapitel 60

Moskau-Zentrum

Maksim Rybakow schnellte seine Faust in den ledernen Boxsack, während im Hintergrund die ersten Töne von Frédéric Chopins *Nocturne Opus 9 Nr. 2* aus dem Radio erklangen.

Heute Abend erinnerte ihn jeder Faustschlag und jeder Tritt mehr als an jedem anderen Abend daran, dass sein Leben stets eine Reihe von Kämpfen gewesen war. Er knurrte, schwang zwei Haken und sprang zurück. Ein Kampf gegen die Genetik, der es ihm ermöglicht hatte, den schwächlichen kleinen Jungen in einen spartanischen Krieger zu verwandeln.

Er machte weiter mit einem kreisförmigen Tritt, der so kraftvoll war, dass er die Eisenkette erschütterte, an der der Boxsack hing. Ein Kampf, den er gegen die Vorurteile der Narren gewann, die in ihm nur den Sohn seines Vaters und den Erben eines Getreideimperiums in Moskau sahen.

Maksim hatte den Reichtum seiner Familie nie als einen Vorteil, sondern als ein zu überwindendes Handicap betrachtet. Schon als Jugendlicher verstand er, dass es einen Kampf brauchte, um Respekt zu erlangen und sich einen Platz zu verdienen, von dem jeder dachte, dass er ihm zu Recht gehörte.

Hechelnd schwang er eine Reihe von Uppercuts, während er darauf achtete, auch die Füße in Bewegung zu halten. Heute musste er seinem Vater nur noch das Darlehen für die Luxuswohnung in der *Okhotny*-Straße im Zentrum Moskaus zurückzahlen, um seine Freiheit zu erlangen und seine Unabhängigkeit zu behaupten. Er hatte noch einen weiten Weg vor sich, aber er wusste, dass er für den Erfolg gewappnet war. Er besaß Willenskraft und Disziplin. Deshalb trafen seine Fäuste um 23.00 Uhr bis zur Erschöpfung den ledernen, mit speziellem Kunststoffgranulat gefüllten Boxsack, während andere sich auf ihrer Couch flätzten, um das Gehirn bei geisttötendem Reality-TV zu leeren.

Disziplin und Einsatzbereitschaft. Er schwitzte, während andere über eine stumpfsinnige Geschichte lachten, mit einem Glas Bier oder einer Wodkaflasche in der Hand und einem Stück Pizza in der anderen.

Maksim schob den Boxsack zurück und verpasste ihm zwei weitere Aufwärtshaken und einen letzten Tritt. »Ja!«, rief er, um seinen letzten Hieben Nachdruck zu verleihen.

Disziplin und einen eisernen Willen. Die würde er brauchen, weil ein anderer Kampf auf ihn wartete – gegen einen ebenso mächtigen wie unsichtbaren Gegner. Ein Gegner, der seinen Freund bei der zum Geheimdienst gehörenden Abteilung *RISS* dermaßen erschreckt hatte, dass er die Nachforschungen eingestellt hatte. RISS stand für *Russisches Institut für Strategische Studien*, galt als Denkfabrik des FSB und unterstand direkt der Verwaltung des russischen Präsidenten.

Er fing den Boxsack auf und stabilisierte ihn. Im Radio löste Franz Liszt Chopin ab, die Ungarische Rhapsodie die Nocturne. Er nahm sein weißes Handtuch, wischte sich den Schweiß von der Stirn und schaute auf seine Sportuhr. Seine Herzfrequenz lag bei einhundertvierzig.

Perfect.

23.15 Uhr. Fünf Minuten, um einen Proteinshake zuzubereiten und danach mit dem Krafttraining fortzufahren. Er entriegelte die Lederschlaufe, schob den Boxsack entlang der an der Decke montierten Schiene zur Seite und befestigte ihn mit einem Haken an der Ziegelsäule.

Maksim handelte nicht wie sein Freund bei der RISS. Er war kein Mann, der das Handtuch warf. Trotz der Hindernisse gab er keinen Kampf im Voraus verloren, sondern sah ihn als eine weitere Gelegenheit, sich selbst zu übertreffen. Das Spiel würde schwierig sein, dessen war er sich bewusst. Es könnte brenzlig werden, denn der Fall zog Kreise bis in die höchste Regierungsebene: den Kreml.

Aber welche Organisation war in der Lage, seinen Freund so unter Druck zu setzen, dass er nicht mehr ermitteln wollte? Die RISS entwickelte im Auftrag des Präsidenten Strategien, um politischen Einfluss zu nehmen. Vielleicht hatten die Mächtigen ihre Finger im Spiel. Denen ging man tatsächlich besser aus dem Weg.

Aber warum? Welcher Gefahr waren sein Freund und Leo ausgesetzt?

Leo ... Um diesen Leuten zu entkommen, war sie aus ihrer Wohnung geflohen und gewiss auch untergetaucht.

Maksim goss das Molkepulver in den Mixer und fügte ein Ei, Milch und einen Löffel Kreatin hinzu. Dann drückte er den Startknopf und brachte für ein paar Sekunden die Melodie des ungarischen Komponisten zum Schweigen.

Er stand vor einem Dilemma. Sollte er die Informationen, die er erhalten hatte, an die russische Polizei weitergeben? Seine Position verpflichtete ihn dazu; ihm oblag die Verantwortung der Ermittlung, denn er gehörte dem Justizministerium der Russischen Föderation an und vertrat die Staatsanwaltschaft. Gleichzeitig konnte er aber mit nichts Konkretem aufwarten, das eine echte Verbindung mit der laufenden Ermittlung bewies.

Wie relevant wäre es, der Polizei zu offenbaren, dass ein ehemaliger Journalist namens Bennet in den 1970er Jahren das BKA kontaktiert hatte, um zu berichten, dass sowohl Kinder in einer Villa in Ost-Berlin als auch in einer Moskauer Dependance von *Laboratorium Nr. 12*, einem Laborinstitut der Föderation für innere Angelegenheiten, festgehalten wurden? Im *Laboratorium Nr. 12* in Moskau wurden Giftstoffe synthetisiert und erforscht. Alle Projekte unterlagen der strengsten Geheimhaltung.

Maksim hatte zwar schon von Menschenversuchen mit Giften gehört, wie verschiedene Testreihen an Verurteilten, bevor diese erschossen wurden, oder von der Suche nach einem geschmacklosen Gift, das unbemerkt in das Essen von zu beseitigenden Personen gemengt werden konnte. Er hörte auch immer wieder von Anschlägen mit dem Gift *Nowitschok* auf Personen, die dem Kreml lästig wurden. Aber von Kindern war nie die Rede gewesen.

Immerhin gab es diese Geschichte über Amelie Maranow, die einst bei den Storms gelebt hatte, aber diese Verbindung beruhte auf einer Annahme und war viel zu dünn. Ebenso die alten IQ-Tests, die im Haus der Storms gefunden wurden. Auf jedem Blatt war ein Logo in Form einer Rosenknospe aufgedruckt. Dieser Spur sollte er folgen.

Maksim trank den Shake in einem Zug und wischte sich den Schaum von seinem Schnurrbart. Seltsam, dachte er, dass damals nach Bennets Verschwinden niemand Erkundigungen über diese Kinder eingeholt hatte. Offensichtlich stimmte da etwas nicht. Und je länger er darüber nachdachte, desto weniger wollte er seine Informationen mit der Staatspolizei teilen. Vermutlich hatte die zur Polizei gehörende Einheit OMON die Finger im Spiel. Diese mobile Einheit mit *besonderer Bestimmung*, die direkt dem Innenministerium unterstand und stets eine Sondereinheit der Miliz gewesen war, war bekannt für ihre fragwürdigen Vorgehensweisen bei Ermittlungen. Überdies gab es da den Vorfall um Willas psychiatrisches und medizinisches Gutachten, das verloren ging und drei Tage später plötzlich wieder auftauchte.

Nun, es wurde Zeit: noch dreißig Liegestütze bis Mitternacht. Danach würde er in seinem Bett über all das noch einmal gründlich nachdenken. Die Nacht brachte oft eine Lösung. Ferner erwartete ihn morgen ein arbeitsreicher Tag.

Als er ins Wohnzimmer zurückkehrte, klingelt es an der Wohnungstür. Er stellte die Musik leiser, schnappte sich ein T-Shirt und zog es rasch über. An der Haustür spähte er durch den Türspion. Ein Mann mit ernstem Gesichtsausdruck und kantigem Kiefer hielt eine Dienstmarke des FSB hoch.

Seltsam... Was wollte der föderale Geheimdienst um diese Zeit von ihm?

Er öffnete die Tür.

Eine Sekunde lang blickte er in die Augen des Mannes, sah darin die sibirische Kälte. Aber nicht eine Sekunde blieb ihm, um zu realisieren, dass er den Kampf gegen die Genetik verloren hatte, dass aus dem spartanischen Krieger wieder der kleine Junge wurde.

Der Agent hatte längst seinen rechten Arm gehoben, in der Hand eine Pistole mit einem Schalldämpfer.

Maksims Disziplin und eiserner Willen wurden mit mehreren Schüssen ausgelöscht und in Blut getränkt.

Kapitel 61

Berlin-Weißensee

Eifersucht

Trotz der Hagelkörner und Sturmböen tritt Pola das Gaspedal und beschleunigt den Wagen in Richtung Weißensee. Der Motor heult auf und überholt den schwarzen Mercedes, während ein Blitz am Nachthimmel protestiert.

Pola wird uns noch umbringen, denke ich, aber halte mich zurück. Kamorow ist wieder nach Moskau zurückgeflogen. Er muss einen dringenden Arzttermin wahrnehmen, hat er behauptet. Ich glaube ihm nicht ganz. Aber ich habe den Eindruck, dass Ärzte eine große Rolle in seinem Leben einnehmen. Wie in meinem.

»Hey, hier beträgt die Höchstgeschwindigkeit hundert Stundenkilometer!«, ruft Leo, die neben mir auf dem Rücksitz immer unruhiger wird. »Es wäre besser, keine Verkehrsübertretung zu begehen. Die Polizei wird mich bei einer Überprüfung der Personalien sofort zum Verhör mitnehmen!«

»Jemanden zu überholen, der in einem solchen Schneckentempo fährt, entspricht einem normalen Verhalten«, widerspricht Pola, »zumal die Straße menschenleer ist.«

»Leicht gesagt, nicht Sie sind es, die in der Untersuchungshaft schmoren wird«, knurrt Leo. »Außerdem ist es gefährlich bei diesem Wetter und den Schlaglöchern. Eure Straßen sind ja fast wie in Russland.«

Ich blicke in den Rückspiegel. Pola knabbert an ihrer Unterlippe und zieht ihre Augenbrauen hoch. Sie ist eine tickende Zeitbombe. Ich notiere *Eifersucht?* in meinem Notizbuch. Es braucht nicht mehr viel, bis Pola in die Luft geht. So gut kenne ich sie mittlerweile schon.

Ich wende mich auf dem Rücksitz zu Leo. »Sie scheinen eine Menge über das *MK-Ultra*-Projekt zu wissen, Leo?«

Leo lächelt. Meine Frage ist eine kaum verhüllte Ablenkung. Aber sie entscheidet sich, die Hand zu greifen, die ihr ausgestreckt wird, um die Atmosphäre zu entspannen.

»Ich habe mich mit dem Thema sehr oft beschäftigt«, antwortet sie. »Ich verwalte ... nun, ich habe einen Blog verwaltet, den manche als Verschwörungsplattform bezeichnen. Aber das *MK-Ultra* Projekt ist Realität. Das war sein Name in den Siebzigerjahren, aber seine Herkunft geht zurück auf die Fünfzigerjahre. Es lief von 1953 bis in die 1970er Jahre im Kontext des Kalten Kriegs. Ziel des Projekts war, ein perfektes Wahrheitsserum für die Verwendung im Verhör von Sowjetspionen zu entwickeln sowie die Möglichkeiten der Gedankenkontrolle zu erforschen.«

»Gab es darüber hinaus nicht auch eine Verbindung zu den Nazis?«, fragt Pola.

»Ja. 1945 wurde die *Joint Intelligence Objectives Agency* der USA gegründet, um unter anderem Operation *Paperclip* zu leiten, ein Programm, das Nazi-Wissenschaftler vor dem Zugriff der Russen und den Nürnberger Prozessen rettete.«

Pola nickt. »Ich habe von dieser Operation gehört. Es gibt sogar Gerüchte, dass Josef Mengele selbst Teil der Gruppe gewesen sein soll, das erscheint mir aber weit hergeholt.«

»Wie bei jeder Operation wie dieser ist es schwierig, die Fäden der Wahrheit und die der Täuschung zu entwirren«, bedeutet Leo. »Die Trennung von Spreu und Weizen unterscheidet den investigativen Blogger vom sensationellen, der auf Klicks angewiesen ist. Auf der anderen Seite ist *MK-Ultra* ein erwiesener Fakt. Die US-Regierung hat das auch nicht bestritten, als der Skandal bekannt wurde. Was aber Mengele betraf, so gibt es keine Beweise dafür, dass er Asyl in den Vereinigten Staaten oder in Russland finden konnte.«

Pola runzelte die Stirn. »Russland?«

»Ja, auch Russland, Pola. Das *MK-Ultra*-Projekt hatte damals auch Niederlassungen in Russland. So arbeiteten ehemalige berüchtigte Nazi-Ärzte beispielsweise für den KGB an der *Lomonossow-Universität* in Moskau. Unter dem Deckmantel der Behandlung von Schizophrenie entwickelten sie mentale Programmiermethoden, die auf Barbituraten, Elektroschocks und Gehirnwäsche mittels Tonbandgeräten beruhen.«

Pola seufzt. »Nett, ich habe auch an der *Lomonossow-Universität* in Moskau studiert«, sagt sie und lenkt den Wagen in einen Waldweg. Dann fixiert sie Leo im Rückspiegel. »Sie sind gut informiert.«

Ich schmunzle. Wer hätte das für möglich gehalten. Geht doch!

»Ich muss zugeben«, fährt Pola fort, »dass ich Sie am Anfang für verrückt hielt, als Sie das *MK-Ultra*-Projekt erwähnten. Aber je mehr Sie von dieser hässlichen Geschichte berichten, desto mehr fügt sich das Puzzle zusammen. So waren beispielsweise mehrere Opfer des Mörders Mitglieder der Geheimdienste. Und dann ist da noch die Arbeit von Blome und Teubel.«

»Ich habe die Verbindung auch nicht sofort hergestellt, da das Projekt *MK-Ultra* 1988 offiziell eingestellt wurde. Gerade wenn es um die Opfer geht, ist die Rolle des Mörders aber nicht klar.«

»Das ist eine Geschichte der Rache«, sagt Pola. »Und diese Rache steht in Verbindung mit Ibsen Bach. Warum wurde das Projekt gestoppt, Leo?«

»Das verdanken wir dem Watergate-Skandal im Jahr 1973. Der Fall löste eine Welle der Panik aus und der damalige Direktor der CIA, Richard Helms, ordnete die Vernichtung aller offiziellen Dokumente an. Aber 1974 enthüllte die New York Times die Rolle der CIA und ein Jahr später stellte die Rockefeller-Kommission das Programm der Öffentlichkeit vor.«

»Und sie mussten mehr als zwanzig Jahre Forschung fallen lassen?«

»Wenn wir dem Geständnis von Dr. Gottlieb, einem der Leiter des Projekts, Glauben schenken können, so wäre es ihnen niemals gelungen, den perfekten Attentäter zu erschaffen. Das war der Zweck des Projekts, die Programmierung eines menschlichen Roboters, der auf Befehl, beispielsweise mit einem Codewort als Auslöser, zum Killer mutiert. Ihr wichtigstes Ziel war damals Fidel Castro. Man kann nicht sagen, dass es ein großer Erfolg war.«

»Nun, es sieht so aus, als ob die Forschung weiter betrieben wurde und erfolgreich war, wie der Fall von Tanja Fischer und ...« Pola beendet ihren Satz nicht.

Leo legt ihre Stirn gegen das kalte Fenster.

Ich weiß, dass sie jetzt an ihren Freund Boris denkt. So verrückt es klingen mag, aber ihre Freundin Willa wurde darauf vorbereitet, ihn zu töten. Und angesichts des Timings bedeutet das, dass diese Leute eine Person in kurzer Zeit programmieren können. Kein Wunder, wenn man den technologischen und wissenschaftlichen Fortschritt der letzten vierzig Jahre bedenkt.

»Ich mache mir Vorwürfe, dass ich es nicht vorher verstanden habe«, sagt Leo. »Ich hätte sofort reagieren sollen, als Martin Storm mir die Geschichte der kleinen Amelie Maranow erzählte, die von Männern in schwarzer Kleidung mitgenommen wurde. Mein erster Gedanke galt der pädophilen Prostitution. Und verdammt, wenn das, was ich über das Rosenrot-Projekt gelesen habe, wahr ist ...«

»Rosenrot? Ich habe den Faden verloren ...«, werfe ich hellhörig geworden ein und trete aus meiner Gedankenblase heraus.

»Entschuldigung, Herr Bach. *MK-Ultra* umfasste mehrere Projekte. Das Rosenrot-Projekt war eines von ihnen. Nehmen wir an, dass es sich dabei um Kinder handelte, die sehr früh konditioniert wurden. Drogen, sensorischer Entzug ... Der erste Schritt der Gedankenkontrolle ist immer, den Willen zu brechen. Dabei handelt es sich um traumatische Erfahrungen.«

»Das ist Blödsinn, Leo«, wirft Pola ein. »Ich würde gern glauben, dass die Russen mit Giften, LSD oder Hypnose experimentieren können, selbst mit Elektroschockbehandlungen. Aber mit Kindern? Niemals.«

Leo lässt sich nicht irritieren. »Sie müssen das verstehen. Amerika und die damalige UdSSR. Es war zu Beginn des Kalten Krieges. Der Wettlauf gegen die Zeit hatte zwischen den beiden Supermächten begonnen, es war notwendig, mentale Kontrolltechniken zu entwickeln, denn die Russen hatten bereits ihr Wahrheitsserum in der Schublade. Die Kinder waren ohne Zweifel Waisen, Kinder, die ...«

»Hören Sie auf, das macht mich krank, Leo«, unterbricht Pola und lenkt den Wagen einen unbefestigten Weg hinauf. »Es ist ekelhaft, widerlich!«

Vor uns erhellen die Scheinwerfer des Wagens ein abgelegenes Haus. »Ist das hier der richtige Ort?«, fragt Pola und sieht mich im Rückspiegel an.

»Schwer zu vergessen, selbst für einen ›Amnesisten‹ wie mich«, antworte ich. »Dieses Haus hat der Mörder als Versteck genutzt. Die Spurensicherung ist abgeschlossen. Wir können uns also dort jederzeit in Ruhe umsehen. Übrigens eine gute Recherche-Arbeit, Leo. Das ist beeindruckend. Danke.«

»Gern geschehen, Sie können Wunder mit dem Internet vollbringen, wenn Sie wissen, wo Sie nachschauen müssen.«

Ich bestätige.

Leo hebt die Augenbrauen. » So richtig verstehe ich immer noch nicht, warum wir hier sind.«

Pola zeigt auf mich. »Ibsen ist auf den Namen des verstorbenen Besitzers gestoßen. Ich habe die Augen verdreht. Aber Ibsen hatte wieder einen seiner Geistesblitze.«

»Wer war der Typ?«, hakt Leo nach.

»Herbert Dallmann. Der Lehrer war der Bruder von Igor Romanow alias Richter Dallmann, eines der letzten Opfer des Mörders.«

Kapitel 62

Moskau, Distrikt Ramenki

Dimitri Kamorow steckte ein Stück Kuchen in den Mund. Seit er vor einigen Wochen den Appetit verloren hatte, aß er, abgesehen von Gebäck und Watruschki, mehr aus der Notwendigkeit einer Nahrungsaufnahme als aus Vergnügen.

Auch beschäftigte ihn die jüngste Nachricht, die ihm sein Vorgesetzter, Dumpfbacke Iwan Simarow, mit aufgeblasener Überheblichkeit überbracht hatte. Der russische Geheimdienst nahm die Ermittlungen wieder auf. Er sollte General Simarow für ein paar Tage assistieren, um den Übergang zu gewährleisten, und danach den Fall abgeben. Dimitri hatte allerdings auch damit gerechnet.

Angesichts der neuen Ereignisse war es mehr als offensichtlich, dass der BND und die russischen Geheimdienste FSB und GRU den Fall im Keim ersticken wollten. Sie trafen ihre Vorkehrungen, damit ein Bluthund wie er nicht auf Elemente stieß, die ihre Handlungen gefährden oder unappetitliche Einzelheiten an die Öffentlichkeit gelangen könnten. Gott weiß, welche Druckmittel der russische Geheimdienst an höchster Stelle hatte, selbst in der Bundesrepublik.

Hatten die Russen das BKA infiltriert? Oder das den Bundesnachrichtendienst? Gab es dort Spitzel mit Insiderwissen? Die Verbindungen waren jedenfalls vorhanden. Da war sich Kamorow sicher. Oder hatten die Geheimdienste einen Killer nach Berlin gebracht, der alles aus dem Weg räumte, was eine Mission in Russland gefährden konnte? Offiziell war es zu spät, um das herauszufinden. Notfalls würde er allein weitermachen müssen.

Dimitri legte die Kuchengabel auf den Teller und griff nach dem Glas Wasser. Die Watruschki waren ein wenig zu trocken, er hätte es vorgezogen, die Quarktaschen in eine Vanillesoße zu tunken. Dennoch nahm er eine weitere Tasche, um seine Frau nicht zu enttäuschen. Er wusste, dass sie sich um seinen Appetitverlust sorgte.

Er musste es Anisja sagen, aber damit würde er das Risiko eingehen, diese sanftmütige Frau zu zerstören. Sie umsorgte ihn, doch er nahm es kaum wahr. In letzter Zeit hatten ihre Mahlzeiten die Form von Monologen angenommen. Während seine Frau versuchte, seine Aufmerksamkeit zu erregen, verschloss er sich in der Stille seiner Gedanken.

»Die Nachbarn haben eine Garage für ihren Wagen gemietet. Das sollten wir auch tun, Dimitri. Und hast du über Winterreifen nachgedacht?«, unterbrach Anisja die Stille.

Dimitri nickte schweigend. *Wenn dieser Bastard Simarow glaubt, dass ich aufgeben und Däumchen drehen werde...*, dachte er. Eher würde er in das Wespennest der FSB oder der GRU stechen und den Finger in die Wunden der Institutionen legen. Besonders mit dem neuen Puzzleteil aus dem Mund von Leo Sorokin.

»Schatz, du hast die Watruschki kaum angerührt! Soll ich sie zurückstellen?«

Wieder nickte er nur. Wer hatte Leo Sorokin kontaktiert und die junge Frau auf diese Geschichte angesetzt? Die wahrscheinlichste Hypothese war, dass jemand eine Rechnung offen hatte und die Rosenrot-Organisation aufdecken wollte. Außer dass ... Ein vernünftiger Mensch würde nicht auf eine junge Studentin und unbekannte Bloggerin setzen. Auch wenn er zugeben musste, dass die Kleine Ressourcen hatte. Hm ... oder die besagte Person vertraute keinen institutionalisierten Journalisten. Was sowohl möglich als auch beunruhigend war.

»Es ist trotzdem merkwürdig, Dimitri«, sagte Anisja, »dass unsere Nachbarin nackt im Garten mit Tannenzweigen in ihrer Hand herumläuft. Sie muss ziemlich verwirrt sein.«

Dimitri nickte noch einmal. Die trocknen Quartaschen wollten seine Speiseröhre einfach nicht passieren. Schnell nahm er noch einen Schluck Wasser.

Hätte man ihm vor der Aufnahme seiner Ermittlungen von dem streng geheimen Projekt *Rosenrot* erzählt, hätte er gelacht und mit vernichtendem Sarkasmus reagiert: »Das sind keine X-Akten, sondern diese Morde sind das wahre Leben!«

Heute glaubte er an *Rosenrot* und seine Szenarien: Ein Killer eliminiert Mitglieder einer Organisation, die die Forschung aus einem fragwürdigen Projekt namens Rosenrot wieder aufgenommen hatten. Vielleicht war es eine kleine Gruppe innerhalb der FSB oder der GRU, die die Unterstützung mächtiger und wohlhabender Menschen genoss. Rosenrot hatte immerhin russische und deutsche Regierungsorganisationen infiltriert. Der Killer war ausgebildet, vielleicht sogar Mitglied einer Spezialeinheit. Er war intelligent und in der Lage, der Überwachung seiner Gegner und der Polizei zu entkommen. Sein Motiv war Rache und gleichzeitig versuchte er, mit Ibsen Bach zu kommunizieren, um verborgene Erinnerungen wieder aufleben zu lassen.

»Ich weiß von deinem Krebs, Dimitri«, sagte Anisja traurig.

Er nickte – und erstarrte. Dann legte er seine Gabel auf den Teller und hob den Kopf. Ihre Blicke trafen sich. Anisja lächelte ihn an.

»Anisja…«

Sie weiß es. Natürlich weiß sie es. Sie ist nicht dumm.

»Habe ich endlich deine Aufmerksamkeit, Dimitri? Ich weiß, du hast versucht, es vor mir zu verheimlichen, und ich verstehe, warum du das getan hast, aber ich bin nicht blind. Dein gelber Teint, dein Appetitverlust, dein Juckreiz… Ich bin deine Frau, glaubst du wirklich, ich hätte es nicht bemerkt?«

Dimitri konnte die Emotionen, die ihn überwältigten, nicht mehr zurückhalten. Sein Körper gehorchte ihm nicht mehr, seine Kehle zog sich zusammen. Er spürte, wie ein Meer an Tränen seine Augen zu überfluten drohte. Anisja wusste es. Und er hatte nichts gesagt. Was war er nur für ein Narr! Was für ein lausiger Ehemann! Er brach in Tränen aus.

»Ich … Ich … Ich wollte nicht, dass du dir Sorgen machst.« Er griff nach der Serviette und wischte sich die Tränen vom Gesicht. »Es ist die Bauchspeicheldrüse, du weißt schon, dass …« Er konnte die Worte nicht aussprechen, sie kamen nicht über seine Lippen. Wie sollte er Anisja sagen, dass ihm nur noch wenige Monate blieben?

Duktales Pankreas-Adenokarzinom. Drei Wörter, die den sicheren Tod bedeuteten.

»Ich weiß, Dimitri. Hör zu. Ich habe es vermutet, aber dein Arzt hat es mir bestätigt. Er hat versucht, dich telefonisch zu erreichen, leider ohne Erfolg, und so rief er mich an. Ich habe ihn angelogen, ihm gesagt, dass ich alles wüsste. Nach den letzten Untersuchungen schlägt er einen chirurgischen Eingriff vor. Du weißt nicht, wie …« Anisja nahm seine Hand und küsste sie. Tränen kullerten über ihr Gesicht.

»Gibt es Hoffnung?«, fragte er leise.

»Die Operation könnte einen großen Teil des Tumors entfernen, meint dein Arzt«, antwortete Anisja.

»Aber die Chancen sind so gering …«

»Hör auf zu jammern, Dimitri. Und hör auf, dich wie ein Feigling zu benehmen. Du warst so feige, hast deine Frau in Unwissenheit gelassen, feige, weil du deinen Sohn unter dem Vorwand im Stich gelassen hast, dass er nicht so brillant ist, wie du es dir gewünscht hättest, ein Feigling, der sich ergeben hat, nachdem dein Boss dich von dem Mordfall abziehen … Verdammt noch mal.«

Was ist, wenn …?

»Dimitri, hörst du mir überhaupt zu?«, rief Anisja.

Nein. Ich kann ihr nicht mehr zuhören. Mein Verstand ist auf eine andere Sache fokussiert.

Dimitri sprang auf, ging um den Tisch und küsste seine Frau auf die Stirn, auf den Mund. »Anisja, du bist die wunderbarste Frau. Ich liebe dich von ganzem Herzen. Und Sascha auch, er ist ein Taugenichts, aber ich liebe ihn.« Dann eilte er zum Eingang und nahm seine Jacke von der Garderobe.

»Wohin gehst du denn, Dimitri? Ich verstehe es nicht!« Anisja hob verzweifelt die Hände.

»Ich muss ins Büro. Ich muss eine wichtige Akte durchsehen.«
Wieso habe ich die Verbindung nicht früher gesehen?

Kapitel 63

Berlin-Weißensee

Kellerkinder

Ich schließe meine Augen. Das Haus hat sich verändert, daran besteht kein Zweifel. Es war hier, in diesem Raum. Obwohl es vor mehr als dreißig Jahren geschah, lügen die Flashs nicht, die in Wellen aufeinanderfolgen – ein Kaleidoskop von Bildern. Ich habe Ähnliches erlebt, als ich mit Andreas im Krankenhaus war, und später bei der Hausdurchsuchung. Jetzt sind sie präziser, intensiver, dunkler. Hier, in der ehemaligen Küche, begann das Drama.

»Du hast fünfzehn Minuten.«

Die heisere Stimme des Mannes hallt immer noch in meinem Kopf wider: autoritär, bedrohlich. Ich hole tief Luft. Der Tinnitus pfeift laut in meinen Ohren, die Geräusche werden verzerrt.

»Was genau macht Ibsen da?« Leos Stimme.

Polas Antwort höre ich nicht. Die Umgebung verschwimmt mir vor den Augen. Die Geräusche klingen gedämpft, als würde ich kopfüber ins Wasser stürzen und vom zunehmenden Pulsieren in meinem Kopf verschlungen. Dann kristallisiert sich die Zeit heraus ...

Ein leerer, kalter Raum. Der Boden mit einer Plane und Pappe bedeckt, weicht einem runden Tisch, orangefarbenen Plastikstühlen und einer Küche in der gleichen Farbe. Ein starker Geruch von Instantkaffee schwebt im Raum.

»Versagen wird nicht geduldet«, behauptet die raue Stimme.

Ich bin jetzt im Körper des Jungen, ich fühle seine Angst. Der

Lehrer terrorisiert mich. Ich spüre einen Knoten in meiner Kehle, meine Eingeweide sind verflüssigt. Ich kenne den Preis des Scheiterns.

Ein anderer Junge sitzt vor mir. Er muss etwa zehn Jahre alt sein, nicht mehr. Ich bin beeindruckt von der Kälte und Intelligenz in seinen Augen. Er ist noch nicht gebrochen, er hat die Strafen des Lehrers so sehr erlitten wie ich.

Ich sitze an dem runden Tisch mit einem Bleistift in der Hand. Vor mir liegt ein Blatt Papier. Es sind Tests. Es ist nicht das erste Mal, dass ich das machen muss. Stets die gleichen Bögen. Stets mit diesem Symbol: eine Rose, rechts oben auf das Blatt gedruckt.

»Tu, was ich dir sage und alles wird gut«, sagt der Lehrer.

Aber ich glaube ihm nicht, es läuft nie gut.

Diesmal muss ich eine Reihe von Integralberechnungen durchführen. Es ist viel zu schwierig. Ich bin erst sechs Jahre alt. Der Junge neben mir richtet sein Blatt so, dass ich es sehen kann. Er will mir helfen und schlägt mir wortlos vor, die Lösung vom ihm abzuschreiben.

»Du hast noch zehn Minuten. Ich verlange ein fehlerfreies Ergebnis. Jeder Fehler wird schwerwiegende Folgen haben.«

Noch zögere ich. Was passiert, wenn ich erwischt werde? Nein, ich ziehe es vor, nicht daran zu denken.

»Nur noch fünf Minuten. Mir wurde dieses Mal von einem kleinen Genie berichtet … Ich hoffe, du enttäuschst mich nicht«, poltert er.

Ich muss schummeln, sonst werde ich nicht erfolgreich sein. Ist es das, was der Lehrer will? Ist das der Test? Tränen rinnen mir über die Wangen.

»Wenn du die Aufgabe nicht lösen kannst, wird er *ihr* wehtun. Verstanden. Abschreiben, los!«, drängt mich der Junge neben mir flüsternd.

Aber wenn ich betrüge … Dann werde ich diesen Albtraum nicht wieder erleben müssen. Ich schüttle den Kopf. Tränen rollen auf meinen heißen Wangen. Ich spüre den Blick des Lehrers. Ich weiß, dass er in der Nähe ist und auf einen Fehltritt wartet.

Der Junge neben mir beschuldigt mich mit seinem Blick. Ich will ihm sagen, dass es nicht seine Schuld ist. Auf sein Drängen hin beschließe ich sogar, die Lösung abzuschreiben, aber die Absätze klacken auf den Fliesen und nähern sich dem Tisch. »Die Zeit ist vorbei!«

Urin läuft an meinem Bein entlang.

»Ich bin enttäuscht, ich werde hart durchgreifen müssen. Folge mir in den Keller.«

Die Vision ist jetzt verschwommen und nach und nach verschwindet die Küche.

»Ibsen …?« Polas Stimme ist wie ein fernes Echo.

Eine Berührung an meiner Schulter bringt mich zurück in die Realität.

»Geht es Ihnen gut?«, fragt Leo.

Ich blinzle und schüttle den Kopf. Die beiden Frauen stehen vor mir und sehen mich voller Sorge an.

»Der Besitzer dieses Hauses, dieser Lehrer hat Tests mit Kindern durchgeführt. Ich glaube …« Ich zeige auf die Tür, die zum Keller führt. »… und dort hat er sie für ihr Versagen bestraft. Ich werde da allein hinunter gehen. Es ist, als ob ich derjenige …«

»Sie waren damals noch nicht auf der Welt, als der Lehrer starb. Sie können dieses Kind nicht gewesen sein, Ibsen«, unterbricht Leo mich.

Ich nicke. In gewisser Weise hätte ich es begrüßt, wenn es meine Erinnerungen gewesen wären. Was können diese Visionen sonst für einen Sinn haben? Ich greife nach meiner Taschenlampe und gehe die Holztreppe hinab. Genau jene Treppe, die der Lehrer vierzig Jahre zuvor hinuntergestürzt war, bevor er von den beiden Jungen getötet wurde.

Ich mache Fortschritte im Umgang mit meinem Stock, der auf jeder Treppenstufe sein dumpfes Klacken erzeugt. Meine Füße erreichen festen Betonboden, der damals vermutlich aus Lehm war.

»Ist da unten alles in Ordnung?« Polas Stimme. Sie sorgt sich um mich.

Der Lehrer starb ein paar Schritte von mir entfernt. Aber darum bin ich nicht in diesem Keller. Ich nehme etwas anderes wahr und lasse das Licht der Taschenlampe durch den Raum schweifen. Der Strahl offenbart nur eine beunruhigende Leere, karge Wände und freiliegende Rohrleitungen. Der Regen tropft gegen das kleine Oberlicht mit Blick auf den Hinterhof des Hauses. Ich schließe meine Augenlider und lasse mich von einer Schattenwelle überfluten, bin wieder dieser Junge.

»Du weißt, was du zu tun hast«, sagt der Lehrer ruhig.

Ich halte einen Hammer in meiner zitternden Hand. Ich weiß, was das Dallmann-Monster von mir erwartet. Ein Mann ist an eine Stange gebunden. Sein Gesicht erscheint unter dem Licht einer schwachen Lampe, die diffuse Schatten auf dem Boden tanzen lässt. Es ist ein dunkelhäutiger Mann, vierzig Jahre alt. Seine Gesichtszüge sind von Prellungen und Hämatomen verunstaltet. Rauch entweicht aus einem Aroma-Diffusor aus Terrakotta, der auf einem Hocker steht. Ich erkenne den Geruch.

»Weißt du, dass Myrrhe die menschliche Seite Christi repräsentiert, Richard? Es ist auch ein Versprechen der Auferstehung.«

Richard...?

Der Lehrer nimmt meine Hand und legt einen Nagel auf das Knie des Mannes. »Es liegt an dir, Richard.«

Der Mann streckt mir eine flehende Hand entgegen. Kein Laut entweicht aus seinem durch Dehydrierung verschlossenen Mund. »Wenn du es nicht tust, weißt du, was passieren wird, nicht wahr?«

Mein Blick streift den Mann. Ich hebe meinen Arm, schlage zu. Tränen überfluten mein Gesicht.

Ein Schrei...

Ich lasse den Hammer fallen.

»Gut. Du hast deine Wahl getroffen!«

Der Lehrer zieht mich am Arm, reißt mich zu Boden und fesselt mich an einen gusseisernen Kessel. Er öffnet die Zelle, in der ein kleines Mädchen gefangen gehalten wird. Sie ist so dünn, ohne Willen und so... gebrochen.

Dann legt der Lehrer ihr eine Zwangsjacke an, macht das Mädchen bewegungsunfähig. Und während er mich anstarrt, zieht er seine Hose aus.

»Weißt du, Richard, dass das was jetzt geschehen wird, ganz und gar deine Schuld ist?«

Ich schreie laut auf, will diesen Albtraum aufhalten, ihm entkommen und an die Oberfläche auftauchen. Die grausame Vision ist auf meinen geschlossenen Augenlidern fixiert, die verzerrte Grimasse des Lehrers. Dieses Bild ist wie ein Wasserzeichen auf meiner Netzhaut, mit einem glühenden Eisen in meinen Kopf gebrannt. Die Kreise auf dem Wasser können es nicht auslöschen.

»*Ibsen?*«

»*Ibsen ... Bitte, Ibsen!*«

Die Stimmen von Leo und Pola. Lichter, die mich aus der Dunkelheit ziehen wollen.

Aber der Schrecken ist noch nicht mit mir fertig und lässt seine unsichtbare Hand auf meinem Kopf, um mich weiter in den Tiefen des Abgrunds zu halten.

In blitzartigen Sequenzen rasen die Bilder vor meinem inneren Auge vorbei. Mein Verstand schwebt an einem anderen Ort. Ebenfalls ein Keller. Aber anders. Der Boden ist aus Ton, elektrische Leitungen hängen zwischen den an der Decke befestigten Sichtbalken. Werkzeuge – Hämmer, Sägen, Scheren – ragen aus einer Keramikspüle, die an einer Ziegelwand hängt, Kunststoffplanen bedecken den feuchten Boden. Aus den Rohren tropft Wasser. Keine Zwangsjacke, kein Käfig, nur zwei aneinandergekettete Kinder. *Andere Kinder, jünger.* Sie klammern sich aneinander, verschmelzen wie siamesische Zwillinge. Das kleine Mädchen mit blonden Haaren und schmutzigem Gesicht starrt verängstigt auf die Treppe. Das andere Kind, ein dunkelhäutiger Junge mit rasiertem Kopf, hält seine Wange an die feuchte Wand und zuckt entsetzt zusammen.

Meine Vision ist nur verschwommen und verschwindet plötzlich. In der Dunkelheit höre ich jetzt das metallische Schaben der Fesseln, die an den Ringen gleiten, die Tränen und das Stöhnen. Dann blitzen Neonlichter auf und leuchten den Keller mit einem grellen Schein aus, zeigen einen wachsenden Schatten auf dem Boden.

Das kleine Mädchen klammert sich mit aller Macht an den Jungen. Der Mann ist für sie da. Ich fühle, wie die Angst meine Eingeweide auflöst. Die geballte Dunkelheit blockiert meine Atmung.

Neue Flashs, neue Wellen, neue Abschnitte. Zuerst das Geräusch eines Bohrers, der sich mit erstickten Schreien vermischt, dann der Geruch von verbranntem Fleisch, dann der Schlag eines Hammerkopfs, der auf Gelenke kracht. Die Zeltplanen sind mit Blut getränkt, aus Augen strömen Tränen.

Eine unsichtbare Hand drückt meinen Brustkorb zusammen, die Enge wird zu einer Belastung für mein Herz. Ich möchte entkommen, aber die unsichtbare Hand presst weiter.

Noch ein Flash. Ein weiterer Keller. Roter Ziegelstein und Linoleumboden. Ein nackter Mann ist an eine große Säule in der Mitte des Raumes gefesselt, sein Körper ist mit Schnitten bedeckt und vernarbt.

Ich sehe, wie ein kleiner brauner Kopf den stöhnenden Mann schweigend beobachtet. Ein Befehl wurde nicht ausgeführt.

»Tu es, oder ich nehme mir deinen Freund vor!«

Eine kleine Hand greift nach dem Skalpell.

Neuer Blitz. Ein weiterer Keller. *Wieder andere Kinder.*

»... *Ibsen!*«

Noch ein Keller.

»Ibsen!«

Ich komme aus meiner Apnoe, keuche und ringe um Atem; ich öffne die Augen und lehne mich an die feuchte Wand. Die beiden Frauen knien vor mir. Leo reicht mir meinen Stock. Pola legt ihre Hand auf meine Stirn, die mit Schweißperlen bedeckt ist. Mein Körper zittert, mein Kopf wird jeden Moment explodieren.

Noch eine Katharsis, Dr. Lemke?

Macht der Tumor das mit mir, Dr. Rossberg?

»Sie glühen, Ibsen«, sagt Pola.

Ich hole tief Luft und schlucke den in meiner Kehle steckenden

Kloß hinunter. Ich tauche aus der Dunkelheit auf, komme allmählich wieder zurück. Die Wasseroberfläche glättet sich.

»Der Junge heißt Richard, und ich glaube, Amelie war hier, wie der Journalist Stefan Bennet. Und, mein Gott, es ist schrecklich ... es gibt andere Kinder, es gibt andere Orte wie diesen. Andere Keller. Das Programm wurde nie gestoppt.«

Kapitel 64

Moskau, Distrikt Ramenki

Dimitri Kamorow schloss die Tür und seufzte. Er würde dieses Büro vermissen. Seit fünf Jahre teilte er sich seinen Schreibtisch mit einem peruanischen Kerzenkaktus, den ihm seine Frau anlässlich der Beförderung zum Leutnant der OMON geschenkt hatte. Anisja hatte darauf bestanden, dass die Pflanze in der Nähe seines Computers einen Platz bekam.

»Du wirst kaum draußen auf dem Schlachtfeld sein, sondern viel mehr Zeit vor deinem Bildschirm verbringen. Dem Kaktus sagt man nach, dass er die Wellen absorbiert, die deiner Gesundheit schaden könnten«, hatte sie erklärt und ihn auf die Stirn geküsst. Dieser Gedanke ließ ihn bitter lächeln. Es sah so aus, als hätte der Kaktus versagt.

Dimitri nahm sich Zeit, es war vielleicht das letzte Mal, dass er auf den gewachsten Parkettboden trat und sich vor den PC-Monitor mit seinen *todbringenden Wellen* setzte. Nach dem, was er plante, wäre es ein Glücksfall, wenn er dem Gefängnis entkommen konnte. Er fuhr mit der Hand über die polierte Schreibtischplatte und ließ sich in den Ledersessel fallen.

Das Leben und seine Ironie.

Zuerst erfuhr er von seiner Beförderung zum Oberstleutnant der OMON Moskau und wenige Monate später wurde bei ihm Krebs diagnostiziert. Diese verdammte Krankheit raubte ihm jegliche Zukunft.

Dimitri öffnete die Aktenschublade, nahm den Wasserkocher und eine Tüte mit gemahlenem Kaffee heraus, gab zwei Löffel Pulver in die Kaffeekanne und Wasser in den Kocher und drückte die Starttaste. Als ihm dieser Mordfall zugeteilt wurde, wollte er ihn nur lösen, um am Ende gut dazustehen. Der Name Dimitri Kamorow sollte in die Annalen der OMON eingehen. Und doch stand er aktuell wegen dieser Ermittlung kurz vor dem Ende seiner Karriere. Eine Schande für einen Mann, der immer stolz auf die blaue OMON-Uniform und die Fahne der Russischen Föderation gewesen war, die in der Ecke seines Büros stand.

Zum ersten Mal seit seinem Dienstantritt vor dreißig Jahren würde er dem Befehl seiner Vorgesetzten nicht Folge leisten und das Gesetz brechen. Er stellte sich vor, wie das rubinrote Gesicht von General Simarow weiß wurde, während dieser ihn verhaftete. Er bückte sich, schaltete den Rechner ein, nahm eine weiße Mintpastille aus der Dose und legte sie sich auf die Zunge.

Das Leben und seine Ironie.

Es war vor seinen Augen gewesen. Die ganze Zeit. Wie eine winzige Mücke, bewegungslos auf einem Bildschirm, die dort verharrte, aber die einem erst auffiel, sobald man den Blick vom Monitor nahm. Seine Aufmerksamkeit hatte so sehr Ibsen Bach und der Jagd nach dem Mörder gegolten, dass er die Verbindung nicht hergestellt hatte. Aber jetzt war alles klar. Und vielleicht würde er einem alten ungelösten Fall ein Ende setzen, sozusagen als *Tüpfelchen auf dem i* oder wie die Engländer zu sagen pflegten: *ein Stein, zwei Vögel.*

Dimitri zerquetschte ein weiteres Tic Tac zwischen seinen Backenzähnen. Vor zwei Jahren hatte ihn General Simarow auf Befehl der GRU und der FSB gebeten, die Ermittlungen in einem Mordfall einzustellen. Damals hatte er sich für die Loyalität entschieden und den Befehlen von Simarow Folge geleistet. Die Akte wurde geschlossen.

Das Leben und seine Ironie.

Wenn seine Intuition richtig war, konnte er seinen alten Fall mit Kurt Blome in Verbindung bringen. Und diesmal würden weder die Geheimdienste, noch der Kreml, noch General Simarow ihn davon abhalten können. Sobald dieser alte Computer durch seinen Befehl die Festplatte krächzend nach Dateien durchsucht hatte, gab es für ihn einiges zu tun.

Der Wasserkocher schaltete sich aus. Er goss das kochende Wasser in die Kaffeekanne. Der Duft von Mokka füllte den Raum.

Blome, Schwarz, Romanow, die OMON, der FSB, der GRU, die RISS. Was, wenn all diese tadellosen Bürger und Institutionen mit dem Rosenrot-Projekt in Verbindung gebracht werden konnten? Dann hatte die Jurastudentin Leonela Sorokin Recht, dass das Fortbestehen von Rosenrot und seine illegalen Aktivitäten von äußerst einflussreichen Personen sowohl in Russland als auch in Deutschland gedeckt wurden.

Er zweifelte nicht mehr an einer Verbindung zwischen den Mordfällen und der Organisation Rosenrot. Selbst der Mörder hatte Ibsen Bach subtile Hinweise hinterlassen, obwohl er sie damals nicht deuten konnte: die Karte eines Gebäudes in der Warsonofjewskij-Gasse 11, dem Standort des *Laboratorium Nr. 12* der Sowjets. Vermutlich wurden dort nicht nur Kampfstoffe und Gifte wie Senfgas, Rizin, Digitoxin, Thallium oder Curare produziert, sondern womöglich auch Halluzinogene für die Rosenrot-Organisation. Und es gab eine Karte vom *Kurhaus Scheveningen* aus dem 18. Jahrhundert im gleichnamigen niederländischen Seebad Scheveningen. Ein Hinweis auf die Konferenzen über Wissenschaftler. *Die Wiege der Nazis.*

Was war letzten Endes die logische Hypothese? Dass mehr als zwanzig Jahre Forschung in den verschiedenen Bereichen der Medizin, selbst der umstrittensten, als Reaktion auf einen medialisierten Skandal in Vergessenheit geraten war? Oder dass vielmehr dieses Wissen zurückgewonnen, an Russland verkauft und noch immer verwertet wurde? Er hatte eine lange Nacht vor sich.

Ja ... das Leben und seine Ironie.

Er hätte nie gedacht, dass die große Datei, die in seinem Computer schlummerte, einige Jahre später der Aufdeckung von weit mehr als einer brutalen Mordserie dienen würde.

Dimitri goss den Kaffee in den Keramikbecher, auf den *Papa* gemalt war. Ein Geschenk zum Vatertag von Sascha, lange bevor er zu einem faulen Nichtsnutz und Couch-Potato wurde.

Er würde heute Nacht nach einer Nadel im Heuhaufen suchen: Zeugenaussagen, Geständnisse, psychiatrische Gutachten. Alles würde er sich ansehen, was von Nutzen sein konnte, bevor sie ihn von den Ermittlungen abzogen.

Puzzleteile sortieren, finden, zusammenstellen, das war das, was er am besten konnte. Und dieses Mal brauchte er weder eine Stoppuhr noch sein Notizbuch.

Nur Kaffee, viel Kaffee.

Kapitel 65

Berlin-Kollwitzkiez

Einsamkeit

Vielleicht hätte ich Polas Einladung zum Abendessen annehmen sollen. Das Risiko, noch einmal beschossen zu werden, ist groß, zweifelsohne, aber zumindest wäre ich dann in guter Gesellschaft gewesen. Ich schließe vorsichtig die Tür, ängstlich bleibt meine Hand für einige Sekunden auf dem Metallknauf liegen. Loslassen bedeutet, mich meinen Ängsten zu stellen, weil ich in der Leere meiner Wohnung keinen Trost finde.

Einsamkeit, diese falsche Freundin, erwartet mich im Herzen der Dunkelheit mit ihren vielen Fragen. Sie ist mehr denn je ein Spiegel, in dem ich mich zu reflektieren fürchte. Die Gesellschaft anderer hält mich davon ab, zu tief in den Abgrund zu stürzen, aber jetzt bin ich allein. Die Kugel in der Decke, der Mörder, der mein Zuhause durch seine Anwesenheit beschmutzt hat, mein Freund Andreas, dessen Herz jeden Moment versagen kann. All das ist nichts im Vergleich zu dem, was ich in den dunklen Tiefen der Stille zu finden fürchte.

Ich mache ein paar Schritte in Richtung Küche. Das Geräusch von Plätschern reißt mich aus meinen Gedanken. Ich bin gerade durch eine Pfütze gelaufen.

Das offene Fenster.

Mir fällt der nasse Streifen auf, der entlang der Wand verläuft und eine Lache bildet, die sich bis zum Spülbecken erstreckt. Der stürmische Wind hat den Regen in die Küche gepeitscht und sie in ein Planschbecken verwandelt. Ich habe nicht die Kraft, die Nässe aufzuwischen. Nicht nach diesem Tag. Nicht nach dem, was ich in diesem Keller gesehen habe.

Ein unterdrücktes Gähnen lässt meinen Kiefer knacken. Es ist höchste Zeit, ins Bett zu gehen. Und wer weiß, vielleicht wird mich der Schlaf heute Abend endlich willkommen heißen, ohne den Ansturm von Geistern. Ich drücke den Lichtschalter im Flur. Die Elektrizität ist ausgefallen. *Vermutlich eine Sicherung.* An den Wänden entlang taste ich mich in mein Zimmer.

In Wirklichkeit sind es nicht so sehr die quälenden Fragen, die mich erschrecken, sondern die wachsende Präsenz des *Anderen* in meinen Gedanken. Er ist lebendiger denn je, seine Stimme wird lauter. Ich weiß, dass zwischen unseren beiden Welten nur noch eine leichte Membran vorhanden ist, deren Schraffur sich nähert. Obwohl ich mir so sehr gewünscht habe, dass der *Andere,* der Mann meiner Vergangenheit, mich von den geistigen Schlingen, die mich gefangen halten, befreien wird, fürchte ich dennoch, ihm zu begegnen. Schlimmer noch, ich weiß, dass es unvermeidlich ist, und ich habe Angst vor der nackten, unverblümten Wahrheit. Da ist die Angst vor dem, was der *Andere* erlebt hat – vor dem, was er getan hat – vor dem, was er tun könnte.

Wer bist du, Ibsen Bach?

Diese Frage von Pola und Dimitri ist der Schlüssel zu einer unbekannten Welt. Einer Welt, in der mir die Geheimnisse meiner Kindheit offenbart werden. Alles, was ich mit einer solchen Deutlichkeit in dem Haus gefühlt habe, hat mich erschüttert und zerstörte das bisschen Gewissheit, dass ich in meinem Leben hatte.

Der Mörder hat mich vor meiner verrotteten Vergangenheit gewarnt. Das Grauen, die Schrecken, das Unaussprechliche, ich habe eine Kostprobe davon in diesem Keller erhalten.

Ist es eine andere Form der Befreiung meiner seelischen Konflikte, Dr. Lemke? Sie, mit ihren Zackenbarschlippen und Silikonbrüsten, warum haben Sie nichts davon in meinem Kopf gefunden? Haben Sie es wenigstens versucht? Warum haben Sie mich dazu gebracht, meinen Unfall ständig neu zu erleben, anstatt über meine Kindheit zu sprechen und den galligen Nebel zu entfernen?

»Abgesehen davon, dass Sie mich mit Ihren Verordnungen betäuben, sind Sie mir keine Hilfe, Dr. Lemke«, murmle ich und taste nach dem Lichtschalter in meinem Zimmer.

Vielleicht funktioniert das Licht ja hier.

Meine Kindheit, die Briefe des Mörders, meine Amnesie, die Tatsache, dass ich das Spielzeug von Kurt Blome in einer Nervenheilanstalt war. Ich werde bald die Antworten auf meine Fragen haben, ich kann es fühlen. Die undurchsichtige Mauer aus Lügen und Vorspiegelung falscher Wahrheiten bricht.

Ich drücke den Schalter. Die Lampe blitzt für eine Sekunde auf, dann platzt die Birne. Ich seufze und taste mich zum Bett vor. Setze mich auf den Rand der Matratze. Strecke meinen Arm aus, um die Nachttischlampe zu erreichen.

Ich halte inne und ... schnuppere.

Der Geruch von Myrrhe.

Ich reibe mir die Augen, schüttle den Kopf. Sicher wieder eine Manifestation meines überforderten Gehirns.

Der Geruch bleibt.

Ich drücke den Schalter der Nachttischlampe. Das Licht flackert auf und bleibt an. Ich ahne, was ich vorfinden werde.

Mit den Fingerspitzen ziehe ich den Briefumschlag aus der Nachttischschublade heraus und öffne ihn vorsichtig. Wie seine Vorgänger ist es ein maschinengeschriebener Brief.

Ibsen,
dies ist mein letzter Brief, er wird kurz sein. Ich möchte dir nur sagen, dass alles, was ich getan habe, und alles, was ich noch vorhabe, nur einen Zweck erfüllt: ein Versprechen zu halten, das ich dir vor langer Zeit gegeben habe. Ich denke, du weißt, wie man zwischen den Zeilen liest, und kannst die Wahrheit erblühen sehen wie eine Rose auf einem Müllhaufen. Du hast Zweifel an dir selbst und hast Angst davor, deine Erinnerungen wiederzuerlangen. Ich werde dich nicht

anlügen, diese Konfrontation mit dir selbst wird dich sehr verletzen. Aber du bist jetzt bereit, dich ihr zu stellen. Bald wirst du an meiner Seite sein. Dann ist alles klar. Ich konnte dieses Treffen nicht überstürzen, Ibsen. Du hättest es nicht akzeptiert. Dein Gehirn war voller Vorhängeschlösser, sie sind fast alle freigeschaltet. Aber es ist nicht meine Aufgabe, sie zu öffnen, du musst es selbst tun.
Bis bald.

Ich lege den Brief beiseite.

Wie kann der Mörder erraten, was in meinem Kopf vor sich geht? Er kennt meine Ängste, meine Zweifel. Aber woher? Und wie kann er ohne Weiteres in meine Wohnung eindringen?

Was ist, wenn ...

Nein Ibsen, das ist unmöglich ... mit deinem Stock, deinem Handicap? Du könntest keiner Fliege etwas zuleide tun.

Der *Andere* könnte den Schmerz sehr gut ignorieren! Wer weiß, was Kurt Blome, der Spezialist für dissoziative Identitätsstörungen mit mir gemacht hat?

Wie viele Menschen leben in meinem Kopf? Bin ich verrückt?

Ich lege meine Stirn gegen die Handflächen, spüre, wie sich Tränen in meinen Augen bilden.

Plötzlich horche ich auf. Der Klang einer Pfanne, die in das Waschbecken fällt, lässt mich hochfahren.

Jemand ist in der Küche.

»Wer ist da?«, rufe ich mit erstickter Stimme.

Keine Antwort.

Ich humple zur Schlafzimmertür, im schwachen Licht der Nachttischlampe gehe ich zögernd weiter, riskiere ein weiteres: »Wer ist da?«

In der Küche angekommen sehe ich im Halbdunkel eine Silhouette in der Nähe der Spüle. Eine vertraute Silhouette.

»Kate? Bist du das?«

Meine Freundin dreht sich um. »Entschuldige, ich wollte dich nicht erschrecken. Ich wollte dich nur sehen.« Sie blickt ernst.

»Ich habe dich nicht in die Wohnung kommen hören, es ist so spät ... und ich habe dich nicht erwartet.«

Kate schenkt mir ein sanftes Lächeln. »Du bist so lieb, Ibsen. Ich werde dich vermissen.«

Ein Kloß füllt plötzlich meinen Hals. *Wie kann sie mich vermissen?*

»Kate? Wovon redest du da? Warum solltest du mich vermissen? Ich verstehe nicht, Kate, du machst mir Angst.«

Sie kommt auf mich zu. »Es tut mir leid, Ibsen, du musst mir verzeihen und wissen, dass meine Liebe aufrichtig war.«

Ich taumle, eine unsichtbare Hand zerquetscht meine Eingeweide.

Sie verlässt mich. Warum? Es macht keinen Sinn ...

Kate sieht mich an, lächelt. »Alles wird gut, Ibsen.«

Mein Herz verliert seinen Rhythmus, mein Mund öffnet sich weit und ein Schrei stirbt in meiner Kehle.

Weil ich mich daran erinnere, die Tür abgeschlossen und den Panzerriegel vorgeschoben zu haben. Weil mir auffällt, dass Kate beim Gang durch die Pfütze keine Geräusche macht.

Ich lehne mich an die Wand und lasse mich nach unten gleiten, den Blick auf Kate gerichtet, meine Hand nach ihr ausgestreckt.

Nein. Nicht sie ...

Nein. Nicht Kate.

Nein.

Und während sie mich verlässt, und der Schrecken mich auf dem Boden festnagelt, höre ich das Handy nicht.

Kapitel 66

Moskau, Distrikt Ramenki

Dimitri Kamorow parkte seit fünf Minuten vor seinem Haus, aber er stieg nicht aus dem Wagen. Er betrachtete den Tanz der fallenden Schneeflocken und die weiße Schicht, die den Rasen und die Kieszufahrt des Hauses bedeckte.

Er hätte den Rat seiner Frau befolgen und die Werkstatt anrufen sollen, um die Winterreifen montieren zu lassen. Der Schnee kam in Russland immer ohne Vorwarnung, so wie heute, während er die Nacht im Büro verbracht hatte, die Augen auf sein todbringendes Wellenmonster geheftet.

Sein Blick richtete sich auf die Holzscheite unter der blauen Plane, die neben der Garage lagerten. Er lächelte. Anisja liebte die Flammen im Wohnzimmerkamin so sehr. Sie konnte stundenlang auf dem Sofa verweilen, mit einem Buch in der Hand, die Wärme des Feuers genießen, eingetaucht in eine Stille, die nur das Knistern des Holzes störte, während die Landschaft in glitzerndes Weiß getaucht wurde. Und der Duft, der das Zimmer füllte ...

Er hätte sich auch mehr daran erbauen können, aber er hatte nie wirklich die Zeit dazu. Oder besser gesagt, er hatte sich nie die Zeit genommen. Stets war da die Arbeit. Seine Karriere. Seine Rätsel. Er hatte sie immer bevorzugt. Sie kamen vor seiner Frau und auch vor seinem Sohn. Er hatte den Jungen kaum aufwachsen sehen. Anfangs war Sascha ein kleines Geschenk gewesen. Das erste Baby – der Stolz, die eigenen Gene an die nächste Generation weitergegeben zu haben. Schon als Säugling stellte er sich Sascha als Ermittler und Schachmeister vor, dann aber schrie der

Junge unentwegt, entwickelte sich zu einem schwierigen Kind und einem pubertierenden Teenager, der mit ihm unter einem Dach lebte. Wie ein Feigling hatte er sich von seinem Sohn abgewandt, als ihm auffiel, dass Sascha nicht durch Leistung brillierte und nicht diesen gewissen Funken besaß. Eine herbe Enttäuschung. Und jetzt tat es ihm leid, aber es war zu spät.

Vielleicht war es ja sogar seine Schuld, weil er sich in seinem Zimmer isoliert hatte, um sich dort gedanklich mit seinen Fällen zu beschäftigen. Ihre Gespräche beschränkten sich auf einen Gruß, wenn sie sich morgens trafen. Welches Vatermodell hatte er seinem Sohn nur vorgelebt? Ein zynischer und desillusionierter Mann, der in unlösbaren Rätseln verloren ging, statt sich um seinen Sohn zu kümmern. Glücklicherweise war Anisja da, um dem Jungen die Liebe zu schenken, auf die er einen Anspruch hatte. Sie war eine liebevolle Mutter, eine wunderbare Frau, die er nicht verdiente.

Dimitri betrachtete den Keramikbecher auf dem Beifahrersitz, auf dem Stapel Akten, die er vom Schreibtisch mitgebracht hatte. Würde Sascha der Aufgabe gewachsen sein, sich nach dem Tod des Vaters um das Haus zu kümmern und seine Mutter zu unterstützen? Er hoffte es von ganzem Herzen.

Noch einmal rieb er sich die Augen, schlürfte die letzten Tropfen Kaffee aus der Thermoskanne. Dann nahm er den Becher, seine Akten und schaltete den Motor aus. Es war 7.30 Uhr morgens. Sein Sohn schlummerte vermutlich noch unter der Bettdecke und Anisja... sie wartete vielleicht schon in der Küche auf ihren Ehemann. Er wusste, dass sie die ganze Nacht kaum geschlafen hatte.

Dimitri stieg aus dem Wagen und überquerte den mit Schnee bedeckten Hof. Er versank in der eisigen weißen Masse, spürte ihre nassen Küsse an seinen Knöcheln. Ihm fiel der Stechpalmenkranz an der Haustür auf. Anisja musste ihn heute angebracht haben. Eine sehr klare Dekoration im Vergleich zu denen der Nachbarn, die mit schlechtem Geschmack konkurrierten. Jedes Jahr wurde seine Straße Schauplatz eines Kampfes um Kitsch:

beleuchtete Schnee- und Weihnachtsmänner, bunte Lichterketten und lebensgroße, glitzernde Hirsche. Da bevorzugte er doch Anisjas schlichten Stechpalmenkranz. Das war perfekt. Sie war perfekt.

Als er die Tür öffnete, wurde er vom Duft gerösteter Baguettes und Pfannkuchen begrüßt.

Seine Frau eilte ihm in ihrem Morgenmantel aus der Küche entgegen. »Dimitri? Da bist du endlich. Du hättest mir sagen können, dass du die Nacht auf dem Kommissariat verbringen wirst! Ich habe mir solche Sorgen um dich gemacht!«

Ihre Augen sind gerötet. Sie hat geweint, du egoistischer Narr!

»Tut mir leid, mein Schatz, ich war so in meine Arbeit vertieft und ...«

Anisja schüttelte den Kopf. Er kannte diesen Blick, dieses verschlossene Gesicht. Es war das einer Anisja, die nichts wissen wollte, die Zuflucht in ihrem sicheren Kokon suchte und lieber ihren Kopf in den Sand steckte.

»Dimitri, bleib heute bitte mal zu Hause, bleib bei mir, wenigstens bis zum Mittagessen. Hast du gesehen, wie schön es draußen ist? Wir werden im Erker sitzen. Bleib ausnahmsweise mal bei deiner Frau. Ich habe ...« Sie hielt inne und schluchzte.

Er spürte, wie sein Gesicht sich verhärtete. Anisja konnte nicht mehr so tun, als ob ihre Welt in Ordnung wäre. Er hasste es, sie in diesem Zustand zu sehen. Und das Schlimmste daran war, dass er nie so sehr mit ihr zusammen sein wollte wie in diesem Moment. Aber sein Kopf war woanders, er kannte sich zu gut. Selbst wenn er neben ihr sitzen würde und sie mit ihm über Nachbarn, seine Schwester oder sonst etwas spräche, würde er nicht wirklich da sein. Ein Teil von ihm war im Büro geblieben, in der vergangenen Nacht mit der *Akte Rosenrot* und den unmenschlichen Experimenten, die mit Zustimmung der Regierungen an Kindern durchgeführt wurden. Von seiner Regierung. Von seiner Armee. Und *sie* sprachen von den Erfahrungen der Nazis, statt über *ihre* Versuche!

Nein, er konnte nicht über die Weihnachtsdekoration der Nachbarn sprechen, auch nicht über seine Schwägerin, die einen

Burn-out hatte und ihre Depression kompensierte, indem sie trank, und erst recht nicht über seinen Schwager, der an Gicht litt. Soll dieser übergewichtige Faulpelz doch Sport treiben, statt sich mit Chicken Wings oder fetten Hamburgern vollzustopfen.

Verdammt, Dimitri, deine Frau ist traurig. Und du wirst sie vielleicht nie wiedersehen. Gib dir Mühe, streng dich an! Du schuldest ihr so viel, besonders bei dem, was du vorhast. Handle wie deine Nichte… Spiel ihr Spiel… Benimm dich… Täusche vor… Gerade heute. Nur für sie.

Diese verdammte innere Stimme, die sich Gewissen nannte. Er legte seine Sachen auf den Tisch, nahm Anisja in die Arme und küsste sie auf die Stirn.

»Sind noch Piroggen übrig? Ich bin hungrig wie ein Wolf.«

Anisja lächelte ihn an. Seit Jahren ihr schönstes Lächeln, fand Dimitri, und wieder umarmten sie sich. Sie legte ihre Wange gegen seine Brust und er steckte die Hand in ihr Haar. Tränen füllten seine Augen.

»Mama? Papa? Stimmt etwas nicht?«

Sascha stand im Pyjama unten an der Treppe, die Augen zusammengekniffen, sein Haar stand in alle Windrichtungen wie nach einem Kampf.

Dimitri wischte sich die Augen. »Hallo, nein… Ich bin nur froh, zu Hause zu sein, ich hatte eine verdammt harte Nacht. Ich war im Büro und ich…« Er beugte sich vor und nahm den Becher in die Hand. »Ich habe ihn mitgebracht und dachte, dass… Du weißt schon, Nostalgie. Du trinkst Kaffee, nicht wahr?«

Sascha grinste. Ein verlegenes Teenager-Gesicht. »Pah. Im Ernst, Papa, was denkst du denn? Ich bin doch kein Kind mehr, hast du das noch nicht bemerkt?«

Dimitri ignorierte den Seitenhieb. Er musterte seinen pubertierenden Sohn mit den Hautunreinheiten und den schlaksigen Gliedern. »Du warst acht, als du ihn für mich gemacht hast. Du warst damals so süß.«

Sascha zuckte mit den Schultern und schaute zur Decke. »Was auch immer…«

Dimitri legte ihm die Hand auf den Arm. »Entschuldige, Sascha. Für alles. Ich war nicht oft genug für dich da.«

»Wovon redest du, Papa, es ist okay, du bist nicht so schlimm. Nicht schlecht, auch nicht nervig, nur abwesend.«

Dimitri war irritiert. »Kein schlechter Vater zu sein, bedeutet nicht, dass ich ein guter Vater bin.«

»Na und? Was ist das für eine deprimierende Stimmung heute Morgen?«

»Nein, nicht deprimiert, nur ein wenig nostalgisch.«

Dimitri fuhr seinem Sohn durch die Haare und drückte ihn dann gegen die Brust. Anisja schaute ihn an, als wäre er ein Fremder.

Trotz der Müdigkeit schätzte Dimitri diesen Moment mit der Familie sehr, er genoss jede Sekunde davon und vertilgte sein Frühstück, als wäre es seine letzte Mahlzeit.

»Diese Piroggen sind köstlich, Anisja!«

Sascha schaute ihn mit großen Augen an, als er den Sirup über die gefüllten Kirschtaschen goss. »Wow, es ist lange her, Papa, du verschlingst Unmengen.« Sascha lachte. »Hey, hör auf, Papa, du bekommst einen Zuckerschock!«

Gott, dieser Ausbruch von Glück tut mir so gut.

Aber nicht Anisja. Seine Frau warf ihm immer wieder einen Seitenblick zu. Sie ahnte, dass er etwas vor ihr verheimlichte. Sie war nicht dumm.

Sascha sprang auf. »Ich muss mich fertigmachen, der Bus kommt in fünfzehn Minuten. Wir sehen uns später. Eh, Papa, ich wollte dir schon längst davon erzählen, aber ich habe in der Schule einen Schachklub gegründet. Aber ich bin nicht sehr gut, also dachte ich mir, ob du mir …« Der Junge sah ihn fragend an.

Dimitris Brust zog sich zusammen. »Das ist ausgezeichnet. Gut gemacht. Ich werde dir helfen, besser zu werden, wenn du das möchtest.«

»Ich wusste, dass dir das gefallen würde, Papa.«

Mehr als nur Vergnügen. Es macht mich stolz.

»Könntest du mir einen Gefallen tun, Sascha? Das Puzzle in meiner Garage. Es sind weniger als tausend Teile übrig. Ich fände es schön, wenn du es vollenden könntest.«

Sein Sohn runzelte die Stirn. »Schach finde ich cool, aber Puzzle. Hm …«

»Nur dieses eine Mal. Bitte. Der schwierige Teil ist erledigt.«

»Okay, ich versuch's, Papa.« Sascha stand auf, räumte den Tisch ab und ging die Treppe hinauf.

Anisja schüttelte langsam den Kopf und sah ihn fragend an.

»Was? Habe ich Sirup auf meiner Wange? Einen Krümel an meinen Schnurrbart?«

»Was ist los, Dimitri? Der Becher, deine Worte, das Frühstück und sogar dein Puzzle? Du benimmst dich nicht normal. Du verheimlichst mir was. Raus mit der Sprache, Dimitri Kamorow!«

»Ich muss unbedingt wieder nach Berlin reisen. Es ist sehr wichtig. Ich werde duschen, ein, zwei Stunden schlafen und dich dann wieder verlassen. Ich muss das tun, es ist meine Pflicht, bitte versteh mich! Viele Leben hängen davon ab.«

»Könnte es für dich gefährlich werden?«

»Nein«, log er. »Aber es könnte ein paar Tage dauern.«

»Nun, Dimitri, ich werde dir glauben.«

Eine Lüge, dachte er. Ihr flüchtiger Blick und das unglückliche Lächeln zeigten das Gegenteil. Anisja steckte ihren Kopf wieder in den Sand.

»Ich gehe duschen.«

Sie wandte sich ab, ging zur Spüle und ließ das Wasser laufen.

Dimitri seufzte, als er die Treppe hinaufging. Alles war erledigt oder fast fertig. Und in ein paar Stunden würde er auf dem Weg nach Berlin sein. Vielleicht zum letzten Mal.

Aber vorher musste er noch ein paar Dinge erledigen. Er loggte sich in das Darknet ein und schickte eine Nachricht an das private Forum, das Leo dort erstellt hatte. Die Rosenrot-Akte mit den Dokumenten fügte er an. Leo Sorokin würde sich um die Enthüllung des Falles kümmern.

Eine Kopie der Datei ging zeitversetzt an den Kreml, die dort in etwa drei Tagen auf dem Server sein würde. Wenn er seine Arbeit gut gemacht hatte, würden Köpfe rollen.

Nach dem Puzzle kam das Schachspiel. *Gambit,* dachte er. Unter einem Gambit verstand man beim Schach eine Eröffnung, bei der ein Bauer für eine taktische oder manchmal auch strategische Kompensation dem Gegner preisgegeben wurde. Das Ende des Spiels war nah, aber er hatte noch einige Züge parat. Unabhängig davon, ob er aus dem Spiel als Gewinner oder Verlierer hervorgehen würde, so wusste er sicher, dass er kaum Chancen hatte, mit heiler Haut davonzukommen. Es war ihm egal.

Auf diesem Schachbrett war er der Bauer, denn am Ende wartete der Geheimdienst oder der Krebs auf ihn.

Kapitel 67

Berlin, Rechtsmedizin

Trauer

Ich gehe durch den Korridor, der nur vom schwachen Licht einer Neonröhre beleuchtet wird. Mein Stock trifft bei jedem Schritt auf den gefliesten Boden, sein Echo hallt an den kalten Wänden der Rechtsmedizin wider. Andreas steht vor der Tür zum Obduktionsraum und wartet reglos auf mich. Zähneknirschend beeile ich mich, trotz des pochenden Schmerzes im rechten Bein.

Als ich vor ihm stehe und mich endlich auf meinen Stock lehnen kann, fällt mir auf, dass Andreas mir noch nie so schwach vorgekommen ist. Diese Naturgewalt mit seinem Stiernacken wirkt wie ein verwundetes Tier. Seine Augen sind immer noch feucht und gerötet, sein Gesicht hat eine fahle Farbe und ist von Ermüdungserscheinungen gezeichnet. Angst und Zorn haben die Furchen der Haut vertieft.

Aber ich habe kein Mitleid mit ihm. Diese gedämpfte Wut, die wie ein Sturm in seiner Brust tost, hat sich nicht gelegt, seit er das Taxi genommen hat. Ich bin sauer auf ihn. Kates Fotos wurden im Haus des Mörders gefunden, er hatte sie als eines seiner Ziele bestimmt. Andreas hätte meine Freundin beschützen müssen. Die Polizei hätte für sie da sein sollen. Wenn ich nicht von dem Fall abgezogen worden wäre, hätte ich vielleicht selbst etwas tun können, um die Tragödie zu verhindern.

Ich bewege mich immer noch nicht. Andreas hebt die Arme,

will mich umarmen, aber ich unternehme nichts, um ihn zu ermutigen, halte Abstand.

Andreas lässt die Arme sinken. »Es tut mir so leid, Kumpel, ich ...« Schuldgefühle zeichnen seine Gesichtszüge, die Augen huschen hin und her, nervöse Tics lassen sein Jochbein zucken.

»Wann ist das passiert, Andy?«, unterbreche ich ihn mit einer von Emotionen erstickten Stimme.

Andreas kratzt sich die Wange, als ob sein Unbehagen ein Juckreiz sei, das er so lindern kann. »Verdammt, Ibsen. Ich habe schon mehrmals versucht, dich zu erreichen. Mehrmals! Du hast nie geantwortet!«

Möglich. Ich hatte mein Handy vom Netz genommen, wie Leo vorgeschlagen hat. Sicher ist sicher.

»Wann, Andy?«, wiederhole ich ungeduldig.

Mein Freund reibt sich den Schnurrbart. »Nach der vorläufigen Untersuchung des Leichenbeschauers hat er sie gestern am späten Nachmittag getötet.«

Demzufolge hatte der Mörder Kate bereits im Visier, als ich die Schrecken im Haus des Lehrers durchlebte.

»Er hat sie am Lotsenturm in der Nähe der Waldgrundschule abgelegt. Kinder haben die Leiche dort beim Spielen entdeckt.«

Eine Schule. Warum hat er sich für eine Schule entschieden?

»Ich muss sie sehen, Andy. Jetzt!«

Andreas legt seine Hand auf den Türgriff, dreht ihn, doch er hält plötzlich inne. »Glaub mir, ich weiß, was hinter dieser Tür ist, Ibsen, und es ist kein schöner Anblick. Erwarte nicht, dort Antworten zu finden, da wartet nur Schmerz und Trauer auf dich. Wenn du sie so in Erinnerung behalten möchtest, wie sie war, dann geh da nicht rein. Bist du dir wirklich sicher?«

Ja, ich bin mir sicher. Ich will es wissen, ich will es verstehen. Es muss eine Bedeutung haben.

Ich werfe Andreas einen kalten Blick zu. »Es macht keinen Sinn, dass er sie gewählt hat. Dass er *beide Frauen* gewählt hat. Wie können Lara und Kate denn in Beziehung stehen zu ... Das macht keinen Sinn.« Ich halte inne, mein Freund weiß weder etwas von meinen Entdeckungen und noch von meinen heimlichen Nachforschungen.

»Was, in Beziehung zu was, Ibsen?«

Ich könnte es ihm sagen. Besser, ich will es ihm sagen. Andreas ist ein guter Polizist. Warum mache ich es dann nicht? Ist es das flüchtige Aufflackern in seinen Augen? Keine Neugierde, sondern Misstrauen. Nein, fast schon Angst. Andreas verbirgt etwas vor mir.

»Zu den anderen Opfern«, lüge ich. »Kannst du bitte die Tür öffnen?«

Andreas nickt schweigend und dreht den Knauf. »Nun, dann werde ich dich jetzt allein lassen, du hast zehn Minuten. Du solltest nicht einmal hier sein. Gott sei Dank mag dich der Rechtsmediziner. Er hat dir Handschuhe und Mundschutz hingelegt. Bitte nichts anfassen! Verdammt, wenn das die Typen vom BKA erfahren, dass du hier bist, bekomme ich die Rote Karte. Bist du sicher, dass du da drinnen allein sein möchtest?«

Meine Lippen zaubern ein freudloses Lächeln.

Allein? Ich bin es schon, und zwar für immer.

Ich habe meine einzige Lichtquelle verloren. Der Leuchtturm ist erloschen und ich bin dazu verdammt, ohne Führung in trüben Gewässern zu navigieren; ein Verlorener in der Dunkelheit, eine Kreatur der Schatten, die durch klebrige Abgründe wandert. Die Geister haben gewonnen, die Einsamkeit wird mein Grab sein.

Was das BKA betrifft, so interessiere ich mich nicht für die Konsequenzen. Was habe ich schon zu befürchten? Verhaftet zu werden? Na und? Ich bin längst eingesperrt: in meinem eigenen Körper. Das Hinzufügen einer Schicht aus Beton und Stäben zu meiner Zelle aus Fleisch wird das nicht ändern.

»Ich muss allein sein, um mich zu konzentrieren, Andy, es ist nichts Persönliches«, antworte ich nach langem Schweigen.

Was nur zur Hälfte stimmt.

Die Tür schließt sich hinter mir und lässt mich allein mit dem Tod zurück, in einem Raum, den ich vor fünf Jahren so oft besucht habe. Manches hat sich verändert, wurde modernisiert. Die alten Keramiktische wurden durch neuere Edelstahlmodelle ersetzt. Die Beleuchtung ist heller, gnadenlos, leicht bläulich. Aber ich habe die gleichen Empfindungen, spüre die Kälte, nehme den Geruch von Formalin und Desinfektionsmittel wahr, höre das Summen der Kühlfächer. Vor allem habe ich immer noch den Eindruck, der Eindringling zu sein, der Lebende, der den Vorraum des Jenseits besucht. Ibsen Bach, der die Ruhe der Toten stört.

Die beiden Opfer erwarten mich, sie liegen auf rostfreiem Stahl, bedeckt mit weißen Laken. Zwei Körper, noch nicht von den forensischen Werkzeugen geschändet, aber sie haben die Verbrechen des Mörders erlitten.

Es ist Kate, die ich zuerst bemerke. Zwei lange kupferfarbene Haarsträhnen ragen unter der Abdeckung hervor. Wunderschönes Haar, das ich durch meine Finger gleiten ließ, das auf mein Gesicht fiel, als sie mich ritt. Nur weniger als einen Meter von Kate entfernt liegt Dr. Alexandra Lemke, meine Psychiaterin.

Ich balle die Fäuste. Der Mörder wird dafür zahlen. Das Mitleid, das ich kurz für ihn empfunden habe, ist verschwunden, für das Monster, das Rache will für die Gräueltaten aller am Rosenrot-Projekt Beteiligten. Und sicherlich bin auch ich ein Opfer. Aber warum war er hinter Kate her? Eine Frau, die nur süß und freundlich war.

Kate... meine Kate. Gekühlt. Fort. Verloren in der Leere der Ewigkeit. Und ich wurde für immer ihres Lächelns beraubt. Nie wieder das beruhigende Gefühl ihrer Hände auf meiner Haut, sobald ich aufwache. Nie wieder ihr dezentes Lachen. Schlimmer noch, sie wird bald nur eine Fleischmasse in den Händen des Rechtsmediziners sein, der ihre Todesursache ermitteln muss.

Mir graut bei dem Gedanken, dass Kate unter dem grellen Licht seziert, ihr Brustkorb geöffnet, ihre Organe entfernt und auf eine Waage gelegt werden. Dass das Skalpell ihre Haut...

Stopp!

Ich muss mich zusammenreißen. Der Profi muss auf die Bühne kommen, der Mann mit dem traurigen Herzen muss hinter dem

Vorhang bleiben, er stört nur. Die Antworten auf meine Fragen liegen unter dieser weißen Plane.

Ich lege die Schutzmaske an, ziehe die Latexhandschuhe über und gehe auf den Edelstahltisch zu. Meine Hand zittert, als ich sie einen Moment auf das Tuch lege. Noch zögere ich, dann enthülle ich vorsichtig Kates Gesicht.

Für eine Millisekunde brennt sich das Grauen in meine Netzhaut ein. Als ich die leeren Augenhöhlen betrachte, hole ich das Bild einer strahlenden Kate in meinen Kopf.

Ihre schönen grünen Mandelaugen, die mit jedem Lächeln Funken sprühen.

Was bedeutet dieser barbarische Akt? Ich schließe die Augenlider und möchte mit ihr in Verbindung treten, damit sie sich wieder wie bei mir zu Hause zeigt. Ich will verstehen, warum der Mörder ihr das angetan hat. Aber nichts geschieht, nichts bricht die Grabesstille des Obduktionsraumes.

Ich knirsche mit den Zähnen, umschließe mit der Hand den Knauf meines Stocks und mache weiter. Mit meinem behandschuhten Zeigefinger streiche ich über die bläuliche Haut, verweile auf der rechten Wange und halte in Höhe des Mundes inne. Die Lippen sind mit einem schwarzen Nylonfaden zugenäht.

… ihr Lächeln, ihre weißen Zähne, der Zauber ihres Lachens …

Was soll ich da verstehen? Nichts Bösartiges ist jemals über diese Lippen gekommen. Kein Gift, keine Wut. Nur Trost und Worte der Liebe. Was also bedeutet diese Bestrafung?

Und warum diese Umkehr in seiner Vorgehensweise? Keine Myrrhe, keine Nachricht. Könnte es sein, dass sich der Mörder verändert hat? Dass er ihr nur Schmerzen zufügen wollte? Er hat in seinen Briefen behauptet, mein Freund zu sein. Er hat mich nach dem Schlaganfall gerettet, er …

Denk nach, Ibsen. Was hast du genau erwartet? Skrupel oder Mitleid?

Vielleicht hat er sich an ehemaligen Henkern gerächt, aber wieso sind ihre Kinder für diese Taten verantwortlich? Romanows Sohn und Enkel? Marie Teubel?

Er manipuliert dich und du lässt es zu!
Meine Beine werden von Krämpfen geschüttelt, meine Kehle erstickt an dem unterdrückten Schluchzen.
Alles wird gut, Ibsen.
Nein. Nichts wird jemals wieder gut werden. Der *Andere* in mir macht leere Versprechen. Vor fünf Jahren meine Frau Lara und jetzt meine Freundin Kate. Das Schicksal ist unerbittlich, eine grausame Katze, die mich zu ihrer Maus gemacht hat.
Ich entferne das Laken ein wenig weiter und lege die Brust und den Bauch frei. Mein Gesicht zuckt. Kates Körper ist entweiht. Die Klinge eines Messers hat ihre milchige Haut aufgerissen, sich in ihr Fleisch gegraben, um Symbole vom Schambein bis zum Brustbein zu ritzen.
... diese Haut so weich... so empfindlich für meine Liebkosungen...
Ich neige leicht den Kopf. Und für eine Sekunde, nur einen Wimpernschlag, bildet sich in einer Blase ein Wort in meinen Gedanken.
»Belial!« Meine Stimme peitscht durch den Raum und bricht die schwere Stille. Wieso kann ich dieses Zeichen lesen? Ist es der *Andere*, der sich manifestiert?
Belial.
Ich mache einen Schritt zurück und entferne mich vom Körper, als ob ich einer giftigen Schlange gegenüberstehe, die bereit ist zuzubeißen.
Belial.
Wieder ein Dämon. Und diese Sprache. Es muss eine biblische Bedeutung haben.
Denk nach, Ibsen.
Die Bibel wurde auf Hebräisch, Aramäisch und Griechisch geschrieben. Ich nehme mein Smartphone in die Hand, das Signal ist schwach. Ich entferne den Latexhandschuh, starte die Google-Übersetzung, tippe *Belial* ein und wähle Hebräisch als Zielsprache. Die erschreckende Wahrheit erscheint in Form von hebräischen Zeichen. Ich verstehe den Text. Wieso?

Wer bist du, Ibsen Bach?
Noch einmal gebe ich Belial in die Suchmaschine ein. Die Antwort lässt nicht lange auf sich warten: der Dämon der Lügen.
Mein Herz stolpert. Meine Brust zieht sich zusammen. Belial: ein Dämon, der mit der Lüge in Verbindung gebracht wird.
Das ist eine Lüge.
»Es tut mir leid, Ibsen, du musst mir vergeben...«
Was könnte Kate getan haben? Auf welche Weise und warum sollte sie mich anlügen?
Ich wende mich dem zweiten Körper zu: Dr. Alexandra Lemke.
Das ist eine Lüge.
Was ist, wenn ...
Ich klammere mich an den zweiten Edelstahltisch und lege die Hand auf die Abdeckung; ich bin fast sicher, was ich unter dem Laken vorfinden werde. Dann enthülle ich Alexandras Gesicht.
Meine Psychiaterin wurde der gleichen Behandlung unterzogen: Die Augen wurden aus den Augenhöhlen geschält, die Lippen mit schwarzem Nylonfaden verschlossen. Was ich als Nächstes sehe, überrascht mich nicht. Die gleichen Symbole sind auf ihren Bauch geritzt. Dem Mörder zufolge hätte Alexandra mich ebenfalls belogen. Wozu?
Eine Flut von Fragen stürzen auf mich ein. Worte prallen in den Nebeln meines Verstandes aufeinander. Dann verschwimmt die Sicht, meine Hände sind schweißbedeckt, meine Beine zittern und drohen, unter meinem Gewicht nachzugeben, meine Kehle ist trocken und es fällt mir schwer zu schlucken. Ich taumle und stütze mich auf dem Metalltisch ab, um das Gleichgewicht zu finden. Ein Schauder, als der vertraute Tinnitus seinen schrillen Pfiff ausstößt und die Pulsationen in meinem Kopf ertönen.
Der *Andere* versucht zu schlüpfen. Der *Andere* muss es wissen. Er will, dass ich es verstehe.
Flashs flackern auf: ein Buch, Illustrationen von Dämonen: Bélial, Belphégor, Adramelech. Eine Ansammlung von Menschen in langen Gewändern, die sich um einen Mann versammeln, der

an einem Andreaskreuz befestigt ist. Er schreit auf, als ein Kind einen Haken in seinen Bauch schiebt.

Ich klammere mich an die Tischkante. Der Tinnitus schmerzt, der Druck ist enorm. Ich bekomme kaum noch Luft und löse den oberen Knopf des Hemdes. Meine Haut glüht. Mein Puls beschleunigt sich, die Töne trommeln in rasendem Tempo. Meine Gesichtsmuskeln zucken. Ich falle zu Boden und krümme mich auf dem Boden zusammen wie ein Fötus.

Der Geruch von Myrrhe kommt aus dem Nichts und füllt meine Nase. Dann kommen die Geräusche, sie werden lauter, realer: qualvolle Schreie. Das orgiastische Stöhnen. Das Echo vieler Stimmen. Worte dringen in meine Ohren. Komplexe Wörter in verschiedenen Sprachen, mathematische Formeln. Der Raum wird zur Spirale, und ich wirble in einem leuchtenden Kaleidoskop. Eine Erinnerung flackert auf...

Ich öffne die Augenlider. Ich sitze auf dem Rücksitz eines Wagens. Meine Wange klebt am Fenster der Tür. Das Fahrzeug hat die gepflasterte Straße verlassen und rast über eine Schotterstraße. Ich sehe ein großes Herrenhaus, von einem gepflegten Rasen umgeben.

Ich werfe einen Blick zum Innenspiegel und erkenne den Fahrer. Es ist Anton Klein, als junger Mann. Der Beifahrer neigt sich zum Autoradio und legt eine Kassette ein. Ich erkenne in ihm den jungen Klaus Bohlen.

Die ersten Töne aus den Lautsprechern sind mir vertraut.

Bohlen dreht sich zu mir um. »Wir sind da, Junge, das ist deine neue Schule.«

»*Sie ist nur ein Mädchen aus einer Stahlarbeiterstadt an einem Samstagabend...*«

Ich kenne diesen Text, ganz sicher.

»... *Ibsen*...«

Ein Hit der Achtziger. *Maniac* von Michael Sembello.

»... *Ibsen*...«

In der Ferne ruft jemand meinen Namen...

Ich wache zitternd auf.

»Ibsen, hörst du mich? Geht es wieder? Ich habe dich schreien hören, Mensch, alter Knabe.«

Andreas steht vor mir und streckt die Hand nach mir aus. »Hast du etwas gesehen? Hattest du wieder einen deiner Anfälle?«

Ich schüttle den Kopf. »Nein, es sind die Emotionen. Du hattest recht, Andy, ich hätte nicht kommen sollen.«

Mein Freund muss es nicht wissen, dass ich einen Teil meines Gedächtnisses wiedererlangt habe. Dass ich mich an das Institut am Orankesee in Berlin erinnere.

Kapitel 68

Berlin-Kreuzberg

Obwohl sie vehement gegen Wasserverschwendung war, wünschte sich Leo in diesem Moment nichts sehnlicher als ein warmes Bad, in dem sie sich entspannen konnte.

Nach weiteren zwei Tagen in der klammen Feuchtigkeit ihres Versteckes, fühlte sie sich unwohl. Und dann diese Müdigkeit. Aber die Augen zu schließen und mehrere Stunden am Stück zu schlafen, kam nicht infrage. Kamorow hatte seine Datei in ihrem privaten Forum im Darknet veröffentlicht. Was sie dort gelesen hatte, hatte ihr Misstrauen um eine weitere Stufe angehoben. Aber jetzt brauchte sie eine Pause, der Hunger parasitierte ihr Gehirn und verhinderte, dass sie einen klaren Gedanken fassen konnte.

Plötzlich hörte Leo ein Geräusch. Reflexartig klappte sie den Bildschirm des Laptops herunter und streckte ihre Hand nach der Waffe aus. Jemand kam die Treppe hinunter. Die Schritte waren leicht, schnell. Sekunden später klopfte es an ihrer Tür.

Leo entsicherte die Waffe, ihr Finger berührte den Abzug, als sie die Tür einen Spalt öffnete. Aus dem Schatten trat eine schmale Silhouette hervor. Polas Gesicht erschien unter dem schwachen Licht der Glühbirne. Leo seufzte und legte die Waffe nieder.

»Geht es dir gut, Leo?«, fragte Pola leise. »Du siehst aus, als hättest du ein Gespenst gesehen! Jetzt habe ich einfach so ›du‹ gesagt, ist das okay, wenn wir uns duzen.«

»Ja klar. Es ist ... dieser Keller und ich bin nervös. Ich habe so früh niemanden erwartet, um ehrlich zu sein.«

»So früh? Wir haben gleich Mitternacht!«, sagte sie und schnüffelte. »Kann es sein, dass es hier verbrannt riecht?«

Leo nickte. »Das ist der Heizkörper, ein altes Modell, kann man auch als Toaster benutzen. Aber ohne dieses Ding wäre ich schon zu Eis gefroren. Warum bist du gekommen, Pola?«

»Ich musste dich sehen. Ich habe etwas über das Symbol entdeckt, das Ibsen bei den IQ-Tests aufgefallen ist. Ich wollte mit ihm darüber sprechen, aber er ist außer Reichweite. Stört es dich, wenn ich eine Weile bleibe, um das mit dir zu diskutieren? Und keine Sorge, niemand ist mir gefolgt.«

»Okay. Schön, dass du da bist. An diesem schmutzigen Ort allein mit einem PC die Zeit zu verbringen, macht mich kirre. Noch ein paar Tage mit ihm und ich werde meinen Laptop *Toshiba* nennen und anfangen, ihm von meinem Leben zu erzählen. Es wäre so schön, wieder Zuhause im eigenen Bett zu schlafen, ohne einen mürrischen Wladim im Nacken, der sich im Rausch draußen auf seiner Bank zusammenrollt und eine Acht auf seine Waden zeichnet.«

Pola grinste. »Wladim, der Freak! Ist er der Besitzer dieser äh … Datscha?«

»Ja. Ich habe auch etwas, das ich dir zeigen möchte, etwas Verdächtiges.« Leo zeigte auf einen Campingstuhl.

Pola setzte sich neben sie. »Schaffst du das hier, Leo? Ist das alles nicht zu hart für eine Ausreißerin?«

»Der pure Luxus, wie du siehst. Eine Pritsche mit Schlafsack, ein wackliger Campingtisch, ein paar Stühle, ein Heizkörper aus den Fünfzigerjahren, der ständig die Sicherung durchbrennen lässt, ein feuchter Keller. Ich würde so gerne duschen. Aber ich beschwere mich nicht, ich bin dankbar für jede Hilfe.« Sie zeigte auf die Tofu-Gerichte, die Pola auf einem mit Staub bedeckten hölzernen Buffet abgestellt hatte.

Pola zuckte mit den Schultern. »Gern geschehen. Darf ich offen sein?«

Leo nickte.

»Ich könnte mir vorstellen, dass der erste Eindruck, den du

bei vielen erweckst, der eines Papa-Mädchens ist. Du weißt schon, die mit der rebellischen und waghalsigen Art, voller Trotz in den Augen, aber auch stets mit einem goldenen Fallschirm, um eine weiche Landung zu garantieren. Aber dieses Bild von dir gerät ins Wanken. Du hast Mut. Wenn ich mit dir zusammenarbeiten will, dann, weil ich dich mag und weil ich glaube, dass du eine Hilfe sein kannst.«

Leo blieb still. Diese Frau, nicht viel älter als sie selbst, hatte sie für eine verwöhnte Göre gehalten, weil sie wie ein braves Mädchen aussah und die Tochter eines schwerreichen Oligarchen war. Sie wusste nichts über sie, ihre Kindheit, über die Prüfungen, die sie und ihr Bruder ertragen mussten. Aber sie schätzte Polas Offenheit.

»Wie du sehen kannst, hat sich der Fallschirm des *Sorokin-It-Girls* nicht geöffnet. Ich wäre fast abgestürzt.«

Pola lächelte. »Also, wer fängt an?«

Leo klappte den Laptop auf. »Du zuerst«, antwortete sie. »Erzähl von deiner Recherche über die Symbole, ich bin gespannt, was du herausgefunden hast.«

Pola zog ein Gummibändchen aus ihrer Jeanstasche. »Okay. Ich habe mit der Symbolik des Logos auf den IQ-Testbögen angefangen: die Rose und der Rabe.«

Leo hob überrascht die Augenbrauen. »Rabe?«

»Ja, er versteckt sich zwischen den Dornen und ist kaum zu erkennen. Der Rabe ist ein Tier, das Magie, Kraft, aber auch Intelligenz symbolisiert. Mehrere Firmen benutzen den Raben als Logo. Um einen Zusammenhang mit den IQ-Tests zu finden, musste ich ein bisschen tiefer recherchieren und fand die Spur zu einer Firma, die sich auf das Screening und Coaching von begabten Kindern spezialisiert hat: die Katholische Grundschule St. Elisabeth. Sie bieten dort eine Beratung für Eltern sowie ein psychologisches Programm für begabte Kinder. Ich hätte Stunden auf dieser Seite verweilen können. Die Rose liegt förmlich über dem Raben, sie dient der Ablenkung, symbolisiert hier aber gleichzeitig die Makellosigkeit des Geistes. Wir haben Rosen bei den Mordopfern gefunden. Rosen werden in der Regel einem geliebten Menschen geschenkt. Die Opfer waren nicht nur ein Geschenk für Ibsen, die Rosen dienten auch als Trigger, um eine Erinnerung in ihm wachzurufen.«

Leo blickte bestürzt. »Wie grausam ist das denn?«

Pola nickte. »Behalte es erst mal für dich. Ich darf eigentlich gar nicht über diese Dinge sprechen. Jedenfalls habe ich ein bisschen weiter gegraben. Und siehe da, das Institut St. Elisabeth wurde in den frühen Siebzigern von einer gewissen Dr. Ursula Gomolka gegründet.«

»Teubels und Blomes Professorin an der *Lomonossow-Universität*!«, rief Leo. »Martin Storm hat mir erzählt, dass sein Vater in dem Pflegekind Amelie ein hochbegabtes Mädchen sah und sich regelmäßig mit ihr eingeschlossen hat. Und laut Ibsen war Amelie im Keller des Lehrers Dallmann. Vielleicht hat sie bei den Storms auch diese Tests gemacht.«

Pola nickte und ließ das Gummiband schnappen. »Das würde passen. Das Mädchen könnte die Tests bestanden haben und für das Projekt entdeckt worden sein ...«

»Und wurde mit weiteren Kindern in das Programm Rosenrot integriert«, schloss Leo.

»Auf der anderen Seite stört mich eine Sache«, grübelte Pola. »Ich bin kein Experte, aber das Rosenrot-Projekt zielt auf schwache und formbare Individuen ab. Warum sollten sie sich für überentwickelte IQs entscheiden, wenn es nur darum geht, Roboter aus ihnen zu machen?«

»Ich habe nicht alle Antworten. Aber ich weiß von meinem Ex-Freund Maksim, dass es in Russland eine Sonderabteilung des Geheimdienstes gibt, die sich *RISS* nennt, sie wird auch Putins Denkfabrik genannt. Wer weiß, was die sich so alles ausdenken.«

Pola krauste die Stirn. »Hm ... Ich bin mir sicher, dass diese Denkfabrik nicht nur dazu da ist, Strategien zu entwickeln, um die politische Meinung zu beeinflussen.«

»Mein Ex-Freund arbeitet bei der Staatsanwaltschaft. Er hat stets behauptet, dass dort die schlimmsten Pläne geschmiedet werden. Und er hat mir auch von einem *Laboratorium Nr. 12* berichtet, wo Halluzinogene produziert werden. In Russland geschehen schlimme Dinge, Pola, und wir wissen kaum etwas darüber. Ich vermute, dass Rosenrot aus Teilobjekten zusammengesetzt ist und dass die Geheimdienste die Finger im Spiel haben. Sie wollen alle etwas unter den Teppich kehren, nicht nur der FSB und der GRU. Die IP-Adresse meines Informanten gehört dem BND, dem Bundesnachrichtendienst. Übrigens, wo wir gerade davon sprechen, ich schätze, du hast die Nachricht, die dein Onkel in unserem privaten Forum hinterlassen hat, nicht gesehen?«

Pola hob fragend die Augenbrauen.

»Also, nein.« Leo begab sich mit ein paar Klicks ins Forum, in dem Dimitri Kamorow Hunderte von Seiten, Namen und Fotos veröffentlicht hatte.

»Schau mal, dein Onkel vermutet, dass seine Vorgesetzten in Fälle verwickelt sind, von denen er glaubt, dass da eine Verbindung zur Organisation Rosenrot besteht. Er hat eine Akte zusammengestellt: die *Akte Rosenrot*. Er will, dass ich sie veröffentliche, wenn die Zeit reif ist. Aber das ist noch nicht alles. Schau, was er noch gefunden hat: Ein Foto, das von einem Passanten kurz vor der Ermordung eines russischen Journalisten in Moskau aufgenommen wurde.«

Leo klickte auf einen Fotoanhang. Es zeigte eine Person, die in einer Menschenmenge eine Pistole auf jemanden richtete. »Schau genau hin. Dort, in der Menge!« Leo wies mit dem Zeigefinger auf einen Mann im Anzug, der die Szene beobachtete.

Pola starrte auf den Bildschirm, ihre Augen weiteten sich. »Oh, verdammt.«

Kapitel 69

Berlin-Kollwitzkiez

Wut

Ich habe noch nie jemanden erschossen.

Ich verabscheue Gewalt in all ihren Formen, aber ich verstehe sie. Wie könnte es anders sein? Ich war so oft in Kontakt mit ihr und habe während meiner ganzen Karriere gesehen, wie sie sich manifestierte. Es ist und war mein tägliches Brot, ihre Symptome zu studieren, ihre Wunden zu entschlüsseln, sie in den Gesichtern zu lesen, sie in den Augen eines Menschen zu erkennen.

Trotz alldem bleibt sie mir fremd, wie ein Nachbar, dem ich jeden Tag begegne, über dessen Leben und Gewohnheiten ich vieles weiß, mit dem ich aber nie gesprochen habe. So frage ich mich immer, was Andreas fühlt, wenn er nach einer Bemerkung vor Wut überschäumt. Was passiert in seinem Körper, wenn er die Kaffeetassen tanzen lässt oder die Cola-Dosen zertrümmert und an die Wand wirft. Was ist der Ursprung dieser Flutwelle, dieses Tsunamis, der alle Vernunft wegreißt, alles, was der Verstand aufbaut?

Abgesehen von meinen Anfällen, die ich der Medikation oder dem Tumor zuschreibe, habe ich immer die Kontrolle über meine Gefühle behalten. Kein Überlauf. Keine Manifestation von Wut oder Hass. Bis heute.

Mein Geist ist weit davon entfernt, eine stille See zu sein, und es gibt mehr als nur Kreise auf der Wasseroberfläche. Blasen platzen, in der Tiefe bricht der Boden und ein Vulkan droht auszubrechen.

Warum jetzt? Warum fühle ich diesen Drang zu töten? Diese dumpfe Wut, die mich allmählich verzehrt, diesen Durst nach Rache? Das Einzige, was mir Befriedigung verschaffen könnte, ist, das Leben dieses Monsters auszulöschen. Er soll dafür bezahlen, dass er mir zweimal mein Licht gestohlen hat.

Ist es der *Andere*, der mich drängt? Ist das sein Weg, um aus seinem Kokon zu schlüpfen und mich auseinanderzunehmen? Muss er des Lichtes beraubt werden, um aus der Dunkelheit geboren zu werden?

Ich ziehe die Pistole aus dem Holster und lege sie auf den Küchentisch.

Nein, Ibsen Bach hat noch nie jemanden erschossen.

Nicht einmal eine menschliche Silhouette als Trainingsziel auf dem Schießstand. Und dennoch, dank der Flexibilität meiner ehemaligen Kollegen beim BKA Berlin, bin ich im Besitz einer Pistole, einer Beretta. Ich bin entschlossen, die Waffe zu benutzen.

»Ein zuverlässiges Modell«, versicherte mir der muskulöse Polizist, der sicher Steroide nimmt, um mit solchen Schultern und Oberarmen aufzuwarten. »Viele schwören auf die Glock. Aber ich rate Ihnen zur 92FS. Quittieren Sie mir noch den Empfang«, forderte er mich zwinkernd auf.

Möglicherweise hatte dieser Typ schon getötet. Tiere, vielleicht sogar einen Menschen, um sich selbst oder eine andere Person zu schützen.

Ich greife nach einer Handvoll Patronen, stecke sie nacheinander in das Magazin und ziele mit entsicherter Waffe auf die Wohnungstür. Mein Arm zittert, aber es gelingt mir, ihn mithilfe des anderen Armes zu stabilisieren. Ich wiederhole die Bewegung zweimal und stecke dann die geladene Waffe in den Halfter.

Was willst du, Ibsen? Den Mörder eliminieren? In deinem Zustand?

Nicht aus der Ferne. Nein, aber aus nächster Nähe ist das eine andere Geschichte. Der Täter muss nur auf ein paar Meter herankommen. Und dazu noch das Überraschungsmoment.

Der Bastard hat behauptet, mein Freund zu sein. *Du tust, als wurdest du mich kennen. Das werden wir sehen, du Hurensohn!*

Ich sehe mir die Adresse ein letztes Mal auf dem Bildschirm an: *Orankesee, Berlin.*

Das Institut – oder was davon übrig ist – liegt nur zwanzig Minuten von meiner Wohnung entfernt. Ich habe keinen Grund, die Nachricht des Mörders zu ignorieren.

Das ist eine Lüge.

Ich weiß nicht genau, was mich dort erwartet. Nur, dass ich allein hingehen muss. Ich werde dieses Mal niemanden mitnehmen. Ich traue ja selbst mir nicht mehr.

Es spielt keine Rolle, was mit mir passiert. Ich habe nichts mehr zu verlieren.

Kapitel 70

Berlin-Orankesee

Dimitri schritt auf dem durch den Frost gefrorenen Sand. Die Sterne funkelten am schwarzen Tintenhimmel über dem vom Wind aufgewühlten silbrigen Orankesee. Er verzog das Gesicht. Eisige Böen peitschten Wangen und Nase.

Andreas Neumann wartete auf ihn. Der massige Polizist lehnte an einem roten Rettungsschwimmerstuhl und kämpfte mit seinem Feuerzeug gegen den stürmischen Wind, um sich eine Zigarette anzuzünden.

Als Dimitri sich dem Ufer näherte, entdeckte Neumann ihn, hob die Hand und lächelte. *Eine nutzlose Geste,* dachte er. Der Deutsche war der Typ Mensch, der selbst mitten in der Nacht nicht unbemerkt blieb.

»Ah, Kollege Kamorow. Sie sind pünktlich.«

»Guten Abend, Neumann, können Sie mir erklären, warum Sie einen Strand als Treffpunkt für unser Gespräch gewählt haben?«

Andreas hob den Zeigefinger. »Einen Moment.« Er legte die Hand um sein Feuerzeug, betätigte das Rad mehrmals und gab auf. »Kein Gas mehr. Gut. Eigentlich wollte ich auch nicht rauchen.«

Dimitri blieb ungerührt und analysierte seinen Gesprächspartner. Er bemerkte die Blicke zur Seite, die Unruhe der Füße, die ruckartigen Gesten. *Warum diese Nervosität?*

»Also Neumann, warum an einem See, zu dieser Stunde? Warum nicht am Bahnhof oder in einer gemütlichen Bar?«

»Oh, aber dies ist nicht nur ein einfacher See. Es ist der Orankesee. Ich habe die ganze Kindheit hier verbracht.« Andreas zeigte auf die Baumreihe zwischen Strand und Parkplatz.

»Da hinten habe ich mein erstes Mädchen flachgelegt. Sabine. Nichts, womit ich mich rühmen konnte. Sie hatte Feuer im Hintern und bereits die meisten meiner Freunde abgelehnt. Ich wollte sie zu meiner Freundin machen. Aber nach ein paar Bierchen verschwand diese Art von Überlegung ziemlich schnell. Wie könnte ich das vergessen? Es war schließlich mein erster Fick, und Pech, ich habe die Bremse gelöst. Ich erinnere mich verdammt noch mal daran, als wäre es gestern gewesen. Ein paar Mal hin und her und ein nasses Gefühl.« Andreas lachte und steckte sich die Zigarette in den Mundwinkel.

Dimitri holte sein Pfeifenfeuerzeug heraus und gab ihm Feuer. Andreas blinzelte. »Danke.« Er schaute auf das Objekt seiner Begierde, nahm einen Zug, schloss die Augen und stieß den Rauch durch die Nase. »Ich erinnere mich leider nicht mehr daran, wie ekelhaft der erste Zug an einer Zigarette war. Und das Schlimmste ist, dass mich ein Vater mit seinem Krebsloch im Hals hätte abtörnen sollen, aber nein. Es ist der Stress, Kamorow. Dieser verdammte Stress. Ich bin nicht mal fünfzig und habe das Gefühl, als würde ich jeden Moment sterben.«

Unruhe und Nervosität. Warum beherrschen die so sehr das Leben dieses Polizisten?, fragte sich Kamorow. »Ich weiß, wie es ist, ich kenne das Geschäft, Neumann. Aber Sie haben meine Frage nicht beantwortet. Warum hier?«

Andreas zuckte mit den Schultern.

»Eine reine Vorsichtsmaßnahme, Kamorow. Um uns zu isolieren, um frei sprechen zu können. Ihre Nachricht, Ihr Tonfall ... Sie haben mich mit ihren Geschichten erschreckt. Hier sind wir unter uns, finden Sie nicht?«

Hm ... Unter uns, das ist sicher, dachte Dimitri und schlug gegen den scharfen Wind den Mantelkragen hoch.

»Sie sagten, ich solle niemandem davon erzählen, nicht mal der Polizei. Verdammt, ich bin die Polizei, Kamorow. Wie soll ich das denn verstehen? Dass es Lecks gibt? Wie auch immer, hier können Sie mit mir reden, Sie können mich anschreien, wenn Ihnen danach ist. Zu dieser Jahreszeit gibt es nicht einmal eine Möwe, die uns hört, und die jungen Leute sind heute viel zu verwöhnt, um Partys am Strand zu feiern.«

Dimitri steckte seine Hände in die Jacke. Die rechte Hand landete auf der Pistole, die linke auf seinem Handy. »Nun, ich werde mich kurzfassen, und ja, ich bin misstrauisch und wollte nicht am Telefon darüber sprechen. Glauben Sie mir, ich hätte gerne auf dieses nächtliche Date verzichtet. Lassen Sie uns die Wahrheit nicht voreinander verbergen: Wir mögen uns nicht. Aber selbst, wenn wir falsch angefangen haben, so haben wir dennoch ein gemeinsames Ziel: Wir wollen diesen Fall lösen, den Mörder finden.«

Und diejenigen einsperren, die als Puppenspieler agieren, wollte er hinzufügen.

»Ich weiß, dass Sie ins Hinterzimmer gedrängt wurden und dass der Bundesnachrichtendienst den Fall übernommen hat. Nun, dasselbe gilt auch für mich, der russische Geheimdienst hat seine Salzkörner ins Feuer gelegt und die Fackel aufgenommen. Aber ich werde nicht aufgeben, nicht dieses Mal. Und es kommt noch besser, ich kann diese Geschichte mit einem meiner alten Fälle in Verbindung bringen, den ich nicht abschließen konnte, weil ich damals schon mundtot gemacht wurde.«

Andreas inhaliert einen großen Zug. »Und was hat das alles mit mir zu tun?«

Dimitri machte eine kurze Pause. Jetzt wurde es eng. Neumann sollte nichts über Rosenrot erfahren, geschweige denn …

»Vor einigen Jahren war ich an einem Fall dran. Ein russischer Journalist wurde im Sommer, mitten in der Touristensaison, im *Gorki*-Park in Moskau von einem Freak erschossen. Es hätte ein einfacher Mordfall sein können, aber es wurde kompliziert. Zuerst einmal war der Täter ein deutscher Tourist aus Berlin. Und dann leugnete er immer wieder seine Tat und wiederholte, dass er nicht verstand, warum er geschossen hatte, dass er nicht einmal eine Waffe besaß. Natürlich war das lächerlich, wir hatten dutzendweise Zeugen, Fingerabdrücke und sogar Fotos von Passanten.«

»Verdammt, ich erinnere mich an diesen Fall, der Kerl wurde nach Deutschland ausgeliefert, in Berlin vor Gericht gestellt und verurteilt. Er sitzt immer noch, wenn ich mich nicht irre.«

Dimitri bestätigte mit einem Nicken und fuhr mit lauter Stimme fort. »Während das Auslieferungsverfahren eingeleitet wurde, habe ich weiter ermittelt. Der Mann hatte eine psychiatrische Vorgeschichte und wurde 2009 in der Berliner Landesklinik Weißensee behandelt. Und dann war da noch das Opfer, Oleg Popow, ein investigativer Journalist, der kein Blatt vor den Mund nahm. Ich wollte im Fall Popow weiter ermitteln. Seine Kontakte checken und die Drohungen, die er erhalten hatte. Aber ich wurde von der obersten Etage der OMON von dem Fall abgezogen. Der Karriere wegen hielt ich meinen Mund.«

»Okay, traurig für Sie, Kamorow, aber ich wiederhole, was zum Teufel hat das mit mir oder mit einer Mordermittlung zu tun, die ohnehin nicht länger in unseren Händen liegt?«

Das Handy in Kamorows Tasche vibrierte. Er reagierte nicht darauf.

Andreas wurde ungeduldig. »Wollen Sie nicht antworten?«

Dimitri ignorierte die Frage und das SMS-Signal. »Ich muss wissen, wer damals von deutscher Seite den Fall übernommen hat, wer beteiligt sein könnte, wer ...«

»Stopp, Kamorow. Warum sollte ich Ihnen diese Informationen geben? Ich wiederhole, weil Sie anscheinend taub sind: Was hat das mit unserer Untersuchung zu tun?«

Dimitri lächelte. Neumanns Reaktionen waren immerhin vorhersehbar. Er nahm das von ihm ausgedruckte Foto aus seiner Jackentasche und gab es ihm.

Andreas nahm es in die Hand. Sein Gesicht erstarrte unter dem glühenden Schein der brennenden Zigarette. »Scheiße ...«

Das Telefon vibrierte wieder.

Dieses Mal antwortete Kamorow.

Kapitel 71

Berlin-Kreuzberg

Leo wartete darauf, dass Pola wieder aufblickte, aber deren Blick blieb auf das Bild gerichtet, sie konnte fast Polas Gedanken hören. Ihre dünnen Finger spielten mit dem Gummibändchen, ihre Oberlippe klemmte zwischen den Zähnen.

»Ibsen…«, flüsterte sie schließlich.

Leo nickte mit einer langsamen Kopfbewegung. »Ja, er ist es, jünger, das Gesicht härter, ein anderer Haarschnitt, aber er ist es zweifelsohne.«

»Puh… Aber wie…?« Pola atmete tief ein und blies die Luft hörbar aus. Ihre Augen waren wieder auf das Foto gerichtet, die Hände spielten mit dem Gummi, ihr Gesicht zuckte.

»Ich habe mich auch gefragt, warum«, sagt Leo. »Dies kann kein Zufall sein. Nicht mit dem, was wir über ihn und seine Verbindung zum Mörder wissen.«

»Für mich sind zwei Szenarien denkbar. Die erste Möglichkeit wäre, dass Ibsen uns die ganze Zeit angelogen hat. Er arbeitet für die geheime Organisation und ist Teil des Rosenrot-Projekts. Die zweite und wahrscheinlichere ist, dass er manipuliert wurde, sozusagen unter Kontrolle stand. Außer, dass es nicht zu dem passt, was ich hier sehe. Er ist nicht derjenige, der auf dem Foto schießt. Er sieht nur zu! Aber es muss eine Logik dahinterstecken. Wir sollten die Dateien, die mein Onkel geschickt hat, durchsehen und analysieren.«

»Das habe ich schon gemacht, Pola. Die Akte deines Onkels ist eine fundierte Zusammenfassung seiner Ermittlungen und kann eindeutig mit dem Projekt Rosenrot in Verbindung gebracht werden. Deshalb hat er sie auch *Akte Rosenrot* genannt. Zunächst ist da die Geschichte eines armen Kerls, der in Moskau einen Mord begangen hat. Der Mörder war ein deutscher Tourist, der an Schizophrenie litt. Deinem Onkel wurde der Fall entzogen, aber trotzdem gelang es ihm, Informationen über den Mörder zu sammeln. Der Täter wurde nach Deutschland überführt und 2009 auf richterliche Anordnung im Landeskrankenhaus am Weißensee interniert. Zu diesem Zeitpunkt war Kurt Blome dort tätig.«

Pola rutschte auf dem Campingstuhl unruhig hin und her. »Wieder einmal finden wir die gleiche Clique: Blome und Teubel. Was ist mit dem Opfer? Sie müssen einen Grund gehabt haben, ihn zu eliminieren.«

Leo seufzte. »Dein Onkel hat auch über ihn ermittelt. Aber er konnte nur Hypothesen formulieren. Ich habe noch nicht alles gelesen. Der Journalist lebte in Moskau. Am Tag vor seinem Tod wurde seine Wohnung ausgeraubt. Dein Onkel glaubt, dass er über kompromittierende Informationen über das Projekt Rosenrot verfügte, in das hochrangige russische *und* deutsche Regierungsmitglieder verwickelt waren. Deshalb wurde er eliminiert.«

»Ein schizophrener, manipulierter Mörder, ein Journalist als Opfer. Welche Rolle könnte Ibsen dabei spielen?«, überlegte Pola laut.

»Das genau ist das Rätsel, das wir lösen müssen«, antwortete Leo. »Ich hatte bereits über Ibsen Bach recherchiert, bevor ich untertauchen musste. Ich habe nichts über ihn gefunden, nur gewöhnliche Dinge. Promotion mit sechsundzwanzig, er unterrichtete an der Universität Berlin und hat einige Bücher über Profiling publiziert. Das ist alles. Nicht einmal ein Bild im Netz. Es ist einfacher, wenn jemand ein Facebook- oder Twitter-Account hat. Aber ich habe nicht aufgegeben. Ich wählte einen anderen Blickwinkel: Lara Bach, Ibsens verstorbene Ehefrau. Und da wird es interessant.«

Leo hatte Polas Aufmerksamkeit erregt. Sie blickte von der Fotografie auf. Ein Lächeln erblühte auf Polas schmalen Lippen.

»Erste beunruhigende Tatsache: Lara war Krankenschwester in der Landesklinik Weißensee. Allerdings arbeitete sie dort in dem Jahr ihres tödlichen Unfalls nicht mehr. Sie hatte drei Monate zuvor gekündigt. Keine Spur von der Hochzeit, also war sie vielleicht eher seine Freundin als seine Frau. Und es ist schwer zu sagen, wie lange Ibsen und Lara schon eine Beziehung hatten, Laras Facebook-Account wurde gelöscht. Aber ich konnte einige Freunde finden und auf deren öffentliches Profil zugreifen. Es gibt ein paar Hinweise auf Treffen mit Ibsen und Lara, und natürlich auch Beileidsbekundungen nach Laras Tod. Wir sollten auf die Seiten von Familie und engen Freunden gehen. Ich habe eine Liste erstellt, könntest du dich darum kümmern?«

Pola hatte ihre Augen auf sie gerichtet, schnappte sich ein neues Gummibändchen und legte es auf den Campingtisch. »Ich kann mir nicht vorstellen, dass Ibsen ein normales Leben hätte führen können. Es muss Schutzmaßnahmen gegeben haben, Leute, die ihn ständig beobachtet haben. Außerdem glaubt er ja selbst, dass er eine andere Person ist, als er vor seinem Unfall war. Er nennt ihn den *Anderen*.«

»Reden wir über den Unfall, Pola.«

Das Lächeln auf Polas Gesicht wurde noch breiter. »Wenn es dein Ziel war, mich zu beeindrucken, dann hast du es geschafft, Leo. Hast du etwas Verdächtiges gefunden?«

»Ich weiß nicht, was ich davon halten soll. Hier geht es eigentlich um Andreas Neumann. Man sieht seine Größe, verdammt gut im Futter, runder Kopf, rotes Gesicht. Vor fünf Jahren, also vor dem Unfall, war er ziemlich athletisch. Zwar immer schon mit Stiernacken, aber mehr der Bodybuilder als ein Sumo-Kämpfer.«

Pola zuckte mit den Schultern.

»Mich wundert diese körperliche Veränderung jedenfalls nicht«, fuhr Leo fort. »Dass er mit seinem Freund zwischen Leben und Tod schwebte, hat vielleicht eine Depression ausgelöst. In diesen Fällen ist eine Gewichtszunahme üblich. Aber ich denke, es liegt mehr an den Nachwirkungen, denn anscheinend wurde Andreas Neumann auch schwer verletzt.«

Pola sah Leo erstaunt an. »Warte, ich folge dir nicht mehr. Sprechen wir immer noch über Andreas Neumann?«

»Ja, von seinem Unfall«, antwortete Leo. »Andreas und Ibsen waren die einzigen Überlebenden und ...«

Pola hob ihren Zeigefinger, schüttelte ihn. »Nein, nein! Andreas Neumann war nicht am Unfall beteiligt. Das passt nicht zusammen.«

»Was meinst du damit?«

»Bei einem Treffen in Moskau erzählte uns Ibsen seine Geschichte. Er erinnerte sich daran, dass der Mörder seine Frau Lara entführt hatte und dass er dem Fahrzeug gefolgt war. Am Ende der Verfolgung waren seine Frau und der Mörder tot und Ibsen sehr schwer verletzt. Andreas war überhaupt nicht in den Unfall involviert. Außerdem war er anwesend, als Ibsen uns diese Geschichte erzählte. Mir ist nichts Außergewöhnliches an Andreas aufgefallen.«

Leo navigierte zu einem Artikel. »Schau mal. Hier sind vier Personen erwähnt. Zwei Tote und zwei Überlebende. Und warte, es ist noch nicht vorbei.«

Mit wenigen Mausklicks war sie auf der Facebook-Seite von Neumanns Kollegen. Sie ging bis ins Jahr 2013 zurück.

Gute Besserung, mein Freund. Mut, wir vermissen dich.

»Das ist einer der seltenen Hinweise, die ich über den Unfall finden konnte«, fährt Leo fort. »Ich bin auch überrascht, dass die örtliche Presse nicht darüber berichtet hat. Sie schreiben nur über den Tod des Berliner Dämons, der während einer Verfolgungsjagd ums Leben kam, ohne die Details des Unfalls zu nennen.«

»Du hast recht, Leo«, bestätige Pola. »Es ist tatsächlich seltsam, dass es so gar nichts darüber in den Zeitungsarchiven gibt, es sei denn sie wollen die Wahrheit verbergen.«

»Aber warum? Ich meine, wie kommt es, dass Neumann ...«

Die beiden Frauen sehen sich schweigend an.

»Und wenn ...«, Pola lässt das Gummibändchen zwischen ihren Fingern los, »... sie Ibsen daran hindern wollen, sich an diese Nacht zu erinnern? Das passt zur Theorie der Kontrolle, nicht wahr?«

Leo nickte. »Wenn das der Fall ist, bedeutet das auch, dass Andreas Neumann ihr Komplize ist. Warum sonst sollte er Ibsen nicht die Wahrheit sagen?«

Leo wurde blass, ihre Augen weiteten sich.

»Gibt es ein Problem, Leo?«

»Dein Onkel. Er hat einen Termin mit ihm. Er hat eine Nachricht im Forum hinterlassen, er wollte Neumann treffen und später zu uns stoßen. Er erwähnte dich auch in der Nachricht. Du weißt nichts davon?«

»Nein. Ich habe mein Handy im Wagen gelassen, er ist etwa 15 Minuten von hier entfernt geparkt. Wenn das, was du sagst, wahr ist, müssen wir ihn sofort über unseren Verdacht informieren.«

Leo dachte über ihre Möglichkeiten nach. Sie hatte zwar ein neues Smartphone, aber wenn Dimitri Kamorow überwacht wurde, könnte ein Anruf die Aufmerksamkeit auf ihr Gerät lenken.

Welchen Wolf werden Sie füttern, Frau Sorokin?

Verdammt, Storm, immer noch da, um mich zu belehren?

»Kennst du die Nummer deines Onkels auswendig, Pola?«

Kapitel 72

Berlin-Orankesee

Dimitri Kamorow beendete das Telefonat und steckte das Smartphone langsam in seine Hosentasche. Der Moment der Wahrheit, sein Spiel mit Andreas Neumann konnte beginnen. Er rieb sich das Kinn, steckte seine rechte Hand in die Jackentasche und tastete nach dem Schaft der Pistole. Er wusste, dass ein Choleriker wie Neumann jederzeit ausflippen konnte.

Ein paar Meter von ihm entfernt, waren die Augen des Polizisten immer noch auf das Foto gerichtet. Er hielt es mit den Fingerspitzen beider Hände, drehte die Aufnahme hin und her, faltete es zusammen und wieder auseinander. Dimitri las nichts in Neumanns Gesicht, keine Überraschung, keine Wut. Keine Gefühle.

Andreas streckte seine Hand aus und hielt ihm das Foto hin.

»Was werden Sie mit dem Foto machen, Kamorow?«

Er ging auf ihn zu. »Sie sind derjenige, der sich das fragen muss, Herr Neumann. Sie sind der Berliner Bulle, nicht ich. Und es ist Ihr Kollege, den wir auf diesem Foto sehen, nicht meiner.«

Andreas' Gesichtszüge zuckten, die Röte in seinem Gesicht nahm zu. Er war bis dahin ruhig geblieben, aber Dimitri erkannte bereits die ersten Anzeichen von Wut.

»Was genau wollen Sie, Kamorow? Sie haben mich um ein Treffen gebeten, halten mir dieses Foto von Ibsen unter die Nase. Und wie lange soll das da denn her sein? Neun Jahre? Es muss also um 2009 gewesen sein. Ich kannte Ibsen damals noch nicht.«

»Erstaunt es Sie nicht ein bisschen, Neumann, dass Ihr ehemaliger Kollege sich gerade an dem Ort aufhielt, als dieser Journalist von einem Mann, den man einer Gehirnwäsche unterzogen hatte, in den Kopf geschossen wurde?«

Andreas hatte immer noch den Arm ausgestreckt, das Foto in der Hand. Kamorow machte keine Geste, es zu nehmen. Seine Hand lag auf dem Kolben der Pistole.

Es ist an der Zeit, die anderen Figuren des Schachspiels zu bewegen, dachte er.

»Wissen Sie, Ibsen Bach glaubt, dass er nicht wirklich er selbst ist, dass da eine zweite Persönlichkeit in seinem Kopf haust. Er nennt ihn den *Anderen*.«

Andreas' Augen weiteten sich, er knirschte verdächtig mit den Zähnen. »Ibsen verbrachte fast ein ganzes Jahr im Krankenhaus. Als ich ihn das erste Mal wieder traf, stotterte er und seine Worte waren ohne Sinn und Verstand. Er pinkelte in eine Urinflasche und sabberte. Sein Gehirn war Kompott! Natürlich ist er nicht mehr derselbe. Aber verdammt, ich sah auch, wie er sich aufrichtete, wie er wieder auf die Beine kam, und obwohl er nicht mehr der Mann ist, den ich kannte, ist er immer noch brillant. Mehr als ich ... Mehr als Sie!«

Neumann ist bald da, wo ich ihn haben will. Es ist so weit.

Kamorow schüttelte den Kopf. »Wissen Sie, ich hatte Gelegenheit, mit Ihrem Kollegen zu sprechen. Seine Erinnerung kehrt allmählich zurück. Ibsen weiß, dass er als Kind von Dr. Blome in der Landesklinik Weißensee behandelt wurde. Erinnern Sie sich an ihn? Kurt Blome war eines der Opfer, die gefunden wurden.«

»Ibsen ein Patient von Kurt Blome? Ehrlich gesagt, ich weiß nicht, wovon Sie reden, Kamorow. Sie scheinen mehr über Ibsen zu wissen als ich.«

Noch atmet er ruhig, dachte Dimitri, *aber sein Blutdruck steigt von Minute zu Minute.*

Vielleicht war es an der Zeit, zu bluffen und ihm zu sagen, was Pola ihm erzählt hatte. »Und außerdem ... er weiß ... von dem Unfall. Von Lara. Und von Ihnen.«

Andreas öffnete den Mund, ein Funke Zweifel war in seinen Augen. Er ließ das Foto fallen. Das Blatt wirbelte durch die Luft, wurde vom Wind weggepeitscht. Er stieß ein trockenes, nervöses Lachen aus. »Sie müssen mich für einen kompletten Idioten halten, Kamorow. Oh, machen Sie sich nicht die Mühe, es zu leugnen, ich kann es in Ihren Augen lesen. Ich kann mir gut vorstellen, was Sie von mir halten. Ein Choleriker, stur, wütend, dumm. Und Sie fragen sich, wie jemand wie ich es bis zum BKA bringen konnte.«

Dimitri schwieg. Er versuchte, in Andreas' Gesicht zu lesen, versuchte, die kleinste Reaktion zu antizipieren.

»Und jetzt denken Sie, nehmen wir den guten alten Andy, diesen Deppen, mal unter die Lupe«, fuhr Andreas fort. »Er ist darüber hinaus nur ein Deutscher aus Bayern. Seine Kultur muss sich auf wenige Episoden von ›Dahoam is Dahoam‹ oder ›Der Bergdoktor‹ beschränken – TV-Serien, vor denen er sich mit Hamburgern und Weißwurst vollstopft. Die Art Mann, der morgens Paulaner Bier trinkt und abends den Kummer mit einem billigen Enzian zuschüttet. So verwirrt, dass er seine Einsamkeit in Tränen ertränken muss. Fick dich, Sie selbstgefälliges Arschloch!«

Dimitri rührte sich immer noch nicht. Er ließ den Eiter aus Andreas' Abszess fließen.

»Ich habe einen Knüller für Sie«, donnerte Andreas weiter. »Sie sind hier der Idiot, Kamorow. Glauben Sie, ich habe das nicht kommen sehen? Ihre Hand umklammert die Pistole! Sie und Ihr beschissenes Manöver, um mich zum Reden zu bringen. Glauben Sie, Sie sind der einzige Polizist? Der Einzige, der denken kann? Beobachten kann? Sie glauben, Sie sind klug. Sie sind es vermutlich, aber Sie sind auch ein verdammt offenes Buch. Was genau soll ich Ihnen denn sagen? Warum stellen Sie mir nicht einfach Ihre Fragen? Anstatt sich mit Ihrem mentalen Kung-Fu-Scheiß und Ihrem Raubvogel-Blick auf mich zu stürzen. Sie scheinheiliger Bastard!«

»Ich will nur die Knoten lösen, Neumann. Und Sie irren sich, ich halte Sie nicht für einen Idioten, auch wenn ich freiwillig gestehe, dass dies der Eindruck ist, den Sie mir bei unseren ersten Treffen vermittelt haben. Nein, ich denke vielmehr, Sie benutzen und pflegen dieses Bild, um die Menschen um Sie herum zu täuschen. Deshalb ziele ich mit einer Waffe auf Sie. Weil ich Ihnen nicht traue.«

»Strengen Sie Ihr Hirn an, Kamorow, ich bin Polizeibeamter. Sie drohen mir. Sie ...«

»Ich habe nichts zu verlieren«, sagt Kamorow. »Haben Sie meine Gesichtsfarbe nicht gesehen? Ich bin gut für das Wachsfigurenkabinett. Meine Frau glaubt, dass ich mit einer Wunderoperation davonkomme, aber ich stehe bereits mit einem Fuß im Grab. Sehen Sie, ich glaube nicht, dass Sie unschuldig sind, daher werde ich keine Skrupel haben, Sie zu erschießen. Und das ist kein Bluff.«

Die Wut wich allmählich aus Andreas' Gesicht, Bitterkeit trat an ihre Stelle. »Es tut mir leid, das zu hören. Krebs, nehme ich an? Verdammte Krankheit...« Andreas holte tief Luft. »Glauben Sie von mir, was Sie wollen, Kamorow, aber ich bin nicht der Bastard, für den Sie mich halten. Alles, was ich getan habe, tat ich für meinen Vater. Für einen Mann, dem ich alles verdanke, der uns allein erzogen hat – auch wenn es für ihn bedeutete, mehrere Jobs anzunehmen, um uns zu ernähren – mich und meinen undankbaren Bruder. Mein Vater war ein Mann, der jahrelang gegen seine Krankheit ankämpfte, und das nur mit der Hilfe des guten alten Andreas', der sich dabei selbst ruinierte. Und während mein Bruder unser Geld stahl und Kokain zwischen den Brüsten seiner Huren schnüffelte, hielt ich auf der Toilette den Kopf unseres Vaters, der sich wegen der Chemo die Seele aus dem Leib kotzte. Schließlich besiegte er ihn, aber der Krebs kam zurück und blieb in seinem Kehlkopf stecken. Ich hatte kein Geld mehr übrig und war am Ende. Als mich dann ein Typ vom BND kontaktierte, um mir einen Deal anzubieten, war das für mich nichts anderes als eine glückliche Fügung. Ich akzeptierte, ohne zu wissen, dass ...« Andreas machte eine Pause. »... ohne zu wissen, dass alles einen Preis hat.«

Jetzt geht's los. Andreas ist reif.

»Welcher Deal, Neumann? Ich sehe doch, dass Sie kein schlechter Mensch sind. Entlasten Sie Ihr Gewissen, befreien Sie sich von dieser Last.«

Andreas hörte nicht mehr auf ihn. Tränen verschleierten seine geschwollenen Augen, er starrte auf den vereisten Sand. »Ich wusste, dass Ibsen anders war. Schon vorher war der Geheimdienst auf ihn aufmerksam geworden. Mein Kontaktmann beim BND hatte mich angewiesen, ihm über Ibsens Aktivitäten und die Jagd auf den Berliner Dämon Bericht zu erstatten. Aber es war nicht nur das. In Ibsen Gegenwart fühlten wir uns klein, ja erbärmlich. Mir schien es, als stünde ich neben einem Außerirdischen, der in der Lage war, alles zu entschlüsseln. Und dann, von Opfer zu Opfer, sah ich, wie er sich veränderte, verzweifelte, zerbröckelte. Im weiteren Verlauf der Ermittlungen haben ihn die Tatorte belastet, ihn mehr und mehr erschüttert. Natürlich habe ich das alles in den Berichten an den BND erwähnt. Rückblickend hätte ich besser meine große Klappe halten sollen. Gleichzeitig freundeten Ibsen und ich uns aber auch an. Mal abgesehen von seiner Roboterseite, war er ein lustiger Typ, voller Humor. Wir hatten eine tolle Zeit zusammen. Das letzte Opfer des Berliner Dämons hat das alles zunichtegemacht. Nachdem Ibsen den Tatort inspiziert hatte, verschloss er sich und hörte auf zu kooperieren. Ich sah meinen Freund sterben, ja, etwas starb an diesem Tag in ihm. Einige Tage später teilte mir der BND mit, dass er gefährlich und unberechenbar geworden sei und dass seine Frau geschützt werden müsse. Sie schickten mich, um sie abzuholen. Anfangs habe ich nicht versucht, es zu verstehen. Ich wusste, dass etwas nicht gut lief, dass etwas nicht stimmte, aber verdammt, wir legen uns nicht mit dem BND an, richtig?«

»Es war in der Nacht des Unfalls, stimmt's?«

Andreas nickte, nahm ein Tempo-Taschentuch aus der Hosentasche und wischte sich die Augen. »Ich weiß nicht, was wirklich passiert ist. Ich musste Lara in mein Auto ziehen, sie war in Panik, aber sie hat nichts getan, um mich aufzuhalten. Ich glaube, selbst sie hatte das Gefühl, dass etwas Ungewöhnliches geschehen war. Der Rest...« Andreas nahm eine Zigarette aus der Packung und bat Dimitri um Feuer.

Er zögerte, löste aber dann den Griff um seine Pistole und gab Andreas sein Feuerzeug.

»Ibsen sah, wie ich Lara mitnahm. Zuerst habe ich nicht bemerkt, dass jemand bei ihm war. Verdammt, ich hätte abbrechen sollen. Aber ich habe mich an die Anweisungen gehalten. Ich bin losgefahren.« Neumann machte einen Zug. »Der Unfall ... es war ein unverzeihlicher Kontrollverlust. Ich weiß nicht, wie ich aus dem Wasser, wie ich überhaupt aus dem Auto gekommen bin. Zuerst habe ich Lara aus dem Wagen befreit, aber sie dann losgelassen, als ich sah, dass sie tot war. Ich hatte mehrere Frakturen, innere Blutungen. Später erfuhr ich, dass Ibsen auch einen Unfall hatte, angeblich von mir verursacht, und dass er nicht allein im Fahrzeug gewesen war. Der Mörder war bei ihm. Ich habe keine Ahnung, was da passiert ist. In den darauffolgenden Jahren dachte ich nur, dass dieser Freak ihn bedroht haben muss. Aber jetzt bin ich mir da auch nicht mehr sicher.«

»Ich schätze, der BND hat wie unser Geheimdienst die Beweise verschwinden lassen«, warf Dimitri ein.

Andreas nickte, nahm einen weiteren Zug und blies den Rauch durch die Nase. »Die Identität des Mörders wurde nie preisgegeben, Autopsieberichte wurden gefälscht. Ich wurde zum Hauptkommissar befördert, weil ich den Berliner-Dämon gefasst hatte. Und verbrachte viele Monate in einer Rehabilitationsklinik.«

»Warum hielten Sie die Wahrheit vor Ibsen verborgen und haben Ihren Unfall verschwiegen?«

Andreas öffnete den Mund, wollte antworten. Dann weiteten sich seine Augen. »Kamorow, runter mit Ihnen!«, brüllte er und warf sich in den Sand.

Dimitri runzelte die Stirn, reagierte nicht sofort. Er wirbelte herum, als eine Kugel sein linkes Schulterblatt traf. Der flammende Schmerz erreichte sein Gehirn erst eine Sekunde später, tobte dann in seiner Schulter. Er griff nach seiner Waffe, drehte sich um und versuchte, den Angreifer ausfindig zu machen. Eine zweite Kugel traf ihn in den Bauch. Er taumelte einen Schritt zurück.

Der Rhythmus seines Herzens beschleunigte sich. Er wurde erst jetzt gewahr, dass die zweite Kugel ihn schwer verletzt hatte.

Er sah eine Silhouette zwischen den Bäumen, dann fiel er auf die Knie.

Stille.

Dimitri hielt eine Hand auf den Bauch, hob sie dann hoch, sah fassungslos auf das Blut. Warum zum Teufel fühlte er nichts? *Das Adrenalin… der Schock.*

Er lächelte benommen und dachte, dass dies das erste Mal war, dass er in den fast dreißig Jahren seiner Karriere angeschossen wurde. Die Welt drehte sich um ihn. Seine Sicht war verschwommen. Der Klang des Herzschlags füllte seinen Schädel.

»Kamorow… auf den Boden…« Andreas' Stimme schien von weit entfernt zu kommen. Nur ein Echo.

Eine dritte Kugel wirbelte nur wenige Zentimeter weiter den Sand auf. Dimitri bekam Sandkörner in die Augen, in den Mund. Er blinzelte. Der Schmerz kam augenblicklich, höllisch, er strahlte in seinen Unterleib aus: Tausende von Messern durchpflügten seine Eingeweide.

Verdammt… Ich werde sterben… Ich werde…

»Kamorow, beweg deinen verdammten Arsch!«

Andreas hockte neben ihm, die Arme mit der Waffe ausgestreckt; sein Ziel war der Wald. Er feuerte zwei Schüsse ab.

Dimitri erstarrte, er spürte, wie die Energie seinen Körper verließ, taumelte und fiel nach vorne. Sein Kopf schlug flach auf dem Boden auf, seine Nase ignorierte den eisigen Sand.

Nein… Ich muss… Ich muss…

Sein Smartphone vibrierte. Er wollte es aus der Hosentasche ziehen, aber sein linker Arm reagierte nicht. Der Schmerz im Schulterblatt strahlte durch den ganzen Körper.

»Kriech hinter den Stuhl, Kamorow!« Andreas robbte langsam rückwärts, blieb dann liegen, wie eine große, übergewichtige Schlange. Er schoss erneut auf die Bäume.

Eine Kugel pfiff dicht an Dimitris Ohren vorbei und blies einen Kranz aus Sand. Er drehte sich um und stöhnte auf. Lehnte sich auf seinen rechten Ellenbogen, versuchte, Neumann zu erreichen. Die Schmerzen raubten ihm den Atem.

Andreas hatte den Stuhl erreicht, der ihm aber kaum Deckung gab. Zwischen den Metallbeinen linste er nach einem Ziel hinter den Bäumen. Er wirbelte mit seinem Arm herum. »Wo bist du, du verdammter Wichser?«

Dimitri schaffte es endlich, nach dem Smartphone zu greifen. *Ich muss die Datei herunterladen.* Er drückte auf das App-Symbol *Red Onion* und gelangte in das private Forum, als eine vierte Kugel seinen Oberschenkel traf und Muskelgewebe zerriss. Er unterdrückte einen Schrei und biss die Zähne zusammen. *Komm schon, Dimitri. Es kostet dich nur eine winzige Anstrengung.*

Auf seiner Stirn perlte kalter Schweiß. Sein Herz überschlug sich. Aus den Wunden sickerte das Blut.

Ich werde bald sterben.

Andreas feuerte mehrere Schüsse ab.

Dimitri las die Nachricht. *Kamorow, veröffentlichen Sie diese Aufzeichnung im Forum.*

Ein Tropfen Schweiß fiel auf den Bildschirm. Er robbte sabbernd mit der Kraft seines Ellenbogens auf Neumann zu. »Ich sterbe ... Sagen Sie mir, warum ... nichts gesagt haben?«

Eine fünfte Kugel traf den Stuhl. Funken blitzten in der Dunkelheit auf, das Echo von Metall ertönte. Ein sechstes Projektil wurde abgefeuert, aber diesmal war das Geräusch des Aufpralls dumpf, gedämpft. Dimitri hob den Kopf und sah, wie Neumann die Pistole fallen ließ und sich mit beiden Händen an der Kehle fasste. Er hörte ein ersticktes Gurgeln. Ein Blutstrom floss über Andreas' Finger und aus seinem Mund, in den Augen lag Fassungslosigkeit. Bevor er zusammenbrach, formten seine Lippen ein Wort.

Dimitri blickte kurz auf das Display seines Handys. Der Datensatz wurde heruntergeladen.

Gut. Er mobilisierte die letzten Kräfte, drückte Leos Nummer, tippte ein Wort. Dann warf er das Telefon in Richtung Orankesee und brach kraftlos zusammen. Sein Ohr klebte am kalten Sand. Er war jetzt bereit einzuschlafen, zu sterben. Es tat nicht einmal mehr weh.

Der Boden zitterte. Er nahm Vibrationen wahr. Jemand bewegte sich auf ihn zu. Die Schritte kamen immer näher, während er sich vom Leben entfernte.

Bilder folgten aufeinander, in blitzartigen Sequenzen: Anisja, die ihn anlächelte, als er sich eine Watruschki nahm. Sascha, der versprach, sein Puzzle zu beenden. Pola, die ihn besorgt Onkel Bernie nannte. Seine elf Jahre alte Schwester, als er sie damals vor dem Ertrinken rettete.

Der Schütze stand jetzt vor ihm. Dimitri drehte seinen Kopf. Sah das Gesicht des Schützen und versuchte, ihm in die Augen zu sehen, aber er war zu müde, seine Augenlider waren schwer, die Sicht verschwommen.

Ein letztes Lächeln streifte seine Lippen, geboren, als er Andreas Neumann ausgestreckt auf dem Sand liegen sah, die toten Augen im Nichts verloren. Seltsam, für Sekunden drängte sich ihm die Vision des deutschen Kollegen auf, wie er laut gestikulierend vor ihm stand, sich selbst verteidigte und ihn in die Schranken wies.

Dimitri schluckte. Er spürte den Druck eines Fußes auf seinem Rücken, hörte, wie der Abzug einer Waffe betätigt wurde.

Er starb, noch bevor der Mörder die siebte Kugel abfeuerte.

Mit einem Lächeln auf dem Gesicht.

Kapitel 73

Berlin-Orankesee, Institut Rosenrot

Verlassenheit

Das Taxi hat mich vor ein paar Minuten an diesen verlorenen Ort gebracht und ist abgefahren.

Regungslos schweift mein Blick über die Tristesse, die die alte Villa umgibt, dann betrachte ich das Gebäude selbst. Ich versuche, das, was ich vor Augen habe, mit den Visionen und Flashs zu vergleichen, die mich in der Nacht zuvor gequält haben. Zweifellos ist dies der Ort, den ich in der Leichenhalle vor meinem inneren Auge hatte.

Das Anwesen hat im Laufe der Jahre seine Schönheit verloren. Das schwere schwarze Gittertor und das Schild *Rosenrot-Institut* sind verschwunden, die Mauern rund um das Gelände abgerissen. Von der Kiesauffahrt, die etwa fünfzig Meter auf die Doppeltür zuführte, ist ebenfalls nichts mehr zu sehen. Der Rasen und die Blumenbeete sind hohen, rebellischen Gräsern gewichen und von Unkraut überwuchert. Schaukeln, Sandkästen und Drehkreuze aus dem Boden gerissen, sie sind heute nur eine vage Erinnerung. Nur die Ahornbäume ragen noch stolz empor, die Trauerweide, von ihrer Zierde befreit, erinnert an eine ausgemergelte Hydra.

Die Fassade der Villa ist verwittert, alle Fenster sind mit Brettern verschlagen: Das Rosenrot-Institut ist nur noch eine verlassene, düstere Ruine. Doch in ihrem Schatten sehe ich sie wieder, die schwarzen Wurzeln, die mich gebrochen haben. Spüre, wie sie mir Leben einhauchen: eine Spur der Voreingenommenheit. Finster und kalt dringt sie in meine Knochen.

Ich schaudere und bedaure, dass ich mich nicht wärmer angezogen habe. Die wasserdichte Jacke mit Kapuze und das Baumwollhemd sind ein sehr dünnes Bollwerk gegen die winterliche Kälte. Die Temperatur muss um den Nullpunkt liegen, die frostigen Gräser funkeln unter dem Nimbus eines fast vollen Mondes.

Ich blase meinen Atem in die rechte Hand, mache eine Faust. Die andere Hand hat sich bereits in der einladenden Wärme meiner Jackentasche zusammengerollt. Ich atme tief ein, dann stütze ich mich auf meinen Stock und bewege mich auf das Haus zu. Ich weiß, dass der Mörder dort auf mich wartet. Eine Furche hat sich in die wilden Gräser eingraviert. Jemand ist dem alten Pfad gefolgt.

Während ich weitergehe, kommen mir die Erinnerungen in kurzen Abständen entgegen. Das Lachen der Kinder auf den Spielplätzen, das Läuten der Glocke, die das Ende der Pause ankündigt, der Geruch von geschnittenem Gras. Aber auch das Weinen. Das Schluchzen der Kinder, die isoliert wurden. Das Institut war ein zweiköpfiges Monster: Freude wie auch grauenvoller Schmerz. Bilder und Geräusche fließen, einige Erinnerungsschnipsel kommen an die Oberfläche. Ich gehe weiter.

Am Eingang angekommen, pocht mein Herz.

Was ist hier mit mir passiert? Warum fühle ich diese abgrundtiefe Schwärze, die mich wie ein Schwarzes Loch einzusaugen droht?

Die Tür ist angelehnt; um die Doppelgriffe ist eine schwere Kette gelegt, das Vorhängeschloss ist offen. Ich entferne die Kette und lasse sie zu Boden fallen. Das metallische Geräusch weckt meinen Tinnitus. Die Scharniere quietschen, als ich die Doppeltür aufschiebe. Ich zögere einen Moment, dann betrete ich das Innere der Villa.

In der Nähe der Tür stehen ein paar Kisten. Bierdosen und Kartoffelchips liegen verstreut. Dieser Ort wird als Unterschlupf genutzt. *Von wem?* Ein starker Geruch von wurmstichigem Holz und Schimmel füllt meine Nasenlöcher. Mit der linken Hand taste ich die Beretta in der Tasche der Regenjacke und halte eine winzige Taschenlampe zusammen mit dem Gehstock in der anderen. Meine Augen haben sich an die Dunkelheit gewöhnt, der Mond spendet durch die hohen Fenster sein vages Licht.

Die Vorhalle. Neue Erinnerungen kommen auf. In der Vergangenheit war dieser Raum sehr feudal. Heute ist er ein gehäutetes Spektrum, von den Wänden haben sich die Tapeten gelöst, Gemälde und Vorhänge wurden entfernt, nur der Kristallleuchter hängt noch, aber ohne Glühbirnen. Auf dem zerstörten Parkettboden liegen Teile von Pappkartons und mit Schlamm bedeckte Planen. Die Halle war früher ein Durchgangsort, um in die Klassenzimmer zu gelangen.

Die breite T-förmige Treppe führt in den ersten Stock und das Betreten stellt ein erhebliches Risiko für mich dar. Das war sie schon zu jener Zeit der Fall, erinnere ich mich. Der rote Teppichläufer, der die Stufen bedeckt, konnte eine echte Falle für eilige Tritte sein.

Ich gehe ein paar Schritte in den leeren Raum und schiebe mit dem Gehstock den Müll beiseite. Der mit Glasscherben übersäte Boden knarrt unter meinen Füßen. Zu meiner Rechten erkenne ich den Korridor, der zu den Klassenzimmern führt.

Plötzlich verharre ich. Das Licht der Taschenlampe hat gerade eine Anomalie in ihrem Strahl erfasst. Ich blinzle und nähere mich dem deutlich sichtbaren roten Pfeil, der an einen Wandvorsprung gezeichnet ist und auf die gegenüberliegende Tür zeigt. Die Farbe ist trocken, aber meine Nase nimmt den berauschenden Geruch wahr. Das Zeichen wurde erst kürzlich angebracht. Soll es meine Aufmerksamkeit erregen? Ja, gewiss.

Er spielt mit dir, Ibsen ... Geh nicht auf sein Spiel ein.

Aber was kann ich sonst tun? Es gibt keine Möglichkeit umzukehren. Ich bin hierhergekommen, um es zu beenden.

Ich stecke die Hand in die Tasche, wie um mich zu vergewissern, dass die Pistole noch da ist. Dann setze ich meinen Gang fort und bleibe bei jedem neuen Pfeil kurz stehen.

Der Weg führt mich durch die Arterien und Venen des Instituts, durch seine gespenstischen Gänge, bis in die Tiefe seiner Verwüstung. Wieder überlagern Visionen meine Wahrnehmung: Einige Echos und Stimmen vermischen sich mit dem Aufheulen des Windes, der in die Flure stürmt, und dem Knarzen und Quietschen der Parkettbretter. Ich erinnere mich an ein Wohnzimmer, den Kamin, den Speisesaal.

Die Taschenlampe fängt einen letzten Pfeil mit ihrem Strahl ein. Er zeigt auf das Ende des Korridors. Hinter dem Türrahmen sehe ich das Flackern eines gelblichen Lichts, das seine Schatten auf den freigelegten Wänden tanzen lässt. Ich schlucke. Jemand ist hier. Diese Inszenierung ist für mich bestimmt. Ich fixiere den Lichtschein und gehe langsam darauf zu. Vermeide, mit der Spitze meines Stocks den Boden zu berühren.

Am Ende des Korridors öffne ich die Tür zu einem kleinen Raum. Die Lichtquelle entpuppt sich als vier Kerzen auf einem Campingtisch. Er hat auf mich gewartet. Er muss irgendwo sein und mich beobachten. Neben einem Karton, der in der Mitte des Tisches steht, verbreitet ein Räuchergefäß einen Duft, den ich nur zu gut kenne. Myrrhe.

Auf dem Deckel der Schachtel klebt ein Etikett: *Ibsen*.

Kapitel 74

Berlin-Kollwitzkiez

Leo schob ein letztes Mal die Chipkarte zwischen Türrahmen und Schloss, endlich erfolgte das metallische Klacken. Sie legte ihre Hand auf die Tür, übte einen leichten Druck aus und schaute in den Spalt. Polas erleichtertes Aufatmen hinter ihr war deutlich zu hören.
»Wow, Leo. Bravo, aber das war nicht sehr nett von dir, so mir nichts, dir nichts die Tür zu Ibsens Wohnung zu knacken.«
Leo grinste und betrat den Flur.
»Seine Jacke und sein Gehstock sind nicht da. Das erklärt natürlich, warum er uns nicht geöffnet hat.«
Leise schloss Leo hinter Pola die Tür. Die Wohnung war in Dunkelheit getaucht. Das von den Straßenlaternen gestreute Licht wurde durch die Abdeckungen vor dem Fenster blockiert. Lediglich ein schmaler Lichtstreifen beleuchtete den Boden.
Pola wollte gerade den Schalter betätigen, doch Leo legte die Hand auf ihren Unterarm und schüttelte den Kopf. »Dies ist nicht die Zeit, die Außenwelt darauf hinzuweisen, dass wir in diese Wohnung eingedrungen sind. Vielleicht hat jemand Ibsen aus dem Haus gehen sehen.«
Pola ging in die Küche und öffnete die Kühlschranktür weit. Das Licht fiel auf den Küchentisch, auf dem ein Teller Spaghetti stand. »Sein Kühlschrank ist fast leer, nur ein paar Eier und eine Flasche Rosé. Möchtest du ein Glas Wein?«
Leo schüttelte den Kopf. »Tut mir leid, ich will das Ganze nur hinter mich bringen. Ich bin mir nicht mal sicher, ob es eine gute Idee ist, hier zu sein.«

Pola nahm den Wein heraus und holte ein Glas aus dem Schrank. Dann bediente sie sich großzügig, trank einen kräftigen Schluck und stellte ihr Glas auf den Tisch.

»Ich werde das Schlafzimmer durchsuchen und überlasse dir den Rest, okay?«, fragte Leo.

»Okay, dann nehme ich mir sein Büro vor, ich war schon einmal dort.«

Leo öffnete die Tür zum Schlafzimmer. Dunkelheit wie in der restlichen Wohnung. Sie schaltete die Nachttischlampe an und Ibsens nächtliches Universum offenbarte sich im gedämpften Licht des Lampenschirms. Das Bett war aufgedeckt, das Laken nass und zerwühlt, der größte Teil der Bettdecke lag auf dem Boden.

Das Zimmer war kaum möbliert: ein Kleiderschrank, eine Kommode und ein paar Kisten. Ibsen lebte bescheiden. Es würde schnell gehen. Sie begann ihre Suche am Nachttisch, einem klassischen Modell aus schwarzem Sperrholz, und öffnete eine Schublade. Fand Notizzettel und Bücher: *Anna Karenina* in russischer Sprache, Marcel Proust: die Gallimard-Editionen in französischer Sprache. Ibsen beherrschte also die russische und französische Sprache. Dann fiel ihr Blick auf einen Roman von Philip K. Dick: *A Scanner Darkly*, in Englisch.

Wie viele Sprachen spricht dieser Typ eigentlich?

Leo zuckte mit den Schultern und ging zur Kommode. Die Schubladen bargen graue Sockenpaare, schlichte schwarze Boxershorts. *Der Mann ist so bunt wie eine Bibelabdeckung.* Fantasie war wohl nicht sein Ding. Im Schrank das gleiche Bild: schwarze Hosen, weiße Hemden, dunkle Jacken. Sie schob die Kleidung beiseite und inspizierte die wenigen Schuhkartons. Ohne Erfolg.

Als sie die Schiebetür schließen wollte, bemerkte sie ein Buch, das aus einer Jackentasche lugte und nahm es in die Hand. Ein Etikett zierte das Cover: »*Raissa*«. Es war ein Tagebuch.

Warum hatte Ibsen es versteckt?

»Leo, ich habe etwas Interessantes«, rief Pola aus dem Büro.

Leo unterdrückte eine Grimasse. Pola könnte durchaus ein

wenig diskreter sein. Sie verließ das Zimmer mit dem Tagebuch in der Hand. Als sie das Büro betrat, saß Pola vor Ibsens Laptop.

»Da waren Wörter in den Laptop eingegeben, Leo. Hör dir das mal an: *Es ist traurig, einen Freund zu vergessen. Nicht jeder hatte einen Freund.*«

Leo zuckte zusammen. Sie hatte das schon einmal irgendwo gelesen oder gehört. Aber wo? Wann?

»Ich habe recherchiert. Das Zitat stammt aus dem Büchlein ›*Der kleine Prinz*‹ von Saint-Exupéry. Ganz sicher ist es eine Nachricht, die der Mörder hier hinterlassen hat. Dann habe ich Ibsens Recherche im Browser überprüft. Ich weiß, wohin er gegangen ist. Vorhin, im Keller habe ich dir von dem Institut Rosenrot erzählt, erinnerst du dich?«

»Ja, aber so dumm wird Ibsen nicht sein, Pola.«

»Er hat sich die Gegend um den Orankesee in Berlin auf Google Maps angesehen. Dort gab es einst das Rosenrot-Internat für hochbegabte Kinder, das Ende 1988 geschlossen wurde. Jedenfalls glaube ich nicht, dass es ein Zufall ist. Ach ja, und ich weiß nicht, was er plant, aber Ibsen ist bewaffnet.« Pola zeigte auf die Munitionsschachtel auf dem Schreibtisch.

»Was glaubst du, hat er vor?«

Pola drehte sich zu ihr um. »Den Kreis schließen. Ich glaube, er hat den Mörder gefunden. Und dann ist da noch dieses Datum, 1988. Das Jahr, in dem Tanja Fischer den kleinen Jungen auf dem roten Kinderrad tötete.«

»Worum geht es hier eigentlich?«

»Ich erzähle es dir auf dem Weg dorthin, Leo. Es sei denn, du entscheidest dich, nicht mitzukommen. Aber ich denke, ich habe dich überzeugt.«

Leo lächelte. »Natürlich komme ich mit. Ich stecke die Munition ein. Man kann nie wissen.«

Pola klappte den Laptop zu. »Hast du etwas im Schlafzimmer gefunden?«

»Bücher in Originalversionen. Ibsen spricht mehrere Sprachen.

Französisch, Russisch, Englisch. Und ich habe das hier gefunden.«
Sie reichte Pola das Tagebuch.

»*Raissa*. Verdammt, er muss es im Haus der Familie Romanow gefunden haben, aber er hat es mir vorenthalten. Warum hat er mir davon nichts gesagt?«

Leo zuckte mit den Schultern. »Du kennst ihn besser als ich.«

»Ich wünschte, es wäre so. Die Wahrheit ist, dass er selbst nicht weiß, wer er ist.«

»Deshalb ist er zum Institut gefahren«, murmelte Leo.

»Ja, deshalb werden wir ihn dort finden«, schlussfolgerte Pola.

Kapitel 75

Berlin-Orankesee, Institut Rosenrot

Vergangenheit

Ich entferne den Deckel. Der Karton ist prall gefüllt mit Akten, Fotos und losen Blättern. Ich lege alles auf den Tisch. Im flackernden Kerzenlicht erkenne ich den Inhalt: Tätigkeitsberichte, medizinische Gutachten, militärische Aufzeichnungen. Ein Teil meines Lebens ist in Reichweite, jener Teil, an den ich mich nicht erinnere.

Ich zögere. Das Geheimnis um meine Identität ist im Begriff, sich zu verflüchtigen. Die Neugier drängt mich, die Seiten zu durchforsten, mich auf den Weg meiner Vergangenheit zu wagen. Doch ein Teil von mir widersetzt sich dem und klammert sich an das Gerüst der Realität, das ich um mich herum aufgebaut habe und in dem ich jetzt verankert bin.

Hat der Mörder Kate deshalb getötet? Um eine Rückfall-Verlockung zu entfernen? Um mir jede Versuchung zu nehmen?

»Er ist erfolgreich«, murmle ich und nehme die Fotografien, die meine Aufmerksamkeit wecken, in die Hand. Das erste Foto ist alt, die Farben sind verblichen. Es zeigt ein Kind in einer Schuluniform, es ist vielleicht fünf Jahre alt. Große, grüne, traurige Augen verlieren sich in einem unbewegten Gesicht. Es wird von einem Mädchen flankiert, das etwa dreizehn Jahre alt sein muss, und einem älteren Jungen. Und auf den Knien vor ihm ist ein kleiner Junge mit rotem Haar, seine Wangen sind mit Sommersprossen übersät.

Ich erkenne die Älteren. Es sind jene Kinder, die ich im Keller des Lehrers vor meinem inneren Auge hatte. Sie sind auf dem Bild ein paar Jahre älter, aber ich bin mir sicher. Ihre Gesichter haben sich in meinen Kopf gefräst. Der Junge mit den grünen Augen bin ich selbst. Zweifelsohne. Ich lege das Foto beiseite. Die Einträge sind in blauer Tinte auf die Rückseite geschrieben: Richard, Amelie, Liam, Ibsen. 1987. Rosenrot-Institut, Orankesee Berlin. Projekt: Rosenrot. Die Erwähnung *Top Secret* ist gestempelt.

Also ging es mir da gut, diese Erinnerungen gehören mir. Ich kannte demnach Amelie Maranow. Aber wie kommt der Mörder an diese Aufnahme?

Ein eisiger Luftzug lässt die Flammen aufflackern, aber sie gehen nicht aus. Ich betrachte ein anderes Foto. Ein junger Mann im Dschungel: Militäruniform, ein M16-Gewehr in der Hand, ein Knie ruht auf einem umgestürzten Baumstamm. Ich erkenne mich nicht sofort wieder. Der Gesichtsausdruck des Mannes ist mir fremd. Er starrt den Fotografen verächtlich an, sein Gesicht ist ernst. Bin ich wirklich dieser Mann?

Ich sehe mir fieberhaft die anderen Fotos an, schneller und schneller. Alle zeigen mich in wechselnden Situationen und Outfits. Als Soldat in der irakischen Wüste, im Smoking bei einer gesellschaftlichen Veranstaltung in Moskau. Verschiedene Haarschnitte, von Zeit zu Zeit ein Bart. Auf einigen Bildern sehe ich glücklich aus. Auf anderen finster und beängstigend.

Meine Hände zittern. Die Schnappschüsse, die zwischen den Fingern zirkulieren, sind hypnotisch und erschreckend zugleich. Keine meiner Erinnerungen bestätigt, was ich hier vor den Augen habe. Diese Momente sind nicht meine. Es ist, als ob ich die Lebensmomente eines völlig fremden Menschen betrachte – außer, dass sein Gesicht mir gehört. Meine Kehle schnürt sich zu. Schweiß perlt von meiner heißen Stirn.

Wer bist du, Ibsen Bach?
Wer ist der Andere?
Nein! Wer sind die Anderen?

Ich lege die Fotos in die Schachtel zurück und nehme ein Bündel Berichte in die Hand. Das Erste, was mir auffällt, ist eine mir vertraute Unterschrift. Die, die auf jedem meiner Rezepte steht, die meiner ehemaligen Psychiaterin: Dr. Alexandra Lemke.

Das ist eine Lüge.

Jede unserer Sitzungen ist ausführlich dokumentiert. Ich streiche mit dem Zeigefinger über ein paar Zeilen. Was ich da lese, lässt mich erschaudern.

»*Die Erinnerungen an den Unfall sind tief begraben. Das auf Nembutal basierte Medikament in Kombination mit anderen Psychopharmaka scheint wirksam zu sein. Der Patient hat sein Gedächtnis nicht wiedererlangt. Wir müssen reden.*«

Mit wem will sie reden? Mit dem Mörder ohne Gesicht?

»*Die Erinnerung an Lara kehrt wieder zurück. Der Patient hat immer noch keine Ahnung, was wirklich in der Unfallnacht passiert ist. Bei jeder Sitzung besucht er das Ereignis erneut und bezieht den Beifahrer nie ein. Ich kann sagen, dass der Patient unter Kontrolle ist.*«

Ich drehe das Blatt, lese Zeile für Zeile. Welcher Beifahrer? Ich konzentriere mich und rufe mein Gedächtnis auf, aber es sind die gleichen Erinnerungen, die fließen. Der Mörder ist immer noch ein Schatten.

»*Der Patient hat heute einige beunruhigende Fakten gemeldet. Lara wäre ihm als Vision erschienen. Er führt es auf eine paranormale Manifestation oder eine andere mediale Aktivität zurück. Ich antworte, so gut ich kann, aber ich bleibe ratlos. Ich bin versucht, die Dosierung zu überprüfen.*«

Und ich dachte, es wäre eine psychische Reaktion auf einen Konflikt, Dr. Lemke. Selbst Sie haben es nicht geglaubt.

»*Dr. Blome hat gesagt, dass der Patient sein gesamtes physisches Gedächtnis und seine Fähigkeiten, wie z. B. das Erlernen der Sprache, behält. Seine Behinderung ist der einzige einschränkende Faktor, aber die wenigen Tests, die unter dem Deckmantel der Routineuntersuchungen durchgeführt wurden, waren überzeugend…*«

Deshalb kann ich Hebräisch lesen … Was kann ich noch?

»*Nach mehreren Sitzungen kann ich bestätigen, dass die durch den Unfall verursachten Verletzungen eine Neuimplantation verhindern.*

Der Patient bleibt daher um die Persönlichkeit von Ibsen Bach herum konfiguriert. Darüber hinaus möchte ich darauf hinweisen, dass ich von seinem Neurologen, Dr. Rossberg, kontaktiert wurde. Er scheint im Moment kein Problem zu sein, er wollte mit mir die Möglichkeit einer Tumorentfernung bei dem Patienten diskutieren. Er macht sich Gedanken über die von mir verordnete Medikation, beharrte jedoch nicht darauf und versuchte nicht, meiner Therapie zu widersprechen. Ich werde Sie auf dem Laufenden halten, wenn es ein Problem gibt.«

Die Berichte liegen plötzlich schwer in meinen Händen. *Überholungsarbeiten. Neuimplantation. Konfiguriert.* Also bin ich ... wer? Ein Roboter aus Fleisch und Blut? Ein Spielzeug in den Händen der Geheimdienste? Ich knirsche mit den Zähnen. Kamorow hat mir gesagt, dass ich Kurt Blomes Patient war.

Mehrere Persönlichkeiten ... Wie viele *andere* existieren im Labyrinth meines Kortex«. Wer ist der wahre Ibsen Bach? Ich lege die Berichte in den Karton zurück. Der Schmerz im rechten Bein pocht. Ohne Capros wird er weiter zunehmen.

Bis auf die E-Mail-Korrespondenz, die in einer Plastikhülle liegt, habe ich alles gelesen.

»Ich konnte Kontakt mit Ibsen aufnehmen. Er wirkt kalt und distanziert, aber ich denke, ich kann ihn leicht verführen. Ich habe bereits bemerkt, wie er mich ansieht. Ich werde nichts überstürzen, die Dinge müssen natürlich geschehen. Ich halte Sie über die Entwicklung unserer Beziehung auf dem Laufenden.«

Eine kalte Hand schrumpft mein Herz und zerquetscht meine Lunge.

Kate, du also auch? Es sind Dutzende von E-Mails, alle für einen PK467SKFS@gmx.com bestimmt. Vermutlich eine E-Mail-Adresse, die von einem Geheimdienstler genutzt wurde.

Die folgenden Zeilen sind wie Messerstiche:

»Ich hatte Erfolg. Wir sind jetzt ein Paar.«

Bilder ihrer Ausgelassenheit scrollen mit der Geschwindigkeit eines Stroboskops durch meinen Kopf: ihr Lächeln, ihre Unterlippe, die sie zwischen die Zähne steckt, ihre Berührungen. Hat sie alles nur vorgetäuscht? Wurde sie dafür bezahlt?

Ich stütze mich mit beiden Händen auf meinen Gehstock.
Belial.
»*Ibsen ist instabil. Er steht nachts auf, schreibt Wörter in sein Notizbuch, wie es ein Schlafwandler tun würde. Er spricht in seinen Träumen, manchmal in Sprachen, die ich nicht verstehe.*«

»Es tut mir leid, Ibsen, du musst mir vergeben, und wissen, dass meine Liebe aufrichtig war«, hatte Kate gesagt. Ich lese weiter.

»*Er hat sich mit einer jungen Russin angefreundet. Sie ist die Nichte des russischen Ermittlers Kamorow, mit dem Ibsen arbeitet. Ich glaube nicht, dass sie eine Gefahr darstellt. Ibsen ist mir völlig verfallen.*«

»Und ehrlich gesagt, kannst du dich selbst noch so täuschen, ihr seid zu verschieden, um diese Beziehung aufrechtzuerhalten«, waren Polas Worte gewesen. Sie hat recht gehabt und ich bin blind gewesen. Kate war nie ein Leuchtfeuer, das mich durch den Nebel führte. Mein Licht war das eines Fisches aus der Tiefe. Kate, ein Köder, um mich zu stoppen.

War das auch bei Lara der Fall gewesen? Woher soll ich das jetzt noch wissen?

Ich lege die Hände auf mein Gesicht, lehne mich an die Betonwand und lasse mich hinuntergleiten.

Wer bist du, Ibsen Bach?

»Wer bist du?«, rufe ich laut, die Augen voller Tränen.

Das an den Wänden flackernde Licht der Kerzen antwortet.

Ein Luftstrom, das ist, was du bist!

Ich könnte hierbleiben. Mich fallenlassen, einschlafen. Der Kälte erlauben, mich in ihr Leinentuch einzuwickeln. Die Geister zum Schweigen zu bringen, für immer.

Ich bin müde und schließe die Augenlider. Und während meine Augen halb geschlossen sind, sehe ich das Licht einer Taschenlampe, die auf mich gerichtet ist.

Der Mörder. Er ist hier.

Der Lichtstrahl ändert die Richtung. Ich sehe seine Silhouette. Ein Schatten im Dunkeln. Dennoch warte ich einen Moment.

Als ich mich aufrichte, schickt mein Oberschenkel mir

pochende Salven. Die Silhouette des Mannes ist kaum zehn Meter von mir entfernt. In dem langen Korridor bin ich seiner Gnade ausgeliefert. Ich könnte schießen, muss nur die Pistole heben und den Abzug drücken. Es zu Ende bringen.

Warum richtet er nicht die Waffe gegen mich? Er weiß, dass meine Kugel ihn erreichen kann. Für einen ehemaligen Soldaten ist das ein leichtes Spiel. Wie oft hat mein Arm diese Geste schon ausgeführt? Wie oft hat mein Zeigefinger schon abgedrückt, obwohl ich Gewalt stets gehasst habe? Warum mache ich es nicht?

Weil ich es verstehen will. Ich will mehr Antworten. So entscheide ich mich, nicht zu schießen, sondern dem Mörder zu begegnen.

Kapitel 76

Berlin–Orankesee

Die Straße schluckte das Licht der Scheinwerfer, aber der Wagen hielt den Kurs trotz der Windböe, die seine Flanken angriff.

Pola konzentrierte sich auf das Fahren und hatte seit ihrer Abfahrt kein Wort mehr gesprochen.

Leo las in Raissa Romanows Tagebuch, sie schüttelte stumm den Kopf. Ein Teil ihres Verstandes bewegte sich woanders hin und suchte nach Antworten. Der Satz, den der Mörder für Ibsen hinterlassen hatte, ging ihr nicht aus dem Kopf.

Es ist traurig, einen Freund zu vergessen. Nicht jeder hat einen Freund.

Wo hatte sie das gehört? Sie hatte zwar als Kind »Der kleine Prinz« gelesen, aber nein, es musste woanders gewesen sein.

Pola brach die Stille. »Lass mich wissen, wenn du im Tagebuch etwas Interessantes entdeckt hast. Ibsen hat es nicht zufällig zurückgehalten.«

Bis jetzt hatte sie nichts von Bedeutung gelesen, es war ein Teenie-Tagebuch, alles war banal. Liebe, Wut, Gerüchte, Mobbing. Aber sie gab Pola recht. Ibsen hätte es ohne einen triftigen Grund nicht verheimlicht. Der Wagen wurde von einer heftigen Böe erfasst und sie stieß einen Schrei aus.

»Keine Sorge, ich habe alles im Griff«, knurrte Pola.

Leo zwang ein Lächeln auf ihr Gesicht und tauchte wieder in die Vergangenheit von Raissa ein. »Ah, da steht was Interessantes. Raissa entdeckte, dass ihr Großvater Karl Dallmann war. Glaubst du, dass Ibsen das vor dir verbergen wollte?«

Pola zuckte zusammen, als hätte sie einen Schlag ins Gesicht bekommen. »Ich denke schon, denn Ibsen ließ mich glauben, dass ich diejenige war, die diese Entdeckung gemacht hat. Warum? Das macht nicht wirklich Sinn. Es sei denn, er hatte Grund ...«

Leo unterdrückte ein Gähnen und blinzelte. Die nächtliche Autofahrt, die Scheibenwischer, die sich vor ihren müden Augen hin und her bewegten, das leise Surren des Motors, die verlassene Straße, sie sehnte sich nach Schlaf. Nach dem, was sie in dem Tagebuch gelesen hatte, hatte Romanow sein Untertauchen perfekt geplant und durchgeführt. Was bewies, dass er die nötigen Kontakte hatte, um einen Identitätswechsel zu bewerkstelligen. Vom Richterstuhl zum Geheimdienst in Deutschland, dann zum FSB in Russland, um sich in Moskau ein neues Leben aufzubauen? Was könnte diese Entscheidung herbeigeführt haben?

Pola drosselte die Klimaanlage und öffnete das Fenster. Kalte Luft strömte in den Wagen und durchdrang sie sofort bis in die Knochen.

»Ich sehe, dass du fast einschläfst, Leo. Ich möchte, dass du wach bist. Der Berliner Dämon ist sicher vor Ort, und ich bezweifle, dass er glücklich darüber sein wird, dass wir an seinem Treffen mit Ibsen teilnehmen.«

Leo schloss das Tagebuch und legte es auf ihren Schoß.

»Außerdem ...«, fuhr Pola fort, »könntest du noch einmal versuchen, meinen Onkel anzurufen? Es wäre schön, ihn an unserer Seite zu haben.«

Leo drückte die Wahlwiederholtaste auf dem Handy. »Wieder nur die Mailbox.«

»Ich hoffe, dass mit ihm alles in Ordnung ist.« Sorge lag in Polas Stimme.

Leo blieb still. Sie könnte irgendetwas sagen, um Pola zu beruhigen, aber sie wusste, dass ihre Worte keine Wirkung haben würden.

Nicht jeder hat einen Freund.

»Kannst du gut schießen, Leo? Ich frage, weil ... Na ja, du hast vor Ibsens Haus in die Decke seiner Wohnung geschossen und dann in ein Autofenster, um deinen Verfolger davonzujagen, nicht, um ihn zu töten.«

»Ich schieße, seit ich eine Waffe halten kann, und habe damit aufgehört, als ich mein Jurastudium aufnahm. Schießen ist wie Radfahren, das verlernst du nicht. Aber es ist für mich völlig unmöglich, einem Menschen das Leben zu nehmen.«

Pola wandte sich ihr zu und sah sie kalt an. »Dein Leben zu beschützen, ist für dich kein Grund? Du hattest Glück mit deinem Ohr, ein paar Zentimeter und du wärst tot gewesen. Ich hoffe aufrichtig, dass du deinen Akt der Nächstenliebe nicht bereuen wirst und dass dein Mitgefühl nicht den Tod weiterer Unschuldiger verursachen wird!«

Kapitel 77

IBSEN
Berlin-Orankesee, Institut Rosenrot

Tausendjährige

Ich bleibe in meiner Blase der Stille eingeschlossen und folge der Silhouette, lautlos und ohne mit der Wimper zu zucken. Meine Hand hat die Tasche mit der Pistole nicht verlassen; ich bin bereit einzugreifen, falls etwas schief geht.

Der Mörder hat kein Wort gesprochen und auch nicht versucht, mich anzugreifen oder sich zu schützen. Mithilfe der Taschenlampe führt er mich in das Innere des Instituts, dann weiter in den Keller, wo meine Erinnerungen klarer, lebendiger und schmerzhafter werden.

Und während ich einen Meter von ihm entfernt über den mit Wasserpfützen bedeckten Boden durch die kalten Korridore eines verlassenen unterirdischen Komplexes entlanggehe, stellen sich die Bilder der Vergangenheit wie von selbst wieder ein. Das dunkle, betonierte Labyrinth, in das Regenwasser eindringt, war einst ein Versuchslabor unter dem Schulgebäude. Fernab vom Tageslicht habe ich hier mit anderen Kindern die meiste Zeit unter Menschen in weißen Kitteln verbracht.

Der Mörder hält inne und richtet den Strahl seiner Taschenlampe in einen leeren Raum. Die Spuren der alten Trennwände sind auf dem rissigen Boden sichtbar.

»Von diesem Raum ist nicht mehr viel übrig, die Wände wurden niedergerissen. Hier trafen wir uns zum ersten Mal, Ibsen.

Du warst fünf Jahre alt und gerade angekommen. Kommt die Erinnerung zurück?«

Ich zucke zusammen. Es ist eine Frauenstimme. Ungefähr fünfzig. Ein autoritärer, entschlossener Ton; jemand, der keine Zweifel hat. Ja, ich erinnere mich. In meinem Kopf entsteht ein Bild von drei Kindern und einem Arzt, einer weiß gekleideten Frau mit zusammengepressten Lippen, deren graue Haare zu einem Knoten zusammengebunden sind. ¶Was die Stimme betrifft, so weiß ich jetzt, wem sie gehört. Und es ist nicht mehr nur eine Silhouette, sondern ich sehe ein Mädchen. Das Mädchen, das im Keller des Lehrers war, das Mädchen auf dem Foto.

Es dauert einen Moment, bis sich meine Starre löst. »Amelie?«

Die Gestalt dreht sich um und schaut mich an. »Ja, ich bin es.«

Amelie Maranow! Amelie ...

Die Fragen drängen sich in meinem Kopf, alle wollen gleichzeitig die Schwelle meiner Lippen überschreiten, aber ich schweige.

Amelie richtet den Lichtstrahl auf mein Gesicht, blendet mich. Ich beschirme die Augen mit der Hand. Nur ein einziges Wort kommt mir über die Lippen. »Warum?«

»Ich werde dir alles von Anfang an erklären. Folge mir!«

Sie schwenkt das Licht ihrer Lampe und für einen flüchtigen Moment fange ich ihre Gesichtszüge ein. Ich sehe ihre großen Augen, in dem der Wahn lodert, weit geöffnet für das Entsetzen. Feuer, wo Hass eine Kohle ist, die kontinuierlich die schwarzen Flammen des Irrsinns speist.

Sie ist verrückt. Ihre Wut verzehrt sie völlig.

Ich bringe meine Hand näher an den Abzug der Waffe.

»Ein paar Jahre bevor du in das Rosenrot-Projekt aufgenommen wurdest, waren Liam, Richard und ich bereits aus jener Hölle, aus dem Keller des Lehrers, hervorgegangen, um in eine andere, noch schlimmere einzutauchen. Ich hätte mir niemals vorstellen können, dass Wesen, die abscheulicher sind als er, existieren können und doch ...«

Die Vision des Mädchens, das in den Fesseln gefangen ist,

fließt in meine Erinnerung zurück. Ich wende mich ab, um den Angriff dieser Bilder zu verjagen.

Amelie geht noch ein paar Schritte, zeigt auf eine Wand und dreht sich zu mir um. »Den Lehrer zu töten, hat ihr Interesse an uns nur noch verstärkt, aber obwohl du später dazukamst, wurdest du schnell zu ihrem Lieblingsspielzeug... was für dich keine gute Sache war. Du hast mehr Zeit in ihren Händen verbracht. Die Isolierkäfige befanden sich genau dort, in der Nähe der Wand. Ich erinnere mich noch an den Geruch von Salz in meinen Nasenlöchern. Die ersten Tauchgänge in dem Becken waren nicht unangenehm. Wusstest du, dass das Untertauchen in Wasser gegen Stress, zum Abbau von Spannungen oder zur Verbesserung der kognitiven Fähigkeiten eingesetzt wird? Wir verdanken diesen Mist John Cunningham Lilly, der das Verfahren in den 1950er Jahren entwickelte. Er nannte es ›Rausch der Tiefe‹. Aber in diesem Labor war der Einsatz sehr unterschiedlich. Wir wurden stundenlang gequält und immer wieder untergetaucht, ohne Essen und vollgestopft mit Drogen, LSD an der Spitze.«

Neue Erinnerungen kommen an die Oberfläche. Angst, Kontrollverlust, Verlassenheit, Aufgaben. Und stets die Geräusche, die immer wiederkehrenden Worte. Mathematische Formeln, Fremdsprachen, komplexe Wörter.

Amelie richtet die Lampe auf mich, als würde sie meine Gedanken erraten. »Sie benutzten die Methode, um uns eine Gehirnwäsche zu verpassen, lehrten uns mit Gewalt eine eigenartige Vision von Bildung, weit entfernt von dem Kokon der Fürsorge, den Eltern um ihre Kinder weben. Unendlich weit entfernt von dem Wattebausch, der Kinder heute zu den konsumorientierten, selbstsüchtigen Schafen dieser Generation macht.«

Amelie kniet und ahmt eine Liebkosung auf der Stirn eines imaginären Kindes nach. »Oh, du bist unser besonderer Liebling, du bist für großartige Dinge bestimmt, du wirst einen Einfluss auf die Welt haben, meine kleine Tausendjährige.«

Sie lacht, das Echo ihres Wahns hallt von den Wänden wider. »Wir waren dazu bestimmt, etwas Besonderes zu sein... zum

Preis, dass sie uns dafür in Stücke rissen und uns unserer Kindheit beraubten, um ihre Ziele zu erreichen. Aber selbst die Käfige, die Drogen, die Zwangsernährung mit Wissen – es war nichts im Vergleich zu allem, was sie uns durchmachen ließen, um unseren Willen zu vernichten. Wir schulden dir viel, Ibsen, weißt du. Was wäre ohne dich aus uns geworden?«

Uns?

Ich entkomme endlich meinem Schweigen. »Ich verstehe nicht. Ich erinnere mich an die Käfige, die Audioaufnahmen, die Geräusche, die akustische Täuschung mit Schallfrequenzen.« Ich schließe die Augen, um die Erinnerungen zu unterdrücken, die aus dem Nebeln in meinen Kopf eindringen.

Ich stehe vor einem Mann, erkenne ihn, es ist Kurt Blome. Seine Aufgabe ist es, mir das ganze Wörterbuch beizubringen und mich nach der Bedeutung von Wörtern zu fragen. Bei jedem Fehler trifft sein eisernes Lineal meine Finger. Ich höre Schreie und weinende Kinder im Nebenzimmer. Hinter ihm, an die weiß gestrichene Wand gelehnt, macht sich die Ärztin mit dem Haarknoten Notizen, die Lippen sind geschürzt.

Ich öffne meine Augenlider. »Ich erinnere mich an Dr. Blome und eine ältere Frau.«

Amelies Gesichtszüge zucken vor Wut. »Das war dieses Miststück Gomolka. Wir haben sie kurz vor ...« Sie hält inne. »Die Erinnerung kehrt wieder zu dir zurück, Ibsen. Ich weiß nicht genau, was sie in all den Jahren mit dir gemacht haben. Aber ich weiß, dass du immer noch da bist, irgendwo, gefangen in deinem Kopf, schlafend durch die Schichten der Lügen. Aber vor fünf Jahren hast du begonnen, dich zu befreien. Es ist uns gelungen.«

Uns. Wir.

»Wen meinst du mit *uns*?«

Amelie starrt mich für ein paar Sekunden wortlos an. »Dazu komme ich noch. Aber ich muss dir zuerst etwas zeigen. Mach dich bereit, denn was dich erwartet, wird schmerzhaft sein. Diese Erinnerungen schlafen tief in dir, in einem Vorraum deines Unbewussten.«

Instinktiv weiß ich bereits, wovon Amelie redet: Flashs, Männer in Toga, das Andreaskreuz. Eine geopferte Kindheit, eine perverse Kindheit.

Ich fürchte mich davor, welche Erinnerungen mein Gedächtnis erbrechen wird.

Kapitel 78

Berlin-Orankesee

Leo würde Pola gern bestätigen, dass sie den Täter hätte erschießen können, aber Kamorows Nichte würde nicht verstehen, dass sie niemals einen Menschen töten könnte und es auch nicht wollte, selbst nicht die Bastarde dieser Welt.

Es ist nicht immer leicht, Frau Sorokin, den guten von dem bösen Wolf zu unterscheiden.

Ja, woher wusste sie, was richtig war? Musste sie Schaden anrichten, um Gutes zu tun? Hätte sie ihre Prinzipien verraten sollen?

Was glauben Sie, Martin Storm? Sie sind der Spezialist.

Es ist traurig, einen Freund zu vergessen. Nicht jeder hat einen Freund.

Plötzlich erinnerte Leo sich, wo sie diesen Satz gehört hatte. *Das ist es.* Und das konnte kein Zufall sein. In der Tat war es sogar ziemlich offensichtlich.

»Ja!«, rief sie.

»Es ist schön, hier jemanden glücklich zu sehen. Gibt es einen Grund, Leo?«

Sie lächelte. »Ich weiß, wer der Mörder ist«, sagte sie. »Ich kenne die Identität des Berliner Dämons.«

Pola schaute zur Seite, die Augen weit aufgerissen. »Wie bitte?«

»Es ist Amelie Maranow!«

»Das Mädchen aus Ibsens Visionen?«

Leo nickte. »Die Notiz, die wir in der Nähe von Ibsens PC gefunden haben, hat mich auf die Spur gebracht. Dieses Zitat des kleinen Prinzen hatte ich schon gehört, aber ich wusste nicht wann und wo. Aber dann ... Martin Storm erwähnte es während des Interviews. Er erzählte mir, dass die kleine Amelie ein Bücherwurm gewesen sei.«

»Das kann kein Zufall sein«, sagte Pola. »Das würde bedeuten, dass das Mädchen die Hölle im Keller überlebt hat. Ibsen erzählte von den Jungen, die den Lehrer umgebracht haben. Sie muss auch dabei gewesen sein. Ich frage mich, was danach passiert ist.«

»Die Daten stimmen überein. 1979 verließ Amelie das Haus der Familie Storm. Sie war damals fünf Jahre alt. Der Lehrer starb drei Jahre später. Sie war vielleicht während dieser drei Jahre in seiner *Obhut*.«

»Trotzdem kann ich mir nicht vorstellen, dass drei Kinder einen Mann töten, fliehen und vor allem – überleben. Und dann gibt es diese Verbindung mit dem Institut. Nein, in dieser Geschichte stimmt etwas nicht.«

»Ja, einiges ist noch unklar. Aber der Rest passt. Das Mädchen rächt sich!«

Pola schüttelte den Kopf. »Was ist mit der Beziehung zu Ibsen? Da ist der Altersunterschied. Amelie müsste jetzt fünfundvierzig sein, Ibsen ist sieben Jahre jünger. Und da ist auch der Unfall, bei dem der Berliner Dämon ums Leben gekommen sein soll. Und warum so lange mit einer Vergeltung ...?«

»Okay, ich habe verstanden«, unterbrach Leo sie. »Ich habe nicht alle Antworten.«

Denk nach, Leo ...

»Wir sind nicht mehr weit vom Orankesee und von der Wahrheit entfernt.«

Leo antwortete nicht, sie vertiefte sich weiter in Raissas Tagebuch.

Kapitel 79

Berlin-Orankesee, Institut Rosenrot

Erbärmlichkeit

Ich möchte, dass es aufhört!

Aber die Schleusen meiner Erinnerung sind offen und ich kann den Fluss von Bildern und Geräuschen, der meinen Kopf überflutet, nicht aufhalten.

Die Kapelle. Die Rituale. Das Grauen.

Ich erinnere mich ...

Amelie steht in der Mitte des Raumes. Genau dort, wo die unsägliche Monstrosität mehrmals pro Woche wiederholt wird.

Ich nehme kaum etwas wahr, werde woanders hingeführt, wie ein Gefangener im Strom; der feuchte Boden und die zerbröckelten Wände weichen gedämpftem Licht, Kerzen und karminroten Vorhängen. Ich sehe das für die Zeremonie installierte Andreaskreuz, atme den Geruch ein, der aus den Räuchergefäßen entweicht, in denen Myrrheharz brennt. Höre die Jünger, die in rote und schwarze Gewänder gekleidet sind, die Psalmen singen, diese lauernden Raubtiere, die vom Laster verzehrt werden. Hier wurde meine Kindheit entweiht. Hier nahmen sie mir sehr früh die Unschuld ...

Amelies Stimme holt mich zurück in den feuchten Keller. »Die Kapelle. Dort wurden wir und die anderen Kinder den Perversen zum Fraß vorgeworfen, zu Henkern gemacht und dann ihrer sexuellen Gier überlassen. Einige haben dafür bezahlt, andere stehen noch auf meiner Liste. Klaus Bohlen war der erste, vor fünf Jahren. Du erinnerst dich an ihn, da bin ich mir sicher. Er war ein Stammgast. Dieser Bastard streifte nicht nur durch die Waisenhäuser und Kliniken oder suchte Familien auf – zuerst in Deutschland und später in Russland –, um unschuldige Kinder für Dr. Gomolkas oder Dr. Blomes Experimente zu finden. Nein, auch er selbst nahm teil, gut geschützt hinter seiner Maske, ein Gesichtsloser zwischen den roten und schwarzen Roben. Aber er konnte sich nicht vor mir verstecken. Wie könnte ich es vergessen haben. Seinetwegen war ich hier. Er hat mich bei der Familie Storm abgeholt. Er war der Vollstrecker, der Folterknecht und ich die Fleischpuppe, die den Launen dieses hungrigen Schweines ausgesetzt war. Der Geruch seines Aftershaves und sein keuchender Atems so nah an meinen Ohren wurden mit einem glühenden Eisen in mein Gedächtnis gebrannt.«

Sie schlägt sich mit der Hand an den Kopf, als wolle sie die grausamen Fratzen der Vergangenheit vertreiben. Dann fährt sie fort, aber der Klang ihrer Stimme geht verloren, als ich in den Fluss meiner Erinnerungen eintauche ...

Um mich herum hat sich ein Kreis gebildet. Ich sehe die Männer in Roben, die mich ermutigen. Neben mir steht der Zeremonienmeister, der mich drängt, einem Mann mit panisch flehendem Blick die Kehle durchzuschneiden. Und dann, am selben Abend, einen anderen Mann mit einer Hippe auszuweiden.

Die Namen einiger Dämonen werden gesprochen, während sie mich zwingen, die am Andreaskreuz gefesselten Opfer zu foltern. Und je lauter die Gepeinigten schreien, desto lauter dröhnt der Gesang der Psalmen in den Raum.

Als das Opfer vom Kreuz genommen ist und sein Blut den Boden befleckt, beginnen die Orgien und das Geflüster, und die Hymnen werden durch Grunzen ersetzt.

Ich spüre Hände, die meine Hüften berühren, spüre, wie mein Körper zu einem Spielzeug wird, zu einer stummen Marionette ...

»Nein!«

Meine Beine zittern. Die Galle fließt zurück in die Speiseröhre. Ich spüre den Schock, fühle die Angst. Schlimmer noch:

Die Distanziertheit, der Wille zu entkommen, entweichen allmählich aus dem Körper des Kindes, während sich seine Seele an den Schrecken gewöhnt – wie Augen, die in die Dunkelheit getaucht sind, selbst zur Dunkelheit werden.

Amelies Stimme dringt wieder in meine Ohren. »Klaus Bohlen hat am Ende bezahlt. Möge seine Seele in der Hölle schmoren. Ich habe ihn entmannt, nachdem Richard ihn zum Reden gebracht hatte. So bekamen wir ihre Namen und ihre Adressen. Wir konnten selbst die jagen, die unter falscher Identität in Russland lebten und dort für die Organisation arbeiteten. Den Rest kennst du. *Berliner Dämon* haben sie uns genannt. Die Dämonen waren andere, nicht wir.«

Richard? Der Junge aus dem Keller? Derjenige, der sich weigerte, den Journalisten zu foltern? Der Junge auf dem Bild?

»Wir hatten keine Probleme, Anton Klein zu finden. Er arbeitete als Fahrer und Wachmann für das Institut am Orankesee. Und genau wie Bohlen nahm er an Zeremonien teil.«

Ich unterdrücke eine Grimasse, erinnere mich an Klein, an sein fettes Lachen und seine Hand, die durch mein Haar fuhr, an die Art und Weise, wie ich mich auf seinen Schoß setzen musste.

»Aber wir haben ihm seine wahre dämonische Natur offenbart, in dem wir seinen Sohn vor seinen Augen getötet haben, bevor wir ihm die Hölle zeigten.«

Klaus Bohlen, mein erster Mordfall. Anton Klein, der zweite. Ich habe den Zusammenhang mit mir nicht erkannt, oder? Andreas hat mal erwähnt, dass es mir damals von Fall zu Fall schlechter ging. Hat mein Unterbewusstsein bereits vor fünf Jahren angefangen, einen Zusammenhang zu erkennen? Niemals! Aber wie kann ich da sicher sein. Wurde ich von Grund auf neu erschaffen?

»Leider konnten wir Johannes Hoffmann zunächst nicht erreichen. Dieses Monster wurde wegen seiner Erkrankung in der Rehaklinik behandelt. So nahmen wir statt seiner Patricia und Lucie, Tochter und Enkelin. Dieser gute, alte, saubere Nachbar, immer bereit zu helfen und ein Pädophiler der schlimmsten Sorte. Seine Tochter hat ihn gemieden wie die Pest.«

Bei der Erwähnung von Johannes Hoffmann läuft ein Schauer über meinen Rücken. Dieser Typ tat gerne weh, schlug zu, verdrehte Arme, drückte Zigaretten auf unseren Körpern aus. Er genoss unsere Tränen, badete in ihnen.

»Ich hatte keinen Spaß daran, Patricia und Lucie zu töten«, fährt Amelie fort. »Aber ich musste es tun, es war wichtig, dass er den schlimmsten Schmerz noch fühlte, bevor ich ihn in die Hölle schickte. Er kam mir zuvor und nahm sich das Leben.«

Hölle? Das hier war die Hölle. Ich muss mich auf meinem Stock abstützen, um nicht zu Boden zu stürzen. Ich ersticke an diesem Geständnis.

Amelie kommt näher. Sie ist jetzt weniger als einen Meter von mir entfernt. Ihr Gesicht ist leblos. Hass ist es, was sie am Leben hält und ihm einen Sinn gibt. Ich könnte sie aus dieser Entfernung töten. Aber ich bin kein Killer. Trotz allem, was sie erlitten hat, muss Amelie verhaftet werden. In gewisser Weise verstehe ich sie. Die Verantwortlichen aufspüren, sie bezahlen lassen, ja ... aber ihre Kinder? Sie waren unschuldig und hätten nicht sterben müssen. Und seine Psychiaterin, seine Frau Lara, seine Freundin Kate. Inwieweit hatten sie diese grausame Bestrafung verdient?

»Kommen wir zu dir, Ibsen. Ich hoffe, du hast es verstanden, was wir vor fünf Jahren tun mussten. Vielleicht hätten wir den Käfigen, den Experimenten, den Drogen vergeben können. Aber nicht, was wir in der Kapelle erlitten haben. Sie haben uns gebrochen, unsere Seelen aus unseren Körpern gerissen, um aus uns ihre folgsamen Soldaten zu machen. Wir mussten in der Lage sein, mehrere Rollen zu übernehmen, ihre niederträchtigen Missionen auszuführen und ihnen wie gefügige Hunde zu folgen ... bereit, stets wieder von vorne anzufangen.« Amelie tritt ein paar Schritte zurück und lacht freudlos, bitter. »Und das Schlimmste war, dass es funktioniert hat. In nur wenigen Jahren sprach ich über fünfzehn Sprachen, mir waren verschiedene Verhörmethoden vertraut, ich wusste, wie man ein Scharfschützengewehr abschießt. Wir waren für unsere außergewöhnlichen Fähigkeiten ausgewählt worden, sie hatten sie sublimiert, indem sie unsere Menschlichkeit auslöschten. Kurz vor dem Vorfall wurde ich auf eine Testmission geschickt, um einen einflussreichen Geschäftsmann hinzurichten. Wer hätte gegenüber einem vierzehnjährigen Mädchen misstrauisch sein können? Ich erinnere mich noch an die Überraschung in seinen Augen, als ich den Schalldämpfer unter sein Kinn legte.«

Eine Tötungsmaschine. Der perfekte Attentäter. Deshalb wusste sie, wie man die Kameras austrickste und der Polizeiüberwachung entkommen konnte. Ob ich das auch kann? Wie viele Menschen habe ich wohl getötet?

»Und wir wären ihnen zweifellos immer noch zu Diensten, wenn du nicht eingegriffen hättest. Wir schulden dir so viel, Ibsen.«

Amy kommt auf mich zu, legt ihre Hand auf meine Schulter und berührt mich zum ersten Mal. Ich versuche nicht, sie abzuschütteln.

»Es ist dein Verdienst, dass wir es geschafft haben, da rauszukommen. Dank deiner Entdeckung. Das war unser kleines Geheimnis.«

Es ist ein Geheimnis. Das ist unser Geheimnis.

Das Murmeln von Kindern im Maislabyrinth, das Kinderrad mit der Aufschrift *Rosenrot*.

Ich verstehe jetzt die Bedeutung.

Kapitel 80

Berlin-Orankesee, Institut Rosenrot

Leo schloss das Tagebuch und blieb bewegungslos sitzen.

»Geht es dir gut?«, fragte Pola. »Sitzt da eine Statue auf dem Beifahrersitz?«

»Ich habe gerade das Ende des Tagebuchs gelesen. Raissa hat ihn gesehen.«

»Wen?«

»Den Mörder. Sie schreibt, dass sie auf dem Heimweg einen Mann in den Fünfzigern gesehen hat, der ein paar Schritte vom Haus entfernt einen schwarzen BMW parkte, dann ist sie weitergegangen.«

»Wann war das?«, fragte Pola.

»Am 3. November 2018.«

»Am nächsten Tag sind wir zu Romanows Haus gefahren. Also muss er das Mädchen und die Mutter in der Nacht davor getötet haben. Zwei weitere Opfer. Dieser Typ ist ein Auftragskiller, ein Reiniger. Wir sind übrigens bald da. Bist du immer noch bereit, die Heldin zu spielen, Leo?«

Sie warf den Kopf zurück. »Ja, ich habe es zu einer persönlichen Angelegenheit gemacht. Aber du, du musst mir nicht folgen. Du kannst im Wagen auf mich warten.«

»Spinnst du? Erwarte nicht, dass ich das Ende der Geschichte verpasse. Und ich werde mich nützlich machen können, du kennst mich noch nicht.«

»O ja, du weißt ja als angehende Profilerin, wie man eine Waffe benutzt und einen Menschen tötet!«

»Erspare mir deinen Zynismus. Ich bin neugierig, ob du noch etwas anderes kannst, als ein Fenster zu durchlöchern. Ich habe viele andere sehr nützliche Fähigkeiten, was ich dem Vorteil einer außergewöhnlichen Intelligenz verdanke«, sagte Pola und zwinkerte ihr zu.

Diese Frau sprüht vor Bescheidenheit. »Liege ich falsch oder sieht es nur so aus, als hättest du einen Mordsspaß?«, fragte Leo.

Pola antwortete nicht. Ihre Augen funkelten vor Aufregung, auf ihrem Gesicht lag ein eigenartiges Lächeln, als sie das ehemalige Institut Rosenrot erreichten.

Leo fragte sich, wie Pola die Situation dermaßen auf die leichte Schulter nehmen konnte.

Irgendetwas stimmt nicht mit ihr!

Leo konnte ihre Augen nicht von dem schwarzen BMW abwenden, der auf dem Gelände im hohen Gras geparkt war.

»Planänderung!«, sagte Pola. »Sieht so aus, als wäre dein Verfolger auch hier. Was bedeutet, dass unser Freund im Moment von zwei Freaks umzingelt ist. Möglicherweise kommen wir zu spät!«

»Nein, Pola!« Sie beschleunigte ihr Tempo in Richtung Villa.

»Sei vorsichtig, Leonela. Diese Leute sind gefährlich und gut ausgebildet.«

Ich werde mich nicht blindlings den Wölfen zum Fraß vorwerfen, Papa.

Leo schlüpfte durch den Haupteingang, beide Hände umklammerten ihre Pistole.

Hinter ihr knipste Pola die Taschenlampe an. »Ich hoffe, du zögerst diesmal nicht, Leo. Das hier kann übel ausgehen!«

Sie antwortete nicht. Sie würde die Waffe nur im Notfall benutzen und wünschte sich, dass es nicht dazu kommen musste.

»Sie werden nicht zögern, Leo!«, sagte Pola.

Es klang wie eine Drohung.

Kapitel 81

Institut Rosenrot

Geheimnis

Ist das Geheimnis eine Begabung? Oder die Konzentrationsfähigkeit? Ich erinnere mich mit überraschender Schärfe an meine erste Manifestation, fast so, als wäre es eine Erinnerung vom Vortag. Es war vor dreißig Jahren, 1988.

Ich war sechs Jahre alt und hatte bereits ein Jahr in der Hölle verbracht. An diesem Tag war ich gerade aus dem Salzbecken aufgetaucht und Dr. Gomolka unterzog mich einer Reihe von Tests. Sie machte sich in dem winzigen Raum Notizen und füllte einen Multiple-Choice-Fragebogen aus.

Ich sah sie an, sah direkt in ihre Augen, als sie aufblickte. »Sie werden bald sterben, Doktor, ich habe Sie in dem Salzwasser gesehen«, sagte ich in einem monotonen Tonfall.

Von der Überraschung, die sich für einen Moment auf ihrem Gesicht spiegelte, erholte sie sich schnell und richtete ihren Reptilienblick wieder auf mich. Sie schrieb meine Worte vermutlich den zehn Stunden zu, die ich gerade im Salzwasser unter LSD-Einfluss verbracht hatte. Eine Wahnvorstellung unter Drogen.

Eine Woche später versammelten wir uns in einem für Dr. Gomolkas Testverfahren vorgesehenen drei mal fünf Meter großen Raum mit weißen Wänden und Neonbeleuchtung. Hier zeichneten, bastelten wir oder lösten Rätsel. An diesem Ort verbrachten wir die meiste Zeit, sofern wir nicht im Salzwasser lagen, eine Zwangslehre absolvierten oder Kampfsportarten erlernten.

Was die Sitzungen in der Kapelle betraf, so waren wir verstreut. Für einige Kinder, wie Liam, hielten sie sie wohl nicht mehr für nötig. Alle, mit Ausnahme von mir, waren bereits zu seelenlosen Körpern geworden, Ton in den Händen der Projektleiter.

Obwohl wir im gleichen Raum versammelt waren, verließ uns selten die Apathie, sie war mit unseren Schreibtischen verankert. Die Kommunikation war oft auf Handzeichen beschränkt oder kam als wenige Worte über die zusammengepressten Lippen.

Doch an diesem Tag, während ich zeichnete, erinnere ich mich an das Gefühl unerklärlicher Empfindungen: Visionen, Stimmen, Gerüche. Ich konnte fast Gedankenfetzen hören. Sie kamen von Richard. Ich stand auf und bewegte mich langsam auf ihn zu. Und während mein Freund damit beschäftigt war, ein Puzzle zu lösen, legte ich meine Hand auf seine Schulter.

Dieser einfache Kontakt war eine Offenbarung. Da sah ich die Taten des Lehrers zum ersten Mal durch Richards Gedanken. Liam, der Richard ermutigte, den Journalisten Bennet zu quälen, der an die Stange gefesselt war, und Amelie, die zurückgehalten und missbraucht wurde. Für einen Moment war es mir gelungen, eine Verbindung herzustellen und die Emotionen eines anderen zu spüren. Ich hatte ein Fenster zu meiner Fähigkeit geöffnet und hindurchgesehen.

Richard hatte es gespürt. Und die Tränen, die bis zu jenem Tag in der Dunkelheit gefangen waren, begannen, seine Wangen zu überfluten ...

Ich öffne meine Augen. Bin wieder bei Amelie. Die Füße in einer Wasserpfütze und in der Dunkelheit des Kellers.

»Richard ...«, murmele ich.

Amelie nickt. »Seit dem Tag, an dem du ihn berührt hast, hat sich am Institut etwas geändert. Du hast einen Spalt geschaffen und Licht in diese Finsternis gebracht. Du wusstest, wie du den Weg in unsere innere Dunkelheit finden konntest, um nach und nach den Schatten herauszuholen, der unsere Herzen hielt. Und je öfter wir uns trafen, desto größer wurde der Spalt, die Galle konnte fließen. Einen Monat lang trafen wir uns zum Austausch in jenem Raum. Hier hast du unsere Geschichten gehört, was wir vor unserer Ankunft dort erlebt hatten. Die Briefe, die du erhalten hast, beschreiben das zum Teil. Für uns waren diese Momente mit dir ... magisch. Für Richard und im Besonderen für mich. Liam stand dem verschlossener gegenüber. Er hat nur zugesehen. Liam war verloren.«

Ich erinnere mich an Liam. Er war der Älteste und stets außerhalb meiner Reichweite. In Schatten gehüllt. Und abgrundtief böse.

»Wir haben geschworen, niemandem davon zu erzählen. Liam auch, obwohl er sich von den Treffen fernhielt. Es war unser Geheimnis.«

Amelie hält inne und ihr Gesicht verdunkelt sich. »Aber das Licht hatte keinen Platz im Keller des Instituts. Dann, einen Monat später, verlangte die Dunkelheit ihren Tribut.«

Es wurde schlimmer, als sie von meinen Fähigkeiten erfuhren. Ich war nicht mehr nur ein zukünftiger Attentäter, der von und für den Geheimdienst programmiert wurde. Ich war ... etwas anderes. Eine Anomalie, die immer wieder untersucht werden musste. Die Ärzte wollten es verstehen. Warum besaß ich solche Fähigkeiten? Hatte es etwas zu tun mit meinen Tauchgängen unter dem Einfluss von LSD? Mehrere Spezialisten untersuchten mich. Psychiker, Psychologen, Neurologen und Geheimdienstler aus Moskau reisten an. Für mich war die Sache einfacher: In meiner Kindheit war auf einem Müllhaufen eine Rose erblüht.

»Die Sitzungen in der Kapelle wurden wieder aufgenommen«, fuhr Amelie fort. »Außer für Liam, ich glaube, er hat uns am Ende verraten. Das Institut war besorgt, dass wir uns ihrer Kontrolle entziehen könnten. Einen Monat lang wütete das Grauen über uns. Erinnerst du dich daran, was im August passiert ist, an dem Tag, an dem sich alles änderte?«

»Ja«, antworte ich. »Ich erinnere mich.«

Kapitel 82

Institut Rosenrot

Prophezeiung

Dr. Ursula Gomolka starb eines Morgens im August 1988. Die Bilder vor meinem inneren Auge zeigen mir den Moment, als die Wachen mich brutal aus dem Tauchbecken ziehen und in den Schulungsraum schleppen. Was wäre mein Schicksal gewesen, wenn Liam nicht einer anderen Mission zugewiesen worden wäre, wenn Amelie nicht eingegriffen oder Dr. Gomolka die Strafe nicht angeordnet hätte?

Aber im Nachhinein erkenne ich, dass die Ärztin nicht wirklich eine Wahl hatte. Als Leiterin von Projekt Rosenrot war sie ihren Vorgesetzten gegenüber verantwortlich. Und ich blieb nicht nur ein unlösbares Rätsel, sondern stellte eine Gefahr für die anderen Kinder des Projekts dar. Gomolka musste handeln.

Die Erinnerungen sind wie ein Puzzle, von dem einige Teile verloren gegangen sind. Aber der Satz, den Gomolka sprach, während zwei Wachen mich bewegungsunfähig machten, den Kopf auf dem Tisch und die Arme ausgestreckt, hallt immer noch in mir nach.

»Schneide ihm die Finger ab, wir beginnen mit dem kleinen«, sagte sie monoton.

Amelie stand zwischen der Ärztin und mir, mit einem riesigen Messer in ihrer zitternden schmalen Hand. Ihr Gesicht war nass vor Tränen, sie wimmerte vor Kummer. Hinter Gomolka, dicht vor der Tür, wurde Richard von zwei Männern festgehalten. Eine der Wachen hielt eine Pistole an seine Schläfe.

»Wenn du es nicht tust, wird Richard sterben, und es wird deine Schuld sein«, fuhr die Ärztin fort.

Ich öffne die Augen. Amelies Hand ruht immer noch auf meiner Schulter. Ihr Griff ist fest.

»Ich wusste nicht, ob die Ärztin damals nur bluffte, Amelie. Ich erinnere mich, dass du mir in diesem Moment direkt in die Augen gesehen hast. Du hast mir zugezwinkert und mir ins Ohr geflüstert …«

»… Alles wird gut, Ibsen.« Ein Lächeln zeichnet sich auf Amelies Gesicht, das jetzt ein wenig von seiner Härte verloren hat und sanfter wirkt, das zerstörerische Feuer hinter ihren Augen ist fast erloschen.

Alles wird gut, Ibsen.

Für Ursula Gomolka war das nicht der Fall. In den darauffolgenden Sekunden lernte sie auf brutalste Weise, dass eine Waffe immer zweischneidig sein kann. Als sie half, Rosenrot-Tötungsmaschinen zu erschaffen, hat sie den Fehler begangen, die Macht der Gefühle zu unterschätzen. Amelie stieß die Messerklinge ohne Zögern in Gomolkas Bauch, dann in den Hals.

Richard nutzte den Moment der Überraschung, um sich aus dem Griff des Mannes zu befreien und die Waffe an sich zu reißen. Zwei Schüsse wurden abgefeuert, der Mann fiel zu Boden. Als die beiden Wachleute, die mich hielten, nach ihren Dienstwaffen griffen, um sie zu entsichern, trafen zwei weitere Kugeln ihre Köpfe.

Meine Wahrnehmung besteht heute aus bruchstückhaften, verwirrenden Bildern wie Filamente aus Nebel. Die Geräusche verzerrt, mal schrill, dann wieder taub und gedämpft, als ob ich noch in der Wasserkammer untergetaucht bin. Der Flash zeigt mir ein vierzehnjähriges Mädchen, das eine Frau in einem weißen Kittel niedersticht, die zu Boden sinkt. Und da ist Blut, überall spritzt Blut aus Wunden.

Amelie wischt sich eine Träne von der Wange. Ihre Hand verlässt meine Schulter. »Alles ist damals so schnell gegangen«, sagt sie. »Der Alarm ging los und wir mussten wieder töten, um uns aus dem Keller zu befreien. Und du, du warst so schwach. Du hast kaum gegessen und warst immer noch unter dem Einfluss von diesem LSD, das die Russen speziell für das Projekt in ihrem *Laboratorium Nr. 12* in Moskau entwickelt hatten. Wir mussten dich schleppen. Sie hatten dir deine Kleidung genommen und du hast vor Kälte gezittert. Schließlich erreichten wir den Haupteingang. Draußen war Chaos. Die Schüler liefen im Garten auf das Tor zu, das weit offen stand. Einige gingen an uns vorbei, ohne uns überhaupt wahrzunehmen.« Amelie hält inne und befeuchtet ihre Lippen. »Dann wurde ich angeschossen.« Sie berührt ihre Schulter. »Genau hier. Eine oberflächliche Verletzung, aber so schmerzhaft, dass ich dich loslassen musste. Und du bist plötzlich aufgestanden und wie von einer Tarantel gestochen davongelaufen, ohne dich noch einmal umzusehen. Ich habe dir nachgerufen, dass du zurückkommen sollst. Vergeblich. Du warst woanders.«

Ich kann immer noch die Schüsse hören, Amelies Stimme und Richard, der schreit: »*Amelie, komm schon, Amelie ... Wir werden ihn holen ... Wir müssen aber jetzt fliehen.*«

Amelie seufzt. »Dann warst du plötzlich fort. Wir haben dich nie gefunden. Erst dreißig Jahre später kreuzten sich unsere Wege wieder.«

Trotz der Kälte und Feuchtigkeit ersticke ich. Der Kragen des Hemdes ist wie eine Schlinge um meinen Hals. Mein Unterbewusstsein befreit sich von der Last, aber mein Körper kämpft mit dem Zustrom der Erinnerungen.

Ich gehe ein paar Schritte zur Wand. Erstarre. Bilder, die in den Tiefen meines Gehirns gefangen gehalten wurden, explodieren auf meiner Netzhaut, Geräusche füllen meine Ohren ...

Ich laufe zwischen Schaukeln und Sandkästen. Niemand achtet auf mich. Normalerweise wäre der ungewöhnliche Anblick eines Sechsjährigen, der nackt durch einen Schulgarten läuft, nicht unbemerkt geblieben, aber draußen herrscht Panik. Die Augustsonne brennt schon um diese Zeit. Ich spüre ihre überwältigende Wärme auf meiner Haut.

Schüsse ertönen, als ich weiterlaufe. Nur wenige Meter vor dem Eingang steht neben einer Bank ein rotes Kinderrad. Auf der Rahmenstange in Weiß die Aufschrift ›Rosenrot‹. Die Lichtstrahlen der Sonne blenden mich, ich blinzle, bin außer Atem. Will nur diese Hölle verlassen, den Monstern der Kapelle entkommen, und weiß: Das ist meine einzige Chance. Mit zusammengepressten Kiefern laufe ich darauf zu und trete Sekunden später in die Pedale.

Ich fahre die Straße hinunter, vorbei an den großen Häusern und Villen, die Sprinkler drehen sich schon, ihre Wasserstrahlen befeuchten die Rasenflächen. Ich konzentriere mich auf diese neue Welt: auf die Straße, auf das Sonnenlicht, das durch das Laub der Alleebäume aufblitzt und mich blendet, auf den unruhigen Lauf der kleinen Gummireifen auf dem Kopfsteinpflaster, auf meine Flucht.

Ich blicke hoch, lese das Straßenschild: ›Oberseestraße‹. Das Kinderrad rast, ich muss nicht mehr treten, es nimmt Fahrt auf. Aber ich habe meine Grenzen erreicht, bin kurz davor, ohnmächtig zu werden, und kämpfe um mein Gleichgewicht. Die Augen halb geschlossen beginne ich, im Zickzack zu fahren. Meine kleinen Hände lösen sich allmählich vom Lenker. Mein Kopf neigt sich zur Seite.

Ich verliere die Kontrolle. Ein Geräusch von Blech. Quietschende Reifen. Das Gefühl, vom Boden hochgehoben zu werden, der Schock, als ich auf den Asphalt pralle, der Schmerz, der von meiner Brust ausgeht, der metallische Geschmack von Blut im Mund.

Ich sehe eine rote Lache, die meinen Körper auf dem Boden umgibt. Höre eine Autotür zuschlagen, ein Schrei entweicht aus der Kehle einer jungen Frau. Stimmen mehren sich um mich herum, bevor sie an Lautstärke verlieren.

Dann nichts mehr. Nur Schwärze.

Ich lege meine Handfläche an eine Wand. *Ein Kinderrad mit der Aufschrift ›Rosenrot‹,* meine Wahrnehmung am ersten Tatort in Moskau: *Franz Teubel und seine Tochter Marie.* Teubel hatte demnach in Moskau im Auftrag der Geheimdienste weitergemacht und aus russischen Waisenkindern Killermaschinen geschaffen, die mittels eines Triggerimpulses dazu gebracht wurden zu töten.

Auch ich habe in der russischen Niederlassung des Bundeskriminalamtes in Moskau gearbeitet. Hatte die Organisation mich dort eingeschleust?

Wer bist du Ibsen Bach? Wen habe ich getötet?

»Wir dachten, du wärst tot. Das hat die lokale Presse behauptet. ›*Ein tragischer Unfall verursachte den Tod eines sechsjährigen Kindes.*‹ Wir sollten glauben, dass du gestorben warst. Aber diese Monster waren nicht fertig mit dir, du warst so besonders. Was unsere Flucht und das daraus resultierende Chaos betraf, so hieß es, dass einer der Wächter durchgedreht wäre, seine Kollegen erschossen und dann Selbstmord begangen hätte. Ende der Geschichte. Das Rosenrot-Institut wurde geschlossen. Es wurden keine Untersuchungen durchgeführt, um zu klären, was wirklich dort passiert ist. Sie verlagerten den Standort und zogen nach Moskau.«

Ich bin das Kind mit dem kleinen roten Fahrrad... das von Tanja Fischer angefahrene Kind.

»Richard und ich sind geflohen. Normale Kinder hätten unter solchen Bedingungen nie überlebt, besonders ohne Fragen aufzuwerfen. Aber wir waren alles andere als normal. Wir waren ausgebildet und hatten eine Adresse, einen Zufluchtsort, den mir der Journalist Stefan Bennet kurz vor seinem Tod im Keller des Lehrers genannt hatte. Ich hatte nie mit anderen darüber gesprochen. Denn wie hoch waren die Chancen, dass wir entkommen konnten? Wir haben versucht, uns selbst wieder aufzubauen, weißt du. Ein normales Leben zu führen, diese Schrecken hinter uns zu lassen. Richard und ich blieben zusammen, wir wurden ein Paar und haben uns so gut wir konnten in die Gesellschaft eingefügt. Zum einen war es einfach, wir hatten eine gute Schulausbildung und sehr viel Wissen, aber andererseits fühlten wir nichts. Es ist schwer, sich zu integrieren, wenn du nicht weißt, wann du lachen oder weinen sollst. Wir haben gelernt, so zu tun als ob. Ich konnte keine Kinder bekommen. Diese Schweine in der Kapelle haben mich zerstört.«

Und ich? Was ist mit mir in all diesen Jahren passiert?

»Wir hätten sehr gut in unserem Unterschlupf, einem Haus

in Aachen, an Altersschwäche sterben können. Aber eines Tages sahen wir dich. Es war 2011, ein Foto in der Berliner Morgenpost, zusammen mit Klaus Wowereit, dem Bürgermeister von Berlin. Richard hat dich erkannt. Zuerst sagte ich ihm, dass er sich irrt, dass du vor Jahren gestorben seist. Aber aus irgendeinem Grund war er von der Idee besessen. Wir fuhren nach Berlin und machten dich ausfindig. Einen guten Freund vergisst man nicht, hat er immer gesagt. Dein Freund hat dich erkannt, Ibsen.«

Kapitel 83

Institut Rosenrot

Freundschaft

Richard, mein Freund.
Amelie lächelte. »Wir haben dich ein paar Tage beobachtet, es hat nicht lange gedauert, bis wir verstanden. Die Bastarde hatten das Programm fortgesetzt und du warst zu einem ihrer besten Spielzeuge geworden. Sie kooperierten mit dem Geheimdienst, ihr Spielplatz war das *Laboratorium Nr. 12*. Das Geheimlabor wird seit dem Zerfall der Sowjetunion 1991 vom FSB weitergeführt. Nach offiziellen Angaben besteht seine Hauptaufgabe darin, an Programmen zur Abwehr von Giftanschlägen auf Personen und Einrichtungen mitzuwirken. Alle Projekte der Einheit unterliegen der strengsten Geheimhaltung. Aber sie führten dort vor allem Menschenversuche durch, um Vergiftungen in verschiedenen Stadien untersuchen zu können. Ein weiterer Schwerpunkt ist die Suche nach Kontaktgiften und einem Gift, das unbemerkt in die Nahrung von zu beseitigenden Personen gemengt werden kann. Großes Interesse bestand auch an dem Rosenrot-Projekt. Sie brauchten Tötungsmaschinen.« Amelie zuckte mit den Schultern. »Dreißig Jahre später war es an der Zeit, den Bestien unsere Rechnung zu präsentieren, aber gleichzeitig unsere Schuld bei dir zu begleichen. Ich war mir sicher, dass sie, sobald sie Gefahr witterten, ihren besten Mann ins Spiel bringen würden: *dich*! Der Plan ging auf. Wir haben mit Klaus Bohlen in Berlin angefangen, den Rest kennst du.«

Teilweise realisiere ich. Diese letzten fünf Jahre sind inzwischen verschwommener als die Erinnerungen meiner Kindheit.

»Wir haben sie hingerichtet. Und du hast uns aufgespürt. Wir haben versucht, dich zu deprogrammieren: die Myrrhe, die Dämonen. Wir haben die wissenschaftlichen Arbeiten von Blome und Teubel gelesen und sogar einige ihrer Kolloquien besucht. Der Vorteil, ein kleines Genie zu sein und ein fotografisches Gedächtnis zu haben, ist, dass dir das Lernen leicht fällt. Es ist uns gelungen und du bist endlich aufgewacht, wie du jetzt bist. Wir haben dich gefunden.«

»Ich kann mich nicht erinnern«, murmele ich.

Amelie ignoriert meine Bemerkung und fährt fort. »Du hast uns damals gesagt, dass du vom BND überwacht wirst, und hast darauf bestanden, deine Freundin zu holen ... Lara.«

»Meine Frau«, korrigiere ich. »Sie war meine Frau.«

»Richard hat dich begleitet. Ich habe alles an diesem Tag verloren. Richard, dich ... ich blieb allein zurück.«

Nein. Nein. Nein. Unmöglich!

»Nein ... Richard hatte Lara mitgenommen ... Ich sehe sie immer noch ...« »Richard war bei dir! Erinnerst du dich wirklich nicht, Ibsen?«

Ich streiche mit der Handfläche über mein Gesicht, schließe die Augen und versuche, die Erinnerungen jener Nacht wachzurufen. Vergeblich. Dieser Teil meines Gedächtnisses bleibt unzugänglich. Die Silhouette im Wagen ist immer noch ohne Gesicht. Nur das von meiner Frau, die mich anfleht, taucht stets auf.

Amelies Blick wird finster. Sie starrt mich an, Flammen lodern in ihren Augen. »Trotz Richards Tod konnte ich nicht aufhören. Ich war wütend vor Kummer.«

Wahnsinn ...

»Aber ich blieb geduldig, habe abgewartet«, fährt sie mit ruhiger Stimme fort. »Und ich habe die Untersuchungen fortgesetzt. Der Dämon von Berlin war offiziell ausgeschaltet, also hatte ich nicht mehr die Polizei, das BKA oder den Geheimdienst im Nacken. Ich habe diesen Bastard Dallmann in Moskau aufgespürt. Er nannte sich dort Igor Romanow. Teubel und Blome waren leicht zu finden, aber die Arbeit war noch nicht erledigt und ...«

Amelie legt ihren Finger auf die Lippen und kommt auf mich zu. »Folge mir, wir sind nicht allein«, flüstert sie mir ins Ohr.«

Ich folge ihr, so gut ich kann. Um mit Amelies Tempo Schritt zu halten und mein rechtes Bein nicht zu überlasten, stütze ich mich auf ihre Schulter. Wir bewegen uns durch die Dunkelheit, ohne dass ich die geringste Ahnung von ihrem Ziel habe.

»Sie müssen dir gefolgt sein. Es war vorhersehbar, der Geheimdienst hat dich im Visier. In ihren Augen bleibst du ihr wichtigster Besitz, auch, um mich zu fassen. Deshalb habe ich Sensoren platziert, die mit meinem Telefon verbunden sind, ich wusste, dass das passieren würde. Einer der Alarme wurde gerade aktiviert. Da ist jemand im Keller. Wir müssen schneller werden.«

Das würde ich gern, aber jeder Druck auf das rechte Bein sendet Elektroschocks in meinen Körper. Amelie legt ihren Arm um meine Schultern und packt mich mit festem Griff. Sie schiebt mich förmlich weiter und erhöht das Tempo. Ich fühle mich wie eine Marionette mit zerrissenen Fäden.

Ist das Leben eine Schleife?

Hier sind wir, dreißig Jahre später, in derselben Situation. Ich, geschwächt, und Amelie, die versucht, mich mit einer Waffe in der Hand aus dem Inneren des Hauses zu bringen. Außer, dass sie diesmal allein ist und in völliger Dunkelheit lebt. Selbst heute sind erfahrene Mörder hinter ihr her.

»Keine Sorge, Ibsen, ich kenne den Ort gut. Es gibt mehrere Zugänge. Wir müssen nach oben gehen. Folge mir einfach und vertraue mir.«

Habe ich eine Wahl? Mit dem Schein der Taschenlampe sind wir ein leichtes Ziel, aber ohne Amelie habe ich keine Chance, dem hier zu entkommen. Woher weiß ich, ob wir tatsächlich verfolgt werden? Ich versuche, die Geräusche zu isolieren, konzentriere mein Gehör auf die Umgebung. Ich nehme nur ihr Keuchen wahr, das Platschen unserer Schritte in den Wasserpfützen, das

Klopfen meines Gehstocks, der auf den Betonboden trifft. So lasse ich mich führen, das Gesicht vor Schmerz verzerrt. Ich presse die Zähne zusammen und versuche durchzuhalten.

Amelie schiebt mich für ein paar Minuten durch das Dunkel des Labyrinths, hält dann inne und lehnt sich an eine Wand. Zwei Meter höher sehe ich eine schwache Lichtquelle.

»Es ist ein alter Lastenaufzug, der mit dem Lagerhaus des Instituts verbunden ist, er funktioniert. Sie lagerten dort früher Lebensmittel und medizinische Geräte für das Labor. Ich habe« oben ein Seil aufgehängt. Bleib unten, ich bin gleich wieder da.«

Ich massiere mein Bein, um die Schmerzen zu lindern. *Ein Seil? Wie soll ich da nur hochklettern?* Ibsen Bach, der Soldat, den ich auf den Fotos im Dschungel oder in der Wüste gesehen habe, hätte das wohl gekonnt.

Amelie kommt nach weniger als zwei Minuten wieder zurück. »Alles in Ordnung«, murmelt sie. »Du musst nicht hochklettern. Der Lastenaufzug funktioniert. Ich ziehe dich hoch. Mach dir keine Sorgen, das Seil ist stabil.«

Ich lasse die angestaute Luft aus meinen Lungen. »Wird er uns nicht verraten?«

»Er ist gut geölt« Amelie lächelt und zieht an dem Seil. »Komm schon, Schätzchen, wir müssen da hinauf«, keucht sie.

Im ersten Stock angekommen klettere ich mit letzter Kraft aus dem Lastenaufzug, krieche über den Boden und lehne meinen Rücken an die Wand. Wenig später kniet Amelie neben mir. In diesem Halbdunkel habe ich sie deutlicher vor Augen. Ihr Gesicht ist mager und von Falten durchzogen, der spartanische Eindruck wird verstärkt durch die Militärkleidung und das rasierte Haar. Sie ist eine Kämpferin, eine Tötungsmaschine.

Amelie reicht mir meinen Stock. »Komm schon, Ibsen, es ist noch nicht vorbei, wir müssen hier raus!«

Und was dann? Wird sie mich bitten, mit ihr zu gehen? Um ihren sinnlosen Kreuzzug zu stoppen? Und ich? Werde ich sie erschießen? Ihren mörderischen Wahnsinn beenden? *Kate...* Sie hatte es nicht verdient zu sterben. Auch wenn sie mich verraten hat. Amelie ist verrückt, sicher. Aber sie sorgt sich um mich. Vielleicht ist sie sogar die einzige Person, die sich um mich kümmert, die mir treu ist.

»Warum hast du Kate getötet, Amelie?«

Sie sieht mich erstaunt an. »Das war ich nicht, Ibsen. Ich habe deine Freundin nicht getötet.«

Ich nicke, nehme meinen Stock und greife nach Amelies ausgestrecktem Arm. Stehe auf. Ich bin bereit. In diesem Moment bemerke ich den roten Punkt, der auf Amelies Stirn oszilliert.

Kapitel 84

Institut Rosenrot

»Warte, was machst du da?«, knurrte Leo.

Pola knipste die Taschenlampe an und näherte sich ihr mit gedämpften Schritten. »Ich habe mir einen Lageplan der alten Schule aus dem Internet gezogen. Wir sind im Dunkeln und das Gebäude ist ein Labyrinth. Also habe ich mir alle Informationen eingeprägt.« Sie tippt sich mit dem Zeigefinger an die Stirn. »Und bis hier habe ich mir sogar die Löcher im Boden gemerkt, die Kieshaufen ... nur für den Fall der Fälle.«

»Wie ist das möglich, Pola?« Plötzlich dachte Leo an Boris. Wenn Pola nicht so anmaßend arrogant wäre, hätte er sie gemocht. *Boris...* Die Kehle schnürte sich ihr zu.

»Ich glaube, am Ende des Ganges jemanden gesehen zu haben. Du musst das Licht löschen, Pola, und so diskret wie möglich sein.«

»Mir kommt gerade ein Gedanke. Wenn die Gestalt selbst keine Lampe hat, dann deshalb, weil sie sich hier im Dunkeln problemlos bewegen kann.«

»Das Gleiche ging mir eben auch durch den Kopf.«

»Kannst du noch etwas erkennen?«

»Es sind zwei Personen, da könnte noch eine dritte sein«; flüsterte Leo. »Es ist schwierig, jeden einzeln auszumachen, da ist nur ein schmaler Lichtstrahl. Sie sind in der Nähe eines Lastenaufzugs, siehst du sie? Aber woher wissen wir, welcher Schatten Ibsen ist?«

Pola schraubte einen Stift auf, nahm ein kleines Mikro heraus und steckte es in ihr Handy.

»Wieso hast du das bei dir?«
»Ich habe dir gesagt, dass ich ein einfallsreiches Mädchen bin. Du möchtest doch auch hören, was sie sagen oder?«
Natürlich wünschte sie sich das. Aber etwas stimmte hier nicht. Diese Art Mikro gab es nicht rezeptfrei.
»Pola ist niemals das, was sie vorgibt zu sein, Leonela. Sei vorsichtig, mein Kind.«
Ja, Papa.
»Okay, aber wir werden uns später unterhalten!«
»Wenn du es schaffst, Leonela!«
Ich schaffe das, Papa.
Pola grinst. »Sicher. Jetzt möchte ich, dass du konzentriert bleibst. Entsichere deine Waffe …«

Kapitel 85

Institut Rosenrot

Verderben

Amelie nickt langsam. Sie braucht das rote Licht nicht zu sehen, um die Situation zu verstehen. Doch sie gibt sich der Panik nicht hin, ihr Gesicht bleibt unbeweglich.

Sie legt eine Hand auf meinen Unterarm. »Verhalte dich ruhig, wir wären schon tot, wenn er uns töten wollte.« Sie beugt sich vor. »Warten wir auf eine Gelegenheit«, flüstert sie mir ins Ohr.

Ich stecke die Hand vorsichtig in die Jackentasche, ertaste die Pistole.

Eine heisere Stimme kommt aus der Dunkelheit, ein paar Meter von uns entfernt und hinter meinem Rücken. »Komm schon, Amelie, hast du wirklich geglaubt, du könntest mir hier entkommen?«

Amelies dunkle Augen weiten sich.

Sie kennt ihn ...

»Was dich betrifft, Ibsen, mach keine plötzlichen Bewegungen, wenn du nicht möchtest, dass das Gehirn deiner Freundin auf dein Gesicht klatscht. Nimm die Hand aus der Tasche, aber so, dass sie gut sichtbar ist!«

Die Stimme wird lauter. Er kommt näher. Zwei Meter zwischen uns, vielleicht weniger. Der rote Punkt zielt weiter auf Amelies Stirn.

»Liam«, flüstert Amelie. Ihr Gesicht verdunkelt sich.

»Schade, dass Richard nicht mehr unter uns weilt. Ich hätte die vier Wunderkinder dreißig Jahre später hier gern versammelt gesehen«, sagt er ohne Sarkasmus. Sein Tonfall ist der eines Roboters.

Wut huscht über Amelies Gesicht. Sie presst die Lippen zusammen, um sie einzudämmen. Ich sehe, wie sich der Zorn in ihren Augen entfacht.

Liam kommt näher, er ist weniger als einen Meter entfernt. »Wir haben nicht viel Zeit. Also werde ich erklären, was in den nächsten Minuten passieren wird. Amelie, du wirst mir deinen Arm geben. Bevor du stirbst, brauche ich Antworten, und da ich nicht so grausam bin wie du, werde ich nur eine Dosis Thiopental-Natrium verwenden. Wenn du dich dazu entschließt, etwas Dummes zu tun, werde ich unserem Freund eine Kugel in den Kopf schießen.«

»Hör nicht auf ihn, Amelie«, fahre ich dazwischen.

Liam ignoriert mich. Sein Arm ist ausgestreckt, der Schalldämpfer nur wenige Zentimeter von Amelies Stirn entfernt. Die Fenster sind mit Brettern verbarrikadiert, aber im schwachen Mondlicht, das durch die Spalten dringt, sehe ich sein Profil: den kantigen Unterkiefer, die obere Hälfte seines Gesichts ist mit einem Infrarot-Headset abgedeckt.

»Es liegt an dir, Amelie. Du kannst auf Ibsen hören, und ich werde dich jetzt und dann ihn erschießen, oder du kannst kooperieren. Ich werde ihn nur töten, wenn es notwendig ist. Du weißt, dass ich ihn nach Moskau zurückbringen muss. Für dich ist es leider zu spät, auch das weißt du.«

Amelie bleibt ruhig und wirft Liam einen mörderischen Blick zu. »Wie kannst du das tun? Nach allem, was diese Bastarde dir angetan haben?«

Liam legt den Schalldämpfer an ihre Schläfe. »Still. Deinen Arm! Ich bin nicht hier, um mit dir unsere Vorstellungen von Gut und Böse zu diskutieren. Aber denk mal darüber nach. Sehe ich aus, als würde ich manipuliert? Wir waren die Elite, Amelie, wir wurden ausgewählt, um an der Spitze der Pyramide zu stehen. Keine Zombies wie diese armen Helden der Geheimdienstprojekte der Nazis oder der CIA. Ich habe in jeder Ecke der Welt gearbeitet, ich habe ein gut gefülltes Bankkonto und ich bin ein Puppenspieler, keine Marionette.«

Amelie streckt ihren Arm aus und fordert ihn mit ihrem Blick heraus. »Und all diese Schweine in der Kapelle, du vergibst ihnen, du ...«

»Sie waren ein notwendiges Übel,« unterbricht Liam. »wir haben das Schlimmste erlebt, was einem Kind passieren kann, sie haben uns gebrochen, uns unsere Unschuld und unsere Empathie genommen. Aber sie mussten diese Mauern niederreißen, um uns besser wieder aufzubauen: Das Lamm töten, um den Wolf zu gebären. Glaubst du, dass die Geheimdienste hinter euch her waren? Nein. Es ist eine geheime Organisation, eine sehr mächtige Gruppe einflussreicher Politiker in Russland und einigen anderen Ländern. Mit Rosenrot konnten sie ihre Killer erschaffen und gleichzeitig ihre niederen Instinkte hinter einer Maske der völligen Anonymität befriedigen. Ohne ›Rosenrot‹ wäre das Attentat auf den Halbbruder des nordkoreanischen Staatschefs *Kim Jong Un* oder der Anschlag auf den ehemaligen russischen FSB-Agenten *Skripal,* der die Welt aufgeschreckt hat, nie möglich gewesen. Die Idee dazu entstand bei RISS, der Denkfabrik Putins. Diese und andere Operationen werden auf hoher Regierungsebene gebilligt. Das nennt man eine Win-win-Situation, Amelie. Aber genug von alldem. Du kannst die Einsätze und die Spiele, die da oben in den höchsten Kreisen gespielt werden, nicht verstehen. Wir befinden uns immer noch im Kalten Krieg, und alles, woran du denken kannst, ist die tragische Geschichte einiger Straßenkinder, Abfall der Gesellschaft. Schau dich an. Was hat dein Exil dir gebracht? Ein Wolf findet nie seinen Platz unter den Lämmern. Du hast dein Leben verpasst, du hättest auf der richtigen Seite stehen können, reicher werden, als du dir jemals hättest träumen lassen und das tun, wofür du ausgebildet wurdest ... Was für eine Verschwendung.« Liam seufzt. »Und jetzt gebt mir eure Waffen, aber ganz langsam.«

Ich könnte schießen, doch Liam zielt immer noch auf Amelie. Alles konnte in Hundertstelsekunden ablaufen.

Konzentriere dich!

Nein. Zu riskant. Dieser Typ ist wie Amelie, vielleicht sogar noch beeindruckender. Ein Veteran. Ein erfahrener Auftragskiller. Wie viele Menschen er wohl getötet hat?

Ich nehme die Pistole aus der Tasche, schiebe sie über den Betonboden. Auch Amelie legt ihre Waffe mit einer langsamen Bewegung ab, setzt sich auf den Boden und lehnt ihren Rücken an die Wand.

Liam sieht mich an, senkt seine Waffe, hält sie aber weiter auf Amelies Kopf gerichtet. Er zieht eine Spritze aus seiner Jackentasche und reicht sie Amelie. »Los, du weißt, wie es geht!«

Amelie zögert kurz und injiziert sich dann die trübe Flüssigkeit in den Arm. Sie blinzelt nicht, als die Nadel ihre Haut durchbohrt. Ihr Blick ist auf mich gerichtet.

›*Wir müssen warten, Ibsen*‹, *sagt sie mir stumm.* ›*Beobachte ihn! Ergreife die Gelegenheit, sobald sie sich ergibt! Du kannst nicht zulassen, dass sie gewinnen.*‹

Amelie zieht die Injektionsnadel aus dem Arm und schleudert sie auf den Boden.

»Das Serum wird bald wirken und ich kann mit meiner Vernehmung beginnen. Sei nicht eifersüchtig, ich habe auch etwas für dich, Ibsen.«

»Nimm deine dreckigen Pfoten von ihm. Du darfst ihn nicht... Ich schwöre... Ich schwöre..., dass...«, grummelt Amelie.

Ich sehe, dass die Droge ihre Wirkung entfaltet.

»Wenn Amelie das Programm fortgesetzt hätte, wäre sie in der Lage gewesen, sich dieser Injektion zu widersetzen. Irgendwie ist es deine Schuld, du hast sie schwach gemacht.« In Liams Stimme liegt Kälte. Er zieht eine weitere Spritze aus seiner Tasche und legt sie direkt vor mir auf den Boden. »Dieses kleine Wunderwerk ist das Ergebnis jahrelanger Forschung der Wissenschaftler im *Laboratorium Nr. 12*. Wenn ich es dir in die Adern spritze, werde ich mit dir reden, du wirst dich an den Klang meiner Stimme gewöhnen. Dies nennt man Kalibrierung. Dann gebe ich dir eine Reihe von Befehlen, die ich mit Worten verbinden werde. Wenn ich das entsprechende Wort sage, wirst du das Richtige tun, was auch immer es sein wird. Und das Bemerkenswerteste an dieser Geschichte ist, dass wir es zum Teil dir verdanken, dass *sie* die Substanz entwickeln konnten.«

»Ich werde dich töten«, zische ich. »Du wirst damit nicht durchkommen. Das ist ein Versprechen, Liam.«

Ein schiefes Lächeln huscht über Liams dünne Lippen. »Jemand wird durch deine Hand sterben, ja, aber ich bin es nicht.«

Er dreht sich zu Amelie. Speichel legt sich um ihren Mundwinkel.

»Sobald ich mit ihr fertig bin, wirst du sie für mich töten. Ein perfektes Ende für den Berliner Dämon und seinen Verfolger. Du wirst in eine psychiatrische Landesklinik eingewiesen, vielleicht sogar ein Zimmer neben Tanja Fischer beziehen, wer weiß. Oder ich bringe dich nach Moskau. Da können sie sich wieder mit dir vergnügen.«

Ich könnte mich ihm widersetzen.

Versuche etwas, weigere dich zu gehorchen. Was hast du denn noch zu verlieren?

Stattdessen strecke ich meinen Arm aus und sehe ihm direkt in die Augen, sehe das triumphierende Lächeln auf Liams Lippen.

Kapitel 86

Institut Rosenrot

Karussell

Die Welt ist zum Karussell geworden.

Ich bin im Vorzimmer meiner Gedanken, wo die Zeit langsam in eine unsichtbare Sanduhr rieselt. Die Realität hat sich bereits aufgelöst und hinterlässt nur eine verschwommene Spur am Rand meiner Iris. Wortfetzen und Gemurmel prallen in meinem Kopf aufeinander.

Liams Stimme scheint zur selben Zeit aus allen Richtungen zu kommen. Geflüster, Schreie, schrille Schreie, ernste Deklamationen. Die Töne überlagern sich und füllen meinen Geist mit Worten. Jede ausgesprochene Silbe wird mir in den Kopf gehämmert, mit einem glühenden Eisen eingebrannt. Ich spüre die Schwingungen in meinem Körper.

Bilder scrollen durch meine Wahrnehmung mit rasender Geschwindigkeit, in kleine Sequenzen zerhackt, mitschwingend im Rhythmus der vom Killer gesprochenen Sätze: Eine Frau, die immer wieder Kate erschießt. Ich kann ihr Gesicht nicht erkennen. Ich, der mit einer Waffe auf Amelie zielt und sie immer wieder abfeuert. Die Sequenzen werden in einer Schleife wiederholt.

»Töte Amelie.«

»Räche Kate«.

Aber wenn Liam schweigt, höre ich andere Töne, flackern andere Bilder auf. Unterschwellige Signale, die ich verstehe. Ich sehe, wie Andreas Lara zum Wagen schleppt. Dann ist wiederum

Richard an meiner Seite und bittet mich, ruhig zu bleiben, während ich auf das Gaspedal drücke und mich zwischen den anderen Autos durchdränge. Ich sehe, wie Lara ihre Hände auf die Heckscheibe legt, spüre den Schrecken, als Andreas die Kontrolle über den SUV verliert, auf das Ufer zurast und in den See stürzt. Die Zeit erstarrt, mein Herz steht still, danach noch eine Unachtsamkeit, die einem Crash vorausgeht. Die Auffaltung des Blechs, dann die Schwärze.

Szenenwechsel. Ich sehe mich unter einer Sommersonne in den überfüllten Straßen von Moskau. Ich werde beauftragt, einen Mann dazu zu bringen, auf einen anderen zu schießen. Die Schießerei, die Schreie von Entsetzen und Panik.

Dutzende anderer Flashs folgen einander. Der Dschungel, die Wüste, die östlichen Städte. Hinrichtungen! Echos meiner Vergangenheit. Das ist zu viel für mein Gehirn. Der Tinnitus beginnt mit einem leichten Zischen und endet als Kakofonie in meinen Ohren. Ich schreie, aber kein Laut kommt aus meiner Kehle. Meine Schläfen drohen zu explodieren. Dann nichts.

Ich komme wieder zu mir. Alle Gliedmaßen sind taub, das Herz am Rande des Versagens. Die Stimmen kreisen immer noch in meinem Kopf, ein Hintergrundgeräusch, das ich nicht zum Schweigen bringen kann.

Ich blinzle und drehe mich um. Liam steht vor Amelie. Ich möchte etwas sagen, aber die Muskeln meines Kiefers gehorchen mir nicht mehr.

»Ich werde mich kurzfassen«, sagt Liam. »Hast du Unterlagen in deinem Besitz, die unsere Aktivitäten offenlegen?«

»Ja«, antwortet Amelie.

»Wo?«

»Hier in der Villa.«

»Sind das die Kästen, die du für Ibsen vorbereitet hast?«

Amelie nickt. »Ja.«

»Hast du außer mit Ibsen noch mit anderen Leuten Kontakt aufgenommen, um über das Institut und das Rosenrot-Programm zu sprechen?«

»Nein.«

»Letzte Frage: Planst du weiterhin, diejenigen zu jagen und zu töten, die direkt oder indirekt mit den Aktivitäten des Instituts und des Programms verbunden sind?«

»Ja.« Amelie stößt ein ruckartiges Lachen aus. »Mehr denn je«, fügt sie hinzu.

Liam ist für ein paar Sekunden still, dann steht er auf und wendet sich an mich. »Nun, es liegt an dir, die Bühne wieder zu betreten ...«

Kapitel 87

Institut Rosenrot

Vergeltung

Der Aufprall der Kugel kommt mir wie eine Explosion vor, das Echo hallt durch das Lager und bricht die Flut von Gemurmel in meinen Gedanken.

Liam dreht sich blitzschnell um, lässt sich zu Boden fallen und streckt die Arme, um das Ziel mit der Waffe zu erfassen. Im selben Moment erhellt das kraftvolle Licht einer Lampe die Dunkelheit, fängt den Mörder mit seinem Strahl ein und blendet ihn.

Liam kreischt vor Wut und schützt blitzartig mit einer Hand sein Gesicht.

Gut gemacht...

»Jetzt!«, ruft eine Stimme.

Pola. Sie haben mich gefunden.

Ein zweiter Schuss fällt. Der Aufprall der Kugel erzeugt ein metallisches Geräusch. Liam stößt einen Schmerzensschrei aus und rollt sich zur Seite, um sich hinter einem Backsteinpfeiler zu verstecken. Er legt einen Moment die Pistole ab, seine Hand scheint verletzt zu sein.

Das ist deine Chance, Ibsen.

Ich versuche aufzustehen, aber meine Beine geben nach. Ein zweiter Versuch scheitert, ich falle zurück.

Der Lichtstrahl tastet den Raum intermittierend ab. Sie kommen näher. Ich sehe, wie Amelie zu den Pistolen kriecht. Wieder drücke ich die Handflächen auf den Boden. Meine Muskeln reagieren endlich auf die Aufforderung, ich schaffe es, meinen Körper ein paar Zentimeter anzuheben.

Die Taschenlampe leuchtet erneut auf, aber Liam hat bereits seine Waffe in der Hand und feuert auf die Lichtquelle. Kein ohrenbetäubender Knall. Nur das dumpfe Geräusch des Schalldämpfers und ein Aufschrei.

Jemand ist getroffen.

Die Lampe fällt zu Boden und rollt etwa zehn Zentimeter, die Schatten tanzen in ihrem Strahl. Sie beendet ihren Lauf und das Licht trifft auf die kniende Amelie. Ich sehe, wie sie eine Waffe in der Hand hält und auf Liam zielt. Zu langsam. Liam hat bereits seine Pistole auf sie gerichtet und drei Schüsse abgefeuert.

Amelie bricht zusammen, lässt die Waffe fallen und stürzt zu Boden.

»Nein!« Ich strecke mich zu Amelie hinüber, greife nach der Waffe, die neben ihr liegt.

Liam schießt wieder. Die Kugel trifft meinen Hintern, zerfetzt einen Muskel. Ein unerträglicher Schmerz. Mit der Waffe in der Hand rolle ich mich zur Seite.

Liam drückt erneut den Abzug. Der zweite Schuss trifft mich in den Bauch.

Eine Kugel erreicht Liams Hand. Die Pistole fliegt durch die Luft und prallt gegen die Wand.

Das ist der Moment, Ibsen, höre ich Amelie sagen.

Ich ziele – und entleere die Waffe.

Kapitel 88

Institut Rosenrot

Lara

Ich bin bei Bewusstsein, in einer Art Dämmerzustand, und liege auf dem Rücken. Mein Bauch hebt sich im Rhythmus meiner schnellen Atemzüge.

Ein seltsamer metallischer Geruch liegt in der Luft. Im kaltweißen Licht der Taschenlampe, das wieder seine Wanderung durch den Raum aufgenommen hat, sehe ich feinste Staubpartikel von der Decke herunterrieseln, wie Schneeflocken. Der Lichtstrahl fängt zuerst Amelies Körper ein, sie liegt unbeweglich auf dem Bauch in einer großen Blutlache, aber sie lebt.

Amelie.

»Ruf einen Krankenwagen, Leo!«, höre ich Pola sagen.

»Das habe ich bereits getan, als wir noch unterwegs waren. Ich wusste, dass das hier kein gutes Ende nehmen wird«, antwortet Leo.

Leonela Sorokin, sie hat geschossen. Sie ist es, die getroffen wurde.

Pola zeigt auf Leos Arm. »Hältst du es aus?«

»Es ist nur ein Streifschuss, Pola!«

»Okay, dann sehen wir mal nach Ibsen.«

Ich lächle. *Brave Mädchen.*

Mein Blick streift einen anderen Körper, der wie eine Marionette zusammengesackt an dem Backsteinpfeiler sitzt. Sein Kopf ist geneigt, der eckige Kiefer berührt die Brust, seine großen, toten Augen fixieren die Leere. Ein Loch ziert seine Stirn. Die Hände berühren den Boden.

Ich habe ihn getötet. Gut.
Pola kommt auf mich zu und geht neben mir in die Hocke. »Ach, Ibsen, was machen Sie nur für Sachen«, flüstert sie und streicht mir sanft über den Kopf.

Meine Augen sind offen und trotz der Schmerzen lächle ich. »Ich habe eine Kugel in den Hintern bekommen. Ich hätte nie gedacht, dass das so schmerzhaft sein kann.«

Pola legt ihren schmalen Finger auf meine Lippen. »Pst. Nicht sprechen. Es ist vorbei, Ibsen. Der Krankenwagen ist gleich da.« Sie ertastet mit Zeige- und Mittelfinger meine Halsschlagader.

Mein Puls ist schnell, ich spüre das, wie die kalten Schweißperlen auf der Stirn. Ich habe innere Blutungen, vom Bauchschuss. Pola weiß es. Es sieht nicht gut aus.

Leo erscheint im Lichtstrahl. Ihr linker Arm baumelt. Die Hand ist rot von Blut.

Pola steht auf und reicht Leo ihr Handy. »Hier, nimm das, du wirst die Aufnahme heute Abend erhalten … und andere Dinge. Wenn mein Onkel noch lebt, sag ihm, dass es mir leidtut.«

»Wovon redest du? Und warum sprichst du nicht selbst mit ihm? Pola?«

»Das ist eine lange Geschichte. Ich arbeite seit zwei Jahren für den FSB. Sie haben mich zu meinem Onkel geschickt, als das erste Opfer in Moskau aufgefunden wurde. Ich sollte über den Fortschritt der Untersuchung berichten. Der FSB war an dieser Sache sehr interessiert. Warum, das wissen wir heute. Ehrlich gesagt, ich will damit nichts mehr zu tun haben. Was ich hier tue, ist Hochverrat, aber ich bedauere es nicht. Es gibt nur eine Sache, die ich im Gegenzug fordere: Diese Schweinerei muss an die Öffentlichkeit. Mach die Medien auf diesen Mist aufmerksam, Leo! Wenn du den BMW untersuchst, wirst du genügend Beweismaterial finden, um deine Artikel zu erstellen.«

»Ich kann dir helfen unterzutauchen«, antwortet Leo.

Pola lachte. »Ich weiß, du Sorokin-It-Girl.«

Plötzlich höre ich ein Wimmern. Amelies Augen sind trüb. Es geht zu Ende. Ihre Lippen formen Worte. Mit letzter Kraft rücke ich näher an sie heran, höre das Flüstern des Todes. Starr ist sein Blick.

Nein! Nein!

Ich stöhne, mir ist kalt. Pola kniet nieder und nimmt meine Hand. »… verzeih mir, dass ich dich belogen habe. Wenn ich gewusst hätte …«

»Nein, es ist nichts …« Worte in einem unhörbaren Atemzug. Ich schließe die Augen, meine Hand erschlafft.

»Alles wird gut, Pola …«

Epilog

Februar 2019
Moskau

Neuanfang

Das Licht blendet.

Ich beschirme meine Augen mit der rechten Hand, um sie gegen die Sonnenstrahlen zu schützen, die durch die Äste der gekrümmten Bäume fallen.

Mein Verstand verliert sich für einen Moment im Moskauer Druckhof und den Tieren über dem Eingang. Löwe und Einhorn an der Fassade symbolisieren die Macht und das Gute. Das Lachen eines Kindes durchbricht meine stille Meditation. Ich senke den Kopf und sehe im Eingang des Gebäudes ein rothaariges Mädchen mit lockigen Haaren, das ein T-Shirt mit dem Aufdruck einer Rose trägt. Es schenkt mir ein schönes Lächeln.

Ich begrüße es mit einem Kopfnicken und beobachte, wie es das Gebäude verlässt, die *Nikolskaya*-Straße entlang geht und unter einem Lichtstrahl verschwindet.

Leo kommt zurück, setzt sich neben mich und stellt eine Tüte Pommes zwischen uns auf die Bank. »Es geht Ihnen besser, vermute ich. Sie haben sich vorhin nach vorne gebeugt, ohne das Gesicht vor Schmerzen zu verziehen.«

»Die Analgetika wirken Wunder. Im Moment, meinen die Ärzte, kann ich mich noch weiter vollpumpen, ohne die Nieren zu schädigen. Konnten Sie Ihren mysteriösen Kontakt ausfindig machen?«

Leo nickt. »Wir haben uns vergangene Woche gesehen. Das Treffen hat sie sehr bewegt. Sie brach in Tränen aus, als ich ihr unsere Geschichte erzählt habe.«

Ich bin überrascht. »Es war eine Frau?«

»Ja, Ellen ist Stefan Bennets achtundzwanzigjährige Enkeltochter. Sie wollte nur die Wahrheit über ihren Großvater herausfinden. Von Kindern zu Tode gefoltert. Sie hat alles andere erwartet, sicher nicht so etwas. Frau Bennet arbeitet als Angestellte für das Innenministerium in Berlin und hegte einen Verdacht, nachdem sie zufällig ein paar Gesprächsfetzen über das Projekt Rosenrot mitbekommen hatte. Sie wusste, dass ihr Großvater deswegen in Moskau recherchiert hatte. Aber ...«

»Aber?«, wiederhole ich.

»Die Mutter hat Ellen kurz vor ihrem Tod von den Geschehnissen in 1979 berichtet. Ellen konnte nicht handeln, ohne selbst in Gefahr zu geraten. Die Geheimdienste hatten ihre Eltern nach dem Tod ihres Großvaters auf dem Schirm. Sie glaubten, dass Bennet der Familie geheime Dokumente zur Aufbewahrung gegeben hatte. Das Elternhaus wurde mehrmals auf den Kopf gestellt und man hat sie mit fragwürdigen Methoden verhört. Ich habe immer geglaubt, dass es so etwas in Deutschland nicht gibt.« Leo schiebt sich eine Pommes in den Mund. »Der BND hat Ellens Eltern damals psychisch gefoltert. Verhörmethoden und andere Spielchen. Aber sie wussten nichts. Das Foto hat Ellen im Nachlass der Mutter gefunden. Danach hat sie mich in den Schlund des Wolfes geworfen. Den Rest kennen Sie.«

Leo hält mir die Pommestüte hin. »Sind Sie sicher, dass Sie nicht hungrig sind, Ibsen? Wann haben Sie schon mal Gelegenheit, auf einer Bank vor dem Moskauer Druckhof, dem Geburtsort der russischen Buchdruckerei und einem der außergewöhnlichsten Gebäude der Stadt, Pommes zu essen? Sie, Ibsen, der Mann der Worte?«

Ich lächle, greife in die Tüte und erkundige mich nach Pola. »Gibt es Neuigkeiten?«

»Ich habe mich mit ihr in Paris getroffen. In gewisser Weise verstehe ich sie. Aber ich weiß auch, was es bedeutet, sich verstecken zu müssen. Und die russischen Geheimdienste sind erbarmungslos. Sie hat mir übrigens etwas für Sie mitgegeben.«

Leo taucht ihre Hand in die Innentasche ihrer Jeansjacke und zieht vorsichtig ein kleines Metallobjekt heraus: einen Vogel aus Büroklammern.

Ich nehme es in die Hände und grinse verlegen. »Wie schön.«

»Das nenne ich mal ein nettes Lächeln, Ibsen. Geht's auch breiter? Dann sagt Ihnen dieses Ding also etwas?«

Ich nicke. »Ja, sehen Sie, der Vogel hat zwei Flügel, es sieht aus, als würde er fliegen. Es ist Polas Art, mir zu sagen, wie sehr sie sich freut, dass ich geheilt bin. Wie geht es ihr denn?«

»Pola hat sich immer noch nicht vom Tod ihres Onkels erholt. Das war für sie ein schwerer Schock.«

Ich fahre mir durchs Haar. »Das glaube ich. Die beiden mochten sich, das konnte ich sehen. Ich habe Kamorows Familie gestern besucht. Sein Sohn Sascha sieht dem Vater sehr ähnlich. Er erkundigte sich nach seiner Cousine. Er bittet Sie, Pola auszurichten, dass er das Puzzle seines Vaters fertiggestellt hat und sie zum Schach herausfordern möchte. Werden Sie das tun, Leo?«

»Ja, das mache ich. Es ist unfair, was mit Pola passiert ist. Sie kann nicht mal ihre Familie besuchen, ist auf der Flucht, während wir...«

»Ja. In dieser Geschichte bin ich der Profiler, der für das Ende des Berliner Dämons verantwortlich ist, Sie sind die mutige Jurastudentin und Bloggerin, die die Geschichte enthüllt hat, und Pola eine Flüchtige, die von ihrer Regierung wegen Landesverrates gesucht wird. Die wahren Schuldigen machen es sich in ihren Elfenbeintürmen bequem, ziehen im Hintergrund die Fäden und spielen weiterhin die Guten.«

Leo rutscht auf der Bank unruhig hin und her. »Genau, deshalb wollte ich mich auch mit Ihnen treffen, Ibsen.«

»Ach so. Ich gebe zu, dass ich enttäuscht bin, ich dachte wirklich, Sie hätten mich nach Moskau gelockt, um mir diese wunderbare alte Buchdruckerei, dieses Haus der Worte, zu zeigen.«

Leo errötet und legt die Pommestüte auf die Bank. »Nein, ernsthaft. Ich brauche Sie, Ibsen, meine Arbeit ist noch nicht beendet, weit entfernt davon. Trotz der Verhaftungen in beiden Ländern, haben wir diese Riesenschweinerei nur gestreift. Kamorows *Rosenrot-Akte*, die Unterlagen von Pola und die aus dem Karton... Und es hat doch nicht gereicht, um alle Köpfe rollen zu lassen.«

Ich lege meine Hand auf Leonelas Arm. »Sie haben Ihren Teil beigetragen, Leo. Und das war ein verdammt guter Job; ich habe Ihren letzten Artikel gelesen, in dem Sie die Vergangenheit von Richter Dallmann und den anderen aufgedeckt haben.«

»Es tat gut, endlich herauszufinden, warum er das Land verlassen und seinen Tod vorgetäuscht hat. Dieser Typ hat seine Kontakte genutzt, um der Gerechtigkeit zu entkommen und sich ein neues Leben in Russland aufzubauen. Aber es gibt viele andere Geheimnisse, die in diesem Fall aufgeklärt werden müssen: diese *Wunder*-Behandlungen von Blome, die anderen Kellerräume, die anderen Institute, die es irgendwo gibt! Die Welt ist voller Bestien.«

Ich nehme noch eine Pommes aus der Tüte. »Sie haben sich viele Feinde gemacht, Leo, und ich glaube, Sie sollten den Ballast abwerfen und Ihr Studium wieder aufnehmen. Wer weiß, vielleicht werden *Sie* es – nach dem Staatsexamen – eines Tages sein, die über diese Verbrecher Recht spricht. Ehrlich gesagt, Sie hatten großes Glück... Überspannen Sie den Bogen bitte nicht.«

»Ich kann nicht, ich habe festgestellt, dass der investigative Journalismus mir mehr liegt als die Rechtswissenschaften. Vielleicht werde ich mein Studium irgendwann wieder aufnehmen, aber im Moment denke ich nicht daran. Darf ich Sie noch etwas fragen?«

»Sicher.«

»Man hat Ihnen doch die Leitung der OMON angeboten. Werden Sie das Angebot annehmen?«

»Ja.«

»Warum? Weil Sie Lara finden wollen?«

»Woher wissen ...«

»Ich habe es vermutet. Kamorow hat Pola kurz vor seinem Tod eine SMS mit dem Wort ›Lara‹ geschickt. Und hat Amelie Ihnen nicht noch zugeflüstert, dass Ihre Frau keineswegs vor fünf Jahren tödlich verunglückt ist? Dass Lara Ihre Freundin Kate getötet hat?«

Ich nicke nur.

Leo hebt die Augenbrauen. »Warum hat Lara sich nie bei Ihnen gemeldet?«

»Das hat sie, Leo, aber ich habe es als Vision gedeutet. Sie hat mir das Leben gerettet. Ich dachte immer, das sei der Killer gewesen.«

»Sie müssen sie finden, Ibsen. Und ich werde Ihnen dabei helfen.«

Ich schweige und winke ab.

»Nein, Ibsen. Ich weiß, es ist gefährlich und meinem Vater wird dies gar nicht gefallen, aber ich muss weitermachen. Ich kann nicht anders. All diese unschuldigen Opfer: Boris und Maksim ... und all die anderen wie Oberstleutnant Kamorow.«

»Andy, Kate ... Die Liste ist lang«, unterbreche ich sie, »und irgendwie auch Lara. Direkte und indirekte Opfer. Aber strengen Sie sich bitte nicht an, diese wunderbare Leo Sorokin noch hinzuzufügen. Und dann ist da nicht nur Ihr Vater. Da ist noch Ihr Freund Jurij. Sie werden Ihre Familie und Ihre Freunde nicht vor diesen Menschen schützen können.«

Leos Blick ist auf die *Nikolskaya*-Straße gerichtet.

»Was meinen Freund Jurij angeht ... Ich weiß nicht, ob das was wird mit uns. Er ist ein großartiger Mann, aber ich fühle mich, wie soll ich sagen, zu sehr abgelenkt, um eine feste Bindung einzugehen. Ich werde ihn bald besuchen und ...«

Ich höre die Worte nicht mehr. Leonelas Stimme ist nur ein Geplapper, ein Hintergrundgeräusch, das sich dem Treiben der Straße angeschlossen hat. Meine Aufmerksamkeit richtet sich auf einen kleinen Jungen mit einem blauen Helm, der ein weißes T-Shirt und eine Latzhose trägt. Der Junge, den ich auf drei oder vier Jahre schätze, folgt auf einem kleinen Kinderrad seinem Vater, einem schlanken blonden Mann mit kurzen Haaren, makellos in seinem grauen Anzug. Ich beobachte den Kleinen, wie er im Zickzack fährt, und lächle.

Dann lege ich den Kopf in den Nacken, schließe die Augen, lasse die Sonne mein Gesicht erwärmen und stelle mir vor, wie das Leben dieses kleinen Kindes sein könnte. Ich visualisiere Rodelabfahrten in den Moskauer Parks, Sandkastenspiele, Wasserrutschen, die ersten Spielzeugbauten unter dem aufmerksamen Blick eines zärtlichen Vaters, Lachen, Fragen über Fragen, abendliche Umarmungen und Gute-Nacht-Geschichten. Ich stelle mir vor, wie eine kleine Hand das raue Gesicht des Vaters streichelt, große Kinderaugen, die sich weiten. Die Spuren von Schokolade auf seinen Wangen, die kleinen Milchzähne, die ein breites Lächeln offenbart.

Ich nehme eine Kindheit wahr, die man für ihn erschafft, in der Liebe verwurzelt, die auf festen Säulen erblüht. Eine Mutter, ein Vater, die ihr Leben geben würden, um das zu beschützen, was am wertvollsten ist: seine Unschuld. Ich klammere mich an diese Bilder von Glück, ich will sie so lange wie möglich halten, wie ein Licht in meinem Inneren. Aber als sich graue Wolken vor die Sonne schieben, verblassen die Bilder, wie die Wärme auf den Augenlidern schwindet. Und meine Gedanken verdunkeln sich.

Ich sehe das kleine Kind nun mit traurigen Augen in einem Keller, ich spüre seine Angst, als sich die Doppeltür öffnet, und den verängstigten Blick auf das Andreaskreuz in der Mitte der Kapelle. Ich sehe den Schmerz und höre die Schreie. Ich spüre die Gier der hungrigen Schatten, die in der vergeblichen Hoffnung, die unendlichen Tiefen ihrer Abgründe zu füllen, seine Seele plündern und ihm das Kostbarste nehmen.

Amelie, Richard, Ibsen und auch Liam. Vier Lebensbahnen, vier gebrochene Schicksale.

Ich öffne meine Augen. Leo spricht immer noch, ihre Lippen bewegen sich, ihre Augen strahlen, ihre Hände gestikulieren. Leidenschaft belebt ihre Gesichtszüge. Sie ist ein gutes Mädchen. Und stark. Trotz der Dunkelheit, die sie umgab, wusste sie, wie sie ihr Licht schützen musste.

»Welchen Wolf werden Sie füttern, Herr Bach?«, hat sie mich gefragt, nachdem sie mir von der Cherokee-Legende erzählt hatte.

Ich möchte natürlich *den richtigen* sagen. Aber die Antwort ist viel offensichtlicher: *den hungrigen*.

Ich bin hungrig nach Gerechtigkeit und Wahrheit. Andere Kinder sind immer noch Opfer. Wo kann ich sie finden? Welche Verantwortlichen des Rosenrot-Programms sind noch aktiv?

Unter der Vielzahl an Fragen ist eine einzige, die für mich heute keine Bedeutung mehr hat: *Wer bist du, Ibsen Bach?* Die Antwort ist: *Wer immer ich sein möchte.*

Leo hat ihren Monolog beendet. Sie steht auf, streckt ihre Hand aus und lädt mich ein, dasselbe zu tun. Ich halte kurz inne, dann greife ich ihre Hand und erhebe mich fast ohne Schmerzen von der Bank.

Leo wird weitermachen und ich werde ihr dabei helfen. So wie sie mir bei der Suche nach Lara. Der Kampf ist noch lange nicht vorbei. Wie Leo Sorokin habe ich das Bedürfnis, die Verantwortlichen für ihre Verbrechen zur Rechenschaft zu ziehen. Andere Kinder sind noch in Gefangenschaft. Ich habe kein Recht, sie zu enttäuschen.

Aus diesem Grund werde ich mich auch zunächst weigern, von Professor Rossberg den Tumor entfernen zu lassen. *Noch nicht.*

Meine Gabe, Dinge wahrzunehmen, hat sich seit meiner Schussverletzung nicht verändert. Ich befürchte, dass die Operation etwas auslösen könnte, das mir meine Fähigkeiten nimmt.

Die Wolken verdichten sich, die Sonne ist verschwunden und die *Nikolskaya*-Straße verliert sich in Grautönen. Leo redet ununterbrochen, während wir an den schönen Häuserfassaden vorbeigehen. Ich höre nicht wirklich zu. Ich denke an Wölfe, an Monster, die in den Tiefen jedes Menschen lauern. Ich frage mich, wann ein Mensch zu Bohlen, Hoffmann oder Klein werden kann. Ist es möglich, dass jemand programmiert wird, ein Bastard zu werden? Wann findet der Wechsel statt? Ich denke an Lara. Ist auch sie zu einer Anderen mutiert?

Und während ich mich in diesen Überlegungen verliere, verpasse ich den Vorfall am Eisstand. Ich sehe in meiner undurchsichtigen Gedankenblase nicht, wie der Vater des kleinen Jungen auf dem Kinderrad ein Blatt Papier aus seiner Brieftasche zieht, es entfaltet und an die Litfaßsäule klebt. Auch sehe ich nicht das Lächeln des Jungen aufleuchten, als der alte Verkäufer ihm ein Eis gibt.

Und während ich mechanisch zu Leonelas Worten nicke, ohne zuzuhören, bemerke ich das Plakat nicht, das nun an der Litfaßsäule klebt: *Vermisst! Tanea Koslow, 5 Jahre, seit dem 18. Februar 2019 vermisst. Wer hat...*

Wenn ich das Blatt bemerkt hätte, hätte ich das kleine Mädchen auf dem Bild erkannt. Dasselbe Mädchen, das mich ein paar Minuten zuvor angelächelt hat, bevor es unter einem Lichtstrahl verschwand.

Dieses Mädchen ist für alle unsichtbar, außer für mich.

Nachwort

»Die Forschung hat einen ständigen und unumgänglichen
Bedarf an Versuchspersonen für experimentelle Zwecke.
International verbreitet ist neben freiwilligen Probanden
der Rückgriff auf Strafgefangene oder Insassen
der forensischen Strafanstalt – mit deren freiwilliger
oder abgenötigter Zustimmung.«

Wikipedia, Oktober 2015 – Menschenversuche

Liebe Leser,
als ich Anfang März 2018 von dem Attentat auf den russischen Doppelagenten Sergeij Skripal und seine Tochter Julija erfuhr, habe ich mich gefragt, wer die Attentäter *Petrow* und *Boschirow* sind, woher sie kommen und weshalb sie skrupellos zwei Menschen per Auftrag töten wollten. Während meiner Recherchen stieß ich auf einige Fakten um die beiden Attentäter.

Der Täter Petrow stammt aus einem kleinen Dorf im Norden Russlands in der Region Archangelsk. Den Ort mit etwa 900 Einwohnern erreicht man nur mit der Bahn. Der zweite Mann Boschirow ist in einem Dorf im Osten Russlands an der Grenze zu China aufgewachsen. Er trägt nach dem Anschlag den Ehrentitel ›*Held Russlands*‹ und ist wie Petrow ein hoher Offizier des russischen Militärgeheimdienstes GRU. Dieser Ehrentitel wird in der Regel vom russischen Präsidenten Wladimir Putin persönlich vergeben.

Die britische Regierung machte Putin für den Giftanschlag verantwortlich, die russische Regierung weist jegliche Verantwortung zurück. Der Fall führte zu einer schweren Krise zwischen

Russland und dem Westen, beide Seiten veranlassten die Ausweisung zahlreicher Diplomaten.

Menschen, die für den russischen Geheimdienst rekrutiert werden, kommen in der Regel aus den ärmsten Gegenden Russlands oder aus Waisenhäusern. Wie und wo sie ausgebildet werden, unterliegt der strengsten Geheimhaltung.

Spätestens seit dem 12. September 2018 ist Wladimir Putin persönlich in den Skripal-Fall involviert. Ginge es nach Wladimir Putin, wäre »*die Sache*« schon längst erledigt. Viel zu viel Aufmerksamkeit werde dem Vorfall geschenkt, ließ der russische Präsident durchblicken. Dabei sei Skripal doch nur ein »*Verräter*« und ein »*Dreckskerl*«. Aus Sicht Putins ist Skripal jemand, der eine Bestrafung verdient hat – schließlich hat der einstige russische Agent sein Vaterland verraten. Und Skripals Tochter? Putin verlor kein Wort über Julija.

Der Thriller *Die Akte Rosenrot* greift die Geschichte des fiktiven Agenten *Ibsen Bach* auf, der sein Gedächtnis verloren hat und im Rahmen einer Mordermittlung Erschreckendes über seine frühere Identität erfährt. So begegnet er in dem Thriller Menschen, die vom Geheimdienst zu ›Killermaschinen‹ ausgebildet werden, und wird damit konfrontiert, dass er vor dem Gedächtnisverlust selbst ein solcher Agent war. Der Ibsen Bach seiner Vergangenheit bleibt ihm jedoch fremd.

Die Akte Rosenrot ist eine Hypothese, eine logisch formulierte Annahme, wie es einem Geheimdienst möglich wäre, Personen zu rekrutieren, wo er sie finden und wie er sie ›formen‹ könnte, so dass sie schließlich mittels eines Triggers, also wie auf Knopfdruck, töten. Die Geschehnisse im Roman sind durchaus vorstellbar.

Eine Hypothese muss anhand ihrer Folgerungen überprüfbar sein, wobei sie je nach Ergebnis entweder bewiesen oder widerlegt wird. Wie also wird nun ein Mensch zu einer Tötungsmaschine? Wie wurde aus dem Protagonisten Ibsen Bach ein Werkzeug des Geheimdienstes?

In den Fünfzigerjahren gab es ein umfangreiches geheimes Forschungsprogramm der CIA, des amerikanischen Geheimdienstes, über Möglichkeiten der Bewusstseinskontrolle: *MK ULTRA*. Ziel des Projekts war, ein perfektes Wahrheitsserum für die Verwendung im Verhör von Sowjetspionen zu entwickeln sowie die Möglichkeiten der Gedankenkontrolle zu erforschen. Bekannt wurden sie unter dem Namen ›Brainwashing‹ (Gehirnwäsche). Eine wichtige Motivation bildeten auch die stalinistischen Schauprozesse der 1930er Jahre und der Prozess gegen den ungarischen Kardinal József Mindszenty im Jahr 1949, bei denen die Beschuldigten offenbar unter Drogeneinfluss und Folter Geständnisse unterschrieben hatten und sich vor Gericht selbst Taten bezichtigten, die sie nicht begangen hatten.

Oberstes Ziel war die »*Vorhersage, Steuerung und Kontrolle des menschlichen Verhaltens*«.

Mehr über *MK ULTRA* finden sie auf der Website: https://de.wikipedia.org/wiki/MKULTRA.

Auch heute werden Wahrheitsdrogen und Techniken der MK Ultra eingesetzt, um Menschen zu verhören, zu brechen. Die Rekrutierung von Personen durch den russischen Geheimdienst ist ebenfalls ein Fakt. Leider erfahren wir nur selten davon.

Die beiden Täter des Skripal-Attentats zeigten während eines Interviews keine Regung, keine Empathie. Sie könnten durchaus eine ›Umerziehung‹ erfahren haben wie die Figuren Ibsen, Amelie, Liam und Richard, die vier Kinder in diesem Thriller. Umerziehung durch den Geheimdienst wäre eine mögliche Erklärung für dieses perfide Attentat.

Liebe Leser, ich bedanke mich recht herzlich bei Ihnen, dass Sie den Thriller *Die Akte Rosenrot* gekauft und gelesen haben. Passen Sie gut auf sich auf.

Sonnige Grüße
Astrid Korten

Danksagung

Ewig dankbar bin ich meinem wundervollen Klassenlehrer, der an mich geglaubt hat, als ich ihm vor vielen Jahren einen Kurzkrimi zeigte. So blieb der Wunsch, eines Tages den Beruf des Schriftstellers zu ergreifen, stets bestehen. Realisiert habe ich ihn 2003.

Die Akte Rosenrot ist mein vierzehnter Roman und wie immer gibt es so viele Menschen, denen ich danken will, doch ich möchte mit zweien beginnen, die mich so wundervoll unterstützt haben: Carola und Walter Koch. Mit dem bewundernswerten LektorenDuo wurde das Lektorat zum absoluten Vergnügen. Vielen Dank.

David Becker, danke für deine Beratung in Sachen *Leonela*.

Dr. Kamphausen, Rechtsmedizin Köln, insbesondere für ihr »Bitte nicht, Frau Korten.«

Prof. Dr. Kristin Taley, Washington DC, die mich stets zum Lachen bringt. Many thanks for your advice and information about intelligence. You're amazing.

Dr. Dimitri Smirnow, ich vermute, es gefällt Ihnen, dass *Dimitri* in *Die Akte Rosenrot* kein Bösewicht ist. Vielen Dank für Ihre Hinweise in Sachen RISS, GRU, FSB und Kreml. Вилен Благодаря.

Christine Hochberger, Buchreif, meiner scharfsichtigen Erstleserin und unermüdlichen Beraterin.

Manfred Bülow, vielen Dank für die ›Berlinberatung‹, die Fotos und deine Freundschaft.

Annette Lunau, Romy Onischke, Patricia Nossol, Susanne Barlang und Dana Dohmeyer, vielen Dank fürs Vorablesen und euer wunderbares Vorwort.

Zu großem Dank verpflichtet bin ich der wunderbaren Eliane Wurzer, Piper-Verlagslektorin, für ihre unschätzbare Unterstützung und ihr Vertrauen – und dafür, dass sie immer da war, wenn ich anrief. Mein Dank gilt auch dem restlichen Team bei *Piper Digital* für euren Enthusiasmus und eure Professionalität.

Last but not least geht mein besonderer Dank an meine Familie: an meinen Mann Peter, für deine Geduld und den Blick in deinen Augen, wenn du mich ansiehst. Ohne dich wäre der Mond nur Löwenzahn. Und ich danke meinem Sohn David, der hoffentlich niemals ein Buch über mich schreiben wird. – Ihr erfüllt mein Leben und seid wahrlich das schönste Abenteuer.

Die Vorableserinnen des Thrillers »Die Akte Rosenrot«.

Nichtohnebuch

Der Blog ›Nichtohnebuch‹ ist eine virtuelle Lese-WG, in welcher sich acht buchbegeisterte Leserinnen regelmäßig zusammenfinden, um mit ihren Followern die Leidenschaft zum geschriebenen Wort zu teilen. Patricia Nossol ist im Blog die Spezialistin für Thriller und agiert dort als ›Patno‹.
www.nichtohnebuch.blogspot.de

Die-Rezensentin

Der Blog ›Die-Rezensentin‹ bloggt seit über sieben Jahren und hat sich nicht auf ein Genre festgelegt. Sie schreibt gern über Gelesenes, gibt Buchtipps weiter oder stellt Neuerscheinungen vor. Jeder, der liest, ist im Blog willkommen. Annette Lunau, die Frau hinter dem Blog, ist seit der Kindheit eine begeisterte Leserin. Sie lebt mit Mann und Hund in Frechen bei Köln.
www.die-rezensentin.de
www.facebook.com/die.rezensentin/

MeinLesezauber

Der Blog ›MeinLesezauber‹ ist ein sehr authentischer Blog rund um Bücher und Autoren, humorvoll und freundlich, persönlich.

Bloggen bedeutet für Romy Onischke, ihre Gefühlsregung zu Gelesenem auszudrücken und Lesetipps weiterzugeben. Hinter dem Blog findet der Leser eine junge und optimistische Frau, mit einem gewissen Hang zur Selbstironie, aber stets mit der Sonne im Rücken.
meinlesezauber.blogspot.com

Susis Leseecke

Der Blog ›Susis Leseecke‹ stellt vorwiegend Thriller vor. Auch wird live im Blog gelesen. Gebloggt wird aus Liebe zum geschriebenen Wort, in der Hoffnung, vielen Menschen das Lesen wieder näher zu bringen, und um den Autoren und Verlagen unterstützend zur Seite zu stehen. Susanne Barlang, die Frau hinter dem Blog, liest seit über 40 Jahren. Sie hat bis dato noch nie einen Tag ohne Buch verbracht. Lesen ist für sie »Träumen mit offenen Augen«.
www.facebook.com/susisleseecke/
www.susileseecke.wordpress.com

OhneBücherOhneUns

Der Blog ›OhneBücherOhneUns‹ bloggt über Thriller, Psychothriller, Hardcore, Horror und Kriminalromane, aber auch über Romane »fürs Herz«. Lese- und Bücherwahn finden hier ein Ventil, die Freude, sich mit den Followern über Bücher auszutauschen, den Kontakt zu Autoren und allgemein zu Lesern zu unterhalten. Die Frau hinter dem Blog heißt Dana Dohmeyer, sie ist 38 Jahre und lebt in Hannover, wo das Bloggen zu ihrem großen Hobby wurde.
www.facebook.com/ohnebuecherohneuns/

Wir möchten uns an dieser Stelle beim Piper-Verlag und bei Astrid Korten für die Vorabexemplare *Die Akte Rosenrot* bedanken. Und unseren Blog-Followern tausend Dank sagen für eure Treue, für die vielen lieben Kommentare und die interessanten Anregungen. Wir zählen auf euch!

Über die Autorin

Astrid Korten studierte Wirtschaftswissenschaften an der Universität Maastricht.

Ihre Spezialgebiete als Autorin: Suspense-Thriller, Psychothriller und Romane. Bei ihrer akribischen Recherche lässt sie sich von Forensikern, Psychologen, Gentechnologen, Pathologen und Medizinern beraten.

Sie schreibt außerdem Kurzgeschichten und Drehbücher. Ihre Thriller erreichten alle die Top-Ten-Bestsellerlisten vieler E-Book-Plattformen.

Die Autorin ist Mitglied im Syndikat und im Bundesverband junger Autoren und Autorinnen. In ihrer Freizeit spielt sie Tenor-Saxofon und malt Öl auf Leinen.

Auszeichnungen und Nominierungen:

2016: Stefko, From Sarah with love: Halbfinale der Int. Writemovies Contest, Los Angeles.
2015: Sibirien – Die aus dem Eis erwachen: Finale der Int. Writemovies Contest, Los Angeles.

Weitere Romane der Autorin:

Thriller / Psychothriller: Eiskalte Umarmung, Eiskalter Schlaf, Jasper – Das Böse in Dir, Tödliche Perfektion, Wintermorde, Die Behandlung des Bösen, Zeilengötter, Wo ist Jay? Lilith – Eiskalter

Engel, Gleis der Vergeltung, Puppenmutter, 2019 erscheint im PIPER-Verlag der Thriller Die Akte Rosenrot.

Roman: Die verlorenen Zeilen der Liebe, Die Perlen der Winde

Anthologie: Winterküsse, Nix zu verlieren

Kurzgeschichte: Sibirien – Die aus dem Eis erwachen, Kreislauf der Angst

Mehr über Astrid Korten:
www.astrid-korten.com

Quellen

https://de.rbth.com/reisen/79251-moskauer-druckhof
https://www.deutschlandfunkkultur.de/ahnungslos-im-lsd-rausch-die-menschenversuche-der-cia.976.de.html?dram:article_id=383734
http://documents.theblackvault.com/documents/mindcontrol/152601.pdf
http://documents.theblackvault.com/documents/mindcontrol/hearing.pdf
https://de.wikipedia.org/wiki/MKULTRA
https://de.rbth.com/gesellschaft/2014/06/15/waisenhaeuser_in_russland_kein_ausweg_aus_dem_teufelskreis_29901
https://de.wikipedia.org/wiki/Sergei_Wiktorowitsch_Skripal
https://www.zeit.de/politik/ausland/2018-09/sergej-skripal-russland-vergiftung-verdaechtiger-militaergeheimdienst
http://www.spiegel.de/politik/ausland/sergej-skripal-was-ueber-den-zweiten-verdaechtigen-aus-russland-bekannt-ist-a-1232169.html
https://www.tagesspiegel.de/politik/anschlag-in-grossbritannien-skripal-eine-rekonstruktion/23004926.html
https://www.sueddeutsche.de/politik/fall-skripal-der-attentaeter-der-aus-dem-aquarium-kam-1.4162987
https://www.faz.net/aktuell/politik/ausland/internetmagazin-benennt-dritten-skripal-verdaechtigen-15833224.html